周养俊 著

陕西新华出版传媒集团
太白文艺出版社

图书在版编目（CIP）数据

雀儿 / 周养俊著. —2版 —西安：太白文艺出版社，2017.9（2022.3重印）

ISBN 978-7-5513-1209-7

Ⅰ. ①雀… Ⅱ. ①周… Ⅲ. ①长篇小说—中国—当代 Ⅳ. ①I247.5

中国版本图书馆CIP数据核字（2017）第177008号

雀 儿
QUEER

作　　者	周养俊
责任编辑	蒋成龙　姚亚丽
整体设计	高　薇
出版发行	陕西新华出版传媒集团 太白文艺出版社
经　　销	新华书店
印　　刷	三河市腾飞印务有限公司
开　　本	787mm×1092mm　1/16
字　　数	298千字
印　　张	22.5
版　　次	2016年7月第1版 2017年9月第2版
印　　次	2022年1月第3次印刷
书　　号	ISBN 978-7-5513-1209-7
定　　价	68.00元

版权所有　翻印必究

如有印装质量问题，可寄出版社印制部调换

联系电话：029-81206800

出版社地址：西安市曲江新区登高路1388号（邮编：710061）

营销中心电话：029-87277748

城市化背景下一代农民儿女的人生和命运
——读周养俊长篇新作《雀儿》

李 星

以诗歌、散文创作而成为陕西职工文坛翘楚的周养俊先生，在年届六旬时却突发雄心，为了"填补自己文学人生的缺憾"，向从未问津的小说创作发起了冲锋。其间酸甜苦辣，外人虽难以尽知，但仅从笔者两年间先后所读到的长篇小说《雀儿》征求意见稿和修改后的拟出版稿，就可以看出一个老作家开辟另一文学领地所付出的艰辛和他所具有的文学迸发力。虽然没有如当前许多一出道就奔鸿篇巨制而去的作者的野心，但却将耳闻目睹的城市化背景下一些农村青年为改变命运进城打工，做一个有尊严的城市人的可歌可泣的奋斗经历，真实而生动地呈现于人们面前，并成功塑造出了雀儿这个自尊自爱，以诚实的劳动、坚定的理想，走向人生新境界的新一代农民女儿形象。丰富的城乡阅历，多年从事散文创作积累的经验和文字素养，不甘平庸的精益求精，使《雀儿》中的城乡生活氛围不仅真实，而且生动饱满，不时有出人意料的细节和情节出现，就连着墨并不多的一些人物，也带着浓烈的城乡生活气息和个性化生命信息。不能说处处出彩，但却做到了情节曲折自然，结构严谨，在人物刻画上凝神聚力，思想和情感深沉，给人以出手不俗之感。老树出新枝结新果，让人顿生敬佩之心。

作为社会发展进步标志的城市化率的不断提高，已经成为影响当今中国城乡面貌和社会结构的主要因素，越来越多的农村青壮年劳动力怀揣着对城市生活的向往和对未知世界的惶恐，走向了城市，开始了与父辈全然不同的梦想追求。《雀儿》虽不是表现这种历史潮流的鸿篇巨制，但却着眼当代、面向未来，表现了一个老作家热忱的现实关怀。它从秦岭山区一个叫丁家坪的村子一位高考失利的女青年雀儿进城打工开始，以她几年间的经历和奋斗，并走向自主创业的艰辛道路为主要情节线索，展现了她及同她一样的进城女青年金凤、菲菲、猫眼（刘巧珍），男青年二强，盲流小虫，农村籍的女大学毕业生百灵各不相同的爱情、婚姻和人生命运。虽然这只是波澜壮阔的中国城市化进程中的一枝一叶，但却并不逼仄，不仅表现了以钟楼为中心的古城西安的民俗风情，多样的餐饮、小吃，从国有企业经理到私人小作坊、小饭馆老板到各色冒险家、坑蒙拐骗的流氓混混、歌舞厅坐台小姐等多样化人物，呈现了都市生活的光明和阴暗、机遇和危险，还通过雀儿的经历和体验，表现了城市和乡村发展的不平衡，有的依然贫困，有的却因青壮劳力的外出，出现"空心化"现象，孩子们失育、老人失养等。比起20世纪八九十年代那些写农村女性的城市失足和不幸命运的小说，《雀儿》的视野更为开阔，更有当今城乡真实的社会生活脉搏和新时代特征。

雀儿是小说所着力塑造的给人以未来希望的有理想、能吃苦的一代农民女儿形象。作者赋予了她自尊、自爱、自主、自立及宽容大方、乐于助人、冷静自律、真诚踏实等优秀的人格品质，即使对待自己的爱情、婚姻，她也能冷静处理，听其言而观其行。这些品质不仅是作者的人格理想所在，还能给广大读者一种可贵的立人与兴业的励志启示。与主人公雀儿相比，其他与她经历相似的农村青年就各有各的不幸，折射出了城乡差别的体制弊端和城市生活的诱惑与黑暗面以及他们自身的人格缺陷。猫眼受坏人诱惑，当了坐台小姐，遇到改邪归正的小虫，并与之相爱，本来可以开始自尊、自立的新人生，但却受不了穷，又背叛了他，沦为他人的玩物。菲菲是个自尊的女性，但为还父债，却嫁给了一个乡村恶棍，受尽欺凌，幸运的是，她受到雀儿等人的帮助，终于摆脱了无爱的婚姻，重新开始了在城市的新人生。农村出身的女大学生百灵、城市成长的婷婷，为了改变自己的命运，或为留城有一份体制内的工作，或因家庭贫穷，先后与人未婚同居，虽然她们最后通过不同的方式，或建立了家庭，或找到所爱，但却给自己原本清白的人生涂上了抹不掉的污渍。

　　能否将自己的世界观和价值观、情感和人格理想，如盐入水地融于笔下的文学世界，成为作品内在的精神生命，是衡量一个作家成熟与否的重要标志。在《雀儿》这个虚构的艺术世界里，我们分明感觉到了周养俊先生无所不在的人格精神和价值观念。作为同样经过自己奋斗，20世纪70年代初从乡村走向城市，并成为作家及体制内一个厅级领导的周养俊，深深地热爱着西安，但却从未忘却自己度过的人生前二十年的家乡父老、故土的一草一木，能将钟楼在西安人心中的地位与那棵老槐树在家乡人心中的地位相比，这种双向的比喻和家乡心理认同，我在以往的文学阅读中从未遇到过，笔者看到了他的真诚和真实，也看到了他不私不忮的为人。同样，对于笔下的人物，无论是如雀儿、菲菲那样的自尊、自爱、自重的农村女孩，还是如猫眼那样的走过人生弯路的人，他都有着如父辈一样的情感，始终充满理解和关爱，同情她们的不幸，理解并痛惜着她们曾经的失足。对于如贪图享乐、功利化的同居，对于那些诱惑和欺负她们的城市渣滓，对于城市里黑暗角落的卖淫嫖娼行为深恶痛绝，并不回避且予以严厉谴责。特别是对走上自主创业之路，出版了广受好评的长篇小说，在家乡建厂助学，似乎一身荣耀的雀儿的人生命运，他并未画上句号：生产事故不断，遭人诈骗，负债累累，婚姻爱情失败，还面临着如六叔这样的乡村权势的倾轧、朋友的背叛，她还远未成功，真正的考验还在后头，更显出作家的涉世之深。既如实地写生活的厚爱，又不回避未来面临的不幸和困难，体现了作者对现实主义的创作原则的坚守。

　　与父亲般的爱与同情、理解共存的是作家周养俊对城市生活把握与表现的客观和全面，既看到它的进步和繁荣，给广大进城农民子女创造了学习、进步、发展的机会和空间，又表现了物质的追求和畸形的消费文化给急于摆脱贫困的青年所挖下的陷阱。城市有如张勇这样的奉公守法、忠于职守、埋头苦干的体制内官员，也有如米粮、早期的二强这样的善于经营、知人善用、乐于助人的大小老板。尤其是米粮这样的成功企业家，慧眼识珠，不仅敏锐地发现了崔儿这样正直、能干、有发展前途的新员工，而且在关键时期委以重任，在彻底改变她的命运的人生里程中起了重要的作用，他是城市的希望，也是中国现代化事业的支柱和基石。他对自己手下的职工菲菲有多次的救助之恩，居于绝对的优势地位，但在爱情上却不以恩主自居，给予她充分的自由，如此的高风亮节，实在令人敬仰。而对于大学毕业生百灵、村主任六叔这样心机重重、精于计谋，或损人而不利己，或损人而为己的农村出身的女孩和农民，作者又是非分明，痛下针砭，充分说明了作者对乡村社会、城市职场以及人性的了解之深，具有深刻的社会和人生的启示意义。

　　从根本上说，文学中的各门类是不分家的，周养俊原来名世的散文、报告文学，许多就是写人的。中外文学史家也多有将小说归入散文的传统，并有对某些名家名作究竟该归入散文还是小说的分歧。但在当前中国文学现实中，它们除了同样是语言的艺术之外，却更有着显而易见的不同的文体规范。因此，我们不但可以将周养俊写小说，特别是写长篇小说看作是文体转行，而且应该对他创作的"衰年变法"给予肯定。面对新挑战，周养俊《崔儿》的出手不俗，令人刮目相看。同时笔者还期待着，以周养俊的文学修养和六十年的人生历练，他应该有以自己一代人的人生经历和心灵历程为素材的更优秀的小说问世。这似乎苛求了，但确实是我对小我近十岁的他真诚的希望。

2015 年 8 月 31 日改定

　　李星，现任中国小说学会副会长、陕西省作协常务理事、陕西文艺评论家协会副主席、陕西省生态文学研究会副会长等。

钟楼，一幅画中的灯盏
照亮我黑暗中的眼睛
即使多远的地方我也能找到回家的路
因为心中某一个地方
正被那温暖点燃

一笔笔劲拙的情感
是我曾经向往的多彩光阴
谁也无法把这灯盏熄灭
我是他身旁一只幸福的雀儿
终日在画中流连

那一幅画有着幽深的背景——
雁塔晨钟灞柳长歌
兴庆湖的歌舞余音绕梁曲江情缘
巍巍城墙似蛟龙欲飞
半坡火种时明时暗

我深爱的正是这一幅画
十三朝古都的昨天今天明天
唐风汉韵锦绣斑斓
我的笔会一直一直不倦书写
这关于爱和阳光和美的长卷

一

雀儿的名字是奶奶给起的。

生雀儿那天早晨,院子的大槐树上落了好几只鸟,叫声和婴儿的啼叫声遥相呼应。奶奶说,这女子的哭声和树上的鸟叫一模一样的,就叫雀儿吧,这名字好听、好记,往后也好养。

雀儿的家在秦岭山里,雀儿家的村子叫丁家坪,村子不大,是一个山窝子。

雀儿家门前是清清的小河,家后面是高高低低的山,山上长满了树木花草,密密的树林里有许多鸟儿在歌唱。就在这儿,雀儿转眼间长成了大姑娘。

哥哥打工去了深圳,弟弟当兵在新疆,姐姐出嫁到了外乡,家里剩下了爸爸、妈妈、雀儿和小黄狗。

雀儿高中毕业了,可是没考上大学。今年又去考,还是没考上,于是一个人躺在床上流眼泪。

爸爸不问她,她也不说话。

吃晚饭时,妈妈看了看蹲在地上的爸爸,试探着说:要不,让雀儿再读一年书吧?

爸爸脖子一拧,头也没回:你也不看咱的人都多大了?本来就上学晚,又补了一年,命里头没有的争了也没用!再说,女娃子嘛,读书有啥用?认得自己名字、认不错钱就行了,迟早都是人家的人!

说罢,爸爸把饭碗猛地往地上一放,随手点着了一支自卷的烟。

雀儿明白,这是爸爸真生气了。

爸爸平时话少,脾气倔强,妈妈总让着他,今天也没再说什么。

高考结束后，雀儿的心情一直不好。她平时学得还不错，语文在班上一直是第一名，数学和英语差些，综合起来也不算弱，可是一考试就不行了。雀儿不服气，复读了一年，距离录取线还是差几分。她给妈妈说想继续复读，妈妈勉强同意了，可是看现在爸爸的态度，她知道是没有希望了，于是又陷入了痛苦的思索中。

爸爸、妈妈到山上干活去了，雀儿一直望着小黄狗发呆。

雀儿把小黄狗叫小黄，姐姐出嫁后，她和小黄最亲近。雀儿有心里话只给小黄说，雀儿走到哪里，小黄也跟着到哪里，晚上睡觉，小黄就卧在雀儿的床跟前。

雀儿问小黄：我该怎么办？

小黄看了看她，汪汪叫了几声，头又埋进了胸前。

雀儿生气了，随手抓起一本书向小黄砸去。

小黄汪汪汪地叫了几声，就夹着尾巴跑了。

小黄跑了，雀儿就后悔了，自己的事儿与小黄有什么关系呢？为啥要在不会说话的毛物身上出气呢？

这时，随着"雀儿——雀儿——"几声叫，一个穿着很时髦的女子一阵风似的进了门。

来人是同村的金凤，姐姐的同学，和雀儿的关系很好，这几年一直在城里打工。

金凤问：听说又没考上？

雀儿点了点头，话没说出口，眼泪却流出来了。

金凤说：哭啥呢？天底下大得很！能行人也一层一层的，哪里的黄土不埋人？还没见过活人叫尿憋死的！金凤这么一说，雀儿哭得更厉害了。

金凤掏出一包餐巾纸递给了雀儿，自己从随身背的背包里掏出一只精巧的塑料杯子倒水喝。

金凤初中没上完就进城打工，如今已经俨然是个城里人了，穿戴时髦，见多识广。

屋外一片蝉鸣；屋内，两个女子轻轻地说着说不完的话。

二

冬天，雀儿跟着金凤到了西安，在钟楼附近一家印刷厂找到了工作，金凤就在这里上班。

放下东西，一时无事可做，雀儿看天色还早，就要求金凤带着去看钟楼。

钟楼是西安的标志，是这座古城的魂儿。就像丁家坪村中心的那棵老槐树，四里八乡的人一说到丁家坪就会说有老槐树的那个村；村里老人一说到村子的过去，就一定从老槐树说起，因为周围的村子都没有这么老、这么大的树。小时候，爸爸曾带雀儿到县城，城中心的钟楼看得她目瞪口呆。爸爸却说：这钟楼叫啥钟楼呢！太小了，比起西安城的钟楼来可就是碎茅棚棚子了！雀儿想象不出西安钟楼的雄伟气势，只能把看钟楼的愿望放在心里，等着自己长大了去看。现在到西安了，她第一个想法就是看钟楼。

雀儿曾在广播上听过陕西快板《夸西安》，其中有这么几句她一直记得：说西安，道西安，西安处处是景观。钟鼓楼，中间站，气势雄伟真壮观。站在钟楼四下看，四条大街面对面。东大街，羊肉泡，一打电话就来到。解放路，桂花香，喝上两碗甜米汤……

雀儿还听村子里老人们说过一个民间笑话，说新中国成立前，一个河南人和一个陕西人出差，晚上同住一室，闲聊中就说起了自己省会城市的建筑。河南人说：开封有个铁塔寺，把天顶得咯吱吱。陕西人便脱口而出：西安有个钟鼓楼，半截子还在天里头。此话虽是戏言，足可以看出钟楼带给陕西人的骄傲和自豪。

雀儿和金凤一走上大街，就卷进了熙熙攘攘的人流，她们选择了在距离钟楼很近的一根电线杆下站着。看巍峨壮观、古老庄严的钟楼，看钟楼下川流不息的车辆、行人，看以钟楼为圆心伸展出去的东西南北大街，看钟楼及其西边与之遥遥相望的鼓楼，看钟楼东北角风格朴实、厚重大气的邮电大楼，看钟楼顶飞檐下翩翩飞舞的那些鸟儿……此时，夕阳的余晖映照着眼前的这一切，金光四射，一片灿烂，令雀儿目不暇接。

雀儿知道那些鸟儿不是麻雀，可是那些鸟儿确实比乡下的麻雀飞得高，飞得快，飞得好看。是环境的原因，还是品质不同？她想象着乡下麻雀飞进城的样子，也想象着自己以后的变化。

雀儿仰着脑袋看着，脚不自觉地向后退着退着，咚的一声碰到了身后的电线杆上，要不是金凤眼疾手快，一把扶住了她，她就会摔倒在地上。

金凤关切地问：没碰疼吧？

雀儿不好意思地笑了笑，脸也红了。

金凤说：有啥好看的？看把你投入的，人都差点儿跌倒了！

雀儿一本正经地说：雄伟！壮观！太震撼了！

金凤说：好看的多着呢！钟楼、鼓楼、邮政大楼、报话大楼、解放路、东西五路、莲湖路、火车站、革命公园、兴庆宫公园、莲湖公园……多得很！有你看的，只要你爱看！

雀儿说：不是没见过么！

金凤说：现在容易得很，以后每天下班，你跟我走就是了！

说着说着，两个人就回到了住处。

第二天早晨，走进上班的地方，雀儿忽然怔住了，拉了拉金凤的衣角悄声问：就是这里呀？

金凤打了一下她的手，没说话。

这哪是个单位呀！这地方与繁华热闹的西安城极不协调，整个面积满打满算还不到二十平方米，比陕南小镇上的杂货铺还要小，只是屋子里的摆设有点儿现代化的气息。

这儿是这家印刷厂的营业点，对外叫门市部，就是乡下人说的门面房。工作人员只有几个，主要任务是揽收和办理印刷业务，还做些书报杂志的设计和策划。听金凤说，这家印刷厂的印刷车间、装订车间都在城北，管理人员办公也在那里，规模还可以。

雀儿看了看眼前这些，总觉得不是自己想象的地方。

金凤看出了雀儿的心思，忍不住说：你不敢小看这地方！钟楼下可是寸土寸金，咱村子大，长的都是荒草、烂树、破石头，有什么用？别看这地方不大，可挣钱啊！听说咱那米粮老板现在资产有几百万，好家伙，那都是从这儿开始的。你猜他那时候做的啥？就做一样活儿，印制名片、证件、饭票，还有笔记本、日记本的红皮皮儿、蓝皮皮儿、咖啡色皮皮儿，就这，人家一家伙就发了！

雀儿觉得金凤说得在理，就一边听金凤说话，一边观察这小地方的环境，心里琢磨着自己下一步应该做的事情。

这家印刷厂的老板叫米粮，大米的米，粮食的粮，是南方人，年纪三十左右，长得有点儿面老，不了解他的人都以为他是个中年人，再加上他说话的语速慢、声调低、乡音重，还有些沧桑，给人一种老实稳重、值得信赖的感觉。面试的时候，米粮问了雀儿几句话，就说可以来上班，具体工作是做杂务，就是提水、扫地、抹桌子、早晚关门窗这些事情，同时还要求她尽快学会计算机操作的基本知识，准备以后上计算机，最好能搞设计工作。

雀儿没见过计算机，只听说过电脑，但不知道是个啥样子，于是问米粮：电脑和计算机哪个更先进？

米粮笑了，说：两个东西一样。

米粮眼睛小，笑起来只留下一条缝。雀儿觉得很好笑。

雀儿问：那为啥叫两个名字？

米粮又笑了，说：把猫叫咪，一样，叫法不一样。

雀儿不问了,她猜想可能就和人们小时候的名字和长大了的名字一样,一个是乳名,一个是官名。她记得自己小时候爷爷、奶奶都叫她雀雀,上学了老师和同学们叫她丁雀儿。

米粮给她说了许多话,最后一句话说得很慢,雀儿也听得最清楚:工作必须做好,工作做好了,其他都好说。

雀儿永远记住了米粮的这句话。她知道自己现在是这个单位的清洁工。她觉得一个山里孩子能在钟楼下面当清洁工也是很好的事情。她坚信,自己不会永远当清洁工,她会努力学习,通过学习提高自己。

很快,雀儿发现,在这里上班的几个人都是和她年龄相仿的女孩子,也都是乡下人,可能是长时间不在太阳下干活,也没有风吹雨淋,一个个长得像水洗过的白菜、萝卜,都水灵灵的,十分好看。

雀儿也好看,村子里的大嫂、大婶都说她不像山里人,和城里的洋娃娃差不多。雀儿曾为此骄傲过,进了城她才发现,自己和城市的姑娘差别太大,虽然她把姐姐出嫁时留给她最好看的衣服穿在了身上,可是和西安大街上的女孩子一比,她的身上就像扎了刺,不管衣服的式样、质量、颜色怎么时尚,她还都是个满身土气的山里娃娃。但是,有一点她很自信,就是她的长相和身材,绝不比城市里的女孩儿差。昨天下班后上街,看到一个女孩儿长得又矮又胖,两条腿粗得像轧土的碾石,却穿着紧身裤和长筒皮靴。雀儿心想,咋把这么好的东西让这号人糟蹋了。她真为那女孩儿遗憾,她想那女孩儿如果打扮得质朴一些,穿得上下协调一些,一定比这样打扮好看多了。要是在学校或者村子里,雀儿一定会建议她的好朋友调整一下装扮,可是这是在城里,那些人自己也不认识,只能表示遗憾了。返回的路上,她又看见一个抱着小狗的女孩儿,高高的个子,大大的眼睛,上身穿着一件很短的翻毛棉衣,衣领上的长毛几乎遮住了她瘦小的脸庞,细麻秆儿似的腿上只穿了很薄的黑色长筒袜子,脚上是一双很笨的棉拖鞋。她眼前立刻出现了家里养的那只大公鸡,可是那大公鸡也许比这女孩儿还好看一些。嘿!这人!怎么穿着棉拖鞋就上街呢?

晚上,她把看到的这些都说给了金凤。金凤嘿嘿一笑,说:你以为城里人和乡下人能有多大差别,明天我带你进澡堂子去看看,一个一个光尻子,没有啥不同!一样样的!

雀儿说:金凤姐,你咋把话说得这么难听?

金凤扑哧一声笑了:姐话丑理端呀!

雀儿想了想,也笑了。

金凤说:瓜女子,笑啥呢?走!上街去,多看几眼钟楼你的胆就正了。咱现在瞎好也算是钟楼下的鸟么!怕尿啥呢?想朝哪飞就朝哪飞,西安也是咱们姐妹的了!说着,金凤就抓着雀儿的手往出走。

晚上的钟楼相对平静了,上钟楼参观的人没有了,街上的汽车、行人少了,围着钟楼照相的人也看不到了,只有几只鸟儿绕着钟楼的翘檐飞,不时发出几声啼叫。雀儿猜想,这几只鸟儿可能是找不到家了。

金凤拍了一下她的胳膊,雀儿这才跟着金凤走了。

女孩儿天性爱美,无论城市还是乡下,她们都喜欢上街逛商场。雀儿是爱美的姑娘,只要有空儿就想往外面跑。

东大街、西大街、南大街、北大街、解放路、火车站、竹笆市、骡马市、木头市、盐店街、炭市街、糖坊街、二府街、庙后街、大皮院、小皮院、民生商场、开元商场、百盛商场、秋林商场……雀儿跟着姐妹一条街一条街地走,一处地方一处地方逛,腿走酸了,脚走疼了,劲头仍然十足。她们不是看历史,不是看文化,也不是看建筑,她们是看热闹、看商品、看漂亮。

雀儿和金凤在一起的时间最多,几乎是形影不离。

金凤进城早,也是姐妹们中经验最多的一个,她一边和雀儿转街逛商场,一边向雀儿讲自己的故事和女孩子应该注意的事情,雀儿佩服金凤,她一直觉得金凤的眼睛很毒,看人看得特别准。

一天,她们从钟楼下的地下通道通过,金凤忽然拉了拉她的衣角,低声说：你看那个穿咖啡色夹克衫的小伙子，看见了没有？那是个贼！

雀儿问：你咋知道？

金凤说：你看，你看啊！

果然，那小伙儿一直尾随一位很时髦的中年女人，以极快的速度从那女人很夸张的大提包里夹走了一只精致的钱包。

雀儿"啊——"了声，却立即被金凤捂住了嘴。

雀儿很不高兴地问：为啥发现了坏人不吭声？

金凤眼睛一瞪，狠狠地说：看把你能的！你要敢喊，看那贼不把你捅了，你以为那贼是一个人？他敢在光天化日之下动手，肯定周围是一伙人。

雀儿问：那就没人管了？

金凤说：警察呀！警察不管这事儿吃屎呀？你着急做啥？

雀儿不说话了。

金凤嘿嘿一笑，一脸幸灾乐祸的样子。

过了一会儿，金凤说：那被偷的女人活该倒霉！我看那货色肯定是个当官的婆娘，你看那贼式子，走路尻子还一拧一拧的，挨屎的货么，张狂么！今天一回去我就叫她哭！你信不？

雀儿不喜欢金凤这种做法，但又怕得罪金凤，就没再说话。

这件事后不久，金凤带雀儿乘公交车到南郊联系业务。路上，金凤与一年轻女子忽然吵了起来，什么脏话都骂出来了。

雀儿急忙上前劝阻金凤。

金凤急了，说：一边去，一边去！还不是为你！

雀儿不解地问：为我的啥呀？

金凤说：人家的手都塞进你提包里了，你没发现？真是个傻帽儿！

雀儿愣了一下，笑着说：我包里啥啥儿也没有，就是两包餐巾纸。

金凤扑哧一下笑了，指着雀儿的额头说：看你个坎头子货，真是个瓜屄！

周围的人笑了，再看那偷东西的嫌疑女子，已经不见了踪影，原来她们说话的时候，汽车已经过了一站。

下车后，雀儿问金凤到底咋回事儿。

金凤说：一上车我就看见那女的不是个东西，先是往一个男人身上靠。那男人灵醒，赶紧从车前头跑到了车后头，你却见那里有个空儿往前挤，就把那空儿占了，可你不知道，你的包包就到了那女人手跟前了。那女人也是笨尻货，压根儿就没发现咱俩是一块儿的，伸手就拉你包包的拉锁。我赶忙向前一挤，就把那女人推开了，所以她骂我。

雀儿仔细回忆，好像过程和细节就是这样。可是，她始终弄不清，车上那么多人，金凤怎么看得这么准的。

雀儿的神态，金凤也清楚，她知道雀儿还在怀疑她话的真实性。于是，晚饭后她又约雀儿上街，有意停在钟楼地下通道的一个角落系鞋带。

雀儿说：再没地方了，非要蹲在这儿系鞋带？

金凤摇了摇手，示意雀儿到自己跟前来，然后附在雀儿的耳朵上说：你看那个万货。金凤把她不喜欢的人叫货，或者叫万货。

雀儿顺着金凤手指的方向看去，不远处有一个身穿夹克衫装、戴着墨镜的男人靠着通道墙壁悠闲地抽烟，看那人的年纪约莫四十岁。

金凤问：雀儿，你看清了没有？

雀儿问：看他做啥呢？

金凤说：雀儿，你现在看他做啥呢？

雀儿摇头说不知道。

金凤说：那万货在吊膀呢。

雀儿问：吊膀是做啥呢？

金凤说：瓜尻，吊膀就是挂女人、寻女人、找女人知道不？你没听说过？

雀儿摇头说：没有。

金凤说：那你就跟着我看，跟紧，脚底下放麻利，我今儿让你看个新鲜的。

雀儿不想继续看下去，可是又觉得新奇，再说也没事儿干，正在犹豫的时候，一个打扮得妖里妖气的女人走到那男人跟前，两人相视一笑，那种笑怪怪的，雀儿没看见过，总觉得很那个。说话间，那男人在那女人脸上摸了一下；那女人一转身，那男人又在那女人屁股上拧了一把。那女人冲那男人又怪笑了一下就走了，那男人扶了扶眼镜就跟了上去。

金凤拉着雀儿悄悄地跟着那两个人，出了地下通道，上了大街，又拐进了一条小巷子里。

望着那两个人的背影，金凤忽然说：不跟了，不跟了，跟上了也没意思。

雀儿不知道金凤说什么，也不想知道那一对男女到底去做什么，金凤说不跟了，她也就停住了脚步。

返回的路上，金凤的话就没有停，可是雀儿一句也没听进去，刚才那一幕就像在电视上看到的，一直在雀儿的眼前晃。她越想越觉得心里堵得慌，金凤的样子也越来越模糊了。

雀儿到这个单位上班，是金凤帮的忙，临走时，妈妈一再交代雀儿要听金凤的话。姐姐却悄悄对雀儿说，不敢相信金凤，说金凤进城后变化太大，不要看她嘴上说得好，光看打扮就知道一定不安分。雀儿有自己的主意，她不管别人干什么，只要别人帮过自己，她就要记着感谢人家；只要别人不伤害自己，那自己也不必去管别人。还有，她相信金凤是一个村子的姐妹，人老八辈儿都在一个山沟里过活，再坏，她也不会太过分。雀儿是这么想的，也是这么做的。雀儿想起那天金凤在公交车上与女贼吵架，那明显是金凤在保护她，还有金凤经常教她怎么认识好人，如何防坏人、保护自己，在单位处处护着她，她心里都非常感激。

回到宿舍，金凤还在说刚才的事情，雀儿知道这事情还没完，就耐着性子听她说。

金凤说：今天见的那一对万货，就是小说书上、电视剧里说的"一对狗男女",男的应该叫嫖客,女的叫鸡,对,应该叫野鸡,专门做男人和女人见不得人的事情。

雀儿忍不住问:你不了解情况,也不能乱说,那两个人年龄相差那么大,会吗?

金凤说:你没听人说老牛爱吃嫩草么?年轻的就是比年龄大的好呀!

雀儿再没说什么,可是心里犯嘀咕,她甚至怀疑那对男女中,有一个是金凤认识的人,不然金凤怎么这么感兴趣。还有,走到半截她怎么又不跟着走了?她有看法,却要求自己不要管这些事情。

金凤说:你不知道,旧社会钟楼跟前有个鸭子坑,是女人专门干那事情的地方,那年代是公开的,按年龄大小、长得好赖明码标价,想咋整就咋整,不像现在偷偷摸摸,让公安局、派出所的人抓住了还要罚款。前些年,这种买卖是在解放路的立交桥上,那时候,听说西安城区只有那一座立交桥,那地方离火车站近,这样的事儿多得很,只要天黑了上那立交桥的,八成就是弄那事情的。

雀儿笑了,说:不可能吧?在那桥上?

金凤说:不知道了吧?人家又不是瓜尻,那只是挂,知道不?就是谈,谈生意……谈好了再到其他地方去。

雀儿忽然明白了,不好意思地点了点头。

金凤歪着头看了看雀儿,很得意地继续着自己的话题,一切说得很自然,也很平静,好像自己经历过似的。

雀儿的脸却红了,心跳也加速了,她觉得这座文明的大城市不应该有那些事情,或许是金凤在胡说八道。

三

时间过得很快，转眼间就到了夏天。

妈妈捎话让雀儿回家一趟，雀儿以为是爸爸的高血压病又犯了，回到家才知道是有人给雀儿提亲，男方是雀儿的高中同学二强，现在也在西安打工。

上学时，二强和雀儿在一个班，二强长相一般，学习成绩中等，平时很少言语，相互间接触得很少，所以雀儿对二强的印象很一般，要不是介绍人提说，雀儿说不定会把二强忘了。可是介绍人说二强上学时就看上了雀儿，有一段时间上学、放学还偷偷跟着雀儿。这次，是二强三番五次央求介绍人，介绍人才上门提亲的。介绍人还说，雀儿和二强是同学，互相了解，两个人很般配，只要雀儿现在表个态，二强就会直接去找雀儿。

雀儿努力在记忆中搜索二强，可是印象很模糊。再说，她一点儿思想准备也没有，她要介绍人转告二强，给她一段考虑的时间。

妈妈拉着雀儿的手，要雀儿好好想想，最好应下这门亲事。妈妈说：嫁汉嫁汉，穿衣吃饭，过日子是实实在在的事情，不是在商店挑拣花里胡哨的东西，千万不敢找好看不中用的男人，那就会把自个儿一辈子都害了。

妈妈说得很多，细想，过来过去就是这么几句话。

雀儿说：我会想的，我不会糊里糊涂的。

妈妈说：那就好，那就好。

走的时候，雀儿想起了小黄狗，问：妈妈，小黄呢？

妈妈说：不是在你身后么。

雀儿这才发现，小黄一直跟着她。多日不见小黄，小黄明显瘦了，身上的毛乱糟糟、脏兮兮的。

雀儿想起了城里的那些狗，那才叫狗呢！一些人把狗爱得像自己的孩子，名字都是"宝宝""贝贝""乖乖""妞妞""丹丹""蛋蛋"，有些甚至还有外国名字，什么"玛丽""憨豆""阿里""汉斯""啦啦"……这些狗整天有吃不完的香肠、腊牛肉、腊羊肉，喝的都是牛奶。山里人穷，狗也可怜，吃个白馒头都难。雀儿对母亲说：就给小黄多喂些吃食嘛，你看它都瘦成啥了，咱家也不是没有吃的！

妈妈不耐烦地说：知道，知道！你就知道操心狗！

雀儿说：狗忠诚，狗可怜。狗不会说话，可是有灵性，知道瞎好，咱要心疼它！

妈妈生气了，说：我不是顾不过来嘛，你们都不回来！看来狗比你妈都要紧，要是心疼，你就把它带走！

雀儿看妈妈生气了，这才不说话了。

雀儿走的时候，妈妈把她送到了村口，小黄狗也跟到了村口。

妈妈又说：我看二强那娃不错，个子、长相都好着呢，心眼儿也好，你就早点儿给人家个话，不要把好事儿错过了，过了这个村就没有这个店了！

妈妈的啰唆，雀儿早已经烦了，她还是耐着性子说：知道了！

雀儿叮咛妈妈注意身体，照顾好爸爸，不要太累。

妈妈说：还是你爸说得对。

雀儿问：我爸说啥来？

妈妈说：你爸说，你们姊妹几个，就数你有心，有孝心，知道关心父母。

雀儿一仰头，很奇怪地问：你说的是真的？我爸会说这话？

妈妈说：瓜女子，妈啥时候哄过你？

雀儿笑了笑，说：我咋有点儿不相信。

妈妈说：你爸是不爱说话，其实心里明白得跟镜子一样，对你们姊妹个个都很操心，特别是你。还有……

妈妈欲言又止。

雀儿问：还有啥？

妈妈说：你爸不让你上学也是为你好，他看你太辛苦了。

雀儿把头一扬，眼睛睁得更圆了：真的？

妈妈点了点头。

雀儿感到有一股暖流从全身流过，想流泪却又怕妈妈看到，于是弯下腰摸了摸小黄的头。

小黄很依恋地望着她，"汪——汪——"叫了两声。

雀儿又摸了摸小黄，说：放心，好好在家看门，过几天我就回来看你。

太阳西斜了，把高山、树林、小河照得一片金光。

这里是雀儿从小生长的地方，这里的角角落落她都十分熟悉。走在这片可爱的土地上，雀儿觉得自己的心情格外好，全身上下都是轻松的。

四

雀儿回到西安，想把回家的事情告诉金凤，听听金凤的意见，可是洗漱完毕后还不见金凤的影子。她正要上床休息，听见有开门声，回头看时，见金凤摇摇晃晃进了屋门，瞬间一股酒气便扑面而来。

金凤没有说话，眼睛却死死地盯着雀儿。突然，金凤跑到雀儿跟前，抱起雀儿猛地亲了一下，一只手就伸向了雀儿的乳房，嘴里说道：雀雀妹呀，你的奶奶咋这么美的！把姐都羡慕死了！

雀儿一惊，一把推开了金凤。这时，她才想起自己只穿着裤头、背心，胸罩刚才摘掉了，金凤的手就直接抓住了她的要命处。

金凤向床上一躺，放声大笑起来，笑得眼泪都流出来了。过了一会儿，金凤才坐了起来。

雀儿低着头，不说话，任金凤怎么逗也不吭声。

金凤说：我又不是个男人，就是个男人摸你一下，能咋地？

雀儿头一拧，很生气地说：就是不能摸！要摸，摸你自己去！开玩笑么咋能这样子？

金凤见雀儿真生气了，就说：不愿意了是不是？那你摸我，摸我十下，一百下，随便摸！说着，拉住雀儿的手就往自己的胸膛上放。

雀儿把金凤的手一甩，忍不住笑了。

金凤说：这就对了么，我还以为你真生气了。

雀儿说：金凤姐，以后不要开这玩笑了，咱又不是男人家。

金凤说：女人咋了？女人就不许疯狂一下？姐不就是羡慕你么！你看你的奶奶又大又圆，姐是个啥？太平公主！哈哈，胸太平，城里人叫太平公主，屎！还公主呢！你看人家公主，一个个长得又白又漂亮！还有你的尻子，对，说文明话，屁股！你的屁股又滚又圆，还往上翘着。姐呢？尖尖尻子，溜溜胯，难看死了！人家现在时兴丰乳肥臀，山东有个作家叫什么……好像是莫什么言，就是不叫人言传的意思吧！却把丰乳肥臀写成了小说，美得很，还得了那么大个奖，把男人都美死了！

金凤说到这里，发现雀儿还低着头，阴沉着脸，就再没说话，不一会儿就倒在了床上，发出了轻微的鼾声。

雀儿听妈妈说，女孩儿睡觉是不打鼾的，除非有病，或者是长得太胖的人。雀儿发现金凤睡觉发出了鼾声，也许是喝酒的缘故。

这一夜，雀儿翻来覆去睡不着。她不是生金凤的气，她知道生金凤的气也没有用。金凤在乡下时就是个很疯张的假小子，上树掏鸟蛋、抓松鼠，下河捞鱼虾，比一般的男孩子手脚都利索。

雀儿想起了上中学的时候，自己的胸脯比别的女孩子都高，她用细纱布缠裹过，可是越缠裹，那两个突出的部位越高。那时候，几个年龄大些的男同学总爱盯着她,她看到那种目光脸就发烫,心跳就快了。

雀儿想起了刚才金凤的瞎闹,她的手也不自觉地摸了一下胸脯,还真的溜光溜光的,她的脸又不自觉地红了。

金凤翻了个身,嘴里喃喃地叫了两声雀儿。

雀儿没好气地说:半夜了,叫啥呢?烦不烦?回头看时,发现金凤在睡梦中。

雀儿睡不着,就想事情,该想不该想的都进入了她的脑海。

她想到了自己的名字雀儿,上小学的时候,有的同学叫她雀雀儿,有的叫她麻雀雀,有的还叫她雀雀子,当然关系好的也叫她巧儿。雀儿知道村子的老人把小男孩儿的生殖器叫雀雀儿,她爱听巧儿,不喜欢人喊她雀雀,有一阵子很羡慕金凤的名字。六年级那一年她非要奶奶把她的名字改了,奶奶问她为啥,她只哭就是不说话。

奶奶正在缝补衣服,放下手中的活儿,把老花镜往上推了推,笑着说:你可不敢小看这碎麻雀儿,它可是个有志气、有志向的鸟呢!它只在外面飞,不能在家里养的!

雀儿问为什么。

奶奶说:你见过人养画眉、黄鹂什么的,见过谁养麻雀吗?没见过吧!你要把麻雀关在笼子里,麻雀就会气死的!你说这麻雀有志气吧!

这可是雀儿第一次听说,仔细一想,还真没见谁养过麻雀。她听一个同学的爸爸讲,小孩子拿麻雀写字手会发抖,所以她从来没动过麻雀。

奶奶说:还有呢,麻雀死的时候会飞得很高很高,高到人看不见,然后让风把自己风化了……

雀儿睁大了眼睛看奶奶。

奶奶说:所以人看不到麻雀的尸首,能看到的都是人打死的,或者吃了毒药死掉的。就这,其他的麻雀还会把死麻雀弄走的……

雀儿眼睛睁得更大了,她问奶奶:你说的都是真的?

奶奶张着没有门牙的嘴呵呵笑了,说:这奶奶还能哄你?

雀儿问：你咋知道的？

奶奶说：我奶奶给我说的呀！

雀儿不说话了，她想，要是麻雀真这样，那还真是值得敬佩，叫雀儿这个名字也行啊！可是她忽然想到了爷爷说过的"除四害"，于是问奶奶：麻雀是不是四害？

奶奶透过眼睛缝儿看了看雀儿，很严肃地说：开始算四害，后来不算了！

雀儿问：那是为啥？

奶奶说：因为麻雀不是四害，不是害虫！人们弄错了！可惜麻雀死了一片又一片……唉！命啊！

这事情雀儿也听爷爷说过，难怪后来多少年麻雀稀缺得很。

雀儿想着想着就睡着了。睡着了做了一个梦，梦见自己是只麻雀，后来变成了一只很漂亮的凤凰在天空里展翅飞翔，忽然一只老鹰冲过来……

雀儿被惊醒了，好长时间又睡不着了。

第二天早晨，雀儿给金凤讲了昨晚醉酒的事情。金凤说模模糊糊说过什么，记不清了。

雀儿说了经过，金凤说：要是有，姐给你赔个不是。

雀儿说：不用，不用，以后不要开这种玩笑就对了。

金凤说：说真话，那东西迟早是要被男人摸的，也不是光给娃娃喂奶的。不过，姐想给你说，轻易不要叫男人乱摸。

雀儿故装生气地说：你这嘴是咋了，赶快去水管子上冲洗一下！

金凤说：我说的是真话！不爱听就不说了！以后你就知道了，我让你嘴硬！

雀儿佯装生气地说：各人管好各人！

金凤耍赖地说：我是你姐，就是要管你！你也不要烦！

雀儿说：管吧管吧，这两年老大说了算，你要管就吃喝穿戴全都管！

到时候可不要后悔!

金凤指着雀儿的鼻子说:那你的工资也要交给我!

雀儿脸一沉,身子一拧,说:看把你美死了!

五

下班后,雀儿约金凤到坊上吃麻酱凉皮。

金凤问雀儿:是不是有什么事情?

雀儿说:没有。

金凤说:那你妈叫你回去干啥?

雀儿说:走,先吃饭,吃了饭再说。

金凤说:我看你也哄不了人,就直说吧,你的事情我早都知道了。

雀儿说:你知道啥?我昨天晚上刚回来,一个人也没见,谁会告诉你?

金凤说:你不告诉我,我就不知道了?

雀儿很不解地望着金凤。

金凤说:不用猜了,今天你要请我吃小六家的灌汤包子,吃麻酱凉皮我就不去了。

雀儿说:好好好,吃就吃,灌汤包子我也没吃过呢,咱也开一次洋荤。

说着,两个女孩子就出了单位的门。

坊上就是回民街,在钟楼西北方向的北院门一带,包括庙后街、西羊市、大皮院、小皮院等多个地方。这里名店鳞次栉比,美食佳肴数不胜数,一天到晚热气腾腾,满街飘香。有糕点、干果、水果、烤肉摊子;有蜂蜜凉粽子、桂花糕、玫瑰镜糕、柿子饼、腊牛肉、腊羊肉、麻酱凉皮铺子;有酸汤水饺、牛羊肉灌汤包子、牛肉面、水盆羊肉、羊肉煮馍店……这里的历史很悠久，是丝绸之路的起点，一度吸引着阿拉伯、中东地区的商人。外国使节、波斯的商贾也在这一带滞留停歇，甚至扎根在此，繁衍生息。现在的回坊，聚集着六万多穆斯林，他们高鼻子、深眼窝，心灵手巧，充满智慧，把传统的小吃做得炉火纯青，常年吸引着络绎不绝的中外游客。

第二次来这里了，雀儿还是觉得一阵眼花缭乱，往前又走了一会儿，还是恍恍惚惚的。转了好一会儿，她们还是坐在了上次的小店里，吃的还是麻酱凉皮。西安的女孩子喜欢吃凉皮，无论夏天冬天，就是下大雪，也都爱吃，雀儿和金凤也爱吃。吃了凉皮后，她们又喝了一碗酸梅汤。

雀儿看了看金凤，很认真地叫了声金凤姐，然后问：你说孙二强这个人咋样？

金凤也看了看雀儿，诡笑了一下，说：你俩是同学么，还问我？

雀儿依然认真地说：上学时就没注意么，谁也不了解谁。

金凤呵呵一声笑了：人家二强早就看上你了，你还糊里糊涂的。

雀儿不好意思地笑了。

金凤说：孙二强进城早，人也勤快，先是跟着人家搞装修，学贴地板砖，给墙上挂瓷片，现在已经是小包工头了，还带了几个人，手上是有俩硬通货了。

雀儿问：你咋知道得这么多？

金凤说：你也没看你金凤姐是干啥的！

雀儿说：你说你是干啥的？

金凤说：你说我是干啥的就是干啥的，反正有人来求我了，比你来得早！

雀儿"啊"了一声，一切都明白了。

原来，昨天下午孙二强来找金凤了，而且请金凤喝了一场酒。

雀儿问：就你们俩？

金凤说：还有你姨家的百灵。

雀儿问：百灵也来了？

金凤说：就是啊，你不在，他们都来了，你回来了，他们又走了。你也不招呼一声，他们要是知道你回来就不会走了。

雀儿说：不是没钱买手机么，要是有，也许早就联系上了。

金凤又诡秘地一笑，说：让二强买，下回我给他说。

雀儿有点儿着急，白皙的脸上出现了红晕：对了，对了，烦死人了！你能不能正经些，替我好好想想。

金凤说：情况你都知道，没啥说的，大主意还要你自己拿。

金凤话说得生分，但是没有错，这一点雀儿心里清楚。她虽然年龄不大，但平时很有主意，婚姻是终身大事儿，绝对不能轻易表态，这事情急不得。雀儿把这件事告诉金凤，就是要听听好朋友的意见。再说，金凤比她大，知道的也一定比她多。

晚上，雀儿又想到了百灵。百灵和雀儿是表姐妹，两个人生于同一年，百灵比雀儿大几个月，雀儿懂事，从小就叫百灵姐姐。雀儿家里穷，上学晚，中间因生病又休学了一年，所以两个人的生活就拉大了距离，可是她们之间的关系却很好。这个时候，她不知道自己的这个小表姐找她干什么来了。

百灵在南郊一所大学上学，很快就要毕业了，家里人希望她回到老家找个工作，百灵说除非太阳从西边出来。

爸爸、妈妈说服不了她，也就任其去了。

百灵不行，她向父母亲要钱，说是托人在西安找工作。

爸爸原本希望百灵回老家当个教师，看女儿坚决要留西安就问需要多少钱，百灵说的数字吓得爸爸半天合不拢嘴。回过神来，爸爸生气地说：我没有钱，你自己想办法去！

爸爸是老实巴交的乡下人，平时话比较少，声调也不高，可是说一句是一句，别人很难改变。

百灵一看没有希望，就开始向亲戚朋友借。周围的亲戚都是乡下人，借钱可不是件容易的事情。

　　雀儿的印象中，百灵一直是个很腼腆的女孩儿，说话从来不大声，一见生人就脸红。但是，百灵很有个性，从小就很有主意。外婆说百灵个子小，是心眼儿多压矮了个子。也许是学习成绩优秀的原因，百灵从来不把一般的孩子放在眼里。可是，百灵的骄傲一般人很难发现，因为百灵平时很少说话，说话的语速也慢，对待长辈很有礼貌。

　　发现百灵的变化，是今年年初的一个星期天。那天，雀儿从钟楼邮政局出来，迎面碰见百灵和一个学生模样的男青年走了过来，雀儿上前和百灵打招呼，百灵却躲躲闪闪。雀儿觉得蹊跷，在外面停了一下又悄悄跟了上去，听百灵正给那青年介绍雀儿。雀儿听得不是很全，可是关键两句她听清了，百灵说，雀儿是和她一个村的人，是打工的农民。百灵的话，雀儿听了很生气，是百灵爱面子，还是真看不上她这个农民妹妹了，还是其他原因？雀儿百思不得其解。

　　过了几天，雀儿专门到百灵的学校去了一次。百灵清楚雀儿找她的原因，嘴上支吾了半天才说了真话。

　　百灵说那青年叫刘有成，是她的同学，也算是她现在的男朋友。

　　雀儿关切地说：你大学还没毕业，这么年轻的，工作还没找下就着急找对象，是怕找不下了？

　　百灵低头闷了很久，猛地抬起头来说：我不想回山里去！

　　雀儿发现百灵的大眼睛里溢满了泪花，就再没说话。

　　百灵说：那个刘有成是西安人，他妈他爸都有工作，家里条件好，在郊区还有一栋别墅。刘有成的叔叔是个有权势的官，要是和刘有成确定了恋爱关系，落户西安就是铁板上钉钉子的事了。可是，刘有成至今还没有给自己的父母讲过这个事情。眼看就要毕业了，学校让学生自己联系工作单位，否则就要把学生的户口转回本地，所以就着急了嘛！

　　雀儿说：那你就催催嘛！

　　百灵说：我都说了许多遍了，人家不动我有啥办法？你不要看城里人光眉滑眼的，知道不？那是个白脸瓜子！

雀儿听不懂了，一时不知说什么好。

百灵说：就这么些事儿，说复杂了你也不懂，你说怎么办？

雀儿说：那你到处借钱干什么？

百灵斜眼看了看雀儿，叹了一口气，然后慢悠悠地说：这你就不用管了，或许我再也不会借钱了，最起码不会借你的。

雀儿多少听出百灵有些怨气，很委屈地说：看你这话说的，我不是替你操心么！

百灵说：我知道你也没钱，可是咱的亲戚哪个有钱啊！

雀儿说：那咱就按正常渠道走么。

百灵看了雀儿一眼，苦笑了一下，摇了摇头。

姐妹俩的对话就这样结束了。百灵送雀儿走到学校大门外，没说一句话。雀儿走出很远了，百灵又追上去对雀儿说：无论如何不能把我谈对象的事情告诉任何人，特别是家里人，我不想让咱姨和咱姨夫操这些闲心！

雀儿说：我知道，你放心。

百灵说：你说的那计算机没啥学的，你先学打字，最好用五笔，五笔快。拼音也行，但是你的普通话不好，咱们那一带人口音重，特别是尖团音发不出，不好改，容易错。好了，好了，我忙完这一段时间教你，快得很！

雀儿说：灵人不可细教，我笨，害怕学不会。

百灵说：没问题，好学得很，要不了几天时间就会了。

晚上，雀儿躺在床上睡不着，想了很多事情。过去，她很羡慕百灵，认为百灵命好、运气好，是天底下最幸福的人。今天才发现，百灵这么聪明的人、这么幸福的人，眼看就要大学毕业了，还有这么多难事儿，她有些糊涂了。想了百灵又想自己，她不明白，人活得咋都这样难的。

雀儿

六

　　早晨刚上班，二强的电话就打过来了，他问雀儿晚上有没有时间，想请雀儿到易俗社看秦腔。

　　雀儿喜欢秦腔，小时候在学校还表演过《红灯记》里李铁梅的一段清唱，好像是"打不尽豺狼决不下战场"，唱得台下一片叫好声。县剧团的导演都说这娃娃有培养前途，要不是后来县剧团解散了，雀儿说不定早已成了演员。雀儿估计二强记着这件事儿，要不，他怎么会想到请她看秦腔。

　　雀儿犹豫了一下，就答应了。

　　世界上的事情有时很难说清楚，明显的好人坏人都好区别，可是遇到那些缺点和优点都不十分鲜明的人，那就难了，只能让时间去解决，或者听天由命。此刻，雀儿就是这样做的。

　　易俗社在西一路，距离雀儿住的地方很近，看秦腔的人还不少，听口音、看服饰，很快就发现大部分观众是乡下人。他们说话的嗓门很高，声音很大，听这些人对话交流，能听出他们不但对剧情熟悉，而且对台上演戏的演员也很熟悉。

　　易俗社这个名字，是雀儿看"西安事变"这个历史故事时知道的。杨虎城、张学良将军为逼蒋介石抗日，在西安发动了"西安事变"，抓蒋介石的那个晚上，他们请西安城里的国民党高级军官在易俗社里看秦腔，然后才派人抓了蒋介石。雀儿一直也想在这里看场秦腔，今天总算如愿了。今天，她还增加了一些知识：易俗社是1913年成立的，大文学家鲁迅先生给易俗社题了"古调独弹"四个大字，毛泽东、周恩来、习仲勋、杨虎城、张学良等历史人物对易俗社都有过评价和赞扬。这些历史和故事又增添了易俗社的神秘感。

　　透过熙熙攘攘的人群，雀儿看见了二强。二强穿着黑皮鞋、黑裤子、白T恤，留着寸头，在雀儿眼前忽然亮堂多了。几年没见二强，二强真的变了，这是雀儿没有想到的。人常说，女大十八变，看来男过十八也会变的。雀儿发现二强还是个细心人，不但买了汽水、瓜子、花生米，还买了一把很漂亮的小纸扇，用一只塑料袋提着。

　　戏演的是《五典坡》，扮演王宝钏、薛平贵的都是西安城里的名角，雀儿在广播里听他们唱过，见真人却是第一次。雀儿是个戏迷，平时听广播就认真，这时候就更投入，特别是王宝钏唱"老娘不必泪纷纷，听儿把话说原因……"那一段时，竟感动得泪流满面。二强一直想找个机会说几句话，可是一点儿空隙也没找到。

　　戏演完了，两个人出了剧场，二强问雀儿：你还这么爱看戏？

　　雀儿说：爱么，都几年没看戏了。

　　二强问：演得咋样？

　　雀儿说：这是我这辈子看过的最好的戏，可是过瘾了。

　　二强说起那年雀儿演李铁梅的事儿，把几个细节都记得很清楚，还说，那天晚上他就趴在戏台跟前的大槐树上。

　　雀儿静静地望着二强，心里有点儿感动了。

　　这是雀儿这几年最开心的一个晚上，她对二强的看法发生了转变。

　　走到雀儿宿舍跟前，他们不由自主地停住了脚步。二强问：你回咱村，你妈没给你说啥？

　　雀儿一笑，没说话。

　　二强问：那你的意见呢？

　　雀儿看了二强一眼，说：再看么。

　　二强又问：再看是啥意思？

　　雀儿又笑了，说：再看就是再看的意思么。

　　二强深情地看了看雀儿，忽然拉住了雀儿的手。

雀儿感到这双抓过瓷砖、瓷片和水泥的手很大、很有力，自己的心也不知怎么的怦怦怦地跳快了。

雀儿感觉有什么事情要发生，她似乎听见二强的心跳声，于是决断地甩开了二强的手。

二强走了。望着二强远去的背影，雀儿觉得自己的脸还在发热，手心里也出了汗。

夜晚的城市中心很静，宽敞的大街上只有数得清的几个人影。月色里的钟楼、鼓楼比白天还要耐看。

金凤没有休息，坐在床上看电视，见雀儿一进门就问：戏好看吗？感觉好吗？美不美？

雀儿说：好，好，好！

金凤又问：二强亲你了吗？

雀儿说：不告诉你！

金凤说：不告诉我我也知道，不就那些个事嘛！

雀儿说：你见过？你亲过？你说你没谈过对象，你咋都知道？

金凤说：咱没吃过猪肉，可见过猪哼哼么！

雀儿说：不打自招吧！金凤姐，快说说，你到底是咋样谈恋爱的。

金凤说：我要是有男朋友，就不会坐在这儿看电视等你回来了！

雀儿说：真的？

金凤说：不是真的还会哄你？

雀儿问：那你咋不谈呢？凭你这聪明劲儿还不谈十个八个的！

金凤说：好！姐明天就谈一个排给你看！

雀儿说：那你就当排长了！

金凤扑哧一声笑了，说：排长那官太小了，姐要当就当团长！

两个人说着都笑了。

雀儿一边洗漱，一边和金凤说话。两个人睡觉的时候，已经很晚了。

七

这一天，雀儿和金凤去南大街，从钟楼地下通道经过的时候，又看到了上次在这儿吊膀的万货。

金凤对雀儿说：你等我一下，让我看看这万货又干啥缺德事呢。

雀儿说：咱们这么忙的，理那万货干啥呢！

金凤说：妹子，你就等等姐，一会儿姐请你吃羊肉泡。

雀儿说：那你就快点儿！

金凤说：没麻达，快得很。说完就走了。

雀儿在地下通道里转了好几个小商店，又回到了原地，她怕走远了金凤回来找不到她。

报话大楼的大钟已经响了两遍了，还不见金凤的影子。雀儿着急了，她在地下通道里来回找了两遍，又跑到地面上找，穿过熙熙攘攘的人群，扫描一张张陌生的面孔，雀儿肚子饿了，出汗了，心慌了，金凤还没有回来。

雀儿决定不等了，想先回宿舍看看。她先到钟楼邮政局给二强打电话，让他过来帮忙找金凤。

雀儿走进宿舍，看见金凤坐在床上。她正要发作，却发现金凤在流眼泪。

雀儿问：金凤姐，怎么了？

金凤不说话。

雀儿着急了，又问：到底发生啥事儿了？

金凤还是不说话。

雀儿心里着急，可是没有再问。她感觉发生了什么事情，要不金凤不会是这样子。她拿来毛巾递给金凤,让金凤擦眼泪,又给金凤倒了一杯水。

金凤擦了擦脸,喝了几口水,才说没事儿。

雀儿问:没事儿你跑到哪儿去了?没事儿你流啥眼泪?

金凤停了好一会儿才说:猫眼真的不见了。

雀儿一怔,问:猫眼?什么猫眼?

金凤说:就是之前和我住一个宿舍的陕北女娃子么。

雀儿说:猫眼不见了就不见了,你也不至于这样么!

金凤说:你不知道,猫眼和我在一起都好几年了,就像亲姊妹一样。

雀儿问:你不是找万货去了么,怎么又出来个猫眼?难道……

金凤看了看雀儿,又拿起毛巾擦了擦脸。她本不打算把猫眼的事情告诉雀儿,不说心里又堵得慌。

万货是一家小饭馆的老板,卖的酸汤水饺很好吃,金凤吃了几次觉得不错,就把猫眼带去吃。时间长了人也熟了,万货的老婆还经常和她们聊天。

有一段时间,金凤在北郊跑业务,中午猫眼就一个人来这里吃饭。当金凤再来吃水饺的时候,发现猫眼和万货已经相当熟悉了,好几次吃饭连钱都没给。

金凤坚持要付钱。

万货说:算了算了,不就几个饺子么。

金凤说:人熟也不行!好朋友勤算账么。

万货对金凤说话,眼睛却一直看着猫眼的胸脯,那种眼光好像要剥开猫眼衣服似的,金凤实在看不下去。

猫眼好像一点儿感觉都没有,还说:人家老板有钱,不要了就不给了。

金凤对猫眼说:咱也不是日本鬼子、伪军,怎么能吃饭不掏钱呢?不知怎么的,她忽然想起电影《小兵张嘎》里胖翻译吃西瓜不付钱的事儿。

从这天开始,金凤注意观察猫眼的变化,发现猫眼添置了一件新衣服,买了手机,还用上了香水、口红。

金凤问猫眼哪来的钱,猫眼说家里寄的。问得多了,猫眼嘴里就支支吾吾。再后来,猫眼晚上经常一个人出去,有时候半夜才回来。

金凤问了几次,猫眼不高兴,有一次还变了脸。金凤知道不能再问了,可是心里却放不下。

万货喜欢找年轻的女孩子说话,对漂亮的女孩子特别殷勤。他老婆好像知道他的毛病,看见万货和女孩子在一起就指桑骂槐地发脾气,常常给万货脸色看,可是万货总是嬉皮笑脸的不在乎。这些金凤过去都看见过,可是这个人到底和猫眼有没有关系,金凤不敢去想。

一天,金凤上街买东西,路过一家像样的酒店,隔着窗户看见猫眼和万货在吃饭,旁边还坐着个留小胡子的小伙子。小胡子正把一块肥肉往猫眼嘴里送,不知万货说了句什么,猫眼嘿嘿直笑。金凤想进去,脚却没有迈出去,她不知道进去该说什么。

这个晚上,猫眼没有回宿舍。

第二天早晨,猫眼没来上班,金凤借故请假跑到万货的小饭馆,不见万货。金凤问服务员万货在不在,服务员说万货有事儿。金凤又问万货的老婆在哪里。服务员说,万货的老婆病了,回陕南老家了。金凤给猫眼打手机,猫眼关机了。

金凤脑袋轰的一下大了。回到单位,她把找不到猫眼的事情告诉了米粮。米粮说,猫眼请假了。

金凤问:不知道请的啥假?

米粮说:你们关系那么好,她没告诉你?

米粮平时话不多,脾气也好,待人还算和气,可是,今天却表现得特别不耐烦。

金凤不说话了,米粮却说:干你的活吧,少操人家的心,她回陕北了，说是她妈病了。

晚上回到宿舍，金凤忽然发现猫眼的手提箱不见了，洗漱用具和化妆品也没了踪影。她想，回家看母亲不至于把这些东西全拿走吧。金凤想了半夜，也没想出个名堂，却把自己的脑袋想得晕乎乎的。第二天、第三天，她都去万货的饺子馆找万货，万货都不在。

那天，她和雀儿看见万货"吊膀"就想追上去问，走到半道上又觉得那个时间不妥，所以放弃了。这一次看见万货，她自然不肯放过。谁知，万货压根儿不承认和猫眼有什么关系，甚至说他见都没见过猫眼，还说金凤在讹人。

金凤就把那天看见他、猫眼和小胡子吃饭的事情说了。万货说金凤看错人了，他从来就没有小胡子的朋友，更不可能和什么小胡子、猫眼吃饭。

金凤说：那我告诉你，猫眼失踪了！

万货说：猫眼丢不丢与我屄不相干，我管她丢不丢！说完又对金凤狡黠地一笑，说：你没丢就行，你要丢了哥我可就心疼了。

金凤火了，骂万货王八蛋。

万货嬉皮笑脸地说：骂得好，管他王八蛋、王七蛋，哪一天让你好好看哥的蛋。

金凤见万货说流氓话，真想扑上去扇那家伙两巴掌，可是周围都是过路的人，再说她一个女孩子哪是万货的对手。

万货得意地对金凤一笑，说：妹子，快去找猫眼吧，我真不知道她到哪儿去了，我也挺想她的，那女子真他妈的让人想！嘿嘿！现在想不成了，哥现在就想你，你要想哥了打个电话，哥一定叫你满意！

金凤抡起提包就向万货砸去，万货一闪身跑进了人群中。

听完金凤的述说，雀儿陷入了沉思中。

过了一会儿，金凤试探着对雀儿说：能不能让二强帮个忙？

雀儿问：这事情，二强能帮啥忙呢？

金凤说：我看对付万货得用硬杀法，让二强叫几个小伙子把这家伙整治一下，我就不相信他不知道猫眼的下落。

雀儿像不认识似的看了看金凤，半天没有说话。

八

金凤和猫眼住一个宿舍，猫眼在雀儿还没来时就走了，她的事情雀儿都是听金凤说的。

现在，猫眼的床铺只剩下了空床板，床板上放着雀儿和金凤的脸盆、肥皂、香皂等洗漱用具，还有一些准备洗的衣服。

金凤说猫眼是陕北人，那里尽是山梁梁、山沟沟，那里的人都住窑洞，那里的人都爱吃羊肉、爱喝酒，那里的人都唱信天游，那里的男人俊，那里的女人漂亮，那里的男人生下来就会跳舞，那里的女人生下来就会唱歌。猫眼是那里漂亮女子中的漂亮女子，高鼻子，小嘴巴，长眉毛，大眼睛，就像陕北民歌里唱的，一口口白牙牙，一对对毛眼眼，走路好像水上漂……勾人的魂儿呢！

雀儿问：你去过陕北？

金凤摇了摇头。

雀儿问：那你咋知道的？

金凤说：人家猫眼说的么！

雀儿问：她的名字真叫猫眼？

金凤说：不是，不是，是她的眼睛大，别人给她取的绰号。

雀儿问：那猫眼现在呢？

金凤说：不知道，走了就再也没见过。

夜里，雀儿做了个梦，梦见了一位长着猫一样眼睛的女子，那胸脯比自己的还要高。

雀儿问：你是谁？

女子说：我是猫眼。

雀儿问：你找谁？

猫眼说：不找谁，谁也不找。

雀儿问：那你来干什么？

猫眼说：我来睡觉。说着就上了雀儿的床，拉起被子就往雀儿身上挤。

雀儿大叫了声"猫眼"，就醒了。

金凤被惊醒了，爬起来问雀儿喊什么。

雀儿说：猫眼回来了。

金凤问：你看见她了？

雀儿说：看见了。

金凤问：你认识她？

雀儿说：我咋能认识，她说她是猫眼。

金凤不说话了。

雀儿说：我刚才做梦，梦见她回来了。

金凤披着衣服坐了起来。

雀儿问金凤：这猫眼会不会是出事儿了？

金凤说：你可不要说不吉利的话，我心里早就缩疙瘩了，所以想让二强来帮忙。

雀儿想了一下说：你又说这事儿，要说你自己说吧！

金凤知道雀儿不高兴二强参与这件事情，但一时又没有什么好主意，一听雀儿松了口，马上说：不就碎碎个事么，让我说，我就说，明天早上我就说。

九

西安的城墙听说最早是唐代修建的,明代时进行了修整,历史太长了。

前些年,这城墙还是破破烂烂的,经过修葺整治后面貌已经焕然一新,护城河里的水清了,城墙下的树多了,草密了,花开了,还安放了许多供游人休息的长椅石凳。早晨和晚上来这里的人越来越多,练拳的、跳舞的、唱戏的、练琴的、散步的、唱歌的……当然还有许多谈情说爱的,年纪大的有,年轻的就更多。

金凤和雀儿来过环城公园几次,都是路过。一天,她们听几个聊天的老人说,这里新栽的一些树是从山里或者郊区农村挖来的,于是就停了脚步。她们觉得老人说得对,这里的树一棵一棵都像是家乡的树,特别是那几棵大树,走近了却又觉得不像了。觉得像的时候,她们感觉这里很亲切;觉得不像的时候,她们又没了那种感觉。

今天,金凤不是来看树的,她把自己打扮得很漂亮,她要实施一个策划了好几天的十分重要的计划。

金凤没想到二强答应得很爽快,约万货也比较顺利。

晚上九点多,金凤背着拎包出现在南环城公园的一棵树下。她观察了一下周围,发现有一对情侣相拥着向公园外走去,另一对在树影比较浓的椅子上依偎着,不知男的说了什么,女的咘咘地笑,看那样子还没有走的意思。

金凤抬头望了望天,没有月亮,天幕上仅有的几颗星星也不璀璨。看了看时间,她的心又怦怦怦地跳了,她习惯性地咽了一口唾沫,试图稳定一下乱纷纷的情绪。这时候,一个熟悉的人影出现了,与此同时,金凤发现二强也在她眼前晃了一下，紧跟在二强后面的是一个细高个儿的小伙儿。看到这一切，金凤发软的腿马上挺直了。

万货还是一副嬉皮笑脸的样子，一见金凤就说：没想到你还浪漫得很，不就是个护城河嘛，有啥好？找个旅店不比这儿清静？咱兄妹俩也好说话办事么。

金凤说：没品位了吧！干啥都脱不了稼娃的皮。

万货嘿嘿一笑说：该不是又来问猫眼吧？我告诉你，我不知道。你再问我也不知道。

金凤说：问不问是我的事，说不说是你的事。再说，不问猫眼就不见面了？

万货怔了一下，说：那你这是？

金凤说：坐下说么，老哥你今儿咋这么规矩的？

万货说：那你先坐么。

金凤说：坐就坐么，谁还没坐过！

万货很警惕地看了看周围，顺势就坐在金凤的身旁，一只不安分的手接着就搂住了金凤的后背。

金凤嘴里说正经点儿，身子却向万货歪了一下。

万货搂紧金凤，嘴正要向金凤的嘴伸过去，二强忽然从树影里闪了出来，拉过万货，拳头就雨点般地打了下去。

万货见无法逃脱，就放声大喊：杀人啦！救命啊！

二强揪住万货的脖领，压低嗓门怒斥道：你个狗日的流氓，欺负我的女朋友。还喊，再喊我就掐死你！

听这话，万货知道来者不善，灵机一动，顺手抓起一把沙土迎面撒向二强。二强向后一闪松了手，万货拔腿就跑，谁知刚跑出两步就被那细高个儿男子伸出的腿绊倒。二强抹了一把脸上的沙土，转过身扑了上去。三人正打得难分难解，忽然几道强烈的灯光射了过来，紧接着两辆三轮摩托车就呼呼地开了过来。金凤发现是警察，忙喊：快跑！警察来啦!

金凤和细高个儿男子跑掉了,二强和万货被警察带到了派出所。这一切在金凤眼里就像演电视剧,太快、太迅速,甚至还没来得及细想,一切就结束了。金凤逃离了现场,腿才开始哆嗦,她想,此事全是因她而起,走了没有办法给二强和雀儿交代,而且这事情迟早还要找到她。于是牙一咬、心一横,自己找到了派出所。

派出所的民警认为这件事是个很简单的治安案件,结果二强被罚了一千元钱。金凤本来是主谋,考虑到她是初犯,又是为别人打抱不平,也做了罚款处理。万货干的坏事儿多,早已在公安人员的监控之中,加上这次金凤向派出所民警检举了他与小胡子,提供了猫眼失踪的线索,他便被派出所民警扣留了。

金凤急于知道猫眼的情况。民警让她不要着急,等候万货的审理结果。

十

金凤请二强帮忙抓万货,目的是想让万货说出猫眼的下落,谁知猫眼的事情还没问出一句,万货却被派出所抓去了,他们只能等公安人员对万货的审理结果。

这件事情后,金凤一直觉得对不起二强,几次要把罚二强的一千元钱还给二强,可是二强说什么也不要。金凤就找雀儿做工作,雀儿说:这是你俩的事情,我不参与。

雀儿生性好静,从来不喜欢管闲事儿,她觉得自己的事情已经够多了,金凤又惹了这么个事情,心里觉得很烦。不管二强的事情不行,管了二强,雀儿又担心金凤还要让二强干什么事情,所以她决定暂时不参与,晾一晾金凤和二强再说。

离下班还有一个多小时，雀儿说是有事儿，请了一会儿假，出了门直接乘公交车到了南郊。她要去找百灵，看看百灵最近联系工作的情况，同时说一下学习计算机的事情。可是百灵不在，教室里没有，宿舍也没有。雀儿就向图书馆走去。百灵说过，她每天都在这三个地方活动，雀儿也就到这三个地方去找。走到一个拐弯处，雀儿迎面碰上了百灵的同学婷婷。

婷婷是位身材娇小、非常白净的姑娘，今天穿着件藏青色短大衣，脖子上系着一条白纱巾，下身穿着黑色的细腿裤，脚上穿着一双黑皮靴，看起来十分清雅干练。望着婷婷，雀儿想起了两个字：文静。她喜欢这样的装束和打扮。

雀儿见过几次婷婷，相互的印象都比较好。婷婷对雀儿很热情，问她见百灵了没有。

雀儿说：找了教室和宿舍，都没有，我现在去图书馆看看。

婷婷说：你没看都什么时候了，谁还去图书馆？走，你跟我走，我带你去找。

婷婷把雀儿带到男生宿舍楼下，问学生宿舍一位值班的老头儿：张师傅，刘有成在吗？

老头儿摇了摇手，说：不在，不在，早都不在这儿住了。

婷婷回过头对雀儿说：你白跑了，改天再来吧。我有事儿，不陪你了。

雀儿说：谢谢，麻烦你了。

这一带是新建的大学城，在连绵起伏的秦岭山下。过去，这里良田万顷，绿树成荫，村庄错落有致，牛羊星星点点，极目远望，一片田园风光。如今，这些已经没了踪影。百灵所在的学校也是一片新建的大学园区，校园外还有些农田和正在改造的村庄，空旷而幽静。雀儿走的路旁是两行新栽的梧桐树，不高，很整齐。树下是新栽的小叶女贞，没缓过性来，不是很绿，有的还是黄黄的颜色。还有一些石兰，也还在缓性中。

雀儿走在返回的路上,无心欣赏这些景色,想的全是百灵和自己的事情。

忽然,背后有人喊她。回头看时,原来是婷婷。

婷婷说:真不想告诉你,可觉得你这个人很好,就给你说了吧!可是你不能给百灵说是我告诉你的。

雀儿说:你放心,我不会说。

婷婷说:其实你说了也没事儿,但是最好不要说。

雀儿说:你说吧,啥事儿?

婷婷说:刚才我给你打问了,你们家百灵和刘有成就住在学校跟前的村子里。

雀儿"啊"了一声,脸上都变了颜色。

婷婷说:我就知道你们乡下来的人受不了。可是现在都这样,两个人想住就住,不想住就分,简单得很。

雀儿问:他们结婚了吧?

婷婷扑哧一声笑了:傻了吧!结婚可不是一件容易的事情,哪能这么简单?

雀儿不解地问:那你不是说住在一起了吗?

婷婷说:一起住和结婚是两码事儿。

雀儿更不明白了:都住在一起了,还不算结婚?

婷婷一本正经地说:不算,真是两码事情。俩人一起住叫同居,结婚要领结婚证、举行婚礼,更重要的是一辈子在一起过日子。

这一下,雀儿明白了。

停了一下,雀儿又问:那你们是不是都这样?话一出口,自己的脸先红了。

婷婷说:也不全是,但是有一些这样的人。

雀儿犹豫了一下,问:那你呢?

婷婷笑了，说：我没有，但我不反对。

雀儿想了一下，问：那你有对象没有？

婷婷说：嗨，你还成了记者了，采访我呀？

雀儿脸又红了，说：不是的，我就问问。

婷婷说：那就告诉你吧，原来有，后来吹了，现在没有。

雀儿说：哦，是这样，那你们像百灵他们那样了吗？

婷婷怔了一下，不大高兴地说：不告诉你了，再见！你这人咋这样呢，没完了！

雀儿也不好意思了，忙说：对不起，对不起，我就是问问。

雀儿按照婷婷说的地方找到了那个村子，一切都是新鲜的，清一色的三层楼，整整齐齐的街道，干干净净的路面，家家户户的门楼、门窗都是一模一样的。雀儿很容易就找到了那个门牌号，站在门前时她又犹豫了。停了片刻，她就退到不远处一棵大槐树的后面，她要想一想。就在这时候，她看到几对儿学生模样的男女相拥着走过，有一对儿走着走着还停下来抱在一起亲嘴儿，那女孩儿个子低，踮着脚，使劲儿向上够着。

两个年轻男女同居一室，能干什么呢？要是进去看见那个场面怎么收场呢？还有，百灵要是问自己怎么知道这个地方，暴露了婷婷怎么办呢？瞬间，雀儿的脑海里出现了许多个怎么办，她决定不找百灵了。

世界上的事情就是这么奇巧，你想的时候找不到，你不想找了他又出现了。就在雀儿要离开这里的时候，百灵和刘有成从门里出来了。他们不像刚才雀儿看到的那些人，没有搂抱，没有亲吻，没有拉手，他们像不认识似的，一前一后走着，谁也不说话。幸亏夜幕已经降临，幸亏雀儿站在大槐树后面，雀儿看见百灵，百灵没有看到雀儿。

十一

　　雀儿回到住处时，天已经全黑了，金凤还没有回来。

　　雀儿的心里很乱，脑子里还是那两个男女学生亲吻的镜头，进而幻化成了百灵和刘有成亲吻的镜头。她听金凤说过城里年轻人谈恋爱如何开放，还真没亲眼看见过，而今百灵竟然不给家里人说就和一个男的住在一起，这到底算什么事儿嘛！她做梦都想不到的事情，婷婷却说得那么轻松、那么自如、那么平淡，好像讲故事一样。这城市，这些城市里的人，也包括那些从农村来到城市里的人，都是些什么人呢？这些人都怎么了？这一切真的让她糊涂了。

　　雀儿忽然觉得有些饿，仔细一想，才记起自己晚饭还没吃呢。于是，她又出门上了大街。

　　今天的钟楼下面依然十分热闹，是灯的河流、车的河流、人的河流，购物的、赶路的、观景的、闲逛的，来来往往，熙熙攘攘。雀儿下了钟楼地下通道，穿过拥挤的人群，到了鼓楼附近。这里与回民街邻近，两旁也都是卖回民食品和小吃的，品种多，非常好吃，除了灌汤包子、酸汤饺子、羊肉泡馍、水盆羊肉、肉丸糊辣汤、牛肉面，还有手擀面、臊子面、扯面、棍棍面、油泼面、肉夹馍、八宝稀饭等。雀儿想喝八宝稀饭，还想再吃上几个水煎包子。

　　雀儿刚进这家饭馆的门，就看见金凤也在这里吃饭。金凤面前的桌子上放着一碟花生米、一碟泡菜、四个啤酒瓶和一只酒杯，啤酒瓶有三个已经空了，另一个好像刚刚打开。

　　雀儿觉得奇怪，径直走到金凤对面，在一个凳子上坐了下来。这时才发现金凤的脸是红的，眼睛也红红的。

这又是咋的了？雀儿问。

金凤嘿嘿一笑，说：咱羞先人了，咸吃萝卜淡操心！

雀儿说：那以后就不要再操闲心了。

金凤说：你知道我说的是啥吗？

雀儿说：你不说，我咋知道？

金凤说：猫眼有下落了！

雀儿惊喜地问：真的？

金凤说：不是真的，谁还哄你不成！

雀儿问：那你一个人坐在这儿是祝贺呢？

金凤说：还祝贺呢，我是烦我自己！

雀儿说：你这东一下西一下，到底是咋回事儿？把我都说糊涂了。

金凤说：我都糊涂了，你还能不糊涂！

雀儿说：你的话我听不懂，你喝酒吧，我不跟你说了，我要吃饭，我快饿死了！说着就叫服务生端一碗八宝稀饭来。

金凤对雀儿说：你喝一杯酒吧！

雀儿说：你喝吧，我不会。

金凤说：你吃吧，咱们回家说，姐给你好好说说，猫眼这个王八蛋完了，这一辈子都完了！

报话大楼的钟声又响了，已经是夜里十二点了，雀儿和金凤还在说话。

今天下午，派出所民警打电话要金凤去一趟。民警告诉金凤，说据万货交代，猫眼与万货曾经发生过关系，但是猫眼认识小胡子以后他们就断绝了那种关系。万货不愿意，整天黏着猫眼，猫眼却想着办法躲万货。后来，万货终于发现猫眼是想和小胡子谈对象，怕小胡子知道自己这些不光彩的事情。万货也悄悄打听了小胡子，发现小胡子来头很大，社会上认识的人很多，这才无可奈何地松了手。

因为万货喜欢猫眼，所以一直关注着猫眼的动向。开始，他发现猫眼和小胡子住在一起，后来又分开了；再后来，他又发现猫眼在小胡子开的歌厅里当领班。有一天晚上，已经很晚了，他路过这家歌厅时看见猫眼上了一个老板的宝马车。据万货分析，猫眼是跟那老板过夜去了。万货很生气，曾经找过猫眼几次，猫眼都不理他。

派出所的民警说，万货是个社会混混，也就是人们说的那种闲人，毛病不少，问题不少，但都不十分严重，属于那种人们常说的"小错不断，大错不犯"，构不成犯罪。还有，万货也承认，猫眼的变化与他有关系，在一定程度上讲，是他把猫眼教坏的，还认识了小胡子那样的坏人。万货对此有忏悔表现，并且就自己的错误写了一份检查。

听了派出所民警的情况介绍，金凤好大一会儿没说话，走出派出所的大门，她的脑袋还是晕晕乎乎的。

金凤没有回单位，按照万货提供的号码打通了猫眼的手机。猫眼好像还在床上躺着，声音也很低，压着嗓子问：你是谁？

金凤说：你听我是谁，才几天不见就不认识了？

猫眼很认真地说：听不出来。

金凤说：我是金凤。

猫眼说：金凤？哪个金凤？你找我有什么事儿？

金凤说：钟楼，住一个屋的金凤，你忘了？

猫眼好像是想起来了，说：哦，知道了，有啥事儿啊？

金凤还没来得及说话，忽然听见一个男人的声音：谁呀？这个时候打电话，烦不烦？真讨厌！

猫眼说：完了，就说完了。对不起啊，让我再说一句。

金凤说：你忙着就算了，对不起，打搅了。

猫眼忙说：金凤姐，对不起，回头我找你。

金凤看着手机屏幕上对方的号码消失了，才收起手机装进了口袋。之前听万货说，金凤还不相信，可是刚才和猫眼通话时，亲耳听到了背景声音，特别是那男人的声音，金凤还有什么理由不相信呢？一个进城时间不长的陕北山区女孩子,怎么说变就变了呢?是她自己要变,还是别人逼着她变?金凤一时理不出个头绪来。她想起了那天和二强、百灵在一起喝酒,觉得酒可以麻痹自己,让自己不去想这些烦人的事情,所以就进了这家饭馆。

金凤讲完了整个过程,想听雀儿讲点儿自己的看法,可是好长时间雀儿一句话也没有讲。

金凤问雀儿:你听我说话了吗?

雀儿说:听了,一句话也没漏。

金凤说:那你就不想说说你的看法?

雀儿说:我是乡下人,我真的不懂城里人。

金凤说:咱们以后会不会也变成这样的人?

雀儿斩钉截铁地说:打死我也不会!

金凤说:我想我也是这样,一个干干净净的女人怎么能变得这么贱呢?

雀儿想给金凤说百灵的事儿,话到嘴边又收回去了。

夜很静,窗缝里不时传来大街上汽车行驶的声音。金凤和雀儿都没睡着,她们在想着白天发生的事情。

十二

这天是星期天,吃中午饭时,金凤接到猫眼的电话。

猫眼说:姐呀,那天我有事儿,没和你说话,原谅啊!

金凤对猫眼意见很大,想了几天气渐渐消了,虽然没有以往亲热,口气还是温和的:没事儿,就是好长时间不见了,姐想你。

猫眼说:好啊!那我下午去看你。

金凤爽快地说:好么,我等你。

其实，猫眼住的地方距离钟楼并不远，乘出租车也就二三十分钟。

猫眼按时来了，可是金凤看了半天才认出以前住在一起的小姐妹来。金凤和雀儿虽然很少买东西，可是经常逛商场，她清楚猫眼全身上下的穿戴都是名牌货，没有七八千是买不来的。还有脖子上的金项链、手上的金戒指、身上扑鼻的香水、耳朵上挂的坠子，猫眼可真是名副其实的万金小姐了。

金凤说：妹子呀，要在街上，我可是不敢认你了！

猫眼嘿嘿一笑，说：金凤姐，你看妹子还能拿出手吧？

金凤说：人家说，士别三日当刮目相看。真的，妹子，你真的变了，人阔气了，更漂亮了。

猫眼轻描淡写地说：啥变不变的，混呗。

雀儿看着猫眼，心里觉得很不是滋味，于是给猫眼倒了一杯水，对金凤说：你们坐，我有事儿出去一下。

猫眼看了一下雀儿，说：真是高山出俊女呀，这妹子咋长得这么漂亮的！

金凤说：你们都是美眉，就你姐我长得难看。

猫眼说：哪呀，姐你可真是苗条啊，现在就时兴你这骨感美。

金凤说：妹子的嘴也能说了。

猫眼嘿嘿一笑：哪呀，混呗！

金凤想劝劝猫眼，可是不知怎么说好，正在为难，猫眼先开了口：金凤姐，还在这干啊？

金凤说：那姐还能干个啥？

猫眼说：就凭你这身条、这模样、这年纪，在哪儿不混碗轻省饭吃，混俩钱花？在这儿受这罪？

金凤装作不懂地问：那你说姐这资本能弄些啥？

猫眼说：弄啥不行啊？弄啥都行！只要你想弄，很容易！

金凤说：那你说说，姐能干啥。

猫眼说：去歌厅唱歌呀！我们那儿正缺人。

金凤是大家公认的刀子嘴，刚才鼓了很大的劲儿，没挤出牙缝，没想到猫眼很轻松地就脱口而出了。金凤很吃惊，两只眼睛呆呆地望着猫眼，半天没说话。

猫眼说：看什么看，不认识了？

金凤叹了一口气，说：妹妹呀，你可真是变了啊！

猫眼说：在你们眼里，我早就变坏了，这我知道。但是，你们也不要认为坐台小姐就是坏人，陪别人喝酒、吃饭就是坏人！她们用自己的劳动和智慧换取报酬有啥不对？她们吃的苦、受的罪你们知道吗？再说了，我们有年轻漂亮这个资本，要是不抓住机会，错过了，你不觉得可惜吗？

金凤怎么也想不到，自己还没说什么，猫眼的话就像决了堤的河水奔涌而出。看着猫眼圆圆的眼睛、红红的脸庞、飞溅的唾沫星子，金凤忽然觉得猫眼的话多少有些道理。但是，她绝不会跟着猫眼去坐台，更不会跟那些不认识的男人去鬼混，她要做干干净净的人、清清白白的人。只是听了猫眼的话，金凤劝猫眼的信心打了折扣。

金凤想什么，猫眼不知道，她这时候只想把自己憋在肚子里好长时间的话倒出来给自己的好姐妹听。

金凤又给猫眼的茶杯里添了一次水，然后说：你咋这么激动的！我啥也没说，你的话咋就挡不住了！

猫眼喝了一口水，用手理了一下头发，不好意思地笑了。

金凤说：这么长时间没见你，你也不想见我们这些穷姐妹吗？不就是想见见面谝一下么，看把你激动的。

猫眼又理了一下头发，说：你想说啥，我知道。我就这样了，别人说学坏了就学坏了，混呗！

金凤说：没人说你，就是怕你年纪小，社会上又这么复杂，坏男人那么多，怕你上当！

猫眼眼睛一瞪，很不服气地说：上当？还不一定谁上谁的当呢！

金凤说：没有就好，姐这不是操闲心么！

猫眼不好意思地笑了笑，随手点燃一支烟，让了一下金凤，问：抽不？

金凤又一惊，问：烟也抽上了？

猫眼说：咋了，不能抽？男人能抽，女人就不能抽？

金凤无可奈何地说：抽，能抽，你要抽大烟别人也挡不住你！

猫眼眼睛翻了翻说：那你放心，杀了我，我也不会抽那玩意儿。

金凤说：这就好，不过我劝你香烟也不要抽，女孩子抽烟不好看。

猫眼说：那你就不懂了，女孩子抽烟，现在是时髦，你少见多怪！说着猛抽一口又吹向金凤，问：怎么样？香吧？

金凤在猫眼的额头上戳了一下，说：马嘶女子，不学好！

猫眼笑了一下，掐灭了烟头，说：我也没烟瘾，就是心烦了抽几口。

金凤知道再给猫眼说什么也没有用了，她感觉猫眼与她的距离已经很远了，可是她还是不忍心看着猫眼学坏。猫眼还是若无其事的样子。她们东一句西一句地说着经历过的事情，也说着女孩子的心里话。

猫眼告诉金凤，她和小胡子确实好了一段时间，可是，她对小胡子的过去一点儿也不了解，只知道小胡子是一家歌厅的老板，很有钱。后来才发现小胡子的周围有一群女孩子，都很漂亮，她只是其中的一个，还不是最漂亮的。这样，猫眼就开始和小胡子闹矛盾，结果可想而知。猫眼发现自己根本不是小胡子的对手后，也就退了一步，听从小胡子的安排，当了歌厅的领班。用猫眼的话说，小胡子还算够意思，不但给了她几万元，工资也比其他人高出了一倍。这样，猫眼和小胡子的事情也就画了个不很圆的句号。

金凤问：那你和万货还来往吗？

猫眼轻蔑地哼了一声，说：万货？那还算个人？没本事，还贼抠，叫人看不起！

金凤一听这话，就没再问。

猫眼看了看金凤，说：你是不是还与万货有联系？

金凤说：哪里！我就是问问。

猫眼说：那种人你就不要理，口袋里没有钱，胡扎势呢。还想耍女人，呸！

金凤扑哧一声笑了。

猫眼也跟着哈哈笑了起来。

金凤说：你真逗。

猫眼说：真逗？逗的事情多着哩，你要是爱听，我能给你讲三天三夜，你信不信？

金凤说：信，我信。

这时，猫眼的手机响了。猫眼看了看来电号码，冲金凤摆了摆手，示意不要说话。

金凤听得出，给猫眼打电话的是个男人，猫眼像换了个人似的和那人说话，完全一副娇滴滴的样子。

猫眼说完话，回过头对金凤说：姐，有事了，我走了，改天再来看你。

金凤问：啥事情这么急？

猫眼说：不要问，急事儿，回头我慢慢给你说。

金凤把猫眼送到大门口，一辆出租车就停在马路边，猫眼向司机打了个招呼，一弯腰就钻进了车。

猫眼走了，金凤却陷入了深深的回忆中。

金凤认识猫眼那年，猫眼的妈妈患了重病，猫眼的爸爸把猫眼的妈妈送进西安一家医院治疗，不到一个月钱就花光了。没有办法，猫眼的爸爸只好和猫眼的妈妈回到老家，找农村的私人医生治疗。据说这医生在当地还有些名气，但他诊了猫眼妈妈的脉却摇了头，要猫眼爸爸把病人送到大医院住院。猫眼爸爸说没有钱。

医生说：我只能试试，没有把握。咱把话放到前头，我只管治病，责任我不负。

猫眼爸爸说：你就将就着看，啥责任也不要你负。你放心治，把药下重些！人生死有命，富贵在天，治不好有啥办法呢？

两个月后，猫眼的妈妈离开了人世，高中还没有毕业的猫眼扔下书包回了家，承担了妈妈留下的任务，每天除了给爸爸和弟弟做饭、洗衣服，还要上山去放羊、打猪草。她知道，妈妈的死是因为没有钱，自己辍学回家干家务、杂活儿是因为没有钱，爸爸一天起早贪黑、累死累活地干，也是因为没有钱。她恨死钱了，她也太希望有钱了，于是在一个早晨悄悄地离开了家乡，来到了这座乡下孩子做梦都向往的大城市。

金凤也是个没有娘的孩子，她三岁的时候妈妈因病去世了，至今她也记不清妈妈的面庞。她知道没娘孩子的可怜，也懂得没娘孩子的心，所以她一直觉得猫眼就是自己的亲妹妹，对猫眼有一种说不清楚的感情。

一次，金凤患重感冒，高烧不退，半夜浑身打哆嗦像筛糠，猫眼一直把金凤背到大街上，叫了辆出租车送到医院。为了金凤的病，猫眼整整两天两夜没合眼，金凤很是感动。这些年，金凤一直记着这件事儿，逢人就说猫眼好。

想起与猫眼相处的日子，想起猫眼的身世，想起猫眼的好，金凤长长叹了一口气，眼泪不知不觉就流出来了。她担心猫眼这样下去迟早会出事情。

十三

雀儿对猫眼没有什么好感，知道自己待在屋里金凤和猫眼也不好说话，就找借口出了屋门。

雀儿打算去门市部练习打字，没想到一出门就碰见了百灵。雀儿也不知道是怎么了,看到百灵就想躲。

百灵当然不知道,一见面就喊雀儿,雀儿。

雀儿努力恢复到正常状态,说了句:你来了。

百灵说:我给你送个旧笔记本电脑,是刘有成的,不好用,可是还能打字,你凑合着用吧。

雀儿问:刘有成呢?

百灵说:在钟楼饭店那边呢,碰见熟人了。

百灵说这话的时候,下意识地看了看身后。雀儿看百灵那神态认定她是在说谎,所以就没有再问。

百灵看了看雀儿,低下了头。

雀儿说:我去你学校来,没见到你。

百灵说:我知道,婷婷说看见你来着。

雀儿说:也没啥事情,就是顺路看看。

百灵抬起头看了看雀儿,又低下了头,说:我就那样了,估计婷婷给你都说了,你也知道了,就那事儿。其实现在学校快毕业的学生都这样了,男女朋友住在一起很普遍,咱们那里的人当然不了解这些,还以为是瞎胡闹呢。

雀儿明白百灵的话有所指,脸不由得红了,心也有点儿慌慌的,说:我不知道,婷婷啥也没有给我说,我不知道。

百灵说:婷婷说没说都无关紧要,要是她没说,那我现在就给你说,我和刘有成是在一起住着,但是我有我的想法。我不会学婷婷,傻到那个程度,被人家包了两年,差点儿给人家把孩子生下来,后来又被人家抛弃了。多亏那孩子没生,要生下来,她哭都没有眼泪了!我没有她贱,哭着笑着还去找人家。咳,把人都丢完了!说这些话的时候,百灵头抬得很高,脖子、脸都涨得红红的。

雀儿问:那你们把工作安排了就结婚吧?

百灵说:结婚?跟谁结婚?嘿!我连想都没想过呢,太遥远了,我哪能把自己这样糊里糊涂地交待了呢？

雀儿看着百灵激动的样子，一句话也说不出来了。

百灵说：雀儿，我这次来就是告诉你，千万不要给我爸我妈说。他们受苦受累一辈子，养活我们姊妹不容易，可是他们不知道城市里这些年的变化，他们要是知道我这样，会气死的！我爸爸的心脏病很重，这你知道。

说完这些话，百灵一直用期待的目光注视着雀儿。

雀儿憋了半天，明显不高兴了：我知道。我啥都不知道，我啥也不说，行不行？你咋老给我说这些话呢？

百灵看雀儿有点儿生气，态度就缓和了：我就是说说，不就是怕咱姨和咱姨夫知道么。

雀儿心里说：你知道为什么还要这样做？城里有那么多好的你为啥不去学，非要学这些不好的？但是她怕说了百灵不高兴，就把话放回了肚子里。

百灵看了看雀儿，又说：咱们姊妹中，就咱俩近，就算我求你了行不？

雀儿看了一眼百灵，说：我说过了，我啥也不知道！

百灵说：你这贼女子！我都这样说了，你还要咋样？你有事的时候就不要求我！

雀儿说：那你要我咋说？我虽然是乡下人，城里的许多东西我是不懂，但是，我知道应该咋去做人、做事儿。

百灵说：好了，好了，我明白了，我也不是个傻子，我知道应该咋做。我现在不是没有办法嘛，许多话也不能说，说了你也不理解，我保证以后你就明白了。

雀儿说：不说这些了好吧？这几天我也在想，你是大学生，是有知识、有文化的人，你应该知道咋做的。

百灵笑了，说：这不就对了嘛！

雀儿说：我们宿舍里有人，咱们到我们门市部里去吧，你再给我教一下计算机的基本知识，让我先学着。

百灵说：那你就快些，我还有事情呢。

听百灵这么说，雀儿就说算了，改天有空闲时再学，百灵说抓紧时间还来得及。于是姊妹两个就去了雀儿单位的门市部。

十四

雀儿学习计算机不长时间，门市部一个叫菲菲的女孩儿向老板米粮提出辞职。

菲菲长得眉清目秀，有些瘦弱，比同龄人显得年纪小一些。她平时话不多，手脚十分麻利，干活既有速度又有质量，交给她的活儿基本不用操心，所以米粮很喜欢这个女孩子。

米粮问菲菲为什么要辞职。

菲菲说：我妈、我爸要我回家结婚。

米粮很惊讶，问：你才多大呀？

菲菲说：我都二十岁了。

米粮说：那是虚岁呀！

菲菲说：我们那里就叫二十岁。

米粮笑了：呵呵，我还以为你嫌工资低呢。过两个月我给你增加一些工资，咋样？

菲菲没说话，却低下了头。

菲菲一提出辞职，米粮就猜出有深层次的原因，果然是这样。他不想看着这个孩子走向死胡同，于是提出了加薪的想法，试图留住菲菲，然后再想办法。当然，不排除米粮为自己考虑的因素。

菲菲平时就很尊重米粮，这时候更觉得他就是个和蔼可亲的大哥。

菲菲揉了揉就要流泪的眼睛，说：谢谢您，我那男朋友都来了几次了，我爸爸也来找我了，不回去不行了。

米粮说：你就再做做工作嘛，你还这么小，过几年再结婚也不迟，怎么这样着急呀？

菲菲垂下眼皮，不好意思地说：我男朋友大，他都快三十岁了。

米粮笑了，笑得小眼睛又眯成了一条缝：啊，原来是这样！那我还是希望你再想想，你的计算机操作得这么好，回到农村喂猪喂羊洗衣做饭抱孩子，哪一件事情还能用上？这不是白学了吗？

菲菲低着头撕衣服角，再没说话。

米粮和菲菲说话的时候，雀儿正在打扫卫生间，他们的话一字不漏地钻进了雀儿的耳朵里。

雀儿想，菲菲肯定要离开这里了，要是这样，米粮会不会马上就给她谈上计算机操作的事情呢？她希望是这样，又担心会这样。希望这样，是因为这是个机会；担心这样，是因为自己的计算机技术还没有掌握。

米粮却好像没看见雀儿一样，和菲菲说完话就走了。

米粮走了，大家都来劝菲菲不要急着回家结婚，唯独雀儿没有说话。

菲菲说：你们的话，还有米粮老板的话，我知道都是为我好，这心意我都领了，可是我不回去不行的。

金凤眼珠一转，佯装不解地问：为什么？

菲菲沉思了一会儿，说：我爸爸用人家钱了。

金凤又问：多少钱？

菲菲说：不知道，反正不少。

金凤嘿嘿一笑，说：妹妹呀，法儿他妈把儿死了，没法儿了！回家吧，结婚时不要忘了请我们去喝喜酒！

雀儿用胳膊碰了碰金凤，示意她不要这样，让别人有幸灾乐祸的感觉。金凤不领情，还说雀儿碰疼了她的胳膊。

下班回宿舍的路上，雀儿说金凤不该说那些话，菲菲怪可怜的。

金凤说：她不回家你怎么上计算机？她走了，这不正好留个空吗？你傻了还是咋的？

雀儿说：那也不该太过了。

金凤说：过了吗？我咋没发现呢？

雀儿说：金凤姐，咱们这些农村女子咋都这么可怜呢？

金凤说：努力，努力！这世界兴变性呢，做个手术当回男人，安个假牛牛，装俩牛牛蛋，就是男人了，换个活法！

雀儿掀了金凤一把，说：你这嘴，又胡说了！

金凤忽然转了话题，说：咱不说菲菲了，说你吧。你的计算机学得咋样了？

雀儿说：刚学会打字，设计、制作一点儿也不懂。

金凤"嘿"了一声，说：这是个机会，菲菲走了，你不会计算机咋接菲菲的班？咱们要劝菲菲，过一两个月再走。

雀儿说：算了，算了，以后再说吧。

金凤说：不行，不行，这是机会，错过了就没了。

雀儿和金凤就如何利用菲菲离开的机会当上计算机操作员商量了很长时间，也没有结果。

第二天早晨，米粮让人打来电话，要雀儿去他办公室一下。雀儿急忙打扫完卫生，又给几只热水瓶灌满了水，匆匆搭乘公交车到了米粮办公的地方。

米粮很热情，先给她倒了水让她坐下，接着就问她学习计算机的情况。

雀儿如实相告。

米粮说：我给你找了家计算机培训班，学期一个月，学费由我负担，因为学习是你自己的事情，所以生活费由你自己承担。这笔费用我可以借给你，你以后有钱了再还给我。还有，你如果三年内一直在我这里上班，而且工作很出色，一切费用都不要你出了。我给你一天时间考虑，明天早晨回答我!

　　米粮的态度是和蔼的,可是雀儿感觉这些话都是严肃的,每一句都像是合同条款。

　　雀儿想了想,说:可以,下午我就告诉你。

　　米粮说:我看你人不错,也聪明,相信你能胜任。

　　雀儿脸红了,说:谢谢!

　　雀儿回到门市部后,金凤告诉雀儿,原来米粮昨天已经给菲菲谈好了,并且做了菲菲对象和菲菲爸爸的工作,让菲菲再干两个月,每个月多给二百元的工资。菲菲走后由雀儿接替工作。还有,推荐雀儿的是菲菲,米粮说菲菲和他想到一块儿了。

　　雀儿感动了,她想对着菲菲说句谢谢,可是菲菲好像什么也没发生一样,只顾忙她的事情。

　　雀儿和金凤一商量,当即给米粮打了电话,表示同意和感谢。

　　米粮呵呵笑了,雀儿想象着米粮的眼睛又眯成了一条缝。

　　雀儿正在高兴,百灵打来电话,说她今天早上接到邮电局录取通知,很快就可以上班领工资了。

　　雀儿拿着电话,喊了声"好",惊得大家全都停下了手中的活儿。雀儿不好意思地捂住了自己的嘴,连说:对不起!对不起!

　　人常说,好事成双,看来还真是的。

十五

　　雀儿到计算机培训班参加学习了,白天听老师讲课,晚上还趴在电脑桌上忙活着。她知道这次学习对自己的以后很重要,所以二强约了她好几次,她都没有答应他去看秦腔和电影。

　　百灵来过两次,都是进城办事儿路过,待的时间不长,却给她指导了计算机学习中的几个难点。百灵的确聪明，这雀儿是知道的，不然人家怎么会考上大学呢？可是聪明的百灵也很忙，雀儿打了几次电话要她来继续指导，她却没有再来。

雀儿没想到，刘有成来看她了，手里还提了一袋香蕉和苹果。雀儿很热情，却没有地方招呼客人，两个人就在教室外面的石磴上坐了下来。

雀儿问刘有成：怎么百灵没有来？

刘有成不好意思地笑了笑，说：我就是来找她的。

雀儿惊异地看了看刘有成，说：你这是……她都好几天没来我这里了。

刘有成说：我也好几天没见她了，还以为她在你这里。

雀儿试探着问：你不是开玩笑吧？

刘有成看了一下雀儿，眼圈忽然红了，头不由自主地低了下去。

雀儿问：你们到底咋回事儿？

刘有成说：她的工作安排后，好像态度就变了，不但找碴儿和我吵架，还跟我玩失踪。

雀儿有点儿没听懂刘有成的话，就问：失踪？什么失踪啊？

刘有成说：她不打招呼就不见人了！

雀儿说：不可能吧？你们不是都住在一起了吗？

雀儿说完了才觉得自己失言，不该当面说人家这样的话。

刘有成好像一点儿感觉也没有，说：那是过去，不是现在。那时候不就剩下领结婚证了嘛！

雀儿说：你们还是好好的，不要急，你看她是不是回家去了，没来得及告诉你？

刘有成忙问：你说她回家了？我一直就在家里呀？

看着刘有成傻呵呵的样儿，雀儿忍不住笑了：我是说，她会不会回我们老家丁家坪了。

刘有成这才醒悟过来，又说：那她也应该给我说一声啊。

雀儿说：我也是猜测，要不你就跑一趟看看吧。说完这句话，雀儿忽然后悔了，要是百灵没有回老家呢？

刘有成犹豫了一会儿，说：要是她没回去，我不是白跑一回吗？

雀儿听了刘有成这些话，脑子里就有了一个大概的轮廓，回想百灵说过的那些话，她对百灵的一些做法也渐渐有认识了。面对这个"光眉滑眼"的"白脸瓜子"，她知道说什么都是多余的，何况她什么也不能说。但是，善良心理还是支配着雀儿，她希望刘有成的脑子清醒起来，把他和百灵的关系处理好，她不希望老实人吃亏。

刘有成自然不理解雀儿的意思，他也不相信百灵会有什么想法，所以压根儿就不打算去乡下找百灵。临别时他只给雀儿留了一句话：见到百灵告诉她，就说我找她着急了。

刘有成走了，雀儿再也没有心思学习了，她匆忙跑到附近一个公用电话亭去拨百灵的手机，拨了不知多少遍，百灵的手机一直处于关机状态。雀儿的心乱乱的，她不知道是为刘有成还是为百灵，总是有一种不好的预感。雀儿决定回宿舍一趟，她已经好几天没见金凤了，顺便也打听一下百灵的事情，或许金凤还知道百灵的行踪。

雀儿刚走到公交车站，见二强下了车，于是停住了脚步。

二强笑盈盈地走了过来，问道：你这是到哪去呀？

雀儿说：我想回宿舍一下，取个东西。

二强说：那我和你一块儿去。

雀儿犹豫了一下，说：其实不去也可以，你来了就不去了吧？好，不去了，咱们说会儿话。

二强异样地看了看雀儿，问：你是不是有什么事情？怎么说话不利落？

雀儿知道瞒不过二强，再说瞒了也没意思，就说：刘有成来了，他找不见百灵，来找我，我也找不见，所以……

二强说：百灵回家了，她没给你说吗？

雀儿说：没有，说了我咋能不知道。可是我打她电话也没开机呀？

二强笑了，说：你不知道啊？咱们村就没有手机信号，开了也没用啊。

雀儿想了想，不好意思地笑了：我不是没手机嘛，我咋能知道？

百灵有了下落，雀儿心里的一块石头就落了地，可是，她依然不放心百灵和刘有成的事儿。

二强说：我知道你在想什么，是百灵和刘有成的事情吧？

雀儿说：你咋知道？

二强说：我虽然不是你肚子里的蛔虫，但是你想啥，我还是能猜得出来，你说是不是？

雀儿说：才不是呢，看把你能的！

二强说：那你说你在操心谁的事情？

雀儿不说话了，一直低着头用脚在地上左右画着。

二强说：你们家百灵和刘有成迟早要吹，我早都看出来了！就刘有成那样儿，有十个百灵也看不上！

雀儿问：为啥？

二强说：一个太灵醒，一个太蠢笨，差距太大了。

雀儿说：你不要胡说，人家不是谈得挺好的嘛。

二强说：那咱们就走着看吧！

看着二强得意的样子，雀儿一脸的不高兴，说：你这人咋就这么爱管别人的事情？人家回家你是咋知道的，百灵给你请假了？我是她妹妹我咋就不知道？

二强见雀儿真生气了，忙说：怪我多嘴，怪我多嘴。我不是在替你操心嘛。

雀儿见二强服软了，态度也缓和了些，问：那你说，你是咋知道百灵回咱们老家了？

二强说：我看见的。

雀儿眉毛一拧，眉头绾成了疙瘩：你也回去了？

二强忙说：不是，不是，我是在城南客运站碰见的。

雀儿问：那你咋不给我说？

二强说：你没问我呀！再说，我以为百灵给你说过了。

雀儿一想，也是这么个理，就说：百灵也是的，这时候回家干什么呀，走得这么急。

二强说：那不是明摆的事嘛！

雀儿问：啥叫明摆的事？

二强说：给她家，给你家，给你们的亲戚朋友说她已经工作了呗。

雀儿说：百灵才不是呢。那是你，啥事都喜欢穷张罗、乱显摆，生怕别人不知道。

二强想起了托人到雀儿家提亲和提前告诉金凤的事情，就说：你咋不记些我的好处，净记这些不好的呢？

雀儿说：要想让人记你的好处，你就要多做好事。

二强苦笑了一下，说：我不是想着法儿为你做好事吗？

雀儿说：好了好了，我知道百灵在老家就好了！

二强说：你就是爱操心，你比百灵小，还老是想着百灵。走，该吃饭了，我今天请你吃羊肉泡馍。

雀儿说：算了，你有功，我请你吃凉皮。

俩人折转身走向一条小巷子里，这里小吃多，女孩子都喜欢来这里吃小吃。

吃了饭，二强要送雀儿回去，雀儿说：你路远，赶紧回吧，我溜溜达达就回去了。

二强说：还是把你送回去好，我回晚些不要紧。

雀儿说：没事没事，你走吧。

二强有点儿难为情，站在原地不动了。

雀儿说：叫你走你就走，哪天有时间了再聚嘛！

二强笑了笑，问：你说的是真话？

雀儿说：我啥时候说过假话？

二强说：那我明天一下班就来？

雀儿看了看二强，很随便地说：只要你不嫌远，只要你有时间，反正我要抓紧时间学习。

二强说：有你这话，我就明白了。明天下午，你等我……

雀儿哧地笑了，说：你随便。

二强走近雀儿想抱一下雀儿，雀儿一挥手说：走吧走吧！自个儿转身先走了。

二强有点儿不甘心地说：你这人啊，啥都好，就这……

雀儿回过身笑了笑，问：就这啥？就这挺好啊！走吧走吧，明天见！

二强走了，雀儿开始想学计算机的事情。

天已经黑下了，雀儿走到一个拐弯的地方时，忽然发现路旁有个人在垃圾箱里翻垃圾。借着路灯的光，雀儿认出是同村的小虫。

雀儿犹豫着向前走了几步，又返了回来。

翻垃圾的人忽然停住了手脚。

雀儿问：你是不是小虫？

翻垃圾的人反问道：你是谁？

雀儿说：我是雀儿呀，你没看出来？

翻垃圾的人犹豫了一下，说：我不认识你！转身就要离开。

雀儿喊道：小虫，你不要走，我问你几句话。

翻垃圾的人停住了，雀儿匆匆走到了他的跟前，说：咱们是一个村的，你跑啥嘛！

小虫站住了，却不吱声。

雀儿说：你的事情我都知道，是不是最近才出来的？

小虫像不认识似的看了看雀儿，还是不说话。

雀儿说：二强你知道不？你的事情他都告诉我了。

小虫不好意思地摸了摸后脑勺,说:丢人死了,马尾穿豆腐——别提了,唉!

雀儿说:咱们是一个村的人,有啥不好意思的?知道了就对了。

小虫说:我还没见二强呢,他好吧?

雀儿说:他好着呢,刚刚从我这里走。

小虫说:等我好点儿了再去看他。

雀儿说:你现在咋样?

小虫说:还咋样呢,饭都没得吃……

说着两手一摊,一块东西从手中掉在了地上。几乎同时,小虫和雀儿都愣住了。

原来从小虫手中掉下的是在垃圾箱捡的半个面包。

雀儿反应快,瞬间镇静了情绪,问小虫道:你是不是还没吃饭?

小虫嗯了一声,算是回答。

雀儿说:走吧走吧,前面有个泡馍馆,还没关门呢,咱们到那儿去吃吧。

小虫没有反对,跟着雀儿到了泡馍馆。泡馍馆的老板说:你们来得巧,正好剩下两份肉、五个饦饦馍,俩人吃正合适,不多不少。

雀儿说:都拿来吧。

小虫问雀儿:你也没吃?

雀儿说:都是你的,我帮你掰馍。

小虫不好意思地笑了,黑黑的脸上露出了两排整齐的白牙。

两碗羊肉汤、五个饦饦馍下肚,小虫的话就多了。

小虫是个苦孩子,三岁时就没了父母,一直随奶奶生活。十岁那年奶奶也去世了,从此小虫就开始了流浪生活。开始在周边村子讨饭,后来到了县城,再后来就进了省城。进省城的时候,小虫已经长成小伙子了。一次他跟着几个流浪汉偷井盖,被派出所抓了,判劳动教养一年。

今天是小虫出劳教所的第三天,他饿得实在撑不住了,就趁着夜色在垃圾箱里找东西吃，不巧被雀儿碰到了。

雀儿问小虫打算干什么。

小虫说不知道。

雀儿说：你去找二强吧。

小虫说：我偷东西犯了法，二强会要我吗？

雀儿说：为什么不要？

小虫没有说为什么，却摇了摇头。

雀儿说：没问题，我给二强说，让他要你。

小虫又笑了，说：雀儿——不，我应该叫你姐，你比我大。

雀儿说：就是啊，我比你大两岁多呢。

小虫说：我长这么大，就没叫过谁哥呀姐呀的，你对我这么好，我就叫你雀儿姐。

雀儿说：既然叫姐，就要听姐的话。

小虫说：听话，听话，一定听话！

雀儿说：姐给你二百块钱，你去找二强，在他手下干个活。

小虫说：二强我去找，钱就算了，我知道你也不宽裕。

雀儿生气了：你现在连饭都吃不起，还充啥大个子。来，拿上！

小虫不好意思地接过钱，喃喃地说：那我以后还你……

雀儿说：以后的话以后再说。

小虫说：谢谢你，雀儿姐！等我有了钱一定请你吃一顿大餐。

雀儿说：谢啥呢，谁叫咱们是乡党呢！

小虫说：雀儿姐，你等着，我小虫是有良心的人，啥瞎、啥好、啥香、啥臭我还知道！

送走了小虫，雀儿心里还想着小虫的事儿，她给二强打了电话，说了刚才见到小虫和希望帮小虫的事情。二强满口答应帮忙，却又说小虫毛病多，要教育好不是件容易的事情。

雀儿说小虫本质好，要没人帮助怕再次走邪路，毁了一生。

二强让雀儿放心，说他会竭尽全力帮小虫的。

雀儿说谢谢二强。

二强笑了，说小虫太幸福了，他都嫉妒了，一定要叫小虫谢谢雀儿。

雀儿忽然感到一种轻松和愉快，不知是因为自己做了件好事还是二强帮助她做了一件好事。

第二天，小虫洗了澡、理了发，用雀儿给他的钱买了件外套，把自己收拾得整整齐齐地去见二强。

二强把小虫看了半天，才说：这不是小虫么，今儿咋收拾得这么齐整的，娶媳妇呀？

小虫不好意思地笑了。

二强说：这就对了么。看来人还是要收拾收拾，一收拾还真像回事了么！

小虫红着脸说：二强哥，你就不要笑话兄弟了。

二强说：雀儿给我说了，你来得正好，不然我还要去找你的。

小虫说：不是我找雀儿，是我碰见了雀儿。

二强说：我就说咋闹的，你又不是不认识我，还要雀儿给我说。

小虫说：本来我是要找你的，不是不好意思么。

二强说：你还知道不好意思？不好意思怎么知道去偷人家的井盖，丢人不丢人？

小虫说：错了，错了。警察抓我时，我就知道错了。

二强说：错了？你知道把几个人跌到井里摔坏了腰腿？

小虫说：错了，错了，我知道。

二强说：我本来就不想管你的事儿，是雀儿说了，你知道不？不然我不会见你！

小虫说：我知道，我都知道，不然我早就找你来了。

二强说：知道了就要改，不能只说不改，我见不得这种人！

小虫说：我改，我改。

二强问：关了一年吧？

小虫点了点头。

二强问：里面的滋味儿不好受吧？

小虫点了点头。

二强又问：不想再进去了吧？

小虫抬起头看了看二强，又点了点头。

二强意识到不能再问了，就说：都一墙高的男子汉了，也得长点儿记性！

小虫犹豫了一下，匆匆走进屋里，抓起一把菜刀走到二强跟前，说：二强哥，我今儿立个誓，我再不改，我就不是人生的！

小虫挥起菜刀就要砍自己的手指头，被眼疾手快的二强挡住了。二强没想到这个平时看不出有什么血性的小虫忽然动了真格的，一时不知道说什么好。

被夺去菜刀的小虫蹲在地上哭了，好像受了多大委屈似的很伤心。

二强给小虫点了一支烟，小虫看也不看。

二强蹲在小虫旁边，说：兄弟呀，不要哭了，你一哭我也难过了。只要你好好干，哥哥我不会看不起你的！

二强想起了小虫死去的父母，想起挨门乞讨的小虫，想起了病倒在屋子里没人管的小虫，眼泪止不住就流出来了。

二强流了泪，小虫就不哭了。

二强说：人常说，男儿有泪不轻弹，只因未到伤心处，今儿个我是理解了。

小虫说：都是我不好，二强哥，让你难过了。不过你看着，我会成为一个真男人的！

二强紧紧抓住小虫的手说：哥相信你！

小虫说：二强哥，我没家没口，以后你就是我亲哥，我今辈子都跟着你！明儿个咱弟兄俩给关老爷烧个香、磕个头，结拜一下。

二强说：那都是个形式，心在一起最重要。

小虫说：我知道了，那我给你先磕个头。

说着，小虫就跪下了。

二强急忙扶起小虫，说：男人膝下有黄金，轻易不能下跪的。起来，快起来，有话好好说。

小虫说：你不一样。

二强问：为啥？

小虫说：因为你是恩人，对恩人就是要下跪的。

小虫这一跪，跪得二强把心都想掏出来了。他本来是想让小虫跟着自己学贴瓷片儿的，这时候忽然改变了主意，要小虫去学开汽车。

小虫乐得差点儿蹦起来，连连说：好好好，我做梦都想开汽车。

二强说：我本来是要学开车的，手续都办好了，可是最近太忙了，顾不上，你来了你就去学吧。

小虫一听这话，又犹豫了，说：我说着玩玩，还是你去吧。我没文化，还是干些简单的粗活儿吧。

二强说：你虽然文化程度低，但是人聪明、勤快，手脚又灵活，开车好学。去吧去吧，再不要做作了，虚情假意了就生分了。

小虫说：那我就不客气了。

二强说：这还像个亲兄弟的样子。

两个人都哈哈笑了。

二强说：我还是要告诉你一件事，你得记住雀儿的好！

小虫说：这我知道，雀儿是活菩萨，他们一家人都好，都对我好。那一年我有病，雀儿她妈每天让雀儿给我送饭吃，这我一辈子都忘不了！

二强说：不错，能记住这些，算你小子还有良心。

小虫说：其他我不敢吹，我绝对是个有良心的人，这一点我保证。

二强说：那就好，这几年有良心的人可是不多了！

小虫说：二强哥，你放心，我要没良心就让雷劈了我！

二强说：你，我知道不会。

小虫说：二强哥，我求你给兄弟个面子，我想请你吃个羊肉泡馍。

二强想了一下，说：我估计你口袋里还有几十块钱，这次可以，下次就不行了。你得学会攒钱，以后还要娶媳妇呢！

小虫说：下次不了，这次例外。

二强和小虫进了泡馍馆，面对面坐下，就开始掰馍。

正吃着饭，二强又想起一件事情，于是对小虫说：还有件事情，我要提醒你。

小虫说：不管有啥事情，你都尽管说，我一定听你的。

二强说：再不要跟那些瞎人胡混了，以后那些人叫你，可不能再去了！

小虫说：一回亏都吃够了，再去就真是脑子进水了。

二强说：我知道偷井盖不是你的主意，不动脑子，吃亏了吧？

小虫说：不是没文化么。再不动脑子，就剩下吃亏了。

二强说：吃一堑长一智，没错，关键是要有记性！

小虫说：我记住了。二强哥，你放心！

二强说：我今天的话说得太多，以后就不说了。

小虫说：还要说，你不说我就会忘的。

二强说：要靠自己，光靠别人可不行。

小虫说：知道了。

十六

百灵真的回乡下老家了，也正如二强所料，她去告诉爸爸妈妈，她要去邮电局工作了，从此再也不要爸爸妈妈跑东家、走西家地借钱供自己上学了。她要用自己挣的工资回报家人，让家里人都过上好日子。这一点，百灵在心里想过无数次。

当然还有一个原因，她要晾一下刘有成，让他从热恋中慢慢退出去，退回到最初的位置。这些，百灵也想过许多次。她相信自己的智力足以对付刘有成这样的人，但是她不想让大家看得太明显，也不想让刘有成太伤心。

这些她没有给任何人说，当然也包括雀儿这个表妹。她喜欢雀儿，但是她认为雀儿单纯，对社会了解得太少，社会经验更是谈不上。她相信雀儿会变化，会适应周围的大环境，但是需要过程，这个过程需要时间，也需要大的付出甚至牺牲。譬如说，她和刘有成谈对象，包括住在一起，自己是经过很长时间思考、下了天大的决心才做出来的。当时，她很伤心，心都在流血。现在想起来，还是合算！要不那样做，自己怎么会走进这座现代化大城市？怎么会找到邮电局这样的工作？这具有百年历史的老字号企业，说进就能进得去吗？妈的！百灵在心底深处狠狠地骂了一句自己平时没骂过人的话，她听见了自己上下牙齿的摩擦声。

百灵这次回家和以往任何一次都不同，既有功成名就的感觉，又不时有一种酸楚在心中漾起。当她把自己到邮电局报到的消息告诉爸爸妈妈时，心里多少有一些不自然，这时候她就想起刘有成来，不管怎么说，他和他的家人毕竟帮助过自己。

早晨，百灵还没起床，爸爸隔着窗子对百灵说：到你爷坟上烧个纸，你爷最疼爱你，让他知道你参加工作了。

百灵姊妹四个，家里都是女孩子，爷爷不爱女孩子，唯独对百灵例外。百灵小的那几年，人们几乎每天都看见百灵的爷爷背着百灵在村子里转。

有人和百灵爷爷开玩笑，说：你背着这女子不怕腰疼？

百灵爷爷胡子一翘，黑了脸，没好气地问：你没看见我这女子和那些女子不一样么？

那人反问道：都是女子，有啥不一样？

百灵爷爷说：你没看见这女子聪明吗？

那人说：聪明是聪明，聪明也是女子呀！

百灵爷爷说：聪明的女娃子，就比不聪明的男娃子强！

那人笑了，说：这句话你算是说对了，我也不是说你背了女娃子、男娃子，我是觉得你偏心眼儿！

百灵爷爷这才高兴了，说：都是娃娃，娃娃我都爱。

那人说：你的话鬼才信呢！

百灵爷爷说：你不信，我信！我娃以后长大要干大事、挣大钱，逢年过节给我买西安城里的水晶饼、腊羊肉。

那人说：没听说这世上还有养爷的孙子。

百灵爷爷说：我娃养爷呢！你看着！

……

爷爷的这些话，百灵一直记得。平时，百灵会想起爷爷，想起爷爷对她的爱，可是没想过这时候上坟去烧纸，于是问：也不清明也不十月一的，能上坟不？

爸爸说：这事情重要，叫你爷知道，他不是爱操心你嘛。

吃了早饭，百灵先到村子小卖部买了爷爷喜欢吃的水晶饼和香蜡纸表，然后就往坡上的祖坟里走。坡很高、很陡，过去爸爸经常拉着架子车从这里经过。百灵也经常在放学后帮爸爸推架子车，爸爸被汗水打湿了的后背和被绳索磨伤的肩膀，曾无数次使百灵伤心。也许就是从那个时候开始，她就产生了离开乡村的想法。

在爷爷坟前祭了供品，烧了香蜡纸表，百灵就一个人静静地站着，看着黄土堆起的坟和坟头上的荒草，想着爷爷和过去发生的事情。周围很静，听得见呼呼的风声，闻得到野花的芳香。沿着小路往回走的时候，她忽然觉得下坡时腿很吃力，才想起来已经很久没有走乡下的土路了。

坡的左边是沟，有一条溪水，清清亮亮地从沟的深处流出，一直到很远的庄稼地里。百灵小时候常到这里来,洗衣服,挖水芹菜、苦菊苣、苤干等。她走到溪水旁,弯下腰掬起一捧水,忽然听见一阵奇怪的声音,她站起来看,原来是离她不远的三角地里有两只狗在一起。仔细看时,脸就不自觉地发烧了,原来有两只狗在交配。村子里的人把狗交配叫恋蛋,百灵现在也不知道"恋蛋"两个字的"恋"是"恋"还是"连",只听说狗交配时间长,即使被调皮的孩子打得到处跑,疼得汪汪叫,公狗和母狗的生殖器还会连在一起不分开。这些都是听说的,没想到今天竟真的看到了这一幕。

天又高又蓝,太阳的光芒热烈地洒向大地,两只狗在寂静的山沟里很幸福地做着自己最美好的事情,没有监督,没有干涉,没有第三者。此时,她忽然想到了自己和刘有成,想起了和刘有成做爱的时候。那个夜晚,第一次和刘有成发生关系,她全身止不住地打哆嗦,刘有成拥有她的时候,她没有感觉下身那个地方疼,只是感觉胸口堵得要往外吐。刘有成以为她害怕,做完了还紧紧抱着她,她拼死劲儿掀开刘有成,跑进卫生间哇哇吐了一通,然后就放声哭了起来。

以后每次和刘有成做爱后她都要吐,刘有成问她是不是胃部出了问题,她说是闻不得刘有成下身流出的那味道。百灵也在问自己,也在控制自己,可是一直改变不了。她知道是自己不爱刘有成,心底里不能接受刘有成。这时候,她忽然觉得,在这个世界上,有时候人还不如狗。

百灵想自己的时候,两只狗悄悄地离开了这里。百灵心里不由自主地又想起那座让她既爱又恨、还有点儿烦的城市。明天,她要去城里了,对,应该是回城里,百灵现在是城里人了,村子里的人都这么说。百灵想着想着,又笑了。

百灵走过一段山路,去了雀儿的姐姐家里。雀儿的姐姐、姐夫要到西安打工,约她一路同行。

十七

百灵回乡下的这几天，金凤在忙着去深圳的事情。

雀儿埋怨金凤说：太不够意思了，这么大的事情也不让我知道。

金凤满不在乎地说：本来就没关系么。

雀儿说：那为什么要去深圳？

金凤说：不就是最近的事情嘛！

两个人你一句我一句，说着说着就动手胳肢对方了，然后就抱在一起笑。

大强和金凤是同学，毕业后各奔东西，确实来往不多，春节回家见了一次，互相留了电话，有时候上网聊上一阵儿，时间长了渐渐有了好感。前几天，大强的单位缺计算机操作员，大强就给金凤打电话，问她愿不愿意去深圳，一来二去金凤就动了心。

金凤说：我去看看，不行了就回来。

雀儿不信：你骗人！

金凤说：是真话。

雀儿说：心都被人勾走了，还能回来？

金凤说：姐的心谁也勾不走！

雀儿说：我知道，我姐是鸭子嘴、豆腐心。你的嘴放到锅里煮八滚也不会烂的！

金凤说：我真是跳进黄河洗不清了。就算是吧，这样咱俩就是妯娌了，关系就更近了，还不好呀？

金凤说了这句话，雀儿再不言语了。

这时候，二强来了，说他哥要他来帮帮忙，看金凤准备好了没有。

金凤看了雀儿一眼，说：我都准备好了，没啥帮的。雀儿正想你呢，你俩说话吧！说完就走了出去。

二强也看了雀儿一眼，一时不知怎么好。

雀儿没好气地说：你还不跟金凤姐去，看我干啥？不认识呀？

金凤哈哈一笑，转身又进来了，说：咱们去同盛祥吃个羊肉泡吧！我请你们俩。

雀儿说：我请你，你都要走了，我请客。

金凤调皮地一笑，说：要是你们俩一起请我，我就去。

雀儿说：我请你还不行？

金凤眼睛一翻，说：就不行！

雀儿说：好好好，就依你！

金凤说：把你们家百灵也叫上。

雀儿说：难道也要把猫眼叫来？

金凤说：真是我的好妹妹，你猜对了，就是要叫她来。我要走了，不知道啥时候能再见她们，再说，还真想了。

手机打了，可是猫眼和百灵都不在服务区。没有办法，三个人就一起到钟楼旁边的同盛祥吃了羊肉泡馍，雀儿和金凤又在钟楼下拍了许多张照片留念。

金凤是坐火车走的，雀儿和二强送她到火车站。快要通过检票口的时候，猫眼到了，她高喊着金凤的名字，把一袋苹果和一袋大红枣交给了金凤。

猫眼关切地交代说：不要看枣和苹果不值钱，听说深圳那地方没有这些东西。

金凤也没推辞，说：拿不拿东西无所谓，关键是想见见你，姐是想你了。

猫眼说：我也想你了。猫眼说着，就呜呜地哭了。

金凤停下脚步安慰猫眼，自己的眼泪也止不住流了出来。

金凤要猫眼好好生活，遇事不要由着性子来，要经常给她打电话。猫眼流着眼泪直点头，哽咽着说不出一句话。

就在分手的那一刻，猫眼忽然抱住了金凤，失声叫了声：姐！

金凤忍不住又掉了眼泪，不住地对猫眼说：好好的，好好的。

猫眼说：姐姐放心，我挣够了钱就回老家去。

二强看雀儿时，发现雀儿早已经泪流满面了。

送走了金凤，雀儿一个人往回走，忽然一种从来没有过的孤独笼罩了她的心。她觉得自己就像一片树叶，飘落在这座城市的角落里，没有人会发现。眼前这繁华的都市、熙熙攘攘的人流、川流不息的汽车，都好像与她没有关系似的。她觉得自己又孤身一人背着书包，或者是提着草笼走在家乡的小路上。身旁是大山，脚下是溪流，路旁是野花，树上鸟在叫。那种生活，使她经历过许多酸辣苦涩，现在想起来又觉得有甜蜜的味道。西安城确实很大，大得她有时候东西南北都分不清；西安城也真的很繁华，许多商品她连见都没见过。她认为，现在的西安城是属于西安人的，与她雀儿好像就没有什么关系，她是为了生活、为了实现自己的梦想来到这座城市的。听说西安城每天来来往往的人有几百万，真是人山人海。可是，西安城没有她家一个亲戚朋友，她进城的时候连城里的一只小狗都不认识。她认识的就是单位的几个人，最要好的是金凤，一天到晚形影不离的是金凤，帮她护她的是金凤，给她讲好话、瞎话、笑话的也是金凤。可是，金凤走了，去深圳了！平时，她根本没觉出金凤多么重要，这时候才感觉到离开金凤后的许多不习惯，她心里说不出的难受，眼泪就止不住地向外流。二强要送她，她不让，她要一个人走一走，让眼泪把心里的许多不舒服都流出来。

天下没有不散的筵席，少有一生走到头的朋友。这些雀儿都懂。她知道，千里之行，始于足下。要在这座城市站住脚，站稳脚跟，只能靠自己的勤奋努力，靠自己的聪明智慧，靠自己的意志和毅力，靠自己的顽强拼搏！为此，她一次又一次告诫自己：要努力！不能松懈！她一次又一次提醒自己：要勤奋！勤能补拙！她一次又一次要求自己：打好工，做优秀的打工者！她知道，只有做好打工者，才有可能做老板；只有优秀的打工者，才有可能成为优秀的老板。她希望，有一天自己成为某方面的领军人物，至少能拥有一个小公司，真正用自己的智慧和能力管理这个公司，实现自己的人生价值！如果要做梦，她就做这个梦！

雀儿一边走一边想，一直走到南门跟前才停住了脚步。

她记得，那个晚上，从德福巷出来就是走到这里的，已经到吃午饭的时间了，行人依然很多。也许是心事多的原因，雀儿一点儿饿的感觉也没有，她穿过马路，径直向书院门走去。

没来这里以前，雀儿一直认为，书院门是卖书的或者是跟书有关系的大市场，直到站在"关中书院"大牌楼前才知道，这个古朴而温柔的书院门，实际是一条叫作三学街的步行街，书院门是因关中书院而得名的。关中书院曾经是明清两代陕西的最高学府，是西安最著名的学府，是全国四大著名书院之一，是西北四大书院之冠。

一位摆摊卖旧字帖的老人告诉雀儿，说三学街很长，往前走，拐个弯儿，就是久负盛名的碑林博物馆。这条街铺的青石砖都几百年了，街的两旁是清一色的古代建筑，有些是新修的，大部分还是老样子，也有许多年代了。这地方专卖字画、文房四宝、书法字帖，铺子一个连着一个，不卖其他商品。就是街旁边摆摊的，也都与字画有关系。

老人六十岁左右，头发、胡子都已花白，穿一件中山装，戴着一副近视眼镜。老人精神很好，声音也洪亮，见雀儿问路，就打开了话匣子。雀儿不好意思麻烦老人，就花五块钱买了老人一本发黄了的苏东坡的字帖。老人以为雀儿在练书法，就讲王羲之、欧阳询、褚遂良、柳公权、米芾等大家的书法和临帖练习时应该注意的事情，还建议她先学正楷字，然后临王羲之的帖。

老人说的这些书法家，有几个人的名字雀儿还没听说过，她买苏东坡的字帖还有一个原因，就是她喜欢苏东坡的诗词。于是，雀儿急忙解释说自己不会写毛笔字，是喜欢，没事儿想练练。

老人说：爱就好，热爱是老师，只要热爱就有可能成功。

看老人知识丰富，雀儿就大着胆问关中书院的历史。

老人说：这历史就长了。大约是明朝的万历二十年，有一位朝廷官员叫冯从吾，是长安人，一个传奇性的人物，为人正直，不畏权势，刚直不阿，很有正义感。他看到当时的朝政荒怠，皇帝终日沉溺酒色、滥施淫威、荒于朝政，而且性格凶残暴虐，很是看不惯，就大着胆给皇帝提意见，说皇帝不称职。万历皇帝恼羞成怒，直接免了冯从吾的职。冯从吾被免职后，没有心灰意冷，没有停止对学术的追求，也没有改变他的性格和脾气，起初在南门里的宝庆寺讲学，后来就成立了关中书院。学生有五千多人，这在当时可是不得了的事情！学生非常尊敬他、爱戴他，说他是关西夫子、理学大师。一时间，在全国影响很大。宦官专政的万历三十年，以魏忠贤为首的阉党在朝廷内外横行霸道、作威作福，冯从吾毅然挺身而出，上书弹劾宦官，一下激怒了祸国殃民的魏忠贤，魏忠贤派人捣毁了关中书院。关中书院被毁的第二年，冯从吾抑郁离世。

听老人讲关中书院和关中书院创始人冯从吾的故事，雀儿立时肃然起敬，她佩服冯从吾，也佩服这个给她讲关中书院的老人。经过交流，她知道这位老人是东郊一家工厂的下岗职工，爱读书，尤其爱读历史书，还能用左手写毛笔字，在这一带摆摊主要是挣些钱贴补家用。

雀儿不解地问：你会写毛笔字，为啥不卖字呢？

老人爽朗地笑了：我那字没人买，人家要买名家的字呢！

雀儿又不明白了：名家？谁是名家？

老人说：能在书法协会挂衔的和会写毛笔字的社会名人，现在就是名家！

雀儿还是不理解。

老人说：这样说吧，你不是经常看电视嘛，在电视里经常露脸的人都是名人!

雀儿又问:那你这摊子一天能挣多少钱?

老人说:多少能挣几个,总比在家里闲着好。

告别了摆摊卖字帖的老人,雀儿走出没多远,老人又赶上来了。

雀儿停了下来。

老人悄悄对雀儿说:街上卖赝品字画的很多,你可不敢买啊!

雀儿愣了一下,不解地看着老人。

老人笑了,说:赝品,就是那些假字画。

雀儿脸红了,不好意思地点了点头,说:知道了。谢谢您!

雀儿听说过这一带有人专门卖假字画,却一直没有见过。实际上,雀儿平时见的字画也不多,根本就不知道什么真品、赝品的。

三学街果然非同寻常,雀儿很快就进入了书画文化的海洋,眼睛也不够用了。这里有个人画室,有某一画家的专卖店,有替别人销售的,有笔墨纸砚,有各种书画展览……一个个风格各异的门面,一幅幅富有个性的字画,真草隶篆,龙飞凤舞,应有尽有;国画、油画、版画、水粉画、农民画,色彩斑斓,令人目不暇接。

路过一家店铺时,雀儿忽然闻到一丝墨香,仔细一看,原来书案旁站着一个五六岁的小姑娘,正安静地握着毛笔写字,一点、一提、一顿、一钩,稚嫩却有力。雀儿暗暗一惊,不由得佩服起西安的孩子来。

在一个拐弯处,忽然出现的几个男青年挡住了雀儿的去路,他们一脸笑容,但是这种笑使雀儿浑身都感到不舒服。这几个人就是那位老人说的卖赝品的人,他们怀里揣的都是"名人字画",价钱都很便宜。雀儿没见过这种阵势,一边摇手,一边靠着路边向前走。

雀儿费了好大劲儿才摆脱了那几个人,当她站在碑林博物馆门前的时候,已经是下午四点多了。她忽然想起米粮交代的一件事情,于是匆匆赶回单位,她要在下班前把一份设计稿交到用户手上,不能耽误。

后来,雀儿专门查阅了书院门的一些资料,和老人说的基本一样。这些资料还告诉她,关中书院曾云集了不少有识之士,培养了一大批优秀的学生,他们在辛亥革命、大革命、抗日战争、解放战争中都发挥了重要作用。这使她又想起了书院门的那副楹联:碑林藏国宝,书院有人杰。

雀儿在书院门待的时间不长,但是印象很深、收获很大,她从冯从吾身上发现了一种为正义、为事业、为国家、为民族执着追求,不怕牺牲的精神;从卖字帖的老人身上发现了一种豁达乐观的生活态度。比起这些人,她有不足,但也有优点,有幸福的一面。她再一次觉得自己有理由振奋精神,努力奋斗!

十八

金凤走后不久,百灵来找雀儿。听说金凤去了深圳,连连说好。她没去过深圳,但是她向往深圳这样的好地方。

雀儿问百灵:刘有成来这里好几回了,很着急,你们俩到底咋了?

百灵一脸不高兴地说:不要理!

雀儿问:那咋了?

百灵说:你不要问!

雀儿还问:你们到底咋了呀?

百灵盯着雀儿认真地问:你看我们俩能成不?

雀儿说:我看能成,但是现在看来,你是不想成了!

百灵扭过头去说:看出来就好,这事情本来就不成。

雀儿有些奇怪地说:本来就不成?那过去……

还没等雀儿说完,百灵就抢过来说:你是问为什么过去在一起是吧?

雀儿点了点头。

百灵说:过去是过去,现在是现在,过去行不行不说,现在肯定不行。你记住,以后不要理这个人,这个人现在和我没有任何关系!

雀儿像不认识似的看了看百灵，憋红脸说了三个字：你变了！

百灵说：变了好，这个社会，每个人都在变，每天都在变，变才能进步。变是绝对的，不变是相对的，不变就是怪物了！

雀儿说：你也变得太快了吧！

百灵说：越快越好，就趁着这劲儿，慢了就完蛋了。

雀儿知道自己说不过百灵，但是她不同意百灵的说法，更看不惯百灵的做法。她要求自己保持沉默，不再说话。

雀儿不说话了，百灵也不言语了，两个人谁也不看谁。过了好一会儿，百灵才说：咱姐和姐夫来西安了，你见了吗？

雀儿说：还没有。

百灵说：那咱俩一起去看看。

雀儿犹豫了一下说：好。

雀儿提着给姐姐的孩子买的衣服，和百灵一起乘公交车到了城北的建材市场。这个市场很大，门面多，人也多，有当地人，更多的是外地人；有钱的老板不少，打工的更是一群一伙的。雀儿的姐姐在这里做清洁工，姐夫蹬三轮车拉运货物，收入都不高，勉强能维持一家三口的生活。雀儿姐姐租住的条件更差，是城中村农民临时搭建的那种，面积也很小，一间屋子只有一张床和一张条桌，做饭的炉子还放在外面的过道里。雀儿和百灵就坐在床上和姐姐说了几句话。姐姐、姐夫都是老实人，对生活要求不高，穿戴也不讲究，对现状还比较满意。她们走的时候，姐姐忙着给孩子做饭，也没有送。

百灵和雀儿一直走到行人很少的地方才停了脚步，两人互相看了看都笑了。

百灵忽然张口说：有些事情你不懂，我不给你说了，我相信你以后迟早会理解我的。

雀儿说：你是大学生，我当然说不过你。我知道说了也没有用，我现在不说了行吧？

百灵朝远处雀儿姐姐的房子努了努嘴说：你看见了吧，咱姐和咱姐夫要是有钱，会住这样的房子？会过这种日子？

雀儿看了看百灵没说话。

百灵无可奈何地摇了摇头，说：雀儿，你太单纯了。我给你说，这世界太复杂了，我这么做肯定是有道理的。

雀儿说：但愿你是对的。

百灵说：咱俩找个地方吃饭吧，我早都饿了。

雀儿问：你想吃啥？

百灵问：你想吃啥？

雀儿说：吃啥都可以。

百灵也说：吃啥都可以。

俩人几乎同时说：那就吃凉皮吧！

说来也怪，在吃凉皮这一点上，城里的女孩子和乡下的女孩子的爱好是绝对一致的。

十九

晚上，二强来找雀儿，说有件事要告诉雀儿，希望她不要伤心。

不知道为什么，雀儿对二强一直爱不起来，前一段有了点儿好印象，最近一见面就又烦了。现在看见二强啰唆的样子，就急了：啥事儿？有话你就说嘛！

二强说：村里来人了，说你家的小黄丢了。

雀儿一惊，脸上的颜色就变了：啥？小黄不见了？啥时候？

二强说：前几天。

雀儿问：现在找见了没有？

二强说：没有。

雀儿说：我们家小黄从来都不乱跑，怎么会不见了呢？我们村就那么大一点儿地方！

二强咳嗽了一下，说：你不要生气，人家说是一伙城里人用腊牛肉把小黄骗到没人的地方打死后，拉到附近一家小饭馆给杀着吃了。

雀儿的眼睛一下瞪圆了：你说啥？你说啥？你再说一遍！

二强看了看雀儿，有意放慢了说话的速度：小黄被城里人杀着吃了！

雀儿问：你说的是真的？

二强说：千真万确，我已经问过几个人了，他们说小黄肚子里还有俩狗娃子呢！

雀儿愣了好长时间没说话，然后慢慢地坐在了凳子上。

二强端来一杯水让雀儿喝，这才发现两行泪珠从雀儿好看的眼睛里扑簌簌流了下来。

二强劝雀儿不要生气。

雀儿恨恨地说：狗日的城里人，咋不把他妈杀着吃了呢？这些断子绝孙的东西！

二强说：听人说，带头的是一个小胡子，开的宝马车。带了好几个人，都是光头，脖子上戴的金链子，胳膊上还文的龙和蝎子。

雀儿问：会不会是金凤姐认识的那个小胡子？

二强摇了摇头，说：不知道，现在留小胡子的人多得很，不一定是吧。

雀儿说：反正留小胡子的都不是什么好东西！

二强说：不就一个毛物么，生啥气呀？到时候我给你重逮一个就是了，我朋友养狗的多得很！二强想用这话安慰雀儿。

没想到雀儿更火了，狠狠地瞪了二强一眼，骂道：放屁的话！小黄在我家这么些年了，你知道个啥？

二强也不高兴了，反问道：难道它比人还重要？

雀儿说：难说，看谁呢，它比有些人就是重要！

二强没再说话，心里却不舒服，借口有事情就离开了。

雀儿没送二强，也没有吃饭，草草洗脸、洗脚就上床休息了。

第二天早晨，雀儿请了假，乘客运汽车回到了老家。

妈妈一脸倦容，像是刚生过病似的，看见雀儿却装得没事儿似的，又是抱柴火，又是和面水，张罗着给雀儿摊煎饼吃。

雀儿知道妈妈心里难受，没有问小黄的事情，一边洗脸一边问爸爸哪里去了。

妈妈说：你爸出去了，一会儿就回来。

雀儿又问百灵回家的事情，妈妈就一字一句地夸奖起百灵了。

说话间，爸爸回来了，肩上扛着一捆柴，手上提着一只蛇皮袋子，进院门后就势把柴扔在了柴垛上，手上的蛇皮袋子却没有放。

妈妈问：手上提的是啥宝贝，还不舍得放下，不嫌累？

爸爸面无表情地说：报应啊！这天底下还真有报应！

妈妈停下了手中的活儿，伸出头看了看爸爸，说：雀儿回来了，你没看见？嘴里咕哝的啥嘛，我一句也没听懂！

爸爸说：雀儿回来了，好！我就是说给雀儿听的。

雀儿说：爸呀，我咋觉得你今儿怪怪的！我刚才叫你你不答应，只顾说你的事情，到底咋了？

爸爸说：我一说你就高兴了。

雀儿催促说：那你就快说嘛！

爸爸说：我早上到山下，本来是想把小黄的皮和骨头拿回来埋了，却听见人家议论昨天翻车的事情。

雀儿说：翻车与小黄有关系？

爸爸说：就是有关系么，不然我说这做啥呢嘛！

雀儿说：那你快说嘛！

爸爸说：快说就一句话，就是杀了吃了小黄的人栽到沟里摔死了！

是不是？雀儿和妈妈同时瞪大眼睛问。

爸爸说：那个小胡子老板特别爱吃狗肉，最近又钻进山里寻找活狗宰杀，在一家农家乐喝了八两酒还开车，结果汽车在老虎嘴拐弯时掉到了沟里，车上三个人，两个人当时就没命了。

雀儿问：你咋知道那个小胡子就是杀咱家小黄的？

好几个人都看见是他。爸爸说。

雀儿不再问爸爸了，她接过爸爸手中的蛇皮袋，在屋后的山坡上挖了一个坑，把小黄留在世界上的所有东西深深地埋进了黄土里，也包括她对小黄的哀悼和怀念。

爸爸把小黄带回家的时候，小黄只有猫那么大，是妈妈和雀儿一口饭一口水慢慢养大的。雀儿上学的时候，还没感觉出小黄的重要；雀儿没考上大学，最痛苦的那些日子，一天到晚陪伴雀儿的只有小黄。进城后的这些年，雀儿一想起父母，就会想起小黄，好几次梦见小黄在她身后跟着。

雀儿在小黄的坟头站了很久，她在回忆小黄的时候，也回忆了自己。

风起了，天渐渐变得灰暗，雀儿感到有雨滴开始飘落。

雀儿的心也在落雨，她知道那不是雨，那是自己的眼泪。

百灵上班了，在郊区的一个邮电所当营业员。这个邮电所的上级单位是邮电分局，一位年轻精干的局长亲自给她谈话，说大学生都要下基层锻炼，最少两年时间，什么时间回到市里工作，全凭自己表现。

百灵一脸认真地对局长说：请领导放心，我一定努力工作！

局长仔细地端详了百灵，说：看你长得这么灵醒的，又是大学生，相信你一定能把工作做好。

百灵抬头看局长，不好意思地笑了。

局长说：这女子有意思。

百灵再看局长时，两人眼睛一对视，百灵的脸就红了。

百灵和局长的谈话只有几句话，可是局长的眼神给百灵留下了抹不去的印象。

这里是一座很有名的古镇，在中国的历史上留下了不能抹去的记忆，距离市中心的钟楼大约八九十公里，汽车、火车都很方便。邮电所有五个人，两个营业员，两个投递员，一个所长兼替班。

百灵的到来，使这里的空气忽然变得甜蜜。两个经常说粗话的年轻投递员变得文雅了，出班回来还帮灶上的厨师打水、洗菜、扫地；两个女营业员也不说闲话了，一有时间就问百灵大学里的事情。他们不让百灵干体力活儿，把最好的宿舍腾出来给百灵住。百灵听说上级从来没有给这地方分配过大学生，可是这里的人却很尊重有知识有文化的人，这些让心里不大舒服的百灵多少有了些安慰。

百灵在大家面前装得没事儿一样，心里却想着早点儿离开这里的办法。她想到了刘有成，有些后悔过早暴露了心底里埋藏的秘密，后悔不该对刘有成过分冷淡，她想用她的魅力和聪明让刘有成再帮她一次。对此，她还是充满了信心。

这天下午，百灵坐公共汽车回到了市里，改乘另一路公共汽车到了她和刘有成住的城中村。下车没走出几步，就看到刘有成和一个女孩子并肩走了过来，她急忙藏到一棵大树后面，一直等到刘有成和那女孩子上了公共汽车。

百灵不相信刚才看到的是事实，不相信刘有成变化这么快，更不相信刘有成有这样的能力。她的脑子很乱，一会儿就想了许多问题，好的、坏的都想到了。伸手摸了摸口袋，百灵发现屋子的钥匙还带在身上，暗自庆幸没有把钥匙还给刘有成。她迈着慌乱的脚步跑进了那间屋子，眼睛顿时睁得更大了：床上的被子没有叠，卫生间搭着粉红色内裤和胸罩。

百灵忽然有一种被欺骗和污辱的感觉，眼前一黑，就坐在了床上。这是一张非常熟悉的床，在这张床上，她背叛了自己的心灵，把最宝贵的东西奉献给了刘有成。她觉得自己的付出太多了，她不能容忍刘有成首先背叛自己，她要报复，但一时又不知道该怎么做。

百灵想到了雀儿，她想把自己的遭遇告诉雀儿，让雀儿帮忙拿个主意，又怕雀儿说她首先不对。这样，她犹豫着又坐在了公共汽车上，摇摇晃晃地走了很长时间，最终在钟楼附近下了车，走进了一家酒馆。她听说酒能使人忘记烦恼和忧愁，她要麻醉自己。

什么时候醉的，百灵记不起来了，醒来的时候发现自己躺在二强的床上。她忽然一惊，头上渗出了一层密密的汗珠，觉得自己的头很痛，从头到脚都是冰凉的。难道……她不敢想，也想不起来昨天喝酒以后到底发生了什么事情。她的脑子很乱，坐起来又躺下了，她要自己冷静一下，理清自己的思路。

渐渐地，百灵发现身上还是自己的内衣，身体也没有异样的感觉。阳光明媚的阳台上挂着几件衣服，她认出那件红色的外套是自己的，像是昨天晚上洗过的。

她终于想起来了，想起了二强，想起了二强把她背出了酒馆，以后的事情只能去猜想了，比如，二强把她背上了出租车，再把她背到这里。她给二强吐了一身，自己的衣服不能再穿了。于是，二强给她洗了外套，安排她睡在自己的床上，然后二强就……百灵又想不下去了。这些，要凭自己判断，也要问二强，才能知道怎么回事。

百灵咬着牙坐了起来，发现手机在枕头旁边，拿起手机一看，有好几条信息等着她看，她首先看了二强发的信息：

百灵你好：

　　我有急事，不能等你醒来，所以先走了，有事情打电话，请原谅。你的衣服我洗了，如果着急，你就把我的外套穿走。厨房的锅里有稀饭，你起来热一下就可以喝。请醒来后给我打电话。

二强

看了二强的信息，百灵轻轻叹了一口气，她相信二强不会做不好的事情，要不然她也不会在喝醉了的时候给二强打电话。

可是，百灵不知道，二强在把她放在床上、为她脱去外套的时候还真的犹豫了一会儿，那是因为她高高的乳房和洁白的胸脯，使二强差一点儿要脱去她的内衣。这时候，百灵又吐了，而且吐在了二强的身上。这一下，二强清醒了，他匆匆为百灵收拾好，就拉了两只椅子躺在了楼道里。第二天清晨，他进屋为百灵煮了稀饭，在看百灵的时候又在百灵的嘴上轻轻地吻了一下，就去上班了。

百灵是自信的，当她上卫生间的时候，脑子一下彻底清醒过来了，她给二强发了一条感谢的信息，就离开了。她知道，一切都没有发生，现在的她必须努力工作才能改变自己的一切，还有和刘有成的事情依然是自己的头等大事。

二十一

计算机培训班结束后，雀儿回到钟楼门市部上班。

米粮把雀儿叫到了办公室，要雀儿临时负责设计室的工作，工资从八百元提高到一千元。

米粮说：这是临时负责，要是干得好还会增加工资的。具体数字米粮没有说。

雀儿感激地望着这位装束很像农民的米粮，半天没说话。

米粮说：看啥呢，不认识了？

雀儿稳定了一下自己的情绪，话没说出口脸先红了：我觉得今天的太阳格外好!

米粮笑了,说:这话幽默!我用人就这样,只要你好好干,老老实实工作,绝对不会亏待你的。干好了,年底还有奖金,不过……

雀儿问:不过什么?咋不说了?

米粮说:这话对你说不说都不重要,我相信你……

米粮两个半截子话,让正在高兴的雀儿一时丈二和尚摸不着头脑。

米粮说:你要问,我就说了。就是说如果任务完成不好,我可是要扣奖金的,严重了还会影响你的工资。

雀儿这才松了一口气,说:我还以为啥呢,就这?没问题。如果你还不放心,那咱们就签个协议什么的!

米粮想了想,说:这好像没有必要。

雀儿说这话是想给米粮表示一下决心,说多了又怕引起误会,话到嘴边又咽下去了。

雀儿听金凤说,米粮因为家庭出身不好,初中毕业就从南方来到了西安,开始在一家小印刷厂当搬运工,后来做了营销员。当营销员时,社会上已经有函授、电视大学了,米粮白天干活,晚上去夜校上课,一天到晚很辛苦,就这还在报纸杂志上发了不少文章。后来,米粮当了管生产的副厂长,再后来就自己当了老板。也许是出身和经历的原因,米粮对工人,特别是农村来的人比较客气,大家也喜欢这个当老板不像老板的米粮。

米粮说:咱们都熟悉,签的是君子协议,有信誉做保证的。

雀儿沉思了一下,说:您这么相信我,我一定会努力!如果不行,我自己会提出辞职的。

米粮笑了笑,说:说这话更证明我的决定没有错,好好干吧,你没问题的!

雀儿说:上学的时候,组长、班长我都当过。干咱们这活儿是头一回,我知道不一样,不要说领导三个人,就是领导一个人也要动脑子的。

米粮说：当年我就一个人干，后来雇了三个人，和你现在的人一样多，也就是这屁股大一点儿地方，现在不是发展起来了吗？毛主席当年说过，世界上怕就怕认真二字，干啥事只要你认真，就不怕干不好！

雀儿上学的时候，常听老师说毛主席的这句话，那是老师教育学生好好学习，现在的米粮老板也说这句话，是要她好好工作。小时候她没理解，现在才知道毛主席的话确实放之四海而皆准了，就像爷爷常说的那样："字字是真理，句句闪金光。"

雀儿不说话了，米粮跟她的谈话也就结束了。

米粮对雀儿的认识，是从那次校对文稿开始的。那天，校对文稿的人感冒发烧，没有仔细看稿子，结果被搞内文设计的雀儿找出了二十多处错误。开始，米粮还不相信，找来底稿看了才知道这位平时言语不多的乡下孩子文字基础还是非常好的。也是那天以后，米粮开始注意雀儿了。

离开米粮办公室后，雀儿先给金凤打了电话，让金凤给她出主意，然后根据她们的商议开了全体员工会议，对各人的工作进行了调整，并对工作的数量、质量和服务提出了具体要求。

这三个女孩子年龄都不大，算起来，雀儿还是最小的一个。还好，大家都表示支持雀儿的工作，但也要求雀儿给米粮多汇报大家的辛苦，多替大家说话办事儿，希望给大家增加些工资。

雀儿知道这些话都不好给米粮说，可是她答应一定尽最大努力去做。

二十二

百灵转了一圈，又回到了她和刘有成住的地方，她要弄清楚刘有成到底在干什么。

百灵敲开了这扇熟悉又陌生的门，开门的是一个长相还算过得去的女孩儿，百灵认出这女孩子就是昨天和刘有成在一起的那位。她想，刘有成那水平也就只能找这样的女人，再好看的那就不是刘有成的女人了。

女孩子看了看百灵，问：你是百灵吧？

百灵一怔，问：你见过我？

女孩儿诡秘地一笑，说：见倒是没见过，但是我会猜。

那你是谁？百灵问。

女孩儿说：我是琪琪，你听说过吗？

百灵多少有点儿惊异：琪琪？你是刘有成的表妹？

琪琪说：不是表妹，是表姐。你果然聪明，一猜就猜对了！就说有成怎么那么爱你！

百灵没有话了，她知道是自己误会了。

琪琪说：对不起，暂时在你们这儿住几天，马上就搬走。

百灵说：没事儿，没事儿，我早已经不在这住了。说完百灵又后悔了，忙补充说：你住吧，你住吧，我已经到东郊上班了，是顺路来看看。

琪琪说：我硕士研究生已经毕业了，准备考博士，我家人多，听有成说你们房子暂时空着，就想借几天用用，不好意思，很快就搬走了。

百灵听刘有成说过这个表姐，几句对话后觉得是个有修养的女孩儿，并不令百灵反感，于是就在房子里与琪琪聊了一阵儿。

琪琪知道她和刘有成闹矛盾了，而且知道刘有成正在痛苦中。琪琪对百灵说：我表弟的智商、情商，还有长相都不如你，但是他是个老实人，本质很好，品质很好，是一个值得信赖、值得依靠的男人。还有，他非常爱你，这一点也很重要，你可要认真考虑哦！

百灵本来是要讲许多刘有成的不足的，琪琪这么一说她反倒没话了。不管什么人都是有良心的，要昧着良心说话，那也是很难的。百灵已经达到了此行的目的，她知道这样说下去没有什么意思，她只能应付，最起码不要让琪琪这个外人察觉出什么。

百灵和琪琪互留了手机号码，就要告别。琪琪让百灵等一会儿，说她给刘有成打电话让刘有成过来。

百灵急忙挡住琪琪,说是自己有急事,就匆匆离开了。

出了屋门,百灵的思绪又放飞了。弄清楚了这女孩儿的身份,本来是件好事情,可是她忽然又有了压力,刘有成离不开她,还在爱她,还在等她,这是她内心所需要的,但是她不想最终和刘有成走在一起,这是她无数次在自己心底里做了决定的。她听人说过:你不爱这个人,这个人却爱着你,这对你就是一种负担;你爱这个人,这个人不爱你,那你就非常痛苦。你不要爱人,人也不要爱你,这最好,但是这种人世界上几乎没有。这个时候的百灵,觉得刘有成就是她心里的一个病。

百灵想着想着,又想到了那位年轻的局长,那个人的笑和看她的眼神在她眼前一直挥不去、抹不掉。

二十三

雀儿负责设计室以后,整天忙得分不清早晨和黄昏,常常加班到深夜,把二强早都忘在了脑后。

二强发现雀儿是个工作狂,干起活来不顾一切,他那颗火热的心渐渐也有些凉了。

这天下午,雀儿办事路过二强的住处,就径直走了进去。

二强的屋门上着锁,邻居家也没有人,她下楼就要离开时,一位中年妇女迎面走了过来。

这女人认识雀儿,很客气地和雀儿打招呼。

雀儿也觉得这女人面熟,就停住脚步和这女人说话。

雀儿问这女人:见二强了吗?

女人说:二强好像忙得很,前几天夜里背回来一个很漂亮的女孩儿,好像是喝醉了,在这里还住了一个晚上。

根据描述，雀儿觉得那个女孩儿是百灵。她看了看那个女人，问：真的吗？你是亲眼看见的还是听说的？

女人说：我没看见，是听说的。可是大家都这么说，估计是真的。

雀儿一时觉得脑子里很乱，眼里直冒金星，就不再说话了。

那女人忽然意识到什么，忙说：我也是瞎说呢，真假我是没看见。

雀儿说：你没错，都怪这几年事情多，说不准会出什么事情。

那女人又说：也是，这些年，年轻人开放得很，大街上搂搂抱抱，坐公共汽车还亲嘴呢，没结婚住在一起的都是家常便饭。不奇怪，不奇怪！

雀儿向那女人摇了摇手，转身就要离开。

那女人忙说：你到底是谁呀？留个话，我回头给二强说。

雀儿说：你要是见到二强，就给他说，他老家的乡党来看他了，叫他以后少背些女孩儿来这里，那样太累了，要注意身体！

那女人怔了一下，似有所悟地说：姑娘，我咋看你这话味道儿不对，你到底是谁呀？

雀儿苦笑了一下，说：对着呢，对着呢。

二十四

百灵回到单位时天已经黑了，所长还在忙着结今天的账，看见百灵就问吃了没有。

百灵说：吃了。

百灵又问所长吃了没有。

所长说：忙得很，刚才让小刘买了个肉夹馍，吃了。

百灵说：都说领导辛苦，您这样的领导就更辛苦了。

所长问：为什么？

百灵说：心里总是想着单位和大家呀！

所长笑了，说：有文化的人就是不一样，一样的话说出来就是中听。

百灵说：谢谢领导夸奖！

所长说：我不是领导，我是班组长，班组长不是领导。

百灵说：万丈高楼平地起，班组建设是根基。班组长是兵头将尾，可重要了，我上学的时候老师就讲了。

所长很惊诧，说：你还知道这些，不得了！

百灵很谦虚地说：我们实习时，也是听你这样的老师傅说过，不然我们咋能知道。

所长有所醒悟，忙说：原来是这样，那你还是学得好，一般人怕听了也记不住。

百灵说：既然学习，就要认真。

所长说：是这么个理，是这么个理。

所长姓任，是个中年男人，脾气很温和，很少给下属耍态度，平时干什么事情都非常认真，大家当面叫所长，背后都叫他"老认真"。

这时候，所长习惯性地看了百灵一眼，说：跑了一天，累了，早些休息吧。

百灵说：我借休假到市里办了些事儿，主要是看同学，不累，我来帮你一块儿干吧！

所长说：你要是没事儿就来看我干。实话给你说，上午我见咱们局长了，他要我好好带带你、培养你。其实咱们邮政的活儿多是手工劳动，没啥技术，好学，不像电信那么复杂。

百灵本来是随便说说，想给所长留个好印象，营造个好环境，意外地得到了局长关心她的信息，她一下有了兴趣，全身上下顿时就有了劲儿。

这个晚上很有意义，这个晚上也很重要。百灵觉得自己和所长，还有那位局长的距离一下近了许多。

心里有了希望，干什么事情就都有劲儿了，这是百灵的体会。在家的时候，她不爱干农活，割草、放羊、打柴、挖菜、拾麦子的事情就很少干。

她想到城里工作，学习从来都不用大人督促，她觉得身后总有一股劲儿在推着她前进。她知道，农村的孩子要改变自己的命运，就必须走上大学这条路，特别是女孩子，这是唯一的出路，这条路全靠自己走。上了大学，她又发现，农村孩子要留在城市里，光靠学习还不行，还要借助外力，充分发挥自己的聪明才智。百灵是聪明的，她知道聪明的人还要善于发现和总结，这一点也十分重要。现在，她更清楚，只有把工作干好，才能改变自己的环境，提升自己的地位。于是，百灵更勤快了，起床也早了，就连提水、扫地、擦窗户、拖地板这些活儿她也主动干了。她明白，这些粗活、脏活是勤杂工干的，但是她要求自己主动去做。她知道，只有这样才能改变自己的命运，才有可能早一点儿离开这个小地方。

　　开始人们不理解，说现在孩子普遍懒惰，这大学生怎么这样勤快呢？有人说，农村孩子朴实，爱劳动。有人说，那是一时高兴，坚持不下来的。这话传到百灵耳朵里，百灵有点儿犹豫，仔细一想，决心就更大了，她懂得贵在坚持的道理，知道坚持下去的好处，她要让大家看看，百灵与其他人就是不一样。

　　当然，还有一个原因，那就是百灵换了手机号码，刘有成也再没有找她，她彻底把工作当成兴趣干了。开始，晚上睡觉的时候她总觉得空落落的，后来渐渐习惯了。

　　百灵与雀儿联系也少了，只是在一个人静下来的时候偶尔会想到这个表妹，其实也没啥说的，无非是些吃喝穿戴的家常话，毕竟文化的差异太大了，共同的话语太少了。百灵一直这么想。

　　雀儿不这样想，她有什么事情还是要找百灵，特别是计算机的操作与应用，她要向这个大学生请教。可是，百灵很忙，每次打电话都是简短的几句话。

　　雀儿想了想，决定上西北大学业大，她打电话给百灵征求意见，百灵的手机关机，于是她打通了刘有成的电话。

刘有成还没听她说完，就说：我建议你学习计算机工程与应用，这和你从事的工作对口，实用，也好学，几年时间就毕业了。

雀儿说：我从小就喜欢语文，数理化的基础都比较差……雀儿想说自己作文写得好，上学的时候老师经常当范文读给同学们听。一想到刘有成是城市人，又是大学生，话到嘴边又停住了。

刘有成听雀儿想学中文，也改了刚才的话，顺着雀儿的思路说道：中文也好，如果你喜欢就报中文吧，都一样的。计算机操作简单，好学。

雀儿说：我也没想好，就是觉得知识不够用，要继续学习。

刘有成说：想学就好，我现在啥都不想学了，我知道这不对，但没有心情……

雀儿明白刘有成的心思，没有敢提百灵的事情。她知道，一提百灵这话就长了。

雀儿说：你是大学生，学了那么多，也该休息一下了。

刘有成笑了，说：要说，我学的这些知识也不够，我们有几个同学都上研究生了。

雀儿忙说：也是，也是。

刘有成说：那你就上中文吧，只要你想学，都容易。计算机嘛，我来教你，没问题！只要你能看上我这水平，我一定尽力。

雀儿忙说：谢谢，谢谢！

雀儿与刘有成的对话就这样结束了，两个年轻人又去想各自的事情。

二十五

百灵做梦也没有想到，在邮电所工作一年多时间就借调到邮电分局办公室当了秘书。除了自己是大学生，有文化，工作积极认真，会写信息、简报、总结，还有什么呢？百灵认为起决定作用的是那个年轻的局长张勇。她曾看过一部电视剧，这部电视剧里一位"坏人"说的一段话一直刻在她的记忆里，那"坏人"说：要成就一个国有企业，靠千百万人的努力，未必能够成功；要搞垮一个企业，有一个人就足够了！百灵进入社会时间不长，对企业的了解也不多，但是她知道在企业里，领导，特别是一把手的重要性。那天在公共汽车上，她听两个中年人在议论单位的事情，一个人说：现在的一把手太霸道了，一点儿民主也没有，干什么都是一个人说了算！另一个说：就是么，在自个儿家里，买台电视机也得和老婆、娃娃商量一下，最少还得打个招呼；在单位，花一百万、两百万，还不是一把手一句话，跟谁商量过？一个问：那不是都有副职吗？另一个说：现在的哪一个副职不是聋子的耳朵——样子货！

　　这些，百灵是不会过多考虑的，她认为自己只要知道单位谁拿事就行了，因为办事情是要找拿事的人的。

　　肯定是局长张勇帮的忙！百灵在心底里第一百次对自己说，但她始终猜不出他为什么要帮她。难道他真的对我有意思？一想到这里，百灵的心跳就加速了，脸和耳朵也觉得热乎乎的，她和刘有成在一起的时候从来没有这样的感觉。是自己真的看上张勇了，还是……百灵的心乱乱的，感觉却是幸福的。

　　邮电分局的办公室秘书借调到区局办公室工作了，一时没有合适人选，位子就空着。那天张勇和百灵谈话时，觉得这个新来的大学生个头、长相、言谈举止都不错，就借到区局人事部联系工作的机会翻阅了百灵的档案，发现百灵钢笔字工整娟秀，在学校上学期间获过影评和演讲比赛奖，回单位后就让百灵所在的邮电所所长注意考察百灵，两个月后他终于下决心提前把百灵调回邮电分局当秘书。这一次，张勇没有找百灵谈话，他指派管人事的老郭通知百灵，特别强调是借调，如果过一段时间那老秘书回来了，百灵还是要回原单位去上班的。

　　百灵不这样想，她决心抓住这个借调的机会，以自己的努力在邮电分局站住脚，再继续向上发展。百灵是这么想的，也是这么做的。每天早上她第一个来到单位，打水、扫地、擦桌子，还把楼道也拖得干干净净的。下午，几个局长和办公室主任都走了，她才离开单位。百灵想，反正自己也没有事情，闲着还不是闲着。这一切，张勇看在眼里，记在心上，没有在任何场合对任何人表扬过百灵，他知道观察一个人是需要时间的，只有长时间地考察才能认准一个人。

百灵在找机会接触张勇，但是张勇一天到晚都忙着，不是开会就是接待外面的来人，很难有一个人坐在办公室里的时候。一天，百灵借送文件的机会进了张勇的办公室，刚说了一句"谢谢张局长关心我"，就有人敲张勇办公室的门。张勇抬头看了一下百灵说：不用谢，关键是自己要好好干。说完就叫百灵去开门，并叮咛以后进办公室时不要关门，要把门开得大一些。

百灵弄不清局长的意思，一双大眼睛直直地望着张勇。

张勇笑着冲她挥了挥手。

百灵不解地看了看张勇就走了。

这天下班后，张勇走过百灵办公室门口又返了回来。张勇问百灵：晚上有事情没有？

百灵说：没有。

张勇说：那你快点儿收拾一下，和我去见一位大客户。

百灵说：好，知道了。

这是百灵第一次跟领导出去参加活动，她想把自己打扮得尽量漂亮一些，可是手边没有一件可供选择的衣服，她只是对着小镜子梳了梳头，又从自己的提包里掏出很久都没有用的口红在嘴唇上涂了涂。

上车后，张勇问百灵会不会喝酒。

百灵说会喝一点儿。

张勇问：什么时候学会的？能喝多少？

百灵说：我们老家那里，家家都酿苞谷酒，大人、小孩儿、男人、女人都能喝几两。

张勇问：是不是那种秆秆酒？

百灵忙说：就是，就是，你也知道那种酒？

张勇没有回答百灵的提问，继续着自己的话题：今天跟我去，不是让你喝酒，是要你给客人倒酒，劝客人喝酒、多喝酒！要是我实在喝不了了，你才可以喝。记住！

百灵似乎不大明白地看了看张勇，然后点了点头。张勇解释似的说：女孩子最好不要喝酒，今天是实在没人了，我才拉你去的。

百灵又看了看张勇，说：知道了。如果需要，你就给我说，我真的能喝一些，到底能喝多少，不知道，因为没多喝过，也……百灵想说她没醉过酒，却又想起了那天，于是就说：也很少醉过。

张勇看了看眼前这位长相白净乖巧的女孩子，心里感觉是满意的。

他们沿着绕城高速进入三环，很快就到了市区。百灵深深地吸了一口气，全身上下都觉得舒畅，她看见了钟楼，忽然间就想起雀儿、金凤她们，因为工作太忙，有一段时间没有联系了。

走进酒店的包间，发现客人只来了三个。为首的男人五十多岁，腆着大肚子，张勇给百灵介绍说：这是牛老板。另一个三十多岁的男子，张勇叫他尤哥，还有一个女的，二十岁出头的样子，打扮得很时髦，一进包间就坐在椅子上玩手机，谁也不理。百灵觉得面熟却想不起在哪儿见过。张勇把百灵介绍给他们时，牛老板不住地称赞张勇有眼力，说：你在哪里找了这么漂亮的女秘书？话问完了，眼睛却一直盯着百灵的胸脯不动。

张勇看了看玩手机的女人，笑着说：您的女秘书更漂亮哇！我们这小同事大学刚毕业，啥都不懂呢！

牛老板说：不懂好哇，张局长教教她不就行了吗？不是说，要得会，跟师傅睡嘛！

张勇忙提醒说：人家都是女孩子，估计连男朋友都没有，可不敢胡说哟。

牛老板又斜看了百灵一眼说：对不起，对不起！

那女人这时忽然抬起头来，说：我们牛老板就是喜欢不懂事的女孩子，好哄啊！

牛老板这才收住话，说：哪里哪里，不就开开玩笑嘛！不说不笑不热闹嘛！

张勇一边说是是是，一边请大家坐下。

牛老板、尤哥和那女的酒量都不错，喝酒用的都是大杯，张勇敬了三圈酒脸就红了。

牛老板的脸变成了猪肝色，话题还在议论市场上楼房的价格。张勇夸奖牛老板财多豪爽为人义气，话题却有意识地引向企业产品的宣传上。

牛老板说：你说的什么信函、商函的，我都不懂，不就是花几个钱宣传宣传嘛，在报纸上做个广告不行吗？非要用什么信什么函去宣传，不麻烦吗？

听牛老板这样说百灵有些着急，就添了一句：那肯定效果不一样嘛！

牛老板嘿嘿一笑，说：那你让你这小秘书陪我喝酒，我们马上签合同，三十万也好五十万也好，十万元一大杯，行不行？

张勇说：她是女孩子，不会喝，兄弟陪你喝怎么样？

牛老板手一挥，忽地一下站了起来：不会？学呀！你没听人说呀，要得会跟师傅睡呀！哈哈，喝多了，多了，不好意思啊。我就喜欢和女孩子喝，你喝不算数！

这时，那位尤哥端着酒杯站起来，对张勇说：不要怜香惜玉了，这两年哪里还有女孩子？你就让牛哥跟你那小妹喝吧！来！猫妹，过来，咱俩跟张局喝！

那玩手机的女孩子应声道：行啊！不就几杯酒嘛，谁怕谁呀！

尤哥一声"猫妹"，让百灵忽然想起了那天送金凤的猫眼，并从猫眼下巴上的黑痣认定了自己的判断。几乎是同时，猫眼也向她望了一眼，那眼神不知是打招呼还是在挑战。

百灵和牛老板喝了五大杯酒，感觉脸上热热的。张勇在尤哥、猫眼的连续轰炸中渐渐有些支持不住了，他心里暗暗告诉自己不能倒下，一定要坚持到最后一分钟。

牛老板似乎也有些支持不住了，趔趔趄趄地要站起来，却差一点儿倒了下去。猫眼急忙上前去扶，牛老板借机抱住猫眼，在猫眼的胸前捏了几把，又在猫眼的脸上亲了一下。猫眼说了声"讨厌"，一把推开牛老板，随手点着一支香烟径直走向洗手间。

百灵借这机会也跟了上去。

猫眼看了一眼百灵，问：你是和金凤一个村的那个大学生？

百灵点了点头，说：那尤哥叫你时我才认出你的。

猫眼深深地吸了一口烟，一脸瞧不起地说：把书念到狗肚子了，大学生也出来陪酒？那小白脸给你多少钱？

百灵知道猫眼误会了，忙说：我不是陪酒，是单位领导让来的。

猫眼问：你上班了？在邮局？

百灵点了点头。

猫眼说：你上班了就更不该干这种事情，我们没文化，你也没文化啊？

这时，外面传来尤哥急促呼喊"猫妹"的声音，猫眼丢下烟蒂走了。

百灵走出洗手间的时候，包间里只剩下了趴在桌子上的张勇。百灵让服务员照顾张勇，不要倒在地上，她下楼叫司机一起把张勇扶上了汽车。

回到单位，司机把张勇背到办公室，放到沙发上后，百灵就让司机回家去。司机说张局长喝多了，一时半会儿醒不来，醒来后喝几杯白开水就会好些，但是需要人招呼。另外，要给张局长盖上毛巾被，醉酒的人不要受凉。

司机年纪不大，皮肤很黑，长得也瘦小，头发好像很少洗，总是油乎乎的，可是司机很懂事儿，性格也温和，张勇还比较喜欢。百灵让司机放心走，说她会照顾好局长，另外楼下还有收发室值班的师傅，万一有什么事情会让他们来帮忙。

司机犹豫了一下，走了，没过两分钟又进来了。

百灵问：有事情？

司机没回答百灵，却问：你是雀儿家的亲戚？

百灵一怔，说：你是哪里的？

司机说：我叫小虫，和雀儿一个村。

百灵像不认识似的看了看小虫，说：这么说，咱们是乡党啊！

小虫说：就是么，那天一看见你就觉得面熟，可是没敢认。

百灵也想和小虫说会儿话，看着醉倒着的张勇立刻又改变了主意。她说：小虫，你去忙吧，我回头找你说话。咱们是乡党了，以后说话的时间会很多。

小虫犹疑地说：这……局长醉了，你一个人招呼行吗？

百灵说：这有啥不行的！局长没喝多少，不要紧，一会儿就醒来了，我待一会儿也就走了。

小虫说：那你有事情打我电话，我住得离这儿不远。

百灵一挥手说：走吧，走吧，我知道。

小虫走后，百灵先烧了壶开水，然后拿热毛巾给张勇擦了脸和手，就静静地坐在张勇身旁，仔细端详着这位年轻的局长。张勇睡着了，是在酒精的刺激下睡着的，浓浓的眉毛时而拧在一起，有棱角的嘴唇也不时动一下。百灵听说嘴唇厚的男人性感，对女人有吸引力，此时此刻这位嘴唇不厚的男人却使她有了异样的感觉。她不知道是酒精的作用，还是这个男人的气息对她的刺激，她本能地站起身关了屋子的门，仔细观察了窗户外有可能被人看见的角度，又坐在张勇身旁，双手抓起张勇细长白净的大手放在了自己的胸脯上。她希望这位醉酒的男人一下子坐起来，抱住她，压倒她，拥有她，可是张勇一点儿动静也没有。醉酒的人会迷情，可是深度醉酒的人就一点儿意识也没有了。百灵是学理科的，但是她喜欢看书，喜欢看多种书，这些常识她都知道，但是她骨子里有一股犟劲儿，认准了的事情总是要做到底。她放下了张勇的手，解开了张勇衣服的扣子，伸手摸了摸张勇的脸，把自己的脸贴在了张勇的胸口上，听到了张勇的心脏强有力的跳动，她一阵冲动，抱起张勇的头就去吻张勇的嘴。张勇头一拧，连喊：小虫，水，水，拿水来！百灵急忙放下张勇，去端准备好了的白开水。

张勇喝了水，渐渐睁开了眼睛，当他发现给他喂水的是百灵时，忽地坐了起来：怎么是你？

百灵说：小虫有事情，我让他回去了。

张勇说：谢谢你，今天让你为难了，没想到那老牛不是个好东西！

百灵说：没事儿的，我不怕他。

张勇说：没想到你还真有酒量，谢谢！多亏了你，真不好意思。

百灵说：以后有事情，你就叫上我，多少还能给你帮些忙。

张勇说：没有以后了。今天是没有人了才带你去的，女娃娃哪能经常上这种场合？

百灵说：你看不起女同志？

张勇说：哪里，哪里，毕竟男女有别嘛！你快回去休息吧，我没事儿了。

张勇想站起来，觉得头晕又坐下了，这时他才发现自己衣服扣子开着，他下意识地看了看百灵，似乎觉察出了什么，百灵也有意识地低下了头。

张勇问：我没干什么吧？

百灵故作不解地问：你问谁呢？

张勇难为情地笑了，说：问你呀。

百灵说：你问你自己吧！

张勇怔了一下，说：谢谢你，天这么晚了，快休息去吧！

百灵撒娇地说：我就是不放心你嘛！

张勇说：去吧，去吧，我没事儿了。

百灵往张勇跟前走了两步，说：那你再抱抱我。

张勇"啊"的一声向后退了几步，眼睛瞪得滚圆滚圆的：开什么玩笑！你也喝醉了吧？

百灵很认真地说：我没醉，你醉了，你刚才已经抱我了。

张勇说：咋可能呢？不要开玩笑了，快去休息去吧！

百灵头一扭，说：就算我开玩笑吧，那让我抱抱你。说着就上前抱了抱张勇。

张勇说：好了好了，再不要这样了，让人看见不好，快回去吧，快回去吧！

张勇像哄小孩儿一样打发走了百灵，自己却陷入了长长的沉思中。

百灵虽然没有把事情做完做大，但是达到了预想不到的目的，夜里做梦都笑醒了。

天刚亮，百灵就起来了，推开窗户，看见张勇办公室的灯已经亮了，她匆匆擦了脸就出了屋门。

百灵住的单身宿舍与办公楼相隔只有几十米，下楼、上楼，就到了张勇的办公室门口。

张勇办公室的门开着，屋子里除了张勇还有一个女的，那女的背对着屋门，正在收拾桌子上的东西。

百灵走进屋里又退了出去，张勇发现了，说：百灵啊，这么早就起来了，进来进来，给你们介绍一下……

张勇话没说完，那女的已经回过头来。

你！

几乎是同时，百灵和那女的都认出了对方。

张勇怔了一下，笑了，说：不会吧？你们怎么会认识呢？琪琪，你说说……

琪琪想告诉张勇，百灵是刘有成的女朋友，但是发现了百灵惊恐的样子，又想到他们正在闹矛盾，就若无其事地说：好像是在一个同学那里见过一次，是不是？

百灵忙说：是，是。

琪琪看了一眼张勇，说：哎，张勇，你还没有介绍我是谁呢！

张勇拍了一下脑门，指着琪琪说：这位是我的女朋友、中学时的同学琪琪，正准备考博士的琪琪女士。

琪琪笑了笑说：你看这人酸不酸，一听就知道是喝多了。

百灵说：刚才我就猜出来了，郎才女貌！还真是绝配，天生一对，地造一双啊！

琪琪说：过奖了，也不知是我俩哪一个眼睛走神了！

张勇说：昨晚喝多了，琪琪开始打我手机，我手机放在静音上，没听见。后来手机没电了，她打多少我也不知道，她不放心，天没亮就赶来了。

琪琪说：多亏刘有成了，他有车，用车把我送来了，不然大清早哪里挡出租车啊！

百灵一惊，低声问：刘有成？人呢？

琪琪说：走了，早走了，把我送到门口就赶着上班去了。

话说到这里，百灵知道再也不能在这里待了，于是向琪琪、张勇告别，推说有事情就匆匆离开了。

二十六

刚才那一幕，百灵像在做梦，她说什么也不相信张勇的女朋友会是琪琪。琪琪是刘有成的表姐啊！怎么能是张勇的女朋友呢？这几年，人们都说世界是一个地球村，可是这村子再小，也不至于小得剩下这么几个人，怎么躲都躲不及呢？

她走进办公室打扫卫生，不小心把自己的茶杯摔破了；进卫生间洗拖布，又差一点儿滑倒在地上。她索性放下手中的活儿，坐在椅子上发怔，这时候电话铃响了。

打电话的是雀儿，问百灵有没有时间，晚上见一见。

这个时候，百灵一句话也不想说，可是雀儿叫她，她觉得正好是解心烦的机会，还有上次喝醉酒在二强那里借宿的事情，都有必要说一下，于是就答应了。

这一天，百灵的心一直是乱的，她想的事情很多，但一件事情的头绪也没有理出。下班铃声刚响，她就匆匆离开了办公室。

百灵刚下楼，迎面碰见了小虫。

百灵问：小虫，你干啥去了？

小虫说：给局长跑了个腿。

百灵问：啥事嘛，还保密呢？

小虫说：也没啥事情，就是给那个琪琪送了些吃的，顺路看了看二强。

百灵问：你也认识二强？

小虫说：啥叫认识？熟得很！我学开车就是他帮的忙。

百灵说：那就好，那就好。真是越说越近了，抽空咱们好好谝谝。

小虫问：你到哪里去呀？

百灵说：我去办个事儿，你快上楼吧，看局长找你没有。

小虫说：不要紧，局长晚上有事情，时间还没到呢。

百灵说：小虫，咱们是乡党，我村离你村近得很，以后干啥可要互相帮忙、互相关照呢！

小虫说：我知道，这话雀儿和二强都给我说过，咱是开车的，该说的说，不该说的不说。

百灵一惊，忽然想起那个晚上，难道他知道了什么……瞬间又恢复了平静，说：就是，就是，记住了就好！

小虫说：那我走了。

百灵一挥手，说：去吧，去吧！走了几步觉得不礼貌，又回过头来，喊了声：再见！

百灵的担心并不多余，那个晚上，虽然百灵和张勇没有发生实质性的接触，但是他们俩在房子的一切都被小虫看在了眼里。聪明的百灵虽然把门窗都查看过了，但是她没想到张勇的窗户是白窗纱，只要屋子里开灯，人影自然会被外面的人看见。小虫在张勇对面单身宿舍楼的过道里，透过窗户就看到了那些画面。这一切来得比什么都容易，至今还没有任何人知道。

小虫在村子里上小学的时候，曾和几个淘气的孩子趴在女老师厕所后墙的墙缝里看一位女老师撒尿，结果刚听到女老师撒尿的声音就被一个拾粪的老汉发现了。这老汉脾气不好，声音也大，提着铁锨把小虫几个孩子撵得到处乱跑。小虫跑得快，没有挨打，可是从此背上了坏孩子的名声。这些，或许别人早已忘掉，小虫却一直刻在自己的心里。那个时候他不懂事，只是出于好奇，有几个大孩子哄他们几个瞎闹，他们就上当了。这一次，没有人哄他，他自己也没有这种意识，是上楼时无意中发现的。他知道，百灵和张勇的事情打死也不能讲，但是他从心里对百灵产生了看法。他不懂，一个很高尚的女大学生怎么会这样！他不知道这样的事情该不该给二强和雀儿讲。

雀儿这段时间也烦心，自从上次得知百灵在二强那里住过一晚后，她很长时间没有和百灵联系，也没有单独和二强在一起待过。一男一女两个人，同住在一个屋子里，女的那么年轻、漂亮，又喝醉了酒，男的那么健壮，能不发生事情？她想起前一段时间和二强单独相处的时候，几乎每次二强都要抱她、吻她，有一次还提出要和她发生关系。她拒绝了，她说不结婚就不可能发生这样的事情。百灵行吗？她不是早早就和刘有成住在一起了吗？雀儿想，她除非和这个男人结婚了才会发生关系，要是已经发生关系了,那就一定要嫁给他,除非这个男人抛弃了她。

百灵来了,她们俩先到世纪金花和开元商城转了一阵儿,然后在竹笆市吃了碗油泼面。

竹笆市是西安一条小有名气的街道,明代时,这里商市很集中,有瓷器市、鞭子市、竹笆市、书店、金店等,而以买卖竹器最具规模,所以叫竹笆市。新中国成立以后,这里更繁华了,依然是竹制品的市场。"文革"那些年这条街曾改名为革命街,1972年又恢复了竹笆市的原名。竹笆市的油泼面是出了名的,有棍儿状的,也有韭菜叶宽的。面软和筋道,油汪而不腻,再加上便宜实惠的肉夹馍,陕西本土人都非常喜欢。

雀儿和百灵一人吃了一碗油泼面,一个肉夹馍是分着吃的。吃完饭,她们走到钟楼,在雀儿的宿舍里坐了下来。坐下来,两个人都没了话,结果还是百灵先开了口。

百灵说:其实我什么都不想说,但不说总觉得是个事情。

雀儿淡淡地说:不说就不说吧!

百灵说:因为这事情就像咱们小时候描红,越描就会越黑。

雀儿说:那你就不要描了么。

百灵说:还是说吧,放在心里总觉得憋得慌。

雀儿不说话了,那意思分明是希望百灵继续往下讲。

百灵看了看雀儿,问:你还真想听啊?

雀儿说:你讲我就听啊!

百灵问:你知道我讲什么吗?

雀儿说:不知道。

百灵笑了,说:那天我喝醉了,在二强那里住了一晚上。

雀儿故作吃惊地问:真的?

百灵问:你相信吗?

雀儿说:你自己说的,我怎么会不相信。

百灵说:那天我喝醉了,是二强把我背到他那里的。第二天醒来才发现睡在二强屋里。

雀儿憋红了脸，问：是吧？

百灵说：其实也不怨二强，他是实在没有办法才这样做的，那天晚上他睡在楼道里。

雀儿又说：是吗？

百灵一着急，站了起来，问：你不相信是吧？

雀儿说：我说我不相信了？

百灵说：我看你不相信。

雀儿也有些急了：那要把事情做得让人相信，人才会相信啊！

百灵问：那你也不相信我？

雀儿说：你是我姐呀！我怎么会不相信？何况你喝醉了，你什么也不知道，对吧？可是，二强没喝酒，也没有醉，对吧？

百灵一怔，漂亮的丹凤眼立刻瞪圆了：你这是啥意思？

雀儿说：没有意思，那他为什么不把你送到我这里？也始终不给我打个电话？

一贯伶牙俐齿的百灵忽然没话了，她静静地看了看一脸严肃认真的雀儿，无可奈何地说：那你说，我们会干啥呢？

雀儿脖子一拧，说：我咋会知道呢？

百灵火了，说：雀儿，我说你有意思没意思？难道我还看上了你的二强？啥品位，啥素质？也不撒泡尿照照？要不是咱们是亲戚，我真恶心了！呸！呸！呸！

雀儿不说话了，眼圈却红了，瞬间就有泪珠从眼眶里滚出来。

百灵很不耐烦地看了雀儿一眼，说：好了好了，我拿我的人格做保证，二强动也没动过我一下，我也不会去找二强的，我的身体我知道！我向你保证行不行？

雀儿没点头，也没摇头，只是用手背擦了擦泪水。

百灵意识到自己话说得有些过头，冷静了一下，递给雀儿一块纸巾，雀儿没有接。

百灵说：没看出来你还是个小心眼儿。

雀儿叹了一口气，说：不说了，真没意思。

开始，百灵就没有把这事儿当事儿，她找雀儿无非是把事情说清楚，她想的是关乎自己的大事情。当她发现雀儿认真了的时候，她忽然有些反感了。她不说话了，心里却暗暗骂雀儿：没文化！没素质！简直就是农民，农民！

两姐妹的对话就这样结束了，可是心里都绾上了疙瘩。世界上，有些事情一说就清楚，有些事情说了不但不清楚，反而会更加复杂。

百灵从小生长在农村，她不喜欢农村，也看不起农民，上大学以后表现就更加突出。

雀儿不这样，她喜欢农村，特别反对城里人把农民叫稼娃。一次从钟楼下经过，听见两个女孩儿指着一个农村模样的老头儿说：你看那个稼娃！她立刻走上去问那两个女孩子的祖先是不是埋在钟楼下面。要不是金凤上前阻拦，估计双方就会对骂起来。

如今，百灵和雀儿还能坐在一起，除了她们的母亲是亲姐妹外，还有她们小时候的友谊和相互的尊重。

百灵走了以后，雀儿的脑子里还在翻烧饼，思前想后就是想不通。她强迫自己不再去想那些事情，也不追究谁是谁非了。她决定和二强分手，好让自己的思想清静、心里干净。

雀儿越想越烦，不自觉地就又出了家门，沿着南大街一直向前走去。很快就到了粉巷口，她知道这里面是西安市第一人民医院，金凤带她看过同村的一个病人。出来时，金凤告诉她，说再往里面走就有个酸臭文人和闲人喜欢去的德福巷，雀儿要求去看看，金凤说没意思，那是有钱人去的地方，于是两个人就又去了商场看衣服。雀儿没喝过咖啡，也没见过咖啡，一直觉得挺神秘的，今儿个刚好没事儿，就顺着粉巷向西走了去。

据说德福巷在隋唐时期就有了，而且是皇城的一个组成部分，这里有许多幽深的老房子。整条街虽然不长，中间还拐了个弯，至今依然很有特色，充满了古韵，也充满了异域风情。

天黑着，路灯也不是很亮，可是欧式建筑前的霓虹灯使这里弥漫着如梦如幻的气息，雀儿新奇地看着街两边的酒吧、咖啡馆、西餐厅，看着窗子里面人的影子。品茶的、喝酒的、弹琴的、交谈的、唱歌的，都一副悠闲的样子，看得出他们是高贵的、富有的、傲慢的，时间是充裕的。巷子里没有嘈杂，屋子里很静，这在西安城里也是绝无仅有的。置身此地，雀儿像在做梦，她不羡慕这样的生活，但她喜欢这样的环境，这样的气氛，这样的文化。眼前的一切，又使她明显地感觉出城市和乡村的本质区别，感觉出城乡文化的最大差异。她觉得自己很像一粒尘埃，掉在了这座巨大城市的角落里，又像是流落到这座城市的一个乞丐，在这没有人知道的夜晚里流浪着。她心里忽然泛起一阵莫名的酸楚和悲哀，眼泪止不住就流了出来，她真想放声痛哭一场。她一点儿也不想在这地方待了，于是三步并作两步，很快走到德福巷的南头，转身到了湘子庙街的东口，再走几步就看见威严壮观的南门城楼了。南门城楼是几个城门楼中最具特色的一个，城墙上办的灯展还在进行着，五光十色的灯光照得夜空一片灿烂，参观的游人正在散去，汽车声、人的喧嚷声，很快把雀儿的思绪拉回到现实生活中。这时，一个农村妇女提着两个大行李包匆匆走到她的跟前，询问去火车站的路。雀儿给她指了汽车站牌后才发现，这妇女的身后面跟着一大一小两个女孩子，一家三口都汗流满面、气喘吁吁的。这母女三人，又使她联想到了富人和穷人、城市和乡村，刚刚平静的心又翻腾了。对面是书院门，再往东走就是天下闻名的碑林了，但是她一点儿心情也没有了，就顺着南大街的西侧缓缓向钟楼走去。

劳累了一天的人都在找自己的归宿，古老而又现代的西安城又隐没在了夜的苍茫里。

二十七

这几天，百灵的心一直悬着。她找各种借口接近张勇，试图观察出张勇对她的态度，但是都因为工作忙未能达到目的。

又到下班时间了，百灵拿着一份文件敲开了张勇的门。

张勇正在看一个报告，看见百灵就停下了。

百灵说：张局长，你咋每天都这么忙的？

张勇说：你没听说过？

百灵说：听说什么呀？

张勇说：凡是没有本事的人都忙！

百灵说：呵呵，谦虚啊，我也听人说过……

张勇问：说什么呀？

百灵说：谦虚的人进步快，谦虚的领导都是好领导！

百灵也不知道怎么的，自从那天喝酒以后，和张勇在一起单独说话时就不由得随便了。

张勇说：你自己编的吧，我咋没听说过？

百灵眼睛向上一翻，瞟了一下张勇，说：真的，这话还是一个名人说的。

张勇说：也许吧，你们这些人就是比我们懂得多。

张勇的话刚说完，电话就响了，从接电话的口气和内容里，百灵猜出对方在问张勇下班了没有，什么时间可以回家。张勇告诉对方，自己已经下班，马上就回家。

放下电话，张勇不自然地笑了。

百灵猜想是琪琪，就试探着说：厉害！还没结婚就管上了啊！

张勇摇了摇头,说:不开玩笑了,有什么事儿?说吧。

百灵说:其实也没啥大事儿,我是想征求一下领导对我工作的意见,看哪些地方没有做好,需要注意。

张勇呵呵一笑,习惯性地搓了搓手,说:不错,不错,继续努力!

百灵说:我是真心向领导征求意见呢!

张勇说:我知道,我说的也是真话,还有那天和牛老板喝酒,要不是你,那几十万的收入可就黄了。

百灵说:那你也不谢谢我?

张勇说:我不是在会上表扬你了吗?

百灵说:表扬算啥?给单位增加了那么多收入,你也不请我吃顿饭啊?

张勇说:这还不是件简单的事吗?

百灵说:那你请呀!

张勇说:好,好,好!

百灵问:今天晚上?

张勇说:今天就今天。

张勇说完了又想起一件事情来,说:哈,忘了,今天还有事儿,要不明天怎么样?

百灵笑了,说:反悔了吧!还是没有诚意!

张勇犹豫了一下,一拍桌子说:好!今天就今天!

晚上,张勇和百灵按时到了一家小酒店,在二层楼最里面的角上坐了下来。凉菜是张勇点的,百灵点的是热菜,喝的是张勇带的法国红葡萄酒。

张勇担心自己喝多,也怕百灵多喝酒,重复上次的故事,喝酒前就说只喝一瓶酒,喝完就结束。

百灵说:好啊,好啊,放松放松,就聊聊天。

这个晚上,两个人说得都很多。张勇不知为什么,竟然把自己和琪琪谈对象的故事都讲了,后来他才发现,是百灵有意识把他往那里引的。

回到家时,张勇发现琪琪给他发过一条信息,内容是:亲爱的,今天晚上有美女陪酒，高兴吧？没喝醉吧？

琪琪怎么知道自己喝酒的事呢？还是和美女！不可能！又一想，张勇觉得奇怪，这件事情只有自己和百灵两个人，琪琪怎么会知道呢？难道她会掐会算？张勇笑着摇了摇头，脱了衣服进了淋浴间，洗漱完毕就休息了。

第二天早晨刚上班，琪琪就来了电话，问他昨天晚上和谁喝酒去了。

张勇首先道歉昨晚没有见面，然后说：是同事邀请，不好推辞，去的人多，只好舍自家为大家。

琪琪说：就一个美女吧？

张勇一惊，说：又开玩笑了，我上班呢，你快忙你的去吧。

琪琪说：美女就美女吧，敢做怎么就不敢承认呢？

张勇听琪琪虽有醋意，但还没有生气，就说：我不是说了人多嘛！同事中肯定有男有女，你昨晚已经发信息讲了，今天一大早又说，有意思吗？还研究生、博士生呢，这么封建的！

琪琪笑了，说：我是警告你，不要吃着碗里还想着锅里！

张勇说：我敢吗？开玩笑！快忙去吧，拜拜！

琪琪说：那你今天晚上可要陪我看电影。

张勇说：好好好！我请你吃意大利比萨。

琪琪说：这还差不多。

因为事情多，张勇忙得头昏脑涨。下午下班的时候，百灵来送文件，张勇才记起昨晚一起吃饭的事情，于是问百灵有没有告诉别人。

百灵眼睛骨碌骨碌转了几下，反问张勇道：不会是你自己主动给人家坦白了吧？

张勇说：我想我没有病吧！

百灵说：那就对了呗，肯定是琪琪蒙你呢！

张勇说：我就说嘛，她会掐会算了？

百灵用眼睛瞟了张勇一眼，笑了，说：做贼心虚！呵呵……

张勇有点儿着急了，说：谁做贼？谁心虚呀？

百灵说：那你怕什么？

张勇说：好了好了，快去休息吧，辛苦一天了。

百灵说声"好"就出门了，没走几步又回来了，说：局长啊，你是请过我了，这个礼拜我来请你，地方由你自己选。

张勇说：算了算了，大家都很忙。

百灵说：来而不往非礼也。

张勇说：改天，改天。

百灵说：你不要官僚主义，要民主，要尊重同志，要和大家打成一片……

张勇说：我一个芝麻官，算什么官僚主义啊？

百灵说：这就对了，不能犯官僚主义，不然以后咋进步呢？

张勇指了一下百灵的脑门，说：没看出你口才也这么好！这样吧，最近市局要搞演讲比赛，你代表咱们局参加吧！

百灵说：你还别说，我在学校就拿过两次演讲比赛一等奖呢！

张勇说：你先去写个演讲稿让我看看。

百灵说：题目我已经想好了，叫《支局就是我的家》，明天——不行！明天有事儿，后天吧，后天给你交稿子。那咱们说好，本周内我请你吃饭！你答应了我就走。

张勇说：你先去吧。

百灵说：君子一言，可不能反悔哦！

张勇笑了笑，没有说话。

百灵冲张勇抛了一个媚眼，离开了。

二重幽灵

二十八

雀儿的心静了，事情也顺乎了，她策划成立高级专业设计室的方案，米粮很快就同意了。米粮还给了雀儿一项奖励政策，就是按年度计划分解到每个季度，按季度进行考核，超额部分提成，每季度末兑现。雀儿心里清楚，这既是米粮创新的管理办法，也是对她的支持。她下决心做出业绩，证明自己的能力，同时也回报米粮对自己的信任。

这段时间，在这里工作的两个比较优秀的女孩子先后跳槽到另外的印务公司了，剩下的一个女孩子，人老实，话也少，可是手脚比较笨，出活儿慢一些。

米粮要雀儿不要着急，说菲菲过一段时间有可能回来上班。

雀儿问是不是有什么消息。

米粮说，是自己预感，没有确切消息。

雀儿觉得奇怪，她不相信米粮会说没有把握的话，但是眼下没有人干活是会影响生产的。雀儿给刘有成打了电话，刘有成认识的人多，也乐意给雀儿帮忙，雀儿请他想办法找几个临时用工。

果然，刘有成很快就找了两个家在农村的姑娘，一个叫朵朵，一个叫梅梅，两个姑娘都学过电脑，个头儿都不高，长得却眉清目秀。朵朵、梅梅手脚勤快，心眼儿灵活，和雀儿很有缘分，一见面就姐长姐短地叫。

雀儿问朵朵：你这名儿特别，是谁给你取的？

朵朵说：奶奶取的，可是当时不叫朵朵，是叫多多。

雀儿不解，又问：那为啥不叫多多了？

朵朵还没开腔，梅梅却抢了话：她前面还有一个哥哥、一个姐姐，她妈怀她的时候，村子管计划生育的开着拖拉机到处抓人，要把她妈拉到医院做人工流产。她妈那人灵醒又麻利，半路跑了，跑到她姨妈家，把她生在了门槛上。

雀儿很惊奇，睁大了眼睛问：是不是？

朵朵不满意地用胳膊肘碰了一下梅梅，说：就你话多！

梅梅得意地笑了，说：这有啥呢，咱村上谁不知道啊？

朵朵不高兴了，说：这又不是啥光荣事儿，啥地方都讲，你也不觉得没意思？你咋不讲你自己？

梅梅看朵朵真生气了，忙道歉说：不说了，不说了，我又错了，呵呵……

雀儿笑了，问梅梅：你是不是也有啥故事？

梅梅摇了摇头，说：没有，没有。

朵朵说：才不是呢！

雀儿说：那你说说她！

朵朵说：我才不说这些话呢，没意思。

雀儿一看朵朵不高兴了，就打了个圆场，说：我也是乡下人，我们那地方也有这事情，没有啥，看来你们俩关系很好。

梅梅说：我们俩是一把胡萝卜不拆伴，从小一起耍大的。

雀儿早已发现这俩小姐妹留一样发式，穿一样上衣，不仔细看还挺像的，于是说：我刚才还以为你俩是双胞胎呢！你们关系好，我看出来了。

朵朵说：我们俩长这么大，一直在一起，虽说也闹过些小矛盾，但是还没分开过呢！

梅梅看了看雀儿，说：你如果同意我们在你这儿工作，就把我俩分在一起干活，行不？

雀儿点头答应了。

梅梅连声说谢谢。

雀儿看朵朵没说话，回过头故意问朵朵：梅梅刚才说你的名字，我还是没听明白，为啥呢？

朵朵不好意思，脸一下红了，说：超生，不就多么。奶奶说，娃娃哪有多的，既然生多了，就叫多多吧！农村你知道么，娃娃的名字都狗呀猫呀的叫，不像城里人讲究，取名字还要查字典，甚至掏钱叫算命的先生算。

梅梅说：城里人命贵哦！

雀儿又问朵朵：多多是多少的多呀，是你自己把多多改成朵朵了？

朵朵说：上学的时候，同学们知道我的事情了都笑话我，我就把多多改成朵朵了。

雀儿说：这个名字好，叫你的名字就会想到花儿，一朵一朵的，好听也好看！

梅梅说：雀儿姐，你这名字好呀！听你的名字都脆脆的，像鸟叫。

雀儿笑了笑，说：我的名字也是奶奶取的，很土。小时候也想改，可是没有改过来，现在不想改了。

朵朵、梅梅一起问：那为啥？

雀儿说：其实名字就是个符号，叫应了就行了。再说，一听这名字就想起了奶奶，奶奶对我很好。

说到这里，雀儿忽然有些伤感。

朵朵、梅梅也就不再说话了。

雀儿用这样的方式和朵朵、梅梅说话，看似拉家常，实际上是考察新工人，也可以说就是考试。这是雀儿从一个电视剧里看来的，她觉得这样挺有意思。因为她们都是乡下人，说家常话容易沟通，同时也容易了解她们的真实想法，掌握她们的思想动态。

很快，两个姑娘都把自己的全部经历讲给了雀儿，说她们在一家民办技工学校上了两年学，毕业了找不到工作，在饭馆端了两个月盘子，在小商店干过三个月营业员，这个月是在马路上散发广告，老板给按天发工资，干一天算一天⋯⋯

两个农村小姑娘进城时间不长，经历还不少，她们纯净的目光和毫无防备的说话，都给雀儿留下了很好的印象。雀儿给她们讲了要做的工作、具体要求和注意事项，吃饭的时间就到了。她带朵朵、梅梅到附近吃了饭，饭很简单，一人一个肉夹馍、一碗丸子汤，两个姑娘吃得满头是汗。

两个姑娘很感动，说她们见过的老板从来没给过她们笑脸，雀儿姐姐一见面就请她们吃饭，太激动了。

雀儿说自己不是老板，说大了也只是个领班，也是给老板打工的。她希望朵朵、梅梅好好工作，多出业绩、多学本事、多挣钱，以后当老板，过好日子。

两个姑娘笑着说自己当不了老板，但都表示一定努力工作。

设计室接的活儿还不少。这些年，雀儿认识了一些客户，由于她脾气好、有耐心，熟悉了设计软件，还设计了许多书的封面，水平都不低，这样，不少顾客就成了她的回头客。朵朵和梅梅业务不熟悉，但是积极热情，手脚也勤快，很快就拉了几个大一些的客户，大家一天从早到晚都忙忙碌碌的。

这一段时间，雀儿发现刘有成还是个不错的小伙子，为人老实厚道，做事稳妥可靠，帮人热情耐心，缺点是呆板、固执、不灵活，说话没有幽默感，还爱认个死理。也许是家庭条件优越的原因，刘有成还有说话财大气粗的时候。雀儿分析，百灵不喜欢刘有成，主要还是因为刘有成呆板、固执、不灵活、缺乏幽默感。这一点，女孩子大部分都不喜欢。

雀儿在为百灵、刘有成爱情惋惜的同时，也产生了对刘有成的同情、对百灵的一些理解。他们的事情很矛盾，雀儿的心情也很矛盾。

几个月前，雀儿的弟弟从部队复员了，雀儿劝弟弟在西安打工，不要回乡下老家了。

弟弟告诉姐姐，说他最要好的一个战友的家在西安城的北郊，距离渭河很近，已经帮他在西安一家单位找到了工作，是保安。同时，弟弟经这个战友介绍，已经和这个战友的堂妹谈了对象。雀儿看了看小她不到两岁的弟弟一下解决了这么多问题，心里很高兴，同时又觉得似乎有点儿太快了，让她一时不能适应。

果然没过多久，弟弟来找雀儿，要雀儿和他一起回家给爸爸、妈妈做工作，说他的女朋友要求自己做上门女婿，不然这桩婚事就要泡汤。

原来，弟弟的女朋友家两个孩子都是女孩儿，女朋友是老大，比妹妹聪明能干，父母非要弟弟上他们家的门，以后孩子也要跟女方姓。这样的事情，雀儿在老家见得多了，也不觉得有什么问题，可是她担心爸爸不同意。

雀儿老家是山区，困难多，自然条件差，男孩子找不下对象，就出山做人家的上门女婿。这样的事情都有些前提：一是男方家弟兄多，在当地找不下媳妇；二是女方家多数在西安郊区，条件比较好，婚事及一切费用都由女方承担；三是女方在有可能的情况下，适当给男方父母一笔养老的资金。

雀儿知道事情重要，第二天就和弟弟回到了丁家坪。果然不出所料，爸爸没有说同意不同意，劈头盖脸把弟弟骂了一顿。

弟弟低着头不看爸爸，也不说一句话。

爸爸说弟弟不懂事儿、没出息，事情处理得太仓促，问题想得太简单，这么大的事情也不早点儿说。

雀儿听得出，爸爸说这些都不是大问题，根子是对弟弟上女方门不乐意。

雀儿先说了一些其他话，稳定了一下爸爸的情绪，然后详细给爸爸讲了事情的经过，再三强调说弟弟这次回来就是专门向父母亲汇报的。

弟弟看爸爸生气，一时不知说什么好，急得头上直冒汗。

爸爸火气消了一些，可是对小儿子上人家门一时还是想不通。

妈妈在一旁抹眼泪，见他们都不吱声了，才说：婚姻是一辈子的大事情，得好好想想呀！你们娃娃家不懂！你爸的话没有错，对对的！你哥还没媳妇呢，你却要先结婚，这本来就不对！再说，结婚就结婚吧，又是上人家的门，咱不缺胳膊不缺腿的，在哪里寻不下媳妇了，非要给人家当上门女婿！你以为这是好事情？我们老两口养活你们容易吗？眼看着一个个长大成人了，盼着你当兵了，回来了，却成了人家的儿子了……唉！这到底是啥事情嘛！咱就不怕人家笑话吗？妈妈絮絮叨叨地说着，说着说着又哭了。

弟弟开始还没感觉出什么，听妈妈说了这些话眼圈也红了。

骂完了、哭完了，埋怨的话也说完了，剩下的就是怎么办了。

爸爸在门槛上磕掉了烟袋里的烟灰，问道：事情到底进行到哪一步了？

弟弟说：就剩下领结婚证了。

妈妈说：咱不领了还不行？

弟弟摇了摇头。

爸爸问：那为啥？

弟弟喃喃地说：不结不行了。

爸爸似有所思，问：那你说到底走到哪一步了？

弟弟憋红了脸，额头上也渗出了密密的汗珠，就是不说话。

雀儿怕爸爸又要发火，忙插话道：那女子怀娃了！

妈妈吃了一惊：啥？你说啥？

雀儿说：他们谈的时间不算长，但是一直住在人家家里。

妈妈想了想，说：现在不是办法多么？

雀儿说：那女子身体不大好，再说，人家一家人都不同意流产。

雀儿这话像重型炮弹，击中了这件事情的要害，爸爸、妈妈都不说话了。

事情只能这样了，都怀上孩子了，还能说什么呢？

弟弟见大家没了话，看看左右都低着头，就说：人家说了，以后你们年纪大了，我们一年给你们一些生活费。你们走不动了、生病了啥的，我们也会服侍你们，两家父母都要管……

爸爸忽然抬起头来，问：这是谁说的？

弟弟说：她妈、她爸，还有她，都说过。

妈妈说：那你给他们说，要生两个娃娃，一个跟着咱丁家姓。

爸爸不耐烦地挥了挥手，说：算了，算了，听人家说那些话，好像还是明白人。

看爸爸态度有变化，弟弟忙说：其实人家人都好着呢！

爸爸狠狠地瞪了弟弟一眼，没再说话。

弟弟问：那给人家咋回话？

爸爸说：生米都做成熟饭了，还说啥？

弟弟回头看雀儿，雀儿停了一下问爸爸：那咱们还是应该约个时间，见见人家父母吧！

爸爸想了一下，说：你就代表咱家吧，我和你妈就不去了。

雀儿说：那恐怕不行！两亲家不见面，以后这亲戚咋走呢？

爸爸没再说话，妈妈也没吭声。

雀儿和弟弟离开了家，回城的路上一起商议了这件事情的具体解决办法。雀儿大弟弟不多，小时候姐弟俩没少打架吵仗，可是自打弟弟当兵以后，遇事都会和姐姐商量，重大事情也都是雀儿给拿主意。

过了一段时间，也就是弟弟快结婚的时候，爸爸、妈妈来到西安，见了弟弟的岳父岳母，商量了两个孩子的婚事，两家人相处还比较和谐。

弟弟结婚后，雀儿留父母在西安住了一个多星期，谁知父母都不适应城市生活，特别是爸爸，除了上街买菜，整天板着个脸不说话。妈妈担心老伴时间久了憋出病来，坚决要求回乡下生活。这天晚上，为雀儿的婚姻问题，妈妈又和雀儿发生了争吵。第二天一大早，两个老人乘第一趟公共汽车回到了丁家坪。

临走时，雀儿和妈妈都流了泪，但是谁也没有说服谁，事情就这样放下了。

雀儿知道爸爸、妈妈心情不好，人心情不好就会发脾气，就会和别人闹矛盾。

对弟弟的婚事，雀儿和爸爸、妈妈的看法完全不一样。弟弟是进了人家的门，当了人家上门女婿，孩子以后也跟人家姓，这能有什么影响呢？不就是个姓嘛，姓丁姓张不都是人吗？不都是自己的子女吗？有啥不同呢？虽然弟弟的婚事没有让爸爸、妈妈满意，但是从另一个角度想，弟弟却让家里省了许多事情，不用盖房子，不用花彩礼钱，不用给媳妇买结婚衣服、金银首饰，这一下省了多少钱啊！

还有弟弟的变化。弟弟在家的时候，不好好读书，也不好好劳动，整天让爸爸、妈妈生气。当兵回来好像变了个人，话少了，腿脚勤了，心里也有主意了。一句话：弟弟长大了！弟弟在新疆克州当兵，听说那地方是中国的最西部，住的都是柯尔克孜族和哈萨克族人，都是些放牛羊的牧民。那地方到处是戈壁荒漠，草都不好好长，比西安的时间要晚将近三个小时，冬天的时间长，雪多，夏季洪水多，有时候还刮大风，条件很不好。就是这艰苦环境锻炼了年轻人，弟弟很能吃苦了，也懂事了。结婚后变化更大了，他白天在一家公司当保安，晚上在另一家单位值夜班，一个月收入四千多块钱。

一天，弟弟来找雀儿，一见面就塞给姐姐一个信封，要姐姐给妈妈、爸爸买身新衣服。雀儿打开一看，发现是五百块钱，很生气，要弟弟把钱拿回去交给媳妇。弟弟说是自己平时节约的，还说人家也不缺钱。

雀儿收了钱，也答应给两个老人买衣服，但是要求弟弟以后不要这么做，要做的话，应该先给弟媳打个招呼。她说现在是一家人过日子，不应该干偷偷摸摸的事情，时间长了会出矛盾的。

弟弟没说话，笑了笑就走了。

这一段时间，百灵来过雀儿这里几次，几乎都是路过。说话也是几句，有一次只待了五分钟就走了，好像都是手机没电了，急着给什么人打电话。

兴粮

二十九

张勇和百灵再一次吃饭的事情琪琪很快又知道了。这一次琪琪没有发信息,也没有给张勇打电话,而是直接进了张勇办公室,坐在沙发上不走了。她问张勇这样做到底是想干什么。

张勇两手一摊,无可奈何地说:天地良心,我敢保证……

琪琪说:男人就会发誓。我问你,那天你又和那个女人喝酒去了?

琪琪一口气把时间、地点、点的菜说得清清楚楚,要张勇一个一个回答。

有个段子这样说:十个女人八个醋,还有一个不识数,剩下一个穿的开裆裤。女人爱吃醋是事实,可琪琪说的也是事实呀!张勇傻眼了,忽然感觉到琪琪或者是琪琪雇用人在跟踪他,但是他告诉自己不能承认这个事实,因为他没做对不起琪琪的事情,同时考虑到承认后会很麻烦。

琪琪相信张勇不会背叛自己,但是张勇确实是放下自己和别人喝酒去了。她要张勇说真话,也许张勇说了真话她也就原谅了,可是张勇睁着眼睛说假话,背着牛头不认赃,琪琪可真的生气了。

琪琪头也不回地走了,张勇想喊嘴却没有张开,因为在单位,事情闹大了会有影响。他知道琪琪的性格,她不会干伤面子的事情,绝不会让张勇下不了台。但是他意识到问题严重了,他想先把工作处理好,下班后再找琪琪好好谈谈,争取她的理解和谅解。

下班后,张勇饭也没吃就打琪琪的电话,可是琪琪的手机已经关机了。他坐下来抽烟、喝水,喝水、抽烟,然后又抓起了电话机,传来的还是对方关机的提示音。

张勇没有心思吃饭,也不想动,他要理一下自己的思路,这时候响起了敲门声。

　　来人是百灵，她告诉张勇演讲比赛已经结束，自己获得了一等奖。还说一等奖有两个，她是一等奖的第一名。

　　张勇强装笑脸表示祝贺。

　　百灵看出张勇已经遇到难题了，她轻轻走到张勇跟前，静静地看了看张勇，关切地问道：是不是不舒服？

　　张勇说：没有，没有。

　　百灵说：不对，你是不是在发烧？

　　张勇说：昨晚没睡好，有点儿头晕。

　　百灵说：我看看。说着就伸出白皙的手去摸张勇的额头。

　　张勇下意识地挡了一下，说：你去忙吧，我休息一下。

　　百灵看了看张勇，眼珠转了转，试探着问：要不把琪琪叫来？

　　张勇摇了摇手，说：不用了，我休息一下就会好的。

　　百灵说：那我走了，你需要了叫我。我就在办公室，打电话、发信息都行。

　　出了门，百灵凝结着的脸一下舒展了，张勇现在的心情她最清楚，但是她还要装出什么都不知道。那天请张勇吃饭，她大概讲了一下和刘有成的关系。张勇认为这些事情纯粹是个人私事儿，与单位、与别人没有任何关系，事情自己决定，问题自己处理，一码是一码，任何人也不能干涉，任何人也干涉不了。

　　刘有成和琪琪是亲戚，张勇是琪琪的男朋友，百灵担心琪琪会把她的事情讲给张勇，给她造成许多不利，没想到张勇什么都不知道，而且表示了极大的理解，这些使百灵更加欣赏张勇。如果说过去百灵对张勇只是有好感，或者说还有利用的意思，那么现在百灵确实是爱上张勇了。

　　百灵给张勇发了三个信息，张勇也没回。她正想打电话给他，张勇回信息了，说他要回趟家。百灵打开窗户看时，张勇已经下到院子了。

　　百灵发了"保重"两个字，又回到了她的思考中。

张勇离开单位，直接乘公交车到了琪琪家楼下，他意识到了问题的严重，所以没有让小虫送他。

琪琪的妈妈下楼到小卖部买东西，刚好碰上张勇。

张勇说：阿姨，琪琪回来没有？

琪琪的妈妈说：琪琪早上打电话了，说这几天有事儿，不回家。说完，又问张勇知不知道是什么事情。

张勇红了脸，支支吾吾地说：不知道。

琪琪的妈妈就埋怨琪琪了，说：这孩子，这么大了，还不懂事，怎么就不给你说一声呢？

张勇说：大家都忙，可能是没顾上。

琪琪的妈妈说：你比琪琪大，遇事要让着她。去，快去给她打电话，有啥事儿给我也说一声。

张勇要帮老人拿东西，老人说不用，回过头又问：你吃了没有？

张勇说：吃了。

老人说：你看，我差点儿忘了问了，要没吃就上楼，阿姨给你下面吃，菜、面都是现成的。

张勇赶忙说：吃了，吃了。

老人说：那快去吧。

张勇打了几个与琪琪要好的同学的电话，回答都是没见人，手机也打不通。

张勇走到南门外的环城公园，这里是他们过去常去的地方，可是角角落落找遍了就是不见琪琪的踪影。

天色不早了，张勇满怀心事，漫无边际地往前走。不知走了多长时间，大街上的车少了，行人少了，路灯也亮了，他才意识到天黑了。张勇忽然感到一种从来没有过的失落和寂寞，鼻子也有点儿发酸了。

还好，通往郊区还有最后一班公交车，张勇跨上汽车，在最后一排坐下来，心里想的还是他和琪琪的事情。

张勇下了公交车，夜已经深了，他觉得肚子有点儿饿，看了看周围，也凑巧，那家小酒馆的门还开着。

　　这家酒馆距离张勇的邮电局不远，但是他从来没有来过，走进去才发现这家酒馆的装饰不错，很有些欧洲的味道。酒馆的老板是位戴着眼镜的年轻人，长得瘦高，脸显得很长。张勇看着面熟，却记不起来在什么地方见过。里面还没离去的是几个年轻男女，正在讨论什么问题，声音都很低。

　　张勇问老板几点下班。

　　老板笑了，说：你们喝好了吃好了，我就下班。

　　张勇问：有吃的吗？

　　老板说：看你要什么吃的。

　　张勇说：来一盘花生米，一盘泡菜。

　　老板说：这些没有，我这里只有点心和酒。

　　张勇说：酒是什么酒？

　　老板说：多是洋酒，也有本地酒。

　　张勇说：洋酒就洋酒，开一瓶。

　　老板问：要法国还是意大利的？

　　张勇说：随便。

　　老板笑了，说：那我建议你喝法国红葡萄酒。

　　张勇漫不经心地说：好吧。

　　老板看了看张勇，问道：看你面熟，是附近的吧？

　　张勇看了老板一眼，说：人长得太普通了，所以看着就面熟。张勇没有说他刚才也觉得老板面熟的话，他不想说话，心里一直觉得很乱。

　　老板笑了，问：你是邮电局的吧？

　　张勇苦笑了一下，没说话。

　　老板说：我想起来了，今年开报刊发行会，你讲话了，有水平，讲得好。

张勇说：唉！那是工作，为吃饭么。

老板说：为吃饭的人多了去了，可是有水平的却不多。哥们儿不恭维你，伙计你确实有水平。

张勇虽然心情不好，可是老板这几句好听的话还是宽慰了他纷乱的心。

老板亲自拿来一瓶酒、一碟点心、一盘瓜子儿，放到张勇面前的桌子上，又从柜台里拿出一个夹着腊牛肉的烧饼，然后对张勇说：这饼是我下午从庙后街回民坊上买来的，送你一个，不要钱。

张勇说：那我就不客气了。

老板说：这么忙啊，饭也顾不上吃？

张勇说：家里有事儿，回来晚了。

老板说：就说么，这时候还没吃饭。

张勇端起酒杯又放下了，他给老板也倒了一杯，然后说：很高兴认识你，来，咱们喝一个。

老板笑了笑，说：今天算我请你，来，咱们先喝个缘分酒。

张勇说：这不行。

老板说：先喝吧。

人常说，酒逢知己千杯少，话不投机半句多。此话不假，一对年轻人说着喝着，喝着说着，一会儿脸就红了，话更多了。

时间一分钟一分钟过去，酒瓶也渐渐变成了空的。

老板说：再来一瓶吧？

张勇说：时间不早了，明天再喝吧。

老板是卖酒的人，酒量大，喝得不多，张勇酒量不大，喝得却不少。老板发现张勇已经喝得差不多了，再喝就会醉酒，于是目送张勇出了店门，过了马路，才去收拾桌子上的东西。

张勇忘记了结账，老板也没打算让张勇结账。老板相信张勇不是那种吃饭不结账的人，他希望张勇成为他以后的大客户，甚至成为朋友。

过了马路，张勇觉得脚下有些踩不稳了，走了一段路，就感到天在转，地在转，他也在转。以往的经验告诉张勇，是酒喝得过量了，这时候要靠意志和毅力向前走。张勇咬紧牙，一步一步，终于走进了单位的大门，走进了综合大楼。缓了一口气，就开始上楼梯，一个台阶一个台阶，脚下软绵绵的像棉花。忽然一脚踩空，他伸手去扶墙，却顺着墙壁倒在了二楼和三楼的拐弯处。

这时候，百灵忽然出现了，她使尽全身气力拉起张勇，扶着他到了他的办公室门口，又从他的裤子口袋里掏出钥匙开了办公室的门。走进张勇办公室，百灵又用脚关上了门。这一切很费力，百灵却做得干净利索，以至于许多年以后她都觉得不可思议。

张勇清楚扶他的是百灵，他想依靠自己的力气走到办公室，不知是醉酒的原因还是心理的原因，却始终没有采取主动，一直按照百灵的指挥走上楼梯，进了办公室。

百灵等张勇，已经等了整整一天了。这一天，她想得很多，但始终没有离开一个主题，那就是她、张勇、琪琪三个人关系的处理，她告诉自己：不能失败！也许就是这个原因，百灵饭没吃、水没喝，一直在单位等张勇回来。她知道，张勇今天迟早会回到单位的。

百灵把张勇扶到沙发旁边，想轻轻地放下去，让他躺下，没想到脚下一绊，两个人都倒在了地上。

倒在地上的百灵就没想再爬起来，因为她正好趴在张勇的身上，而平躺在地上的张勇刚好和她面对面。百灵心里一阵狂跳，小巧的嘴巴就勇敢地伸向张勇饱满的厚嘴唇，很快她就吻到了张勇的舌头，她的两只胳膊也紧紧地搂住了张勇的脖子。这一切都是在瞬间发生的。

张勇似乎知道百灵想干什么、在干什么，他犹豫了一下，忽然像受了重大刺激似的，猛地一下就坐了起来。坐起来的张勇像一头发疯的狮子，把百灵反压在了自己的身下，然后就开始在百灵的头发上、脸上、额头上、鼻子上到处乱亲，最后亲到了百灵的嘴巴上不动了。

百灵心里有点儿害怕，用力推着他，轻轻地说：不要急！不要急！

张勇似乎清醒了一些，动作轻了、慢了。借这个时候，百灵脱去了自己的衣服，又以极快的速度帮张勇脱掉了衣服。

一切都在无声中进行，紧接着听到的就是两个人的喘息声，一阵比一阵急促。

张勇像一个勇士，骑着高头大马，挥舞着一支长矛，勇猛地向大森林进军。他的头上是蓝天、白云、艳阳，脚下是绿色的大地，耳旁是潺潺流水和小鸟的歌唱。冲啊！杀啊！经过一阵紧张的跋涉，目的地到了，他也疲惫地倒下了。

百灵的头脑一直清醒着，她一边享受着在刘有成身上享受不到的那种感觉，一边竖着耳朵在观察周围有可能发生的事情。她的感觉是强壮的、饱满的、滋润的、喜悦的。她希望这样，她要求的也是这样，这一天终于来到了，她感觉自己的血液在奔流，自己的泪水也在流淌。

张勇终于清醒了，清醒了的张勇忽然产生了一种从来没有过的懊悔，他对依偎在自己怀里的百灵说：对不起。

百灵头没抬，很干脆地说：没有什么对不起，这是我自愿的。

张勇无奈地摇了摇头，叹息了一声。

百灵把脸贴在张勇的脸上，柔声地说：我可是把我的一切都给你了。

张勇又说了声：对不起。

百灵说：男子汉么，怎么老说这句话？

张勇还要说话，嘴被百灵的嘴巴堵住了，张勇感觉百灵甜美的小舌头又伸进了他嘴里。

就这样，两个年轻人紧紧地抱着、吻着，很久，很久。

忽然，百灵听到楼道里响起了脚步声，从远而近。她推了张勇一下，说：有人！

张勇似乎感觉到了什么，抱百灵的手就松开了。

一切都静了，静得掉下一根针都可能听得见。

脚步声又响了,百灵和张勇都听见是渐渐远了。

张勇和百灵都知道不能这样下去了,他们几乎是同时站起来的。于是,各自去收拾各自的东西,再去找各自的衣服。

楼道里的脚步声是谁的呢?张勇并不知道,聪明的百灵却明显感觉到楼道的人是小虫,她认为自己的感觉不会有错。

这个人的确是小虫。

下午,小虫有事情找张勇,没见着人,就给张勇打电话。可是,张勇当时正在闹烦心,压根儿就没有接电话。就这样,小虫一直等到黄昏,也没见张勇的影子。

最近一段时间,小虫发现张勇情绪不大正常,话少了,一个人的时候总呆呆地想事情。等到晚上,小虫担心张勇出什么事情,思来想去,就跑到单位来找。传达室的师傅告诉他张勇回来了,他在张勇办公室门外却发现里面黑着灯。小虫侧耳细听,听见里面有响声,再听,听出里面有两个人,有可能是男女,在干着成年人都能猜出来的事情。

小虫一惊,忽然害怕了,于是转身走开。他想尽快离开,却觉得响声大了,于是脚步轻了,速度也慢了。也就是这个时候,百灵听见了外面的声音。

三十

雀儿和二强也在感情的折磨中。

雀儿一直怀疑二强与百灵那个晚上发生过事情,尽管与百灵谈过话,二强也多次解释,她总觉得事情不会那么简单。她不能原谅二强,两个人狠狠地吵了一架后,雀儿正式向二强提出分手。

开始,二强一直在解释,但是越解释漏洞越多,每一个漏洞都难以解释清楚,二强干脆不说了。雀儿还要盯着问,二强急了,一急就简单化了，一简单就吵架了。当二强意识到这种做法不合适时，已经晚了。

二强把自己的事情告诉了大强和金凤。大强和金凤一商量，要二强先到深圳一段时间，然后让金凤做雀儿的工作。二强没有同意，一赌气回到了老家，准备租三架大山种植核桃树。

种核桃树看起来简单，真正做起来也不是容易的事情。开始是租地的问题，后来是核桃树的品种问题，再后来就是种植的技术问题，当然还有资金问题。隔行如隔山，二强没经过这些事情，做每一件事情都感到非常困难。困难、矛盾，特别是心情不好，使二强陷入了深深的痛苦中。他又想起了远在西安的雀儿。

夜已经很深了，小虫从西安打来电话，向二强简单说了百灵的一些事情。小虫原不打算说这些事儿，因为这些事情既麻烦又复杂，这些人哪一个他也惹不起，可是这些事情与他认识的人都有些瓜葛，他处理不了，也不知道怎么去处理。所以他要告诉二强，让二强给他出主意。

二强的心一直在雀儿身上，小虫说的话多一半他都没听到耳朵里去。小虫看他心不在焉，就说：算了，算了，还是当面说好。

二强终于忍不住了，很不耐烦地问小虫道：你怎么就不去雀儿那里看看？

小虫说：最近太忙，过几天就去。

二强说：明天就去，你看看雀儿在干什么。

小虫说：好，明天就去。

二强就要放电话，小虫忙说：不要急，我还有要紧事情找你呢。

二强说：我现在还有啥本事管上你？有事情你找雀儿或者百灵说！

小虫说：这事情我看她们都不行，还是要你拿主意来解决。

二强很不耐烦地说：你先找她们，不行了咱们再说！

小虫看没办法，只好说：好，好，好。

二强很快挂了电话，小虫却拿着话筒在发愣。他越来越觉得百灵不是个简单的女子，他担心百灵会干下什么出格的大事情。

三十一

　　这些天，刘有成一直在回忆和百灵相处的日子。

　　刘有成认识百灵，是上大学报到的那天。百灵背着被子，提着脸盆等日用品在距离学校大门不远的汽车站张望，刘有成一眼就看出来这个穿着蓝地白碎花衣服和农村布鞋的女孩子是来自秦岭山区的新生，而且正为找不到要去的地方着急。当时百灵的衣着很土，脚上甚至还沾着山路上的泥巴，和这座现代化城市、这座很有文化的大学很不协调，但是十分醒目，像一朵带着露水的山花，鲜艳而不娇媚，耐看而不粗俗，不但吸引了刘有成的目光，还迫使刘有成停住了脚步。

　　刘有成主动走上去询问。原来这个叫百灵的女生和自己是一个系、一个年级、一个班的同学。刘有成不知道这是不是缘分，但是他喜欢这个大眼睛、小嘴巴、皮肤很白、笑起来有些淡淡忧伤的农村女孩子。他帮百灵拿着行李报了到，又把百灵送到女生宿舍，找了个合适的铺位安排好后才去办自己的事情。刘有成记得，百灵很少说话，其中一句他记得很清楚：可是把你害了，谢谢你啊！

　　"把你害了"这个"害"字，当时刘有成还不理解，后来听百灵解释说是"麻烦"的意思。

　　从这天以后，刘有成就认识百灵了，而刘有成也成了百灵在西安认识的第一个城市人和第一个男同学。有时候，刘有成去找百灵，会从家里带好吃的东西给百灵。开始百灵说什么也不要，也很少主动和刘有成说话，百灵一直记着爸爸的话："城里人鬼得很，交不过，少和那些人说话，不要随便拿别人的东西，遇事情要靠自己。"时间长了，百灵看清刘有成是个实诚的人，是真心对她好，才有选择地接受了部分东西，但是她每次从家里来都要带些蘑菇、木耳、核桃、柿饼之类的山里特产给刘有成，作为交换。她觉得，刘有成和她只能是同学，是关系比较好的同学，她想象中的男朋友不是刘有成这种类型的，所以一定要保持距离。这些，刘有成并没有发觉。

半年以后，也就是第二学期的时候，刘有成发现百灵每顿饭都吃得很少，而且从不吃肉菜，开始刘有成以为百灵不喜欢吃带荤的东西，就没有说什么。可是白灵的脸色越来越白，眼睛越来越大，手上的血管也变得十分清晰，于是就提醒百灵说：你好像瘦了。

百灵淡淡一笑，说：现在的女孩子都喜欢瘦啊！

刘有成没话说了，于是又问：你们山里孩子怎么比城里的女孩子还白呀？

百灵又笑了笑，说：山里水好、空气好，养人呀！

刘有成不知道是开玩笑，就说：那你们一起来的几个同学怎么那么黑呢？

百灵说：这我就不知道了，你去问他们好了！

刘有成一摸后脑勺，也憨憨地笑了。

一天上晚自习，百灵忽然晕倒在教室里，忙乱中同学们把百灵送到了附近医院，这时候刘有成才知道百灵是贫血，原因是缺乏营养。

也是这一天，刘有成发现了百灵身上穿的比较时尚的衣服、鞋是假牌子，手上戴的也是地摊上买的那种假首饰，就这些，他猜测也都是百灵从嘴上节省下来的。百灵羡慕城里人，羡慕城里女孩子漂亮的衣服、首饰，为了改变自己的形象，她一分钱、一角钱地积攒，凑在一起到价格便宜的康复路服装批发市场买自己喜欢的衣服。

刘有成很心疼，他下决心帮百灵，可是他每次给百灵钱，都被百灵婉言谢绝。这一点，刘有成既不理解，也时时感到无奈。

百灵主动找刘有成是上大学四年级的时候。这是刘有成这些年最幸福的一段时光。

一个周末的下午，百灵请刘有成到庙后街吃贾三家的灌汤包子。这是刘有成最爱吃的，百灵不喜欢吃，百灵喜欢喝八宝稀饭。刘有成很高兴，专门从家里开来汽车，中途还在超市给百灵买了最好吃的夹心巧克力。这顿饭，虽然最后是刘有成掏了钱，但这是百灵和刘有成第一次单独吃饭。

又是一个下午，百灵送给刘有成一双毛线手套，说是她亲手为刘有成织的，还说她发现刘有成的手怕冻。捧着百灵织的手套，刘有成感动得差点儿流下了眼泪。

这天，百灵又约刘有成看电影，看电影的时候还轻轻地往刘有成身上靠。

刘有成心里说：幸福死了！死了也值了！

看完电影走在大街上，百灵正走着忽然扭了脚，刘有成把百灵扶起来的时候，百灵却紧紧地抱住了刘有成的脖子。刘有成激动了，大着胆子去吻百灵。这是刘有成第一次接触女孩子，第一次和女孩子接吻，后来他才发现百灵和他接吻的时候从来没把舌头伸出来过。

这件事情过后不久，刘有成和百灵在公园约会，刘有成提出要和百灵确定男女朋友关系。百灵说：这事儿我还没想过，不过有一个问题不知你想过没有？

刘有成问：什么事儿？

百灵说：我家在山里，你不是不知道，城里没有任何关系，怎么进城？以后怎么办？

刘有成胸脯一拍，说：这事情有我呀！你发什么愁？

百灵说：有你有什么用啊，你能把我留在这里吗？

刘有成说：我是没有这个能力，可是我有办法。

百灵说：你先别吹！我这个人就见不得吹牛的，先做出来叫人看看！

刘有成憨憨一笑，说：那就看看吧。

晚上，刘有成躺在床上翻来覆去睡不着，他在想如何处理这件事情。

他隐隐约约地意识到自己与百灵的事情有交换的成分，百灵留在西安他们就有结婚的可能，百灵回到山区老家，这件事情就要告吹。

爱情的力量是巨大的、不可抗拒的，当一个人进入爱情的痴迷状态时，他会心甘情愿地为自己所爱的人做一切事情。哪怕是危险的，哪怕要付出沉重的代价，他都会去努力。那时候的刘有成就是这样的。

这一次约会，是在百灵的宿舍里，宿舍的同学都不在，刘有成又一次给百灵保证，一定会解决百灵在西安工作的问题。于是，在刘有成的要求下，百灵犹豫了一下，就把自己的第一次给了刘有成。

事情结束了，百灵却不住地想吐，结果没吐出，却抹了一堆眼泪。

刘有成说：没有问题，你放心。

百灵说：我不会再说这个事情了，明天咱们在城中村找间房子住吧。

城中村是这一带男女大学生恋人同居的地方，百灵说这话就表示同意与刘有成确定恋人关系。刘有成很高兴，第二天就找到一处三十平方米的房子，两个人很快就住在了一起。

刘有成开始了自己的计划，他先去找叔叔。

叔叔问：你俩的事情定下了？

刘有成不好意思地笑了，说：应该没问题了。

叔叔问：应该是什么意思？

刘有成摸了摸后脑勺，又是一笑，说：应该就是没问题了吧！

叔叔问：你爸你妈见过吗？你奶奶知道吗？

刘有成说：我爸爸、妈妈没见过，奶奶见过一次。

叔叔说：你奶奶怎么说？

刘有成说：奶奶老了，她不懂现在年轻人的事儿。

叔叔说：胡说！你奶奶脑子清楚得很。你给我说你奶奶咋说的。

刘有成说：我奶奶说，这女子长得还算心疼，就是面相不大好。

叔叔问：什么面相不好？

刘有成说：我奶奶说，这女子颧骨有点儿高，长得有点儿贫相，还有些克夫相。

叔叔说：那你就不想想？

刘有成说：那是封建迷信，你也信啊？

叔叔说：就算你奶奶老了，讲迷信，那你爸你妈都没见过呢，你也得让他们见见啊！

刘有成说：那怎么办？

叔叔说：见啊！

刘有成说：见归见，你先帮她找个工作再见也不迟啊！

叔叔想了想，说：工作我来找，全日制的本科大学毕业生，问题不是很大，可是婚姻是大事情，千万马虎不得！大主意你自己拿，可是也必须听听大人的意见，不然你以后会后悔的。你没听人说嘛，一个好媳妇影响三代人哪！你奶奶就你一个孙子，最关心的就是你的媳妇问题。

刘有成说：这我知道。叔叔，我从来没找过您办什么事情，就算我今天求您行不行？

叔叔看了看刘有成，犹豫了一下，笑了：还求我了？那倒不用，我说的是你的对象的问题。好吧，那你就等我的消息。

很快，叔叔就约了在邮电局当领导的同学一起吃饭，刘有成也参加了。叔叔的同学和叔叔从小一起长大，两个人关系非常好，也认识刘有成，听说是给刘家未过门的媳妇找工作，就一口答应了。刘有成给这位看起来很和蔼的领导敬了三杯酒，那领导就说明天先把百灵的推荐表送来。

事情很凑巧，邮电局正准备招收一批应届毕业的大学生。第三天，百灵报了名；一个月后，参加了邮电局招录大学生的考试。

考试比较严格，有面试、笔试，最后还要答辩。面试、笔试顺利通过，答辩时未能过关。百灵正在伤心，好消息就来了。刘有成告诉百灵，说百灵排在落选考生的第一名，录取上的一个大学生忽然说要出国，不来邮电局了，这样落榜的百灵就自然递补，被录取上了。这话是说给别人听的，实际上是那领导又增加了一个指标。

听到这个消息，百灵忽然自信了，说：我就说么，我答得那么好，怎么可能考不上呢？

刘有成讨好地说：我一直说你没问题的，你如果考不上，那就成怪事儿了！

录取通知很快就发了，百灵的态度也很快发生了转变。

过去是百灵主动找刘有成，现在是刘有成主动找百灵。后来刘有成找百灵就难了，一直到后来打电话百灵都不接了。

不想这些，刘有成的脑子里是一团雾，想想这些，刘有成渐渐就从那个痴迷的旋涡里走出来了。他还想到和百灵做爱，百灵每次的表情都好像要付出极大努力似的，而且一接触就要吐，好像吃了什么不该吃的东西一样。刘有成一直认为百灵胃部有病，或者是百灵说的闻不得那种味道。

过去的事一桩桩、一件件，电影似的在刘有成的眼前浮现。刘有成想得头疼，眼眶也觉得是疼的。经过一番思考的刘有成，脑子就清醒了，百灵变化的线索也理顺了，他忽然发现这一切很像一个局，把他一点儿一点儿装了进去，又推了出来。回忆也让刘有成看清了自己与百灵的差异，他知道他们不是一条道上的人，他也知道强扭的瓜不甜，凑合不是爱情。

刘有成决定放弃这段爱情。

人常说，当事者迷，旁观者清。要把问题看清楚，就得跳出圈子来看、冷静下来看。刘有成就是跳出圈子、冷静下来看的。所以他终于把长期困扰自己的问题想通了，也初步解决了。说初步解决，是因为刘有成每想起这件事儿心里还隐隐作痛，他知道自己心灵的深处还爱着百灵。

刘有成从迷雾中走出来了，他的头顶上又有了晴天丽日，他的面前又是一望无际的大草原，他的嘴里又哼出了小曲儿，他的脸上又出现了笑容。

刘有成参加公务员考试，取得了意想不到的好成绩。叔叔告诉他，他被分配到地方税务局上班。

这一次，刘有成没有找叔叔帮忙，他是靠自己的努力成功的，所以他很高兴，决定请他的好朋友大吃一顿，庆祝他的成功。

于是，他第一个打通了雀儿的电话。雀儿接了电话，还没容他说话，雀儿就说：我正忙着，一会儿再联系。

刘有成再去拨琪琪的手机，电话中传来的是话务员小姐的声音：机主不在服务区，暂时无法接通。

刘有成又去打张勇的手机，张勇的手机关机了。

刘有成只好拨通了小虫的手机。小虫告诉他：张局长最近情绪不好，什么活动都不参加。

刘有成说：你就说是我在找他，有急事，让他给我回电话。

小虫犹豫了一下，说：好。

刘有成摸了摸自己的后脑勺，莫名其妙地笑了：这世界，大家都忙着，难道就我刘有成一个人闲着啊？

其实，刘有成也没闲着，他在思考着自己交女朋友的大事情。

这时候，奶奶又打来电话，问他咋不回家吃饭。

刘有成说这几天忙得很。

奶奶问：是不是和那个叫百灵的女子逛公园？

刘有成说：没有，是其他事情。

奶奶说：不要着急，慢慢谈。媳妇很重要，要认准人，脾气、性格都要好，关键要善良。娶媳妇是男人一辈子的大事儿，千万马虎不得！

奶奶很啰唆，刘有成有点儿烦。但是，他知道奶奶是这个世界上对他最好的人，他不能发火。刘有成从小和奶奶一起生活，是奶奶把他带大的，他和奶奶的感情很深，所以爸爸的几个兄弟姐妹对刘有成都很关心。

刘有成放下电话，伤心了，鼻子酸了一阵儿，就掉了眼泪。他觉得自己太无能，把事情办成了这样，让八十多岁的奶奶跟着着急。

三十二

　　这几天，雀儿一直都忙着。

　　雀儿忙碌，是因为米粮要成立印务公司。

　　这几年，西安印务市场越来越大，竞争也越来越激烈，为了应对市场的变化，米粮决定整合自己的资源，扩大自己的生产规模，同时更换生产设备。经过一段时间的紧张筹备，印务公司的审批手续办下来了。成立印务公司的一切事务准备就绪后，米粮找雀儿，谈了聘请雀儿担任业务副总经理的想法。雀儿犹豫了，她没当过那么大的领导，管那么多人，她觉得太难了。还有，自己还想上学，还想搞文学创作，担心干不好会影响米粮印务公司的发展。她想起爸爸常说的话：应人事小，误人事大。

　　米粮不这样想，他认为这些业务是相通的，是相互关联、互相促进的，应该互不影响。

　　可是雀儿坚持自己的意见，最终两个人没达成一致。

　　这里，还有一个雀儿不想说、也不能说的问题，那就是雀儿有自己的打算，她准备经验积累到一定时候发展自己的事业，只是现在资金和个人能力、经验暂时都不具备。她明白米粮对自己好，但是她不愿意现在进去了以后再出来，她觉得到那个时候话不好说，弄不好还会弄出什么矛盾来。

　　米粮对雀儿的人品、能力一直是看好的，很希望雀儿在自己手下工作，成为自己一个得力助手。雀儿没有按他的想法去做，他多少有点儿不舒服，但他还是愿意和雀儿合作。这里面的原因很多，是因为雀儿的脾气性格、处人方式、处理事情的方法以及工作经验，还是他对雀儿的好感、和雀儿工作配合中的那种默契？到底是什么，他也说不清楚，也许就是常说的那种缘分。所以，米粮看暂时说服不了雀儿，就放弃了自己的打算。

雀儿没有答应米粮做业务副总经理，却很愿意与米粮继续合作，把设计室搞得更出色。米粮是聪明人，又有丰富的社会经验，多少看出了雀儿的意思，于是提出让雀儿承包设计室，形式是定额承包，超额部分全归雀儿，人员管理、工资奖金支出、水电费、房屋租赁费等都由雀儿负责。雀儿仔细算了算账，觉得米粮没有多算，只提出三个建议，让米粮考虑：一是建议增加一台高级设计机和一台新款电脑；二是建议把设计室小门面进行简单装修；三是建议再招几个文化水平高的、既能设计又会营销的员工。雀儿提的这些建议，也是米粮一直考虑的问题，他原想一个一个解决，既然雀儿已经提出来了，就满口答应了。他知道，雀儿总体是为公司发展考虑的，当然也不排除有个人利益的因素。

雀儿是一个爱学习、肯钻研、喜欢动心思的人。设备更新、门面装修之后，经米粮同意，很快招了三个大学毕业暂时还没有找到工作的女大学生，让她们到一些政府机关和新开的楼盘联系、散发业务宣传单。这些学生经验不多，但是长相好、有文化、会说话、心眼儿灵活，反应快，雀儿给她们按回单提成加薪，效果非常好，业务量一下增加了几倍，收入一天天好起来。这使米粮更加看好雀儿，而雀儿的计划也在心中一天天坚定、成熟起来。

猫眼

三十三

　　张勇和琪琪的矛盾难以调和，痛苦中，琪琪选择了逃离，出国上博士去了。

　　对琪琪和百灵的选择，也使张勇陷入了痛苦的感情纠葛之中。

　　他想选择百灵，却发现百灵在处理个人问题上过于自私，有不能原谅的缺点。还有，他在和百灵做爱的时候没有发现百灵下身那个地方出红，特别是百灵的主动、动作的熟练，都说明百灵绝对不是第一次。他曾往好的方面猜想过，可能是百灵过于喜欢他，可能是百灵过于成熟，可能是百灵太寂寞，可是最终都没有说服自己。张勇自认为不是个很传统的人，他也能理解现在年轻人的所谓性解放，但是他不能容忍一些人太开放，想和谁上床就上床，下了床就不认识了。他觉得那种人太"不中国"了，特别是选择和自己过一辈子的人，那就一定要忠诚、老实、本分，就必须具备贤妻良母的品质，最起码是一个过日子的人。

　　张勇怀念和琪琪在一起的日子，希望琪琪回到自己的身边。但是，从琪琪的这一段表现来看，暂时是不可能了。张勇有一种预感，琪琪最终会理解他，甚至会重归于好。

　　这时候，市里一个邮电区局办公室招聘秘书，张勇放下自己的想法、看法，支持百灵参与竞争。百灵一路顺利通过，最终到这家全市最大的邮电区局办公室去上班了。

　　张勇主持给百灵开了一个规模很大的欢送会。会上，不少人都给百灵说了好听的话，称赞百灵的业务水平、为人处世，还有良好的祝愿。其实，大家也知道，这些都是形式，人们说的话多是些空话、套话，甚至还有假话，但是说的人脸不红，听的人很高兴，看起来热热闹闹，仔细想没有任何意思，说完了会议也就结束了。

张勇看了看手表，说：会就开到这里，希望百灵记住今天这个日子，记住大家今天说的话，刻苦学习，努力工作，争取更大进步，也经常回家来看看。

张勇说的也是些套话，可是"回家"两个字给人感觉很近、很热。百灵忽然激动了，站起来向大家鞠了一躬，说：我在咱们单位时间虽然不长，但是印象很深，收获很大。我不会忘记今天，不会忘记在座的各位，更不会忘记这里，不会忘记我在这里的所有日子。我谢谢大家，谢谢我的老所长，谢谢我们年轻有为、有情有义的张局长！

说到这里，百灵忽然流出了眼泪，哽咽得说不下去了。

张勇发现百灵动了真感情，忙说：好了好了，这些我们大家都相信。要下班了，来，我们一起再给百灵鼓鼓掌，欢送百灵，祝贺并祝愿百灵在新的工作单位再创新的业绩！

张勇通知大家会后一起吃顿饭，希望在座的人都参加，不要请假。

这些都是这个小邮电局不成文的规矩，来人、送人，都要开个欢迎会或者欢送会，然后吃顿欢迎或者欢送的饭，送个纪念品什么的，到的人越多，说明你的威信越高、人缘越好。

吃饭时，百灵给张勇敬酒。张勇看百灵脸色很红，知道喝了不少，就说：算了，咱们就不喝了，下午还有事儿。

百灵说：那可不行，别人不喝可以，你不喝不行。来，我敬你三杯，我自己先喝。

百灵说着就一口气喝了三杯。

张勇怔了一下，拿起酒瓶给自己面前的茶杯倒了三分之一，说：怎么样？够不够？

百灵哈哈一笑，说：这还差不多，像潇洒帅气的张局长！

张勇一仰脖子，酒就下了肚。

百灵说：张局长，你看我还漂亮吧？

张勇又怔了一下，故作镇静地说：漂亮，漂亮！你是咱们的大美女、大才女啊！

百灵一语双关地说：可是，你不想要我，这，我知道。

张勇愣了一下，说：话可不能这样说啊，你是高升了啊！那是大局，你不知道？

周围的人都以为百灵喝多了，就拉百灵坐在自己的位子上，然后劝百灵少喝些。

张勇自然明白百灵的意思，他仔细想了一下，就交代办公室主任招呼大家，并尽快结束回单位上班，他自己借故提前离开了。

张勇是矛盾的，也是理智的。刚才百灵的表现使他进一步认识到百灵是有问题的，做他的女朋友不合适，但百灵的表现、能力都可以胜任秘书工作，百灵有这方面的能力和特长，不应该影响她。在这一点上，张勇也是公正的、大气的。

三十四

百灵到新单位上班的第二天，张勇从在移动公司工作的同学那里查出，给琪琪发信息的手机是四部，一共有八条信息，其中三部手机共发了三条信息，一部手机发了五条信息。前三条信息的机主都是酒店里的服务员，张勇很快就弄清楚了她们的身份，三位女孩子说经常有顾客借她们的手机用，她们也不记得是什么时候什么人用的了。剩下这五条信息是一个机主叫雀儿的手机发的，张勇模模糊糊听谁说过这个名字，却又记不清是谁了。他觉得很奇怪，又觉得很重要，决定细致耐心地去处理。因为个人无权查询私人通话记录，移动公司的工作人员同样要保证国家公民的通信自由，保守国家公民的通信秘密，出了问题是要追究相关人员责任的。张勇先查出雀儿的单位，又查了雀儿的身份，最后决定打通手机亲自与其交谈。

　　张勇打通雀儿的电话。

　　雀儿问：你是谁？

　　张勇说：你不认识我。

　　雀儿说：我不认识你，那你打我电话干吗？

　　张勇说：有事儿。

　　雀儿挂了电话，张勇再打时就不接了。

　　第二天，张勇又打雀儿手机。雀儿还不接，张勇就换座机去打。

　　张勇很诚恳地说：你是丁雀儿，我知道，我有重要事情找你，希望你能见一下我。

　　雀儿说：我凭什么相信你？

　　张勇说：我拿人格保证！

　　雀儿说：我连你人都不认识，怎么知道你的人格？你快忙你的吧，不要捣乱了，再这样，我就到派出所告你！

　　张勇怕雀儿又挂手机，急中说出了实情：有人用你手机给我女朋友发信息，我们闹矛盾了，我想让你说明一下。

　　雀儿嘿嘿一笑，说：笑话！我不认识你，我的手机怎么会给你女朋友发信息呢？你脑子没病吧？说着又挂了电话。

　　张勇急得满头大汗，一时想不出办法来，就拿着笔在办公纸上写了好几个"雀儿"。

　　小虫进来帮他拿东西，发现张勇在发怔。他多看了几眼，无意中看见了"雀儿"字样，脱口就念了出来。

　　张勇问：你怎么也知道雀儿，认识吗？

　　小虫说：那是我一个村的老乡。

　　是你老乡？张勇忽地站了起来，很激动地喊着，他要小虫站住不要动。

　　小虫看他那样，有点儿害怕了。

　　张勇说：你快说，雀儿是谁？她在哪里？你们谁都认识她？

小虫说：雀儿是我老乡，论年纪我叫她姐姐。咱们单位办公室的百灵也认识她，她们是表姐妹，是亲亲的亲戚。

　　张勇急得红了脸，冲着小虫说：你再说一遍，谁和谁是表姐妹？

　　小虫说：百灵和雀儿是表姐妹。

　　张勇吃惊地望着小虫，一屁股坐在了椅子上，无力地对小虫摇了摇手，说：你去忙吧！

　　小虫像不认识似的看了看张勇，犹豫了一下就走了。可是不到五分钟又被张勇打手机喊了回来。张勇说想认识一下雀儿，要他约雀儿吃个饭或者喝个茶。小虫更奇怪了，就问：你见雀儿干啥呀？

　　张勇有些不耐烦，说：没事儿，就是见见她，没事儿！

　　小虫说：那是不是也叫上百灵？

　　张勇的脸一下变了，极烦躁地向小虫挥了挥手，说：你咋这么啰唆？你今天就给雀儿打电话，说我是你的领导或者同事，说朋友也行，千万不要提百灵，你也不要告诉百灵！这事与百灵没有关系，记住了吗？

　　小虫不明白地点了点头。

　　张勇又叮咛说：记住，就说我是你的领导，想见见她，希望她给面子。

　　小虫点了点头，说：记住了。

　　张勇这才平静下来，半开玩笑地说：小虫啊，平时我看你挺聪明的，今儿个咋傻乎乎的？

　　小虫不好意思地笑了笑，说：我没文化，经常犯傻，领导多批评。

　　张勇顺手从沙发上抓起一件衣服，说：我这儿有件衣服，洗了一次，缩水了，你试试看能穿不？

　　小虫还没试，就说：能穿，能穿。

　　张勇说：试试，试试再说。

　　小虫一试挺合适，很高兴，连说：谢谢！谢谢！

　　张勇也笑了，说：去吧，忙你的事儿去吧。

　　小虫走了，张勇又陷入了沉思。夜很静，他的脑子却在翻江倒海，他坐在椅子上想啊想，想得脑子都痛了，最终把怀疑点集中在了百灵身上。张勇惊出了一身冷汗，同时陷入了痛苦的思考中。

三十五

金凤不习惯深圳这座钢筋水泥建造的现代化城市，主要是不习惯深圳的气候。这地方湿热，特别是夏天，一出门就满头冒汗，戴帽子也不行，汗在身上发不出来，衣服粘在身上撕不开，让她感觉浑身上下不舒服。金凤也不习惯这里一天三顿吃米饭，她喜欢吃肉夹馍、凉皮、羊肉泡馍、葫芦头、臊子面、油泼面、炸酱面，可是这里一样都没有。特别是金凤怀孕的时候，每天都想吃酸的辣的，想得口水直流，可是深圳这地方没有这些，金凤自己又不会做。

还有，金凤的性格太外向，说话从来不考虑对方的感受，想起来就说，说过去就什么都忘了。别人还在生气，她好像什么事情都没有了。为这些，大强没少说金凤，开始金凤只是嘿嘿地笑，时间一长，金凤不愿意了，非说大强没事儿找事儿。就这样，两个人三天两头吵架，吵得厉害了，吓得孩子直哭。

这天，金凤对大强说了想回西安住一段时间的想法，大强马上就同意了。

金凤想着不对，就问：我说回老家去，你怎么都不说留我一下？

大强说：这是你自己提出来的，又不是我让你回去的！

金凤说：好好好！我走，我就走！我让你清闲着，看看你能过个啥好日子！

大强说：你这个人这样就没意思了，我啥也没说么！

金凤不说了，却赌了气，三下五除二就收拾好东西，抱着女儿上了火车。

金凤带着不到一岁的小女儿真真从深圳回到西安，本来是想住一段时间再去深圳，可是想到大强的态度，就犹豫了。

金凤是个闲不住的人，朋友也比较多，这些朋友都劝金凤留下来，说西安、深圳一样能挣钱。

可是，干什么呢？

有人劝她卖服装。

有人劝她搞餐饮。

有人劝她做印刷生意。

金凤的脑子比较简单，可是大事情她还是认真的，经过一番权衡，最后，金凤在城门外开了一家理发店，花了五十元钱让书院门摆地摊的一个民间书法家给写了"金凤发屋"的匾牌。主要是理发、洗头，后来又增加了美容和保健按摩。

生意还不错，可是金凤总觉得来钱太慢，比深圳差得远，经不住有人煽惑，便找了几个漂亮的外地姑娘，穿着超短裙、超短裤，前露肚脐儿后露背，轮流站在门口招揽生意。

这一招很灵，客人马上多了，甚至出现了排队的现象。

这天，猫眼来看金凤，一看这阵势马上提醒金凤注意。

金凤说：我要的就是这样子。

猫眼说：这样下去就剩下上床干那种事儿了！

金凤说：干那种事就干那种事儿，怕什么？也不是我要她们干！

猫眼说：咱这儿不是深圳！

金凤说：悄悄干，谁知道？要不然，这钱挣到啥时候去？

猫眼说：要想人不知，除非己莫为，纸里迟早包不住火的。

金凤弯下腰，仔细看了看猫眼，嘿嘿一笑，说：姐今儿个咋觉得你不是猫眼了？

猫眼说：我给你说的是真话，不是开玩笑。

金凤说：那我要是不听呢？

猫眼说：那你就弄吧，但愿人不知。

金凤说：这不就对了嘛。你来，给姐姐帮个忙！人家说，上阵靠的父子兵，打虎靠的亲弟兄；一个篱笆三个桩，一个好汉三个帮！

猫眼说：姐呀，咱又不是男人，你这口气咋这么大的？

金凤说：时代不同了，男人女人都一样么！

猫眼说：不一样吧？咋能都一样呢？

金凤说：不一样的就是男人不会生孩子，女人没长那个把把是吧？

猫眼说：没看出来，去了几天深圳，学得这么厉害，不得了，怪不得当老板了。

金凤说：你姐我本来就厉害，不是在他们深圳学的，是咱们陕西的土特产！

说着，金凤就笑了，而且笑得前仰后合的。

猫眼也笑了。

金凤又问猫眼：怎么样，来姐这里吧！咱姊妹俩投缘，姐喜欢你，你也能干。

猫眼说：我可能要到你们山里去了，这大城市我待烦了，也不想待了。

金凤翻了翻眼睛，像不认识似的问猫眼：你没发烧吧？

猫眼认真地说：我说的是真话，你是我姐，我咋会哄你呢？

金凤说：进山？当农民？开玩笑吧？

猫眼说：进山，不是当农民，是做其他事情。

金凤说：其他事情？就你自己？

猫眼说：还没想好呢，想好了再告诉你。

金凤说：咱姊妹两个像，我从深圳回到西安，你又要从城里到山里，或许你也有道理。你去试试吧，我还不相信这世事真就变了！

猫眼问：你真的不相信？

金凤肯定地点了点头说：你要能在山里待住，狗都不吃屎了！

猫眼没再说话，把给真真带的东西放下就走了。金凤把她送到门外，再没提要猫眼帮忙的事情。

晚上，金凤打电话给雀儿，说了自己的想法。

雀儿半天没说话。

金凤问雀儿是不是没听清楚。

雀儿说：听清楚了。

金凤问：那你怎么不说话？

雀儿说：我想问你是不是发烧了？

金凤说：你咋这样说话？

雀儿说：金凤姐，这不是深圳，我劝你不要胡折腾。

雀儿没去过深圳，不知道深圳是个什么样子，她只听人说深圳很乱，好挣钱，什么样的事情都能做。早些时候，她听说过这么一个段子，说是一位内地姑娘去了深圳，很快就给自己的闺蜜发了一条信息，信息只有八个字：人傻，钱多，好骗，快来！

金凤说：我就不明白，这咋能叫胡折腾？

雀儿说：你要征求我意见，我就说不行！真的，这事情不能做！

金凤说：知道了，知道了，你不要给我上课了，我不是你的学生。不就是多念了几天书么，看把你牛的！

雀儿一听金凤生了气，忙说：对不起，可能是我的话说得急了，等我处理完手上事情我就到你那里去，咱们细细说，行吗？

金凤说：你是大忙人啊！还有时间到我这儿来？你忙吧，我也忙着呢！说着就挂了电话。

雀儿知道自己说的是真话，没有什么不对。金凤不爱听这些，她就是希望你支持她干不对的事情，现在电话里说不到一起，见了面还能有什么变化呢？雀儿希望金凤能认真考虑自己的意见，就很快改变了主意，决定回头去找金凤的时候不发生争执。

雀儿是这么想的，金凤却没有任何变化，一切还是按自己的思路进行着。直到一天早晨，派出所的民警把金凤叫到了派出所，她才知道问题严重了。

民警很严肃地告诉金凤，说附近居民反映"金凤发屋"在经营过程中有违法的行为，希望金凤如实交代。

金凤开始还想装硬汉，民警给她讲了几条线索，说要是调查也很容易，现在就是看金凤的态度老实不老实。

金凤虽说经历过和万货打架的事情，又在深圳待了几年，毕竟见识还是少一些，再加上自己做的事情不光彩，民警的高喉咙大嗓子和凶巴巴的目光已经使她心慌了。金凤冷静地想了一会儿，对民警说：你让我回去好好想想，再来找你谈行不？

民警说：我看你就不用回去了，就在这儿想，就在这儿谈，我就坐在这儿等你！

金凤说：我还有娃娃呢，没人管。

民警说：叫你手下人先管管。

金凤没话了。

这天下午，雀儿到了金凤的理发店，听说派出所民警叫走了金凤，就匆匆赶到了派出所。

雀儿找见了办案的民警，这位民警虽然性子急，说话声音大，样子很凶，处理事情还比较细心。民警得知雀儿和金凤是老乡又是亲戚，就把金凤的事情说给了雀儿。雀儿掂量了一下，觉得问题不大，提出见一下金凤，给金凤做些说服工作。

民警犹豫了一会儿，说：我去请示一下领导，你等等。

不一会儿，民警来了，说可以见面，时间不能超过十分钟，而且民警也要在现场监督。

雀儿说：好好好，只要让我们见面，都可以。

民警把雀儿带到金凤待的屋子里，金凤感到很意外，但心里不再慌乱了。

由于时间太短，雀儿没说虚话，也没讲自己来的经过，就直奔主题，要金凤配合民警把自己理发店最近的经营情况如实讲出来。

金凤是聪明人，也明白派出所民警给她的是机会，于是就讲了真实情况。

其实，事情并不像周围群众反映的那么严重，理发店的工作人员穿得比较暴露，与客人有打打笑笑甚至搂搂抱抱、摸摸揣揣的现象，还真没有发展到卖淫的地步。原先，金凤真不知道那些乱七八糟的事情公家还要管，进了派出所听民警说，她才知道理发店如果容许男男女女的性行为就是组织卖淫，组织卖淫是犯法的，是要判刑的。

民警听了，似乎不相信，一再追问有无卖淫的事情，金凤拍着胸膛赌咒发誓说没有。

民警要金凤把说的全部写下来，并且按上手印。

金凤按要求写了，也按了手印。

民警要雀儿写个证明材料，保证金凤说的是真的。

雀儿虽对金凤的情况不是十分了解，但相信她的为人，也按要求做了。

民警说，金凤是初犯，过去没有发现什么问题，这次态度还不错，还有孩子小需要母亲照顾，再加上雀儿的证明，暂时到这里。人可以先回去，派出所有可能还要继续调查，如果再发现有什么问题，那就要严肃处理。

金凤连连称谢，保证不再出现任何问题，她要民警一千个放心、一万个放心！

出了派出所，金凤哇的一声哭了。

雀儿急忙相劝。

金凤用餐巾纸擦去了眼泪鼻涕，泣不成声地说：咱羞先人哩，差一点儿把犯法的事情弄下了，自己还不知道。

雀儿说：算了，算了，事情已经过去了，以后注意就行了。

金凤说：雀儿，姐不如你，姐不知道这些事情做不得。

雀儿说：做啥事儿都要有原则、有底线，不能干的事情就是不能干。

金凤说：你可不要笑话姐，说出去能叫人把咱笑话死了！

雀儿说：你不说，我不说，谁知道？

金凤说：那就好，那就好。姐可是要谢谢你了！

雀儿说：吃一堑长一智，咱吸取教训就行了。

金凤说：知道了，知道了。

雀儿送金凤到理发店，就回去了。

雀儿前脚走，二强后脚就进了门。金凤感到意外，问二强怎么知道的。

二强如实相告：我哥给我打电话了，要我赶快来看看。

金凤一惊，问：你哥？你哥在哪里？

二强说：我哥在飞机上，马上就回来了。

金凤没再说话，叫人给二强倒了一杯水，借故上卫生间去了。

二强也没再说话，他知道金凤是要强的人，进门时他就发现金凤眼眶里有眼泪，知道是跑到没人处哭去了。

大强回来了，二强也来了，虽说金凤心里很矛盾，可毕竟踏实多了。

晚上，大家在一起简单地吃了饭，就开始讨论理发店的事情。大强劝金凤再去深圳，金凤坚决不同意，而且坚持继续开理发店。

大强很生气，又没有办法。

金凤表示，保证不再干那些没名堂的事情了，她要请几个有文化、有经验的人商量一下，用先进的文化和理念来开理发店。

二强知道金凤的脾气，示意哥哥不要说什么。大强看一时说服不了金凤，就没再说话。

大强没有走，他准备待一段时间，等金凤的事情基本稳定下来再回深圳。明眼的人都看得出，大强是很不高兴的，大强对金凤的忍让主要还是为孩子着想。

不久，金凤理发店周围的一位熟人告诉她，说他在派出所的亲戚说，检举金凤的是一个四十岁左右的男人，还说他见过这个男人。听这人说了检举人的长相，金凤猜想那检举人有可能是万货。

三十六

雀儿上业大，学的是汉语专业，所有课程中她最喜欢上写作课。写作课老师姓杨，年纪估计接近七十岁了，是学校返聘的老教授。杨教授一头白发，声若洪钟，说一口标准的普通话，教学认真，待人和蔼可亲，很有耐心。上第一节课时，杨教授做了自我介绍，说自己出身农村，大学毕业后留校做教师，再没出过学校门，他对农村很有感情，过去经常回农村，这几年虽然年纪大了，每年还要回一两次看看。也许是这个原因，杨教授讲课时总爱用农村的事情做例子，说农村的过去，也说现在。雀儿听了觉得非常亲切。

第二次上写作课，杨教授布置的作文题目是《我的家乡》，雀儿写了《我的家乡丁家坪》。这篇作文一下子被杨教授看中了，在讲评作文时，杨教授把《我的家乡丁家坪》当作范文进行讲评，从谋篇布局到遣词用句，都给予充分肯定。课间休息时，杨教授专门找雀儿说了几句话，一是要她多看书，包括外国的名篇名著；二是鼓励她多写，坚持写；三是告诉她，他把这篇作文已经推荐给自己一位在晚报副刊当编辑的学生，估计很快就会在报纸上发表。

雀儿很感动，不住地说：谢谢，谢谢杨教授。一直到晚上躺在被窝里，她还在回忆杨教授给她说的话，她预感自己遇到了奶奶说的那种贵人，兴奋得半夜没睡着觉。

雀儿得知《我的家乡丁家坪》发表了的消息是刘有成打电话告诉她的，送报纸给她的却是小虫。

这个消息是振奋人心的，丁家坪人老几辈还没听说哪个人在报纸上发表了文章，雀儿开了先河，填补了山乡小村人写文章见报刊的空白。

雀儿很意外，问小虫怎么会看报纸。

小虫笑了，说：我认识几个字你还不知道？报纸我从来都不看。

雀儿问：那你咋知道的？

小虫说：是二强哥让我送来的。

雀儿说：二强回乡下了，他怎么会看到？他每天都看报？

小虫只笑，不说话。

雀儿指着小虫的鼻子说：你在说假话，我以后不理你了！

小虫说：不敢，不敢。

雀儿说：不敢？还说假话？

小虫说：这是我的任务。

雀儿笑了笑，不再说话。

小虫看了看周围，很神秘地说：雀儿姐，我有事情想和你商量。

雀儿说：你现在日子那么好，还有啥和我商量的？

小虫说：真的有事儿，我向毛主席保证。

雀儿说：那就快说。

小虫说：咱们找个地方吧，事情多，也麻烦。

雀儿怔了一下，说：那你先去泡馍馆占个位子，我处理完手头的事情就来。

小虫说"好"，就按着雀儿的要求去做了。

实际上，雀儿并没有什么着急办的事情，她是要看报纸，看报纸上发表的那篇自己的文章。她的心跳得很急，脸也觉得烧烧的。雀儿是一个字一个字看的，连标点符号也没有漏掉，一口气看了三遍，然后很仔细地把报纸叠起来装在了自己的口袋里，这才急急忙忙往泡馍馆赶。

小虫已经吃完了饭，正在擦嘴。

雀儿笑了，说：你手快、脚快，这嘴也快呀？

小虫也笑了，说：是肚子饿了，贪吃么。你看我像不像猪八戒？

雀儿说：你比猪八戒差远了，人家猪八戒嘴长、耳朵大、肚子大，还长得胖，你哪一点能比上猪八戒？

小虫说：这一下完了，我一直觉得我比猪八戒强呢！

雀儿想起小虫约她说话的事情，于是让服务员端来一碗羊肉汤、一个饼子，话就转到了正题。

小虫说了自己和猫眼谈恋爱的事情，又说了回老家的想法。

雀儿对猫眼的过去了解不多，看法却比较大，听小虫说了猫眼的具体事情，又听说到山区小县城生活是猫眼提出来的，再考虑到小虫的实际情况，一时不知说什么好。

小虫看雀儿不说话，就一直盯着雀儿的眼睛看。

雀儿沉思了一会儿，问：你觉得猫眼真爱你？

小虫点了点头。

雀儿问：你对猫眼的过去都了解？

小虫点了点头。

雀儿问：她把她的事情都给你说了？

小虫点了点头。

雀儿生气了：你说话啊！怎么光点头，哑巴了？

小虫不好意思地笑了，说：她把她的事情给我讲了，是不是讲完了我不知道，她说那是她的伤口，一说就是刀子戳心呢，疼得受不了。伤心事儿，她不想多说，我也不好多问。

雀儿问：她都说了些啥？

小虫说：她说她也不是和谁都有那些事儿，就是和那个摔死了的小胡子有过关系，那时候她想跟小胡子过，没想到小胡子不但有老婆，还在外面胡屎闹。现在她就后悔这个……

雀儿问：那个万货呢？

小虫说：万货老黏她，想占她的便宜。猫眼说其实他们没有事情，好像没发生过关系……

雀儿问：好像？好像是什么意思？

小虫不说话了。

雀儿又问：你相信她说的话？

小虫说：差不多。

雀儿说：结婚过日子是一辈子的事情，你要想好。

小虫说：咱是个啥嘛！

雀儿问：你说你是个啥？

小虫笑了，说：就是秦腔戏里那个丑角唱的，没妈没爸，没老婆没娃，没铺没盖，没穿没戴，没阴没晴，没黑没明，没瞎没好，没饥没饱……就剩下我一个光杆杆……

雀儿也笑了，说：你个捣蛋鬼！

小虫说：就是么，兄弟确实是个光杆杆，既没妈爸，也没家产，没房、没地、没钱，要啥没啥，人家猫眼能跟咱就是咱烧高香了，我还能弹嫌人家啥呢？

雀儿叹了一口气说：说的就是这呀。按理说，猫眼要跟你就是天上给你掉馅饼了，真是做梦娶媳妇了！问题是，她是不是真爱你，遇到事情会不会变心。她能和你这样过穷日子？你想想，猫眼长期在小地方待得住么？

小虫说：目前看，猫眼还真对我不错，一天到晚黏着我，每天晚上都要我……

雀儿不好意思地红了脸，说：不嫌羞，这事情也敢说，幸福得昏头了吧？

小虫摸了摸后脑勺，笑了，说：不好意思，不好意思，说错了。

雀儿说：你这几年变化很大，出息了，瞎毛病也少了，这次可以原谅。

小虫说：跟你和二强哥学的么，猫眼也说我在变。

雀儿说：没事儿了看看书、看看报，进步就更大了。

小虫说：你知道么，我从小就不爱学习。

雀儿说：那你还娶媳妇？生下娃娃咋教育呢？

小虫说：八字还没见一撇呢，还娃娃呢！

雀儿说：先要有思想准备。

小虫说：记下了，以后努力！

雀儿说：这还差不多。

小虫说：你关心我，我也要关心你。你和二强哥的事情也要好好考虑，他是个好人，真的……

雀儿说：我知道，谢谢你！

小虫说：还有一个事情……

雀儿说：你的事情自己拿主意，别人说的只能参考。人家说婚姻是鞋子，穿着合适不合适只有自己知道。

小虫说：我是想说说百灵。

雀儿的脸一下子不自然了，说：说百灵什么，谁的事情你都管？快回去吧，猫眼还等你呢！

小虫说：我是说百灵心眼儿太多，她现在……

雀儿有点儿不高兴了，说：小虫啊，我刚才还表扬你，你咋老毛病又犯了？

小虫看雀儿不愿提及百灵，无可奈何地摇了摇头说：那好，下次说，再见！

送走了小虫，雀儿又掏出报纸看自己的文章，这时候她已经不像刚才那样激动了。昨天晚上，杨教授打电话告诉她文章见报了，可是她没有订报纸，天晚了也没有地方买报纸，没想到小虫给她送来了，这可是她这几年最高兴的事情。

三十七

  米粮有位作家朋友，叫莫默，是一位工人出身的业余作家，也是杨教授的学生，曾在米粮的印刷厂印过几部书，和米粮成了好朋友。最近，省上几家单位联合举办"打工者之歌"征文活动，莫默因为是工人作家，又有比较高的知名度，被聘请为评审委员会委员。这天，他在米粮办公室和米粮闲聊时，看到了雀儿的散文《古城的灯光》，觉得写得不错，很适合参加这次征文比赛，就建议米粮转告雀儿，把文章修改以后寄给大赛组委会。

  雀儿的这篇文章也是写作课的作业，本来是请米粮提修改意见的，没想到米粮还没看，却被这位作家先读了。米粮把这个消息告诉了雀儿，雀儿认为那是个大活动，不是一般人可以参加的，自己刚刚学写作，文章太稚嫩，想等以后写出好作品了再参加这样的活动。

  米粮说：这次征文是打工者写自己的生活，特别适合你们这样的作者。这篇《古城的灯光》写的就是打工者自己的亲身感受，既符合征文的要求，又富有真情实感，文笔也很好，的确是篇好文章。

  米粮把作家莫默看了《古城的灯光》的意见详细说给雀儿听，雀儿马上有了信心。在米粮的鼓励下，雀儿根据莫默的修改意见，花了两个晚上的时间把自己的文章进行了修改，并且借上写作课的时候听取了杨教授的意见。

  "打工者之歌"征文活动结束了，雀儿获得了二等奖。在规模很大的颁奖仪式上，省文联、省作协领导和一些著名作家出席大会并且给获奖作者颁奖。给雀儿颁奖的正好是莫默，雀儿紧握着莫默的手，流下了激动的眼泪，半天才从嘴里挤出了两个字：谢谢。

第二天,"打工者之歌"征文颁奖活动的消息和获奖作者名单都登在了晚报上,还有一幅领导给一位作者颁奖的大照片。这位作者的旁边站的是雀儿。

不少认识雀儿的人都给雀儿打来电话表示祝贺,雀儿的高兴劲儿就不用提了。

第三天晚上,雀儿请莫默和米粮吃饭,特别邀请了杨教授,想表达自己感激的心情。杨教授家里有事情没有来,莫默给她叫来几位年轻的作家,都是文坛上崭露头角的新秀,还有两个跑文化口的记者。

这个晚上,雀儿喝了不少酒,第二天早上还头疼。可是她收获很大,不但听了不少创作的经验,而且认识了几个热血沸腾的文学青年朋友,这对后来雀儿写作、发表都起到了很大作用。

大概过了一个星期,雀儿的又一篇稿子发表了,一些报纸的副刊编辑还打电话约她写稿。

不久,雀儿加入了省作家协会,很快成了省城里小有名气的打工文学作家,她过去写在笔记本上、破纸片上的文字渐渐都变成了报纸上的文章。

这一段时间,因为写作,雀儿和米粮接触得比较多。在和米粮的接触中,雀儿发现米粮绝不只是会搞印刷、有经营头脑,他还很有文才,古文、古诗词和历史知识都很渊博。雀儿还发现,米粮很喜欢书,特别爱读书,有时还记点儿笔记,可是从来不写文章。至于为什么,雀儿曾问过米粮,米粮说自己一是懒,二是时间少、太忙,三是稿子不好发。以后有时间了,他不但要写文章,还要办个纯文学杂志。他说,现在的业余作者发表一篇稿子太难了,报纸的副刊和杂志版面都被少数人控制着,报刊版面成了他们私人的自留地,演变成了个人的特权,变成了他们交换个人稿件、获取利益的条件。

雀儿不知道这些,只是竖着耳朵听。她觉得米粮说的肯定是对的,因为米粮见多识广,为人实诚,不会胡说的。

米粮说：你知道就行了，可不敢在外面乱说，让那些人听到了，你以后的稿子就发不出去了。

雀儿笑了笑，没说话。

米粮说：不信你试试，三天就叫你知道马王爷三只眼的厉害！

雀儿故意说：发不了我就不写了。

米粮很认真地说：那可要不得，那样就是对自己不负责任，也是对社会不负责任！

雀儿也认真了，问：有这么严重？

米粮说：可不是么，你发表在报刊上的每一篇文章都会产生社会效应的！

雀儿问：我的文章也会这样？

米粮说：那当然，都是一样的。

雀儿调皮地翻了翻好看的眼睛，故意拉长了声调说：知道了——领导——

米粮问雀儿下一步写作的打算。

雀儿说想写一组关于西安的文章，用一个山里人的目光看西安。

米粮两手一拍，连说好。

雀儿问：好什么呢？

米粮说：有新意，目光独特，就会和别人不一样。不一样就是新，新的东西、独特的东西大家就爱看。

雀儿说：我是不知道应该写些什么，只知道这些是我的亲身感受，好下笔，一写就能写一大串，挡不住，就当给写作课老师交作业吧！

米粮眯着眼睛，把雀儿上下打量了一番，看得雀儿有点儿不好意思。

米粮忽然回过神来，说：雀儿，你可是要努力啊！

雀儿不知米粮要说什么，就说：领导，你今儿个是怎么了？

米粮说：你可要好好写啊，我看你一定会写出好东西的，不然就是浪费资源啊！

雀儿不解地问：你不会开我的玩笑吧？

米粮反问道：你看我是在开玩笑吗？

雀儿摇了摇头，说：我认为你不会，可是你说的话也太不符合实际了吧！你看我，就发了几篇豆腐块，能成什么精啊！

米粮说：我原来认为你只是能写好作文，注意你是不是以后能给咱们搞文案工作，所以留神观察你的文字。现在不是了，我预感你能成为一个优秀的作家！

雀儿指了一下自己的鼻子，问：我？作家？还是优秀作家？

米粮说：是，是你！

雀儿放声笑了。

雀儿的笑也很好看，小嘴里露出的两排白牙就像石榴籽。

米粮没有笑，说：我说这些只是我的看法，但绝不是没有根据的胡说，我还有两点要说。

雀儿说：你说呀。

米粮说：一是机遇。

雀儿问：第二呢？

米粮说：你的坚持和努力！

雀儿若有所思地点了点头。

在雀儿的记忆里，这是自己和米粮谈话最长的一次、最深入的一次，也是收获最大的一次。这一次，没谈一句工作上的事情，说的都是文学和写作。

小时候，雀儿的作文一直写得很好，就是因为喜欢语文、喜欢作文，忽视了数学、英语，造成了高考的失利。金凤带她进城的时候，她已经下决心不看书、不写文章了，没想到几年后，写作又成了她的希望。她不知道是不是命运又在捉弄自己。

三十八

　　早晨，百灵去城南汽车站送妈妈回老家，忽然发现了小虫和猫眼。小虫手里提着两个蛇皮袋，肩上背着一只旅行包。百灵喊小虫的时候，发现小虫后面跟着猫眼，猫眼拉着一个拉杆箱，背着一只很时髦的坤包。百灵猜想这两人是一行，却又觉得不可能。前几天，百灵听办公室主任说小虫不干了，但没说原因。她想找机会问小虫，可是一直没见上。今天看见小虫了，不知怎么还出来了个猫眼。

　　百灵正纳闷，猫眼说话了：哎呀！大学生呀，你怎么也干体力活了？让局长的车送送嘛！真是的。

　　百灵知道猫眼在贫嘴，没接猫眼的话，给小虫介绍了自己的母亲。猫眼一吐舌头，忙叫百灵母亲：阿姨。

　　百灵这才问小虫去哪里。

　　还是猫眼嘴快：我俩也去你们那里。

　　百灵回过头问：你们俩？都去？

　　小虫红了脸，点了点头。

　　百灵说：怪不得你辞职了，怎么也不吭个声啊？

　　小虫说：临时工么，也不存在辞不辞职。就是时间紧，没来得及给你打个招呼。

　　猫眼说：没事儿，说不定哪一天又见了呢！

　　百灵说：那也得说说，我送一下你呀！

　　猫眼说：这下大学生有理了，不是没来得及么！我替小虫说句对不起，哪天我们请你吃饭，好了吧？

　　百灵说：你们，你们，你们也太快了吧？

猫眼说：这两年玩的就是闪，不是市场经济嘛，讲的就是个快。不说了，不说了！时间快到了，小虫看东西噢，我去上个卫生间。

也不知哪种心理的驱使，百灵借猫眼上卫生间的机会，悄悄把小虫拉到一边，问小虫知不知道猫眼过去的事情。

小虫说：就是那些事儿么，猫眼都告诉我了。

百灵问：还有哪些事儿，你知道吗？

小虫说：就是那些事儿啊，你问什么呀？

百灵说：就是那些事儿，你不明白啊？

小虫说：你把我都问糊涂了，不就是那些事嘛！

百灵左右看看没人，就附在小虫耳朵上说：坐台，坐台你知道吗？

小虫不明白似的看了看百灵，没说话。

百灵眼珠一转，试探性地说：其实也没啥，都是过去了，只要说清了就行了。

小虫点了点头说：知道，她说过。只是……我们决定到咱们那边去一段时间，然后再说。

百灵看了看左右没人，就从衣服口袋里掏出五百块钱往小虫手里塞。

小虫觉得意外，一边向后退，一边用手推。

百灵的脸一下红了，说：不要嫌少，我口袋里就这么多，你拿去，紧要时或许还能帮些忙。

小虫还要拒绝，忽然看见猫眼来了，匆忙接过百灵的钱，塞进了自己裤子口袋里。

百灵说：我知道你的心思，不过像你这样，回到咱们那里可能也是好事。不管咋说，咱们是乡党，有啥困难说一声。对了，还要谢谢你这一段时间给我帮忙啊。

小虫说：我可没给你帮忙啊。

百灵说：帮了就帮了，还客气啥呢。

这时候，猫眼到了跟前，她看了看小虫，又看了看百灵，说：你们还挺熟悉啊？

百灵说：一个单位的嘛。

猫眼说：那可不一样，你是秘书，小虫是临时工——对了，应该叫农民工，下苦的，两码事啊！

百灵说：那有什么不一样啊？

猫眼说：好了好了，你可要给我们小虫教好东西、说好话啊，不要以为有知识了就啥都好！

百灵有些不高兴，但是忍住了，说：那你问小虫，我给他教什么不好的了？

猫眼说：没有就好，我相信你也不会。谢谢！谢谢！

百灵说：小虫是个不错的小伙子……

猫眼说：我也不错啊！

百灵忙说：不错，不错。

猫眼说：这就对了么，姐们儿，再见！有时间来我们那里玩，带上你的小白脸——不，是带上你的白马王子！

猫眼拉着小虫要走，小虫回过头来和百灵说了声"再见"。

百灵望着小虫和猫眼的背影，心里忽然有一种复杂的感觉。

小虫的离开，让她愈发怀疑小虫发现了自己和张勇的事情。同时，她也意识到小虫的聪明和问题的复杂性。

她的思想开始矛盾。女人的第六感有时候很灵敏，这一点，百灵很自信。

猫眼是第一次到秦岭山区，这个黄土地上生、黄土地上长的女娃娃只见过家乡的山峁峁、圪梁梁、山沟沟，汽车到了秦岭脚下，她的眼睛就不够用了，挺拔逶迤的大山，葱翠欲滴的树木青草，色彩鲜艳的大花小花，奔流不息的大河小溪……她像进入了人间仙境。

小虫推了推猫眼，问：咋样？比你们陕北好吧？

猫眼看了看得意扬扬的小虫，说：我真没想到，你们这一带还真好！

小虫更得意了，说：你现在知道为啥把我们这里叫西安的后花园了吧！

猫眼斜眼看了看小虫，很不服气地说：你要这样说，那我就不同意了。我问你，你们有山丹丹吗？有信天游吗？有黄帝陵、有壶口瀑布、有羊毛羊绒、有煤炭石油食盐吗？

小虫摸了摸后脑勺，笑了。

猫眼得意了，问：你笑什么笑？到底有没有？

小虫说：这些好像是没有，可是你们也没有木耳、香菇、板栗、核桃啊！

猫眼说：谁说我们没核桃？我们那里的核桃皮薄肉多好吃着呢！对了，我们还有红枣，大红枣儿香又甜，送给那亲人尝一尝。你听过没有，陕北民歌，你们有吗？你也唱一个给我听听！

小虫不好意思地笑了，说：我们有民歌，可是我不会唱。

猫眼说：不会唱还张狂啥哩！

小虫说：那你给我唱一个！

猫眼说：唱一个就唱一个，你以为我不会唱？

一对幸福的年轻人的对话，旁边坐的乘客早就听见了，只是不好参与，这时候听猫眼要唱陕北民歌，一下就响起了热烈的掌声。

来一个！

来一个！

猫眼一愣，这才发现事情弄大了，她佯装生气地瞪了小虫一眼，说：高兴了吧？

猫眼毕竟见过些世面，她没有让车上的乘客失望，清了清嗓子就唱开了：

  提起个家来家有名，

家住在绥德三十里铺村，
四妹子爱见个三哥哥，
他是我的知心人。

三哥哥今年一十九，
四妹子今年一十六，
人人说咱二人天配就，
你把妹妹闪在半路口。
……
三哥哥当兵坡坡里下，
四妹子崖畔上灰塌塌。
有心拉上两句话，
又怕人笑话。
……

猫眼刚唱完《三十里铺》，掌声就响起来了。为了回报乘客的热情，猫眼又唱了《赶牲灵》和《走西口》。

这是猫眼有生以来第一次在这么多的人面前唱歌，也是小虫第一次听猫眼唱歌。能受到这么多陌生人喜爱，两个人激动得都想掉眼泪。

人们还想听猫眼唱陕北民歌，只是不好意思说了。这时候，一个五六岁的小女孩儿忽然站起来说：我妈妈也会唱歌！

有爱热闹的乘客马上跟着喊道：那就让你妈妈唱一个！

小女孩儿比较执着，硬拉妈妈起来唱歌。

小女孩儿妈妈的装扮像是个乡镇干部或者乡村教师，说话声音不大，也很腼腆，她红着脸说：我这孩子不懂事儿，瞎闹。我真的不会唱歌，为了表达心意，我就唱个歌吧，也算是对刚才那位陕北妹妹的感谢吧！

这位年轻妈妈唱的是《在那遥远的小山村》，很好听，大家也给了热烈的掌声。可是再欢迎她唱的时候，她一个劲儿摇手说没有了。

这时候，一位中年男人主动站了起来，他说一口地道的陕南地方话：刚才两个女士唱得都很好，我的嗓子也痒了，我想代表车上的男士，也代表陕南，唱唱我们陕南的民歌吧，大家说要得不？

众人面前有人主动站出来表演节目，不是名牌就是大腕了，大家愣了一下马上鼓掌欢迎。

这男人先唱了《兰花草》，又在一阵掌声后唱了《郎在对门唱山歌》。

不错，很有味道。车上的陕南人一致认为这个男人唱得好，有会唱的也跟着附和起来。

这时，有人认出了唱歌人，说是县文化馆的馆长，过去在县剧团当演员。

音乐是没有界限的，歌声永远都是美好的。

汽车在宽敞平坦的高速公路上飞驶，动人的歌声在车厢里荡漾。沐浴在大自然的氛围里，躺在群山的怀抱中，猫眼、小虫是幸福的，满车厢的人都是幸福的。

歌声停止了，多数乘客在汽车的颠簸摇晃中睡着了，猫眼也倚在小虫身上闭上了大眼睛，小虫的眼睛却一直停留在猫眼的脸上。拥有这么一个漂亮的女人，他感到自豪和骄傲，可是想到在西安发生的一些事情，他的心有时候就像猫抓似的。

猫眼忽然睁开了眼睛，问道：你看啥呢？

小虫忙说：看你呢。

猫眼说：我有啥看的？

小虫说：我咋就没发现你会唱歌呢！

猫眼说：你不知道的还多着呢！我上小学的时候就在学校文艺队，上中学时参加县上的民歌比赛，还得了个三等奖呢！

小虫惊讶地问：是不是？

猫眼得意地说：那谁还哄你不成！

小虫沉思了一下，说：那我问你一句话。

猫眼说：什么话？你尽管问。

小虫说：那个晚上牛老板、张勇他们喝酒你咋不唱歌呢？

猫眼看了看小虫，说：你咋知道没唱？

小虫说：我在外面屋子就没听见呀！

猫眼想了想，问：你在外面屋子来？

小虫说：是啊！一直在。

猫眼又问：那里面的事情你都知道？

小虫说：那就不知道了，我们在外面只听见里面乱哄哄的，说啥听不见，但是唱歌肯定会听见的。

猫眼点了点头说：那可能是的。

小虫问：那天你没唱吧？

猫眼摇了摇头，说：没有。

小虫问：那为啥？

猫眼说：不为啥，因为那天没有人让唱歌。

小虫问：要是他们让你唱呢？

猫眼说：那就看我想不想唱了。

小虫问：真的？

猫眼点头说：真的。

两个年轻人深情地对望了一眼，都笑了。

吃中午饭时，汽车到了一座小县城，他们在这里下了车。这是小虫和猫眼早就商量好了的，他们打算在这里住一段时间，先找个简单的生意做做，然后再图发展。他们在街上吃了碗糊汤面，就住进了一家小旅馆。

一进门，小虫就抱住猫眼要亲。

猫眼说：不要急，还有晚上呢！

小虫说：我就是亲亲你么！

猫眼问：没有其他想法？

小虫笑了。

猫眼问：你真这么爱我？

小虫反问道：那你说呢？

猫眼说：我相信，但是我也知道男人爱说谎。

小虫问：你发现我说谎了？

猫眼说：那倒没有。

小虫说：那就对了么。

猫眼停了一下，很认真地说：小虫啊，咱们先上街转转，我看看有什么生意可以做。然后你再去找你的朋友，看看开出租车的情况。等我们把这些事情安排好了，你带我也去一下你们丁家坪，我还想知道你们家的情况，也看看你和金凤、雀儿小时候生活的地方。

小虫像不认识似的看了看猫眼，说：没想到你还真是过日子的人，你真准备在我们秦岭山里扎根落户了？

猫眼叹了一口气，说：我妈妈没了，我爸爸娶上女人了，人家都不管我了，我还操心谁呀？再说我已经把我交给你了，不是嫁鸡随鸡、嫁狗随狗嘛，我现在就随你小虫了，你说是不是？

小虫点了点头，没说话。

猫眼又问小虫：你说，是不是？

小虫忙说：是！是！

猫眼说：我现在想的就是怎么过日子，怎么样把日子过好。咱们现在房子、票子什么都没有，连个安身的地方也没有，以后有了孩子怎么办？

猫眼的话，一句一句，小虫都觉得说得很对，这些也是小虫一直思考的事情，刚才进门时的冲动这时候忽然无影无踪了。他给猫眼打来热水洗了脸，两个人就匆匆上了大街。

三十九

这个夜,小虫翻来覆去睡不着,他想了很多很多。

小虫要离开西安的原因也很多,有猫眼的原因,也有他发现百灵和张勇的事情。他还担心百灵给张勇讲他偷井盖被劳动教养的事情。他分析了留在城里的不利因素,预感到在这里待下去的危险,所以选择了离开。

小虫想起了与猫眼相识的过程。

那是个夏天的深夜,天很黑、很热,没有风,没有月亮,也没有星星在天幕上闪烁。小虫开出租车经过一条僻静的小巷子,忽然听见有女子在呼救,听那声音好像是嘴被堵着,一声高一声低的。小虫开亮车灯,鸣响喇叭冲了上去。劫持者跑了,一个女子倒在地上,双手被绳子捆着,嘴里塞着一块城里人很少用的手绢。女子的衣服被扯破了,裤子被脱到了腿腕上,女性最隐秘的部位都露在了外面。小虫替那女子提上裤子,解去了捆胳膊的绳子,把自己的上衣脱下来盖在了女子身上,然后把女子抱上车。这时他才发现女子的手上有血,于是问女子受伤了没有,女子说是她把那坏人抓破了。

小虫问那女子:咱们去派出所报案吧?

女子眼睛一瞪,说:报什么案啊!

小虫说:那就把坏人放跑了!

女子呵呵一笑,说:他现在不是已经跑了嘛!

小虫也笑了,说:那怎么办?

女子说:走吧,他也没把我咋,跑了就跑了。

小虫犹豫了,一时不知如何是好,就听了那女子的话。说实话,小虫当时对这位女子的做法并不理解，甚至还有些看法，事后想到这件事情的时候，他觉得这女子的做法还是有道理的。

就这样，小虫按照女子所指的方向，一直把她送到她住的地方。

分手的时候，女子说：看你这小伙子挺油的，原来还是个老实人，你就不想抱抱我？

小虫看了看那女子，还真想抱一抱，可是觉得不对，就说：我再坏，也不会乘人之危啊！

女子问：你觉得我漂亮吗？

小虫说：这和漂亮是两码事儿啊！

女子说：那你的衣服就给我穿了？

小虫说：你穿吧。

女子问：你就不想知道我的名字吗？

小虫说：你说吧，你一说我就记下了。

女子说：没看出来，你还挺幽默，真可爱。我叫巧珍，姓刘，和电影《人生》里的那个女子叫一个名字。可是咱可不是人家，也没有人家长得好看，这儿的人都叫我猫眼，你可以随便叫。我就住这里，明天这个时候你来取你的衣服。

猫眼说着抱了抱小虫，又在小虫脸上亲了两下。

小虫也是个什么世面都见过的人，可是他没见过这样大方的女孩子，一下子怔住了。在他的记忆中，在这个世界上，这是第二个女人亲他，第一个是他的奶奶，第二个就是猫眼。

第二天晚上，小虫开车路过这里，取走了他的白色半截袖，猫眼给他买了件藏青色T恤，说是为了感谢他，还说小虫人长得黑，穿深颜色的衣服好看。小虫的半截袖已被猫眼洗得干干净净，并且用熨斗熨得平平展展。

小虫很感动，看着穿吊带睡衣的猫眼，一时不知道说什么好。

猫眼笑了笑，说：你救了我，你要我什么我都会给你的，只要你说。

小虫说：我要你好就行了。

猫眼说：是不是我不好看？

小虫说：好看，真的很好看！

猫眼说：那你就好好看着我，我把我的全部都给你看，但是不能动。

小虫连连摇手，说：不行，不行，你真的太漂亮了，特别是你的眼睛真好看，看多了，我会受不了的！

猫眼说：那我要是嫁给你呢？

小虫愣了一下，马上连连摇手，说：配不上！我配不上你，我咋能配得上你呢！

猫眼说：这世界就没有配上配不上的，就看你爱不爱！爱了，不做爱也是爱；不爱，做着爱也不爱。

"做爱"这个名词儿，对小虫来说是生疏的，但他明白是什么意思，他们那里的人把"做爱"不这么叫，叫得很难听。猫眼的大方，使他不得不低下了头。

猫眼没有把自己的一切给小虫看，小虫也没有和猫眼发生关系，他们只是紧紧地抱在一起，直到两个人都流出了激动的眼泪。

第二天收车后，小虫饭都没吃，把自己的箱箱柜柜翻了个遍，又搜遍了自己的所有口袋，才凑够了一千块钱，一口气跑到开元商城买了一枚银戒指，赶晚上约会的时间送给了猫眼。

猫眼很激动，搂住小虫的脖子就跳。

小虫说：我暂时没有钱，先给你买个银的戴上，以后有钱了咱再买金的。

猫眼说：银的好，我就爱银的。

小虫说：我看你们陕北人，男的女的都爱戴个戒指，是不是？

猫眼说：你咋知道？

小虫说：我早就发现了，不过人家戴的都是金货。

猫眼说：那你不知道，有好多人戴的都是铜的，你在远处看不清。

小虫笑了，说：那咱这还不错，它毕竟是个真的么！

猫眼说：我没说不好啊！我喜欢啊，真的喜欢啊！不过以后不要买了，不瞒你说，这些东西我都有。

小虫说：我知道你有，但是，那是你的，这是我给你买的。

猫眼说：知道，我知道！

小虫说：知道就好，就怕你不知道。

猫眼在小虫的脸上又亲了一下，说：这该行了吧！我是说你现在要好好攒钱，以后花钱的事情多着呢！

小虫说：知道了，那天见你以后我就有压力了。

猫眼问：什么压力？

小虫说：挣钱娶你呀！

猫眼说：这就对了，这就像个男子汉了。

小虫笑了。

猫眼也笑了。

月光下，护城河边，两个年轻人紧紧相依着，说着自己从来没有说过的话。他们没有互相隐瞒，没有给自己留余地，他们把自己的童年、少年、青年，把自己好的、坏的，能说的、不能说的，把自己一切的一切都告诉了对方。于是，压在心里的石头落地了，一切不舒服的过去就翻过去了。他们轻装上阵了，他们开始了属于自己的生活，他们的二人世界从此洒满了阳光，铺满了鲜花。

这一切，别人不知道，他们也不需要别人知道。

世界上有许多事情是说不清楚的，不清楚的就让它不清楚吧，这样或许会省去许多不必要的麻烦。还有，每个人心中多少都有些小秘密，说出来会产生矛盾，不说出来又觉得闹心，那就先放下吧！这个时候，猫眼就是这样想的。

四十

　　雀儿和米粮的合作是比较成功的，这一段时间，她学到了不少知识，也总结了一些经验。但是，她知道最终的发展是要有自己的产业，哪怕是个小摊子，要做到这一点必须靠自己去努力，任何人是替代不了的。她认为，要实现自己的这个目标，只有成立印刷厂，使策划、设计、印刷、装订配套进行，渐渐做出自己的品牌，形成规模，这样才算成功。可是这一切，除了资金问题、人员问题、服务问题、管理问题，还有印刷厂的厂址问题。这几年，她一直在观察和思考这些问题，具体来说，就是看米粮怎么做。她知道，只有照猫画虎才能画出自己的老虎来。西安的一切事都很难办，孩子上幼儿园、学生上学、买房子、上医院看病，无论干什么事情都要找熟人托关系，不是有了钱就能办成事情的。要找一块地建印刷厂，对雀儿这些乡下进城的人来说，那真是比登天还难的事情。

　　雀儿清楚，具体事情比较好做，只要自己踏实认真用心，不怕苦累就能做好。思考印刷厂发展这些问题却是很烦人的，不想不行，越想越烦，有时候想得雀儿脑子发涨。

　　好久没回丁家坪了，这天有空闲，雀儿就乘客运汽车出了城。她忽然发现路宽了，汽车的速度快了，路旁的树也多了，周围的环境似乎都变了，于是问身边的一位妇女咋回事。

　　妇女说：你没看现在是高速公路了，跟过去不一样了！

　　雀儿惊奇地问：这么快啊？

　　妇女说：可不是么，说通就通了。现在啥事情都讲究个快！

　　雀儿问：啥时候通的车？

　　妇女说：就是前些天，我这是第二回坐。

雀儿早就听说西安到陕南建高速公路的事情，没想到这么快就变成了现实，心里一阵阵激动。

汽车不用翻山了，也不在山岭上盘旋了，一到山脚下就钻进了隧道。过去从关中到陕南需要一天时间，现在三四十分钟就从山洞里钻过去了。这是亚洲最长的一条隧道，中间还有几处美化的假山、假水、假树，和真的没有啥区别，太漂亮了！妇女给雀儿介绍。

那位妇女在西安打工，孩子和老人都在老家，这一阵子老人生病，所以回家的次数比较多。

原来是这样！雀儿笑了，她笑自己整天忙着干活，没有很好地关注社会上的大事情。

那位妇女很健谈，给雀儿提供了不少信息。雀儿喜欢这个热心的妇女，两个人很投缘。

果然，不长时间，汽车就进了隧道，汽车穿过隧道时发出的声音不断影响着人们说话，于是人们不得不停了话题，有的闭目养神，有的欣赏隧道里的风光，有的抓紧时间想着心事儿。

到车站时，雀儿看了看时间，从西安市区到这里还不到两个小时，雀儿没想到路程一下缩短了这么多。刚才那妇女说，这一带成了西安的后花园，还真有点儿这么个意思。

雀儿走着想着，很快就望见了熟悉的小山村。

路过村子的小学时，雀儿忽然发现这里静悄悄的，没有一点儿声音。问看门师傅，原来这里已经没有了学生，有钱人的孩子到县城上学了，个别孩子还去了西安，一般人家的孩子也已经集中到镇子上的中心小学上课了。

家乡的小学，雀儿很熟悉，她在这里度过了童年和少年，读书、唱歌、做游戏、跳绳、踢毽子……这里的一切无数次在她的梦里出现，看到现在荒废了的样子，鼻子禁不住一阵发酸。

小学有三十多亩地、十五间房子，最适合做印刷厂车间。这是雀儿看到自己母校，感慨了一番后想到的第一个问题。她也觉得奇怪，怎么总是想印刷厂这些事情？

回家后，雀儿详细询问了爸爸、妈妈一些情况，水都没有喝就去找村主任。村主任六十多岁，和雀儿的爸爸是同龄，雀儿叫她六叔。

雀儿说了自己想租学校的想法。

六叔答应得很爽快：随便用，随便用！那地方现在就空着，没人用。

雀儿问：一年租金多少？

六叔想了一下，说：租金？瞎好给几个钱就行了。你不用就在那里闲着。闲着一分钱也没有，你要用了，瞎好还能收俩钱，你看着给。

雀儿笑了，说：还是咱们这里的人好说话。

六叔说：那自然么，人老八辈儿了，都在一起过日子，啥事都好说，好说！

雀儿没想到这么顺利，激动地说：六叔，你对我的好，我一定记着！也请你相信，我绝不会亏待六叔和村子里的乡党们！

六叔说：你看你这女子说得生分的，咱们一家人么，还说啥亏谁不亏谁的，你就放心用！事情有六叔呢，咋说这阵儿还是六叔说了算的。

雀儿说：是啊，是啊，六叔是村主任啊！

六叔笑了，一脸自豪的样子。

雀儿说：那咱们还是要说个价，到时候也好给乡亲们有个交代。

六叔说：学校的那些房子虽然已经不能用了，但是咱不要动，小心人家上头来人批评，说咱破坏了教育事业，那责任就大了，六叔负不起。学校教室背后的那一块闲地有将近十亩，我看你盖个什么工厂足够了。

雀儿说：那咱们就想到一起了，我看的也是那块地。叔，你说个价，咱就算定了，我也能很快动工。

六叔说：没看出你这女子还是个干事的，你一认真把叔也提醒了，那你得等等，让叔和村委会的几个人也商量一下，很快就给你回话。

第二天午饭后，六叔告诉雀儿，说学校那块闲置的地一年租金一千元，租给雀儿三十年，租金一共三万元。

雀儿听了忙说：谢谢。

六叔试探着问雀儿是不是有些贵了。

雀儿略微停了一下，说：还可以吧！

雀儿打听过老家一带的租地情况，六叔确实是要得多了，但是与西安一比，她觉得那就太便宜了。

六叔说：叔也觉得贵了些，但是大家都说你在城里挣了钱，也不在乎这几个钱。

雀儿笑了。

六叔也笑了。

晚上，雀儿给爸爸说租地的事情，爸爸很生气，骂六叔不是个东西，不该要那么多的钱。

雀儿说：不多，不多，人家那么一大块地呢！

爸爸说：那烂地方谁要？

雀儿说：不是咱要了么！

爸爸说：咱要就那么贵？不优惠就罢了，凭啥要那么多的钱？

雀儿说：就当是给咱村子赞助呢！

爸爸还是觉得不合理。

四十一

地的问题初步定了，三万元的租金雀儿也拿得出，可是盖房子、购买设备的资金却没有着落，怎么办？雀儿给米粮打了电话，说了自己租地建厂的想法，米粮只是"嗯，嗯"地应着，没有表示什么态度。

雀儿着急了，问他"嗯，嗯"是什么意思。

米粮笑了，说自己要到丁家坪看看。

电话是早上打的，中午时分米粮就到了。看了村子和学校，连说雀儿有眼力，表示愿意投资，与雀儿合作。

米粮直言不讳地谈了自己的看法，他说这里建厂的优势有四个：一是距离西安不是很远，交通方便；二是地理位置好，环境优美；三是租金便宜，施工建房还可就地取材；四是用工方便，工钱也不会太高。

雀儿听了，非常高兴，连说米粮分析得好，有见地。于是，两个人就具体合作问题进行了协商，形成了初步协议：一、这是一个独立的印刷厂；二、由米粮和雀儿共同出资建设，米粮出资百分之六十，雀儿出资百分之四十；三、米粮负责设备和技术，雀儿负责基建事宜；四、米粮派会计，雀儿派出纳；五、印刷厂建成后组建管理委员会（即董事会），米粮任正职，雀儿任副职，聘请厂长主持工作；六、印刷厂投入生产后所产生的效益按投资比例进行分配。

开始，雀儿觉得自己出资百分之四十的困难很大，要求米粮把比例调整到百分之八十和百分之二十，说她的能力只能出资百分之二十。

米粮说：厂址是你找的，租金又那么便宜，这些因素应该算百分之十的干股，你实际出的就是交百分之三十的钱。

雀儿听人说过有关干股的事情，可是在这个问题上压根儿就没有想过，米粮这么一说，她觉得似乎有理，但又觉得不好意思。

米粮说：这百分之十也不是全给你的，这包括你们乡上、村上、工商、税务等全部关系的打点，逢年过节给这些人送个礼呀送个红包呀，等等。以后就都是你的事情了！

雀儿迟疑地说：这……

米粮笑了一下，说：不说了，就这样吧。

雀儿想了想，又算了算账，还是摇头说不行。

米粮说：我先垫付，或者借款给你，履行正式的借款手续，以后逐年偿还。

雀儿说：我已经找熟人了，准备在银行贷款。

米粮有些着急了：我不要你的利息行不行？咱们也不定还款时间行不行？

雀儿不吭声了。

米粮看了雀儿一眼，斩钉截铁地说：就这样了！明天写个正式协议，咱们俩都签字。

雀儿不好意思地点了点头。

米粮想了想，说：对了，这里的基建就交给你了，我不是当地人，不熟悉，当地的规矩也不懂。

雀儿很有把握地说：没问题，你放心！

米粮说：先拿个初步方案，让人家搞建筑的设计一下。

雀儿说：我有个简单想法，完善以后就给你汇报。以后的所有事情都会给你报告的，这我知道。

米粮也没客气：遇事情咱们多商量，三个臭皮匠抵一个诸葛亮么！

事情就这么定了，两个人的心情都很愉快。

这件事情，米粮不是没有想过，他之所以这样做，起码有这几个因素：一是他了解雀儿，认为雀儿是可靠的合作伙伴；二是这个印刷厂选得好，在西安找不到这么合适的地方，而且他有建设这个厂的资金能力；三是他认定这个印刷厂的效益不会差，如果有意外，他会把自己现在租的那个小印刷厂退还给人家，把全部印刷活儿都放在这里；四是他借钱给雀儿，在一定程度上就掌握和控制住了雀儿。关于第四点，米粮绝对没有什么坏的想法，只是无形中起到了这么一个作用。

米粮走后，刘有成也来看了看。他虽然不懂印刷行业，却提到了一些不利因素，比如人太熟了不好办事儿啊，七大姑八大姨的事情难摆弄啦，还有环境卫生不好，没有冲水的卫生间，没有暖气到了冬天怎么办呀，等等。没想到这个刘有成还是个婆婆妈妈的悲观主义者。雀儿知道他在城市里长大，不了解农村的事情，是用城市的眼睛看丁家坪的，可是他毕竟说的是真话，从另一个角度给雀儿提出了一些问题，也是有用的。

一切准备就绪,印刷厂就开始建设了。

水泥、钢筋、楼板、砖瓦,这些是就近买的,门窗、桌椅和建设需要的其他材料和用具都是从西安拉回来的。

这是一个早晨,微风和煦,阳光普照。村子里的风水先生让雀儿敬上祖先,贴了对联,点着了香蜡,又在院子里敬了土地爷,在土地爷前面也点燃了香蜡,按规矩认认真真地给祖先、土地爷分别磕了三个头。不大一会儿,丁家坪就响起了一阵噼噼啪啪的鞭炮声。

大工、小工,提瓦刀的、拉线子的、和水泥的、搬砖头的、管搅拌机的、拉灰斗车的,你来我往,你喊我叫,远看乱糟糟,近看有条有理。整个现场热热闹闹,很有些气氛。

开工不错,第三天却出问题了,大工们不说不笑了,小工们不跑不叫了,一个个都是懒洋洋的样子。

雀儿不知道为什么,也不知道怎么去处理,她悄悄问六叔。

六叔说:瞎了,瞎了,听说你没给大家买烟吃。

雀儿明白了,赶快跑到村口小卖部去买烟,拿回来又一支一支发给大家。

第四天,一切照旧,没有任何改变。

雀儿又去问六叔。

六叔说:你没看,有的人就不抽烟,抽烟的人高兴了,不抽烟的就不高兴了。这场合,一个人拉下脸,就影响得周围人都不高兴。

雀儿问:那怎么办?

六叔说:这还不好办啊!明天一人发一包不就行了,不抽的让他拿回家吧!

雀儿说:他不抽烟,拿回家干啥呀?

六叔说:你看你这女子,看着精的、灵醒的,这你还不知道?他们拿回去可以招待客人啊!

雀儿终于明白了，苦笑了一下，点了点头。

第五天，雀儿仔细观察，发现大家变化并不大。早晨八点钟过了，还不见人来上工，中午还不到十二点，一个个就扛着工具回家了，工程进度很慢。

雀儿不再找六叔了，她跑到小卖部买了几捆啤酒，想把大家的积极性调动一下，谁知喝多了啤酒的人竟坐在地上不干活了。

雀儿哭笑不得，跑回家抹眼泪。

雀儿的爸爸脾气不大好，平时言语也少，却是老实本分的人。他叼着烟袋沉思了很久，然后对女儿说：你就凑合凑合吧，我谋算了，你得多花钱，虽说国家改革开放这么多年了，但咱这地方变化不大，还跟没改革的时候一模一样的，人们喜欢吃大锅饭，出工不出力，磨洋工，混工钱。

雀儿说：我看还不如过去，过去谁家有事来帮忙，可是不要工钱啊！

爸爸说：你这话说对了，现在不给工钱就没人来，不管是谁家，都一样，亲戚帮忙都要钱呢！就这，有的给工钱人家也不愿意来呢。

雀儿问：那为啥？

爸爸说：村子的硬劳力都进城务工了，剩下的不是年龄大的就是身体有毛病的，本来就缺人，人家都忙忙的，不给钱谁干呀？

雀儿一想是这个理，就没再说话。

爸爸说：咱们家你们姊妹几个这些年都不在村上了，给街坊邻居也帮不上个忙，这次你盖房来了这么多人，已经很不错了。

雀儿说：这个我知道，但这样下去咋办？

爸爸看了看雀儿，低下头抽烟，没再说话。

雀儿知道爸爸和自己一样着急，虽然没说出啥好办法，可是爸爸说出了问题的症结。

雀儿没有办法，给米粮打电话。米粮说他对秦岭山区的农村情况不了解，让雀儿自己和爸爸或者是知己的亲戚想办法。

雀儿说：就是想不出办法才找你这个领导的。

米粮笑了，停了一会儿说看能否把工程承包出去，最好签一个合同什么的，说这种办法好，简单、省事儿，好管理，有矛盾也好处理。

雀儿觉得有理，就把自己和米粮的想法说给爸爸。爸爸在鞋帮上磕掉了烟灰，说：不行，不行，咱这地方从来都这样，你改了，就没人干了。

雀儿想不出办法，只好又去找六叔。六叔长叹了一口气，说：这些人，我也看不下去，可是历来都这样，你有啥办法啊！

雀儿把要包工程给别人的想法说了。

六叔连连摇头说使不得。

雀儿问原因。

六叔说的和爸爸一样。

眼看着工程进度一慢再慢，雀儿一时没了主意。

这时候，小虫来了。

雀儿虽然心情不好，可是见了小虫还是很热情的。

小虫问雀儿工地情况。

雀儿却要小虫先说自己回老家以后的事情。

小虫告诉雀儿说，他和猫眼一直在县城里生活，他给人开出租车，猫眼开了家服装店，以前住旅馆，现在吃住都在服装店里。

雀儿问：生意怎么样？

小虫说：一般，和西安城里没法比。

雀儿说：那你们就进西安城吧！

小虫说：暂时不行，过一段时间再看。

雀儿问：为什么？

小虫说：猫眼啊，我说不准她。刚来时她说大城市太繁杂、太吵、太闹，烦得很，天天催我回老家，这几天，我看又有些变化……

雀儿问：她咋了？

小虫说：可能还是不习惯。

雀儿似乎理解了，就说：那就在县城里待一阵儿，不行了再到城里么，毕竟西安大好发展么。

小虫说：我的事情好办，不就两个人么，咋说也能过。听说你遇到困难了……

雀儿说：也不是啥困难，有困难咱也不怕，问题是咱们这里的事情不好处理，过去我还真不知道会是这样。

小虫说：你把这里的事情交给我，干这些事情我肯定比你有办法，你回西安忙你的事情吧！

雀儿像不认识似的看了看小虫。

小虫说：不相信吗？我知道你信不过我，可是，你是我姐，我请求你相信我。其他事情我不如你，但是处理这些事情，我肯定比你有经验。

雀儿睁大眼睛看着小虫，问：真的？

小虫眼睛眨也不眨地点了点头。

雀儿说：可是，你的事情咋办呢？

小虫说：我的事情不用管，我已经给车老板请过假了。

雀儿又问：猫眼咋办？

小虫说：猫眼没问题，她是第一个支持我来的，还说你给我帮过大忙，要我不能忘恩负义！

雀儿问：是不是？猫眼真这么说？

小虫说：真是这么说，她还说人忘恩负义就会有报应的。她老家那里有个人通过熟人调到了西安，还在省上一个单位上班，到西安后就不认那个熟人了，见了面都装不认识。后来这个人还当了什么官，可是在回家的路上出了车祸，当下就把那人碰没了。

雀儿问：没了？没了是啥意思？

小虫说：没了就是死了，陕北人把死了叫没了。

雀儿说：哦，是这样，那也怪可惜的。

小虫说：可惜啥呢，猫眼说活该！那是报应，叫那没良心的人活到世上会干坏事的！

雀儿笑了，说：猫眼爱憎分明，我知道了。那你说说第二个支持你的是谁呢？

小虫已经意识到自己说漏了嘴，忙说：没有，没有第二个。

雀儿略微思考了一下，说：小虫啊，我真是没办法了，姐把这事情可真的要交给你了。

小虫说：姐，你放心。

雀儿说：但是，我说三点，你要记着，要是做不到，就不要干了！

小虫说：没问题！你说，我肯定做到！

雀儿说：第一，不能和咱们村的任何一个乡党打架骂仗；第二，不能随便决定不要谁干了，把人家撵走了；第三，工钱要按时给大家发，更不能克扣！记住了没有？

小虫摸了摸后脑勺，有些为难地问：这有点难，能不能变通一下？

雀儿说：怎么变通？

小虫说：我把你这工程承包了，其他事情你就不要管了！

雀儿看了看小虫，想了想，说：你承包咱们可以商量，但是我说的那三点不能变，要是你做不到，我这事情你也就不用管了，我不能因为这一点儿小事情得罪乡亲们！

小虫笑了笑，说：那我要想想。

雀儿说：你笑什么笑，我给你一天时间，你想吧！

小虫说：要不了一天，一会儿我就告诉你。

雀儿说：好。

小虫说：我去买包烟，马上就过来。

雀儿说：好，你去吧，一会儿在工地上见。

雀儿还没走到工地上，小虫就跑来了，远远对着雀儿喊：没问题了，我们同意了。

雀儿一愣，问：你们？你们是谁？

小虫意识到了，忙说：错了，又错了。是我，我同意你说的三点。

雀儿很动情地说：不是姐为难你，咱们喝这里的水、吃这里的粮食长大，给咱干活的都是乡党，乡里乡亲的，办事还是宽容点好。毕竟咱们在西安城里干了几年，瞎好还念了几天书，不要让大家觉得咱们这些年轻人不像个样子！钱是人挣来的，没有人了就啥也没有了。

小虫说：我知道你的意思，你放心去城里做你的事情，这里就交给我吧！

雀儿说：我相信你，事情就交给你了。我想承包就不用了，我给你一个委托书，委托你帮我管事情，我给你每月发工资，也就是管理费，怎么样？

小虫说：管理费我就不要了，其他都可以，你说怎么做就怎么做。

雀儿说：这事情算你给我帮忙，但是一定要给你付工资，你看一个月三千块钱怎么样？

小虫说：猫眼说了，不能要你的工钱，你对我那么好，算是我给你帮忙。你就给我一个还人情的机会好吗？

雀儿说：那不行，一码归一码，不然这事情也就做不成了。

小虫看雀儿较真了，忙说：好好好，都听你的，你说还有什么？

雀儿说：没了，走，咱到我们家，仔细说一说，我把委托书也写了给你，下午我就得进城一趟，事情太多了，我都快神经了。

小虫说：不着急，不着急，太着急了伤身体。

雀儿说：小虫，你现在真是会说话啊！猫眼怎么样？我只管我的事情，还没来得及问你的事情呢！

小虫说：人不错，善良、义气，就是嘴不饶人，是个典型的刀子嘴豆腐心。

雀儿说：难得有好心，心好就好。那就看个日子把婚事办了吧！

小虫说：不着急，兄弟这会儿啥都没有，过一阵儿吧。

雀儿说：也是。

两个人一边走一边说，很快就到了雀儿的家里。

雀儿的爸爸正准备去工地，看雀儿和小虫回来了，就问有什么事情。

雀儿把要小虫代管工地的事情如实说了，爸爸狠狠地瞪了雀儿一眼，一句话也没有说，摇了摇头扭身走了。

雀儿知道爸爸不同意自己这个决定，她知道爸爸对小虫看法很大。雀儿也想过小虫的可靠性，她知道小虫有不少缺点，但有一点她相信，就是小虫的人品。还有，小虫是本地人，对人、对环境都熟悉，遇到事情好处理。这里面，也有雀儿的直觉，她感觉小虫不会做对不起她的事情。

雀儿也后悔没提前给爸爸说一声，但是事情已经来不及了，只能抽空儿给爸爸解释。

小虫很聪明，已猜出雀儿爸爸在想什么，可是他没有说，他要用自己的实际行动告诉雀儿，告诉丁家坪的人，小虫不是过去的小虫了，小虫是可信赖的，是靠得住的，从此改变他在丁家坪的形象。这时候，他更感谢雀儿对他的信任，同时也感到肩上的担子很重。小虫对雀儿说：谢谢你！我会做好的。

雀儿说：姐相信你！

雀儿说着从提包里掏出一万元，给了小虫，并交代了这笔钱的用途。

小虫没有说客套话，接过钱装进口袋，就开始听雀儿说工地上的具体事情。

四十二

下午，张勇开完会刚走进办公室，小虫从老家打来电话，说雀儿回西安了，问要不要约见。

这是张勇说过几次的事情，小虫虽然不在邮电局开车了，但是他很敬重张勇这个年轻的领导，还像以前一样重视他的事情，可是雀儿不在西安，事情就一直放着。昨天雀儿一回西安，今天他就给张勇打了电话。

张勇想了想，对小虫说：你先问问雀儿有没有时间。

不一会儿，小虫回电话说，已经跟雀儿联系了，雀儿说见个面也好，让张勇定个地方。

张勇在雀儿单位附近找了家餐厅。这家餐厅叫豪享来，不大，估计取了谐音"好想来"，意思不错，也比较安静。

张勇坐下后，给雀儿发了信息，告诉她所在的餐厅和包间。

不一会儿，雀儿就来了。

准确地说，雀儿和张勇是第一次见面，也许是互相有些了解，又有上次不大愉快的通话，倒像熟人一样。好在两个人互相印象还不错，见面也都没什么尴尬。

雀儿对张勇笑了笑，说：对不起啊，上次是不认识你，你打电话我也正有些烦心事，可别生气呀！

张勇也笑了笑，说：说对不起的应该是我，是我给你添麻烦了，所以今天专门来道歉。

雀儿说：还是领导水平高，说话就是中听。

张勇长叹了一口气，说：还提什么水平呢，让你都笑我了。

雀儿说：别谦虚了，我哪敢笑你啊！

张勇苦笑了一下，说：吃饭吧，你点菜，看想吃点儿什么。

雀儿说：你不要看这豪享来在我们跟前，我还真的没来过，你就点吧，我吃啥都可以。

张勇看雀儿一脸真诚，也就没再客气，给自己点了个牛腩，给雀儿点了个牛排，要求是黑胡椒的。

雀儿说：这些没吃过，就连名字也是第一次听说。雀儿平时吃的多是扯面、臊子面、油泼面、凉皮、酸汤水饺这些，着急了就叫盒饭，即使来个朋友什么的，也多是吃羊肉泡馍。

听雀儿说这些，张勇笑了，又随便要了两个小菜。雀儿想挡，话到嘴边又咽下去了。

张勇做完这些，就问雀儿最近生意怎样。

雀儿叹了口气，说：前一个时期还不错，这几个月挣钱的大活都让人抢走了。

张勇说：我有个表弟在出版社，我明天就给他说一下，或许能拉点儿印刷上的业务。

雀儿急忙端起茶杯，要和张勇碰杯，连说谢谢。

张勇急忙端杯相迎，雀儿一口气就把杯子里的茶喝完了。

张勇说：不好意思，刚才没要酒，光想事情了，把酒给忘了。张勇说完，就冲着服务员喊拿几瓶啤酒来。

雀儿说：我不喝酒，敬茶是感谢你。

张勇说：不喝酒好，喝酒会误事……

雀儿看张勇说到这里停下了，觉得奇怪，就问：你喝酒误过事吗？

张勇真是想到了喝酒后和百灵发生的事情，雀儿一问，他很快就回过神了。雀儿在问张勇的时候也忽然想起二强和百灵，于是面部表情就不大自然了。两个人一时都没了话，嘴上忙活着吃饭，心里却各自想着心事。

过了一会儿，张勇终于鼓足勇气问雀儿：对不起，我还是想问上次那件事儿。这事情弄不清楚我吃饭都吃不下，睡觉也睡不好，用陕北话说，就是很难活，知道吗？希望你能理解……

雀儿发现张勇满脸通红，脖子上的血管明显鼓了起来，她理解张勇此时的心情，但是她告诉自己一定要冷静，因为她的一句话就会带来很大的麻烦。那天，她和张勇通话后，觉得事情重大，就找米粮讨主意。米粮开始不相信，听雀儿说了详细经过，也认定发信息者除百灵外不会有别人。米粮犹豫了好一会儿，也说难。因为百灵和雀儿是表姐妹，因为此事牵扯几个人的婚姻大事，弄不好还会涉及法律问题。两个人商量了很久，最后决定最好的方法就是拖延时间、模糊概念，把这件事情大事化小、小事化了，糊弄过去。雀儿说，意思理解了，就是不知如何操作，米粮就给她讲了一个智者接电话的故事：

朋友问智者：你在哪里？

智者道：在路上。

朋友问：去哪里？

智者道：去饭馆。

朋友问：和谁？

智者道：和朋友。

朋友问：吃什么饭？

智者道：米饭、菜。

朋友问：什么时候回家？

智者道：吃完饭。

朋友问：我什么时候可以见到你？

智者道：什么时候都可以。

听了这个故事，雀儿笑了，说这是智者的语言，自己学不会，再说学也有个过程，眼下该怎么办呢？

米粮说：没有办法的办法就是不说话、少说话，说无关要紧的话。

想起与米粮的对话，此时此刻，雀儿决定先不说话。

服务员送来了酒，张勇给自己和雀儿的杯子都倒了酒。他本来要碰一下喝上一杯，可是看雀儿低着头只顾吃饭，就把端在手中的酒杯又放下了。张勇理了理自己的思绪，说：那天我着急，可能没有说清楚，我有一个女朋友，叫琪琪，我们认识很多年了，处得也很好，已经决定结婚了，就是因为几条信息，现在闹翻了。经我调查，那信息就是从你的手机发出的……

说到这里，张勇又停下了。

雀儿放下筷子，轻轻抬起头来，很认真地对张勇说：张局长啊，你可是领导，说话要负责任，千万不要开玩笑啊！

张勇说：我同学在移动公司，查发送信息那就太简单了，绝对不会错。

雀儿说：咱们过去还不认识，我也不知道你和你女朋友的电话，怎么会给你发信息呢？现在的技术确实很先进，可是，谁能保证先进的技术就不会出差错、出故障？

雀儿看了看张勇，又说：我也有熟人在电话局，听说没有经有关部门同意，私人的手机通话记录是不能随便查的！人家受法律保护！

张勇一时没了话，端起酒杯一口气喝完了，嘴也没顾上擦，说：我不是说是你发的信息，我想你肯定没发……

雀儿淡淡一笑，说：那你要说什么呢？

雀儿从小懂事理，从来没有和人胡搅蛮缠过，今天不知怎么就这么做了。她知道，不这样这件事情就过不去，自己也会被卷进是非的旋涡里。

张勇说：那要是别人用你手机发信息呢？

雀儿轻轻地摇了摇头，淡淡地笑了。她知道张勇会这么问，她怎么回答呢？是别人用了，还是自己的手机从不让别人用？

张勇终于有了喘息的机会，他端起酒来对雀儿说：来，咱们喝一杯。

雀儿端起酒杯，很礼貌地碰了一下，象征性地喝了一口，说：我那里的客户多，谁随时借用一下手机也有可能。

张勇喝完一杯酒后，给雀儿杯子添满了酒，又给自己倒了一杯，然后说：你们那里不是有座机嘛，客户怎么非要用你的手机呢？

听了张勇这句话，雀儿有点儿生气了，但是她没有表现出来，头也没抬地说：那你去问客户吧，我不知道。

张勇也意识到问得不妥，忙说：对不起，对不起。

雀儿说：没事儿，没事儿。

话说到这里，张勇知道再问已经没有意思了。很明显，雀儿不想告诉他事实的真相。这一点他也能理解，毕竟雀儿和百灵是表姐妹，她们有血缘关系，又一块儿长大。张勇对雀儿的回答是不满意的，但是他佩服这个女孩子的机智和义气。他意识到自己小看山里姑娘了，他没想到雀儿如此聪明和睿智，而且还掌握一定的谈话要领和技巧。他想把自己和百灵的事情告诉雀儿，同时了解一下百灵，听听雀儿的意见，这时放在桌面的手机响了，来电人百灵的头像一闪一闪的。

　　张勇问百灵有什么事儿。

　　百灵问张勇在哪里。

　　张勇说：在外面有事儿。

　　百灵问什么时候结束。

　　张勇说：一会儿办完事情联系。

　　百灵说：你要快点儿，我有急事找你说。

　　张勇说：你现在就说。

　　百灵说：事情重要，见面才能说。

　　放下手机，张勇心情更沉重了，他不知道百灵又在搞什么名堂，直觉告诉他不是个好事情。

　　雀儿看张勇神情不大对，就问：是不是有事儿了？要不你先回吧！

　　张勇把手机调到了静音上，满腹心事地说：是单位的事情，要给上级报个材料，着急要。

　　张勇是个不说假话的人，这时候不知怎么的就编了这么个理由。

　　雀儿说：人在江湖，事不由己。我虽然不是公家人，但是我知道大事情耽搁不得，你回吧，咱们以后有机会再坐。

　　张勇说：没事儿，没事儿，再坐一会儿。来，咱们再喝一个。说着，碰了碰雀儿的杯子又喝了一杯酒。

　　雀儿说：你酒量还不小啊！

　　张勇说：不大，就是经常喝。

雀儿说：少喝点儿，喝多了对身体不好。

张勇说：就是的，我也知道，平时也提醒自己，就是记不住，一上酒场就忘了。说着，不大自然地笑了。

看着张勇这个样子，雀儿忽然觉得眼前这个有点儿职务、也有文化的男人也挺可怜的。她清楚背后折磨这个男人的人是谁，她不能说，但是善良的天性让她不由得表现出真实的怜悯来。她对张勇说：你说的话我知道了，你的意思我也明白，如果有必要，我给你女朋友打个电话，就说我们这里客户用我手机发错信息了，有什么责任我承担，行不行？

雀儿的这些话，虽然有些应付的意思，可是张勇理解，因为雀儿是为了百灵，为了她的表姐不陷入困境。再说，话已经说到这个份上了，聪明的人已经很明白了，还有必要问下去吗？

雀儿看着张勇走神的样子，就又说：我说的是真话，请你相信我。

张勇说：我相信，我相信。

雀儿说：我明天回趟老家，你还有什么事情，等我回来咱们再联系。

张勇说：谢谢你，恐怕已经来不及了。现在她在哪里我都不知道，有一段时间没联系了。

雀儿沉思了一下，有点儿难为情地说：那你看吧！我会配合你的。

张勇看雀儿站起来了，就叫服务员过来埋单。

张勇和雀儿分手后，刚挡住一辆出租车，就收到了百灵的信息：怎么不接电话？请马上到住处！我要见你！

为了多接触张勇，百灵在距离单位不远的家属小区租了一套一室一厅一卫的房子，在这里她和张勇已经度过好些个晚上了，只是最近一段时间，她觉得张勇有点儿异常。

张勇满腹心事地走进门，还没来得及换鞋就被百灵抱住了，疯狂地亲了起来。

百灵的疯狂刺激了张勇，也碰撞了他的酒劲儿。张勇极冲动地抱起百灵，又把百灵扔在了床上，三下两下脱光了百灵的衣服，把百灵重重地压在了身下，任百灵怎么喊叫也不松手。

事后，张勇在回想这次和百灵做爱时，明显感觉自己有报复的成分。

云雨过后，张勇才发现百灵在抹眼泪，他意识到自己的鲁莽，很矛盾地把百灵搂在了怀里。

百灵先是推他，后来又乖乖地躺下了。

张勇问：出啥事情了？

百灵把张勇的手拉在自己的肚子上，说：这里头有你的儿子了！

张勇一惊，一下坐了起来：真的？

百灵说：这事情嘛，谁还开玩笑？我这月没来例假，下午到医院检查，大夫说是有了！

张勇说：这……怎么没听你说过呢？

百灵说：我不是正在告诉你嘛！

张勇说：那怎么办？

百灵依在张勇怀里，手指在张勇的胸膛上画着，慢悠悠地说：你说咋办就咋办，我听你的。

张勇一着急，额头上渗出密密的汗珠。

百灵说：我也没想到，怎么就怀上了……

张勇说：这也太意外了，让我想想。

百灵一边摸张勇的胸膛，一边说：不用想了，咱们结婚吧，结婚了就把他生下来。

张勇没有说话，他轻轻推开百灵，穿了衣服，点燃了一支烟，坐在沙发上发愣。

百灵光着身子穿了睡衣，给张勇倒了一杯红茶，自己就顺势靠在了张勇的身上。她知道，这个时候的张勇是很矛盾的，说什么都会引起他的反感，最好的办法是不说话，等候张勇自己做出决定。还有一个事情，她一直放心不下，就是发信息的事情，但是她相信雀儿不会承认，因为她了解雀儿。她放心不下的是，怕张勇用话套出雀儿的秘密，所以她抓紧时间走了这一步,感谢老天有眼,和张勇只几次关系就怀上了孩子。百灵的面部表情是平静的,心里却像吃了蜜糖一样甜丝丝的。

四十三

人常说祸不单行。这话,平时张勇并不相信,此时在他的身上已经变成了现实。因为单位的生产任务连续三个月没有完成,组织决定给张勇所在单位的班子成员做降级处理,张勇任副局长,继续主持工作,另外两个副局长降为局长助理。宣布这个决定的是上级局主管经营的副局长,这位副局长平时挺随和,今天却很严厉,严肃的脸上没有一丝笑容,说如果下一季度赶上进度把整个欠产补上了,就官复原职,如果生产收入继续下滑,那就等年底考核时处理。

张勇这些年的业绩一直很好,不知怎么的这一段时间净出事情。降了职的他心情非常不好,会议结束后一个人低着头在办公室抽闷烟,手下的几个骨干看领导情绪不好,也都待在各自的办公室没有出来。

百灵这天正好加班写材料,忙完手上的活已经下班了,她水也没顾上喝就匆匆赶到张勇单位。百灵预料到张勇会有情绪,没想到问题比她想象的还要糟糕。关键时候,男人比女人还脆弱。百灵忽然想起不知谁说过的这句话。

百灵给张勇倒了一杯茶水,又用热毛巾擦了擦张勇的脸,然后轻轻地吻了吻张勇的面颊,很柔情地说:面包会有的,牛奶会有的,不要急,咱们回家吧,乖乖!

张勇推了一下百灵,指了指门,没有说话。

百灵知道门关着,是张勇下意识地觉得应该注意,不要这时候被人们发现他们的事情。

百灵装出很伤心的样子,很动情地说:都是我不好,影响你工作了。

张勇脸上一点儿表情也没有，说：自己的事情自己承担，怨谁呢？只能怨自己！

百灵说：关键是不要生气。

张勇没好气地说：我生自己的气还不行吗？

百灵说：花是浇死的，鱼是撑死的，人是生气气死的！说完了又觉得不对，忙说：不生气就好了，千万不能生气！路不是长着么？怕啥哩！下个月形势一好转，啥事情就都好了！

张勇瞪了百灵一眼，没再说话。

刚才，张勇正在反思这一段时间的所作所为，他认为最大的失误是没有处理好和百灵的事情。这事情首先是怨自己，当然也包括对百灵的一些看法，他觉得有些事分明是百灵有意所为，把自己挤到墙拐角无法脱身。想到这些，张勇有说不出的懊悔和无奈，他本来是要给百灵发作的，百灵一来，张勇又觉得没啥说了，他心里问自己：怪别人吗？怨别人吗？你自己脑子进水了怨谁呢！

张勇的想法百灵自然不知道，她觉得这时候自己的主要任务是劝张勇稳住情绪，通过稳住张勇的情绪，稳住单位的领导干部和职工，变压力为动力，变被动为主动，迅速改变尴尬局面，使单位出现新的面貌。这时，百灵附在张勇的耳朵上，轻轻地说：你是个局长，是个男人，现在全局上下，大大小小的人可都在看着你呢！你要精神垮了，那就真是麻烦了！

张勇长叹了一口气，摇了摇头说：都是我的不对，怨谁啊！

百灵说：现在不说这些行吗？回家吧，回家我们慢慢说，好吧？

张勇没有看她，也没有动。

百灵推了推张勇，柔声柔气地说：我知道我不对，都是我分散了你的精力。回家吧，回家我给你做检讨，让你惩罚好吗？

张勇本打算一个人待在办公室里，冷静地想一想，从自己的思想深处进行梳理和总结，来应对这个尴尬的局面，百灵一来他的思绪又有点儿乱了。他经不住百灵的柔情蜜意，稍停了一下，就和百灵先后离开了单位。

人在事中迷，旁观者最清楚。张勇困惑迷茫的时候，百灵已经替他想好了办法。人常说，火车跑得快，全靠车头带；兵熊熊一个，将熊熊一窝。她知道，这时候张勇最需要的是冷静，是振作，是要做出样子给大家看，带头人这时候就是旗帜，就是样板，就是灵魂，就是大家的主心骨。再说，也不能让那些坏心眼儿的人看笑话。

　　百灵不但会使柔情蜜意，还有许多可使用的办法说给张勇听。

　　张勇嘴上不说话，心里却全部接受了百灵的意见。

　　张勇清楚，是因为自己的严重分心影响了全局工作，他知道只要自己调整好情绪，理清思路，拿出应对措施和办法，被动的局面很快就会得到扭转。第二天晚上，他让办公室主任通知两个副手和市场部主任等几个中层一起喝酒，把自己几瓶存放了好几年的黑瓷瓶西凤酒也从床底下掏了出来。吃饭前，张勇很真诚地给大家做了一个深刻的检讨，说到激动处还落了泪。大家都很感动，在场的每个人都做了深刻检讨，争着承担责任，都说自己没做好，而且表示要在张勇局长的带领下，团结一致，顽强拼搏，发奋努力，尽快改变落后面貌。

　　平时，说这些官场上的套话、空话，都觉得很无聊，这时候由于发自内心，一个个都带着浓厚的感情色彩，就感觉每个人说的都是真的。真情实感就感动人、激动人。感动了、激动了的几个男人，端的都是平时喝茶用的茶杯来喝酒，一时忘乎所以，半杯、一杯，碰了就喝，喝了再倒，倒满了再喝。就这样不知不觉地一个个就醉倒了。

　　张勇记得他刚上任那一年，带领大家白天黑夜地干工作，连星期天也不休息，大家累得不行了，一个个眼里布满了血丝。大家劝他休息他不干，大家怕时间长了累坏了他的身体，就想了一个办法，几个人一起来请张勇喝酒。张勇开始不同意，可是经不住几个人硬拉软磨，就同意了。结果，酒喝得不多人却醉倒了一片，因为大家太累了，直到第二天下午才醒来。好在是个星期天，也没有什么大事情。就这张勇还专门开了个会，在会上做了深刻检讨，又把那几个一起喝酒的人批评了一顿。

那些人会上没说话，会后一起去找张勇，说那天是星期天，又没影响工作，张勇不该在大会上批评大家。

张勇说：咱们是领导，对领导要求就是要严一些。

大家没再说话。

张勇说：还有，你们是有意把我喝醉！

大家笑了，说：那你就说对了，我们就是要把你灌醉，让你好好睡一觉，你可不要没良心，我们是怕把你累坏了！没想到那天你也太没酒量了，没几个来回就被放展了！

说完这话，大家都笑了。

从这以后，单位立了个上班时间不准喝酒的规矩。这件事情已经过去好几年了，大家一直记忆犹新。

今天和那次不一样，除办公室主任以外，没有一个是清醒的，最后还是办公室主任叫人把他们一个一个送回家的。

张勇没有回家，被司机背到了办公室里，百灵一直陪伴在张勇身旁。半夜里张勇醒来，发现百灵呆呆地坐在自己身旁，非常感动。他问百灵怎么不休息。

百灵说：你喝成这样子，我怎么能休息？

张勇说：没事儿，睡一会儿就好了。

百灵说：你喝得太多了，吐的时候把绿水都吐出来了。

张勇说：没事儿。

百灵说：那是胆汁！是吐得没啥吐了才吐那东西的。

百灵说着就落了眼泪。

张勇说：是我不好，让你担心了。

百灵说：以后再也不要这样了，我知道这一次也是没有办法了。

张勇说：知道了就好。这么晚了，你也回不去了，你睡我这儿，我去会议室睡吧。

百灵说：你觉得有意思吗？这可能就叫新版的皇帝的新衣吧！

张勇说：那这以后怎么办呢？

百灵很妩媚地看了看张勇说：我不知道。

张勇把百灵拉到自己身旁，在她小巧的嘴唇上轻轻吻了吻，说：咱们结婚吧！

说出这句话，张勇的眼泪就跟着流出来了。他不知道自己是发自内心，还是无可奈何的选择，他觉得很委屈，却不知道在什么地方、对谁去发泄。

百灵以为是酒精刺激张勇的头脑，也许张勇酒醒后会后悔，可是能说出这样的话她已经很开心了，她深情地望了望张勇，替张勇擦去了泪水，自己的眼泪也流出来了。

过了一会儿，百灵还是忍不住问张勇：你说的话算数吗？

张勇说：算！

百灵说：那就好。

张勇说：我说了就会做到。

百灵说：我相信。

张勇说：那就好。

说完这句话，张勇好像就睡着了，百灵却一直睁着眼睛想着以后的事情。

夜很静，只有风吹动树叶的沙沙声。

天穹的月亮很圆，很亮。

四十四

雀儿离开丁家坪已经三天了，没接到小虫一个电话，她心里有点儿不安。白天事情多没有空儿，晚上她准备打电话问问小虫，这时候爸爸来了电话。在雀儿的印象中，爸爸好像就没打过电话，她心里咯噔一下。

意外的是，爸爸既没有说不好的消息，没有批评她，也没有说小虫的不是，听得出，爸爸是高兴的。

爸爸说，工程进展很顺利，不知道怎么的，干活的人都听话了，也肯出力了，比雀儿在时好多了。他要雀儿放心忙城里的事情，不要操心家里，说工地上一切都好。

雀儿觉得奇怪，就问小虫是怎么管理工地的。

爸爸开始不说，经不住雀儿再三询问，终于说了真话。

雀儿这才知道，原来小虫的背后还有一个人，而这个人就是她预料中的二强。她想象小虫会找二强出主意，二强也有可能会参与到工程建设里来，但是没想到二强到工地直接指挥了，而小虫只是他的一个帮手。她想打电话问小虫，按了小虫的手机号码却没有拨出去。

二强是在雀儿离开村子以后来到丁家坪的，因为小虫有好多事情没有把握，最难的是雀儿给他提出的三条具体要求。二强来了，小虫有了主心骨，说话也硬气了。

雀儿的爸爸见二强来了也放了心。在他心里，二强就是他家的女婿。还有，二强年富力强，有能力，还干过工程活儿，说话有分量，这些都很重要。还有，二强是外村人，能黑下脸，敢得罪人，人都说外来的和尚好念经，这的确是真话。至于小虫，有二强在，也就无所谓小虫不小虫了，跑跑路就行了。

爸爸给雀儿打电话还有一个原因，就是爸爸认定雀儿和二强的婚姻有把握了，因为二强能来帮忙，那绝对是因为两个年轻人和好了才可能出现的事情，如果还有什么矛盾，通过这件事情也好办了。

爸爸高兴了，雀儿却陷入了沉思。二强到底要干什么？小虫是真的干不了，还是和二强早就商量好了？这样下去到底会是个什么结果呢？她越想心绪越乱，越想越想不清楚，最后决定不想了。凭以往的经验，她认为没办法的办法就是不管，任其去发展。车到山前必有路，柳暗花明又一村嘛！雀儿的思想是矛盾的，矛盾的思想就做出了矛盾的决定。

雀儿对爸爸说：你不要管他们，你的血压高，不敢累，不敢生气，一定要按时休息，按时吃药，把自个儿的身体看重些。

爸爸说：你放心，我不会乱掺和，我只是去照看一下现场，哪些事情没人干了我去干干，这些事情也要人操心的。

雀儿听爸爸说这些，很感动，她觉得不该为自己这些事情让老人辛苦。雀儿又给爸爸叮咛了几句，就挂了电话。雀儿准备去看金凤，她已经好长时间没见金凤了，早上她和金凤联系了，说好明天去，但是明天约了个客户谈业务，她决定晚上去一下。

雀儿刚走出门，迎面走来了小虫。

雀儿一阵惊喜，说：你咋来了，也不打个招呼？

小虫说：怕你不放心，专门来汇报。下午办了几个事情耽搁了时间，所以到你这儿就晚了。

雀儿忽然收了笑容，问道：你就不怕我骂你？

小虫故作镇静，说：你骂我？好好的么，姐，你骂我干啥呀？

雀儿说：你还认我这个姐呀？那你咋就哄你姐呢？

小虫说：不敢，不敢，哄谁我也不敢哄你呀！

雀儿说：我都知道了，你还要哄我！

小虫说：姐，我还没吃饭呢，你能不能先让我吃了饭，再给你慢慢汇报，要打要骂随你。

雀儿心软，听说小虫没有吃饭就不再问了。两个人也没商量就到了庙后街，吃的还是羊肉泡馍。

小虫一边掰馍，一边给雀儿说村子里的事情。

雀儿走了以后，二强来了。他先到雀儿家看望了雀儿的父母，然后提着烟酒拜访了六叔，请六叔出面做顾问，每月给六叔两千块钱的工资。六叔客气了一下就答应了。

听到这里，雀儿有些疑惑，于是问：你说的是真的？

小虫说：真的，百分之百是真的。

雀儿又问：六叔，他，真的答应了？

小虫掰馍的手停住了，仰起头看了看雀儿，说：真的。

雀儿说：我真没想到。

小虫说：我也没想到，二强哥说根子在六叔身上，得先解决六叔的问题。这一招还真灵，六叔第二天一大早就到了工地，给大家开了会，讲了话。

雀儿问：六叔都讲了些啥？

小虫说：六叔说，雀儿在咱村建厂子，是为咱们大家好，厂子建好了大家还可以来这里上班，不出村就能挣钱；六叔说你在外面挣钱不容易，建这厂子还是借的钱；说来干活就要像个干活的样子，不能出工不出力、出力不出活儿；还说谁表现不好他看见了就让谁回去，不要了……六叔说得多，我就记了这些，估计都说到了。

雀儿犹豫了一下，说：好！这就好！那二强就没说啥？

小虫说：没有，他就给我们分了个工。

雀儿问：咋分的？

小虫说：二强哥让六叔当顾问，一天到工地转几次就行了，不行了就给大家开开会，敲打敲打；让我叔，就是你爸爸负责现场管理；工头三娃子负责工程进度和质量；我给他当帮手，再干些采购物资、材料的事情。

雀儿问：你就干这些？

小虫说：除了这些，我就是催大家上工，谁来迟了我就站在他家门口喊，让大家都听见，他不好意思了，来得就早了。还有，哪个人不好好干，我就故意喊他歇一下抽烟，那人也不会，因为休息的时间还没到，他明知道我在监视他，也不好发作。

雀儿说：你这鬼精灵！这些邪门歪道我知道你会得不少。

小虫说：这是没办法的办法，用着还挺灵的。

雀儿说：这是你的功劳，今天我不讲了。我问你，我交给你的事情，你为啥要交给二强？还不给我打招呼，这事情你得给我说清楚！

小虫说：姐呀！你不想想，这么大的活儿我咋能领起衔呢？

雀儿说：小虫，你让姐失望啊！

小虫见雀儿真有伤心的意思，忙站起来向雀儿鞠了一躬，说：对不起，姐，你千万别生气，你让我先跟着二强哥学学，以后我会了就谁也不找了！

雀儿问：这么说，你是有意的，是不是你们早就商量好了？

小虫不好意思地点了点头。

这时候，服务员把煮好的馍端上来了。

雀儿叹了一口气，说：不说了，你先吃饭，也怪我没想到。

小虫说：姐，原谅我吧，以后我再也不这样了！

雀儿说：以后？以后我还会盖工厂吗？你个碎东西！

小虫说：我认为还会，以后咱们还要盖比这大的工厂。

雀儿笑了，说：就这一段时间，我都脱一层皮了，还惊动了你们这些人物，以后还盖什么大工厂呢！

小虫说：你可不敢泄气，你泄气了我们就没指望了。

雀儿说：我们？你老说我们，你说的我们到底都是谁呀？

这一次小虫没有犹豫，说：我们，就是我、猫眼，还有二强哥啊！

雀儿说：二强二强，是不是把你卖给二强了？还是二强买了你了？你离了二强是不是就活不成了？

小虫笑了笑，试探着说：姐，你让我说句公道话吧！

雀儿说：你说呀，我没有不让你说呀？

小虫说：二强哥真的很好，他对你真是没得说，你好好想一想，这样有情有义有本事的好男人还真是不多见。

雀儿看了看小虫，问道：这是你说的话？

小虫说：我这不是正说着么。

雀儿说：这世界啥东西都好认，就是人难认，怪不得我爷爷总说没尾巴的最难认。

小虫问：啥叫没尾巴啊？

雀儿说：人啊！人有尾巴吗？

小虫说：二强哥是好人，绝对的好人！我敢保证。

雀儿说：也许，但是我现在还不能说这话。你看，六叔我就没想到，二强这次我也没有想到。

小虫说：这几年你不在村里，咱们村的人变化可快了，我感觉比城里人还难打交道。你看你，还有二强哥，帮了我多大的忙，不但不要我的钱，还给我钱花。咱们村的人不行，给你帮忙，你就得给他钱，给了钱还不给你好好干活。

雀儿说：过去不一样啊，谁家有红白喜事，家家户户都来人帮忙，一帮就是好些天，也没见谁问谁要钱呀！我不是说不给人家钱，给钱是应该的，人家劳动了就要给人家报酬。我是说，人怎么现在这么生分的！我是怀念过去的那些日子，虽然吃的、穿的没有现在好，可是人与人很亲、很近，关系好，和睦得很！

小虫说：我明白你的意思，你是说咱们村的人变得太快了，让人不能接受了？

雀儿说：就是这意思。

小虫说：说实话，六叔我也没想到，可是，二强你是应该想到的。

雀儿说：六叔是咱村的老领导、老前辈，我从小就尊敬他。他给我说得好好的，没想到背后做得不一样。

小虫说：就是他在背后散布说，你在城里挣下钱了，现在的工钱都提高了，给钱多就多干，给钱少就少干，不给钱就不干，还有给人抽烟喝酒什么的……这人啊，鬼得很！二强哥一给他钱，他的话马上变了，现在又出来当好人。

雀儿说：咱们太幼稚了，需要好好学习，怪不得老师说要向实践学，要深入生活，不但要读书，还要行万里路。

小虫说：照我说还是有好人，特别是二强哥，你应该想到他会来帮忙。

雀儿说：小虫啊，不光二强我没想到，就连你小虫我也没想到。

小虫惊讶地说：姐呀，你不是骂我吧？

雀儿说：你在帮我干活儿，我怎么会骂你？可是我真的要想想，这世界，这人怎么会是这样呢？

雀儿说的这些话，小虫过去几乎没想过。那时候，他只是为温饱奔波，一天能吃上三顿饭就满足了，和雀儿、二强接触多了，特别是认识猫眼以后，他才开始想这些问题。雀儿刚才的一番话又引发了他对这个世界、对人生、对人的思考。

快分手的时候，小虫告诉雀儿，他今天到北郊大明宫建材市场看了门窗和装修用的材料，要雀儿明天去看了决定买什么。

雀儿说自己事情多，太忙，就不去了。

小虫说：你是老板，大事情还要你来定。

雀儿知道，这也是二强的主意，小虫是不敢违背的，就说明天看时间吧，而且要给米粮汇报一下。

小虫走出不远又回来了。

雀儿问：还有什么事情？

小虫说，前几天百灵打电话要他去百灵单位一下，今天他去了，百灵送给他一对鸳鸯手表，说是给他和猫眼的结婚贺礼。

雀儿说：好啊，给了你就拿上，人家表的是一份心意呀！

小虫说：太贵了，我觉得不合适。

雀儿说：没有啥不合适，以后百灵结婚时你再还人家个礼不就行了？

小虫说：我总觉得百灵怪怪的。

雀儿说：不要胡想了！啥怪怪的？快去忙你的事情吧，看你晚上到哪儿住呢？

小虫说：这倒不愁，我有个哥们儿一个人住着，我已经打过电话了。

雀儿说：我好长时间没见百灵了，她好吧？

小虫说：我看不出她好不好，好像瘦了些，眼睛也肿着。

雀儿说：调到新单位，又做秘书工作，整天给领导写讲话稿、写报告、写材料，起早贪黑，还要熬夜，那工作辛苦，伤人啊！

小虫说：百灵心气高，要强，爱面子，还爱黏着领导、走上水……

雀儿说：这事情说到我这里就行了，各人是各人的事情，以后不要说这些了！

小虫说：你不知道，百灵和你不一样，差别太大了！

雀儿故意问：有多大？

小虫说：天上地下的差别！

雀儿说：胡说！我是你姐，她是我姐，我姐也是你姐，知道不？记住，以后再乱说，可别怪我打你的嘴！快走吧！

小虫无可奈何地摇了摇头，转身走了。

四十五

晚上，雀儿正在思考小说《丁家坪纪事》的写作提纲，米粮打来电话，说菲菲从乡下来了，问能否在雀儿这里借宿一晚上。

雀儿明白米粮的意思，在她这里住一晚上只是个说法，主要是要雀儿给菲菲开导一下，帮助菲菲把个人的事情处理好。因为这件事情米粮早就给雀儿说过。

雀儿答应让菲菲住下，然后说：其他事情我可办不了。

米粮说：你不要推辞，具体我都给你说过了，我知道你没有问题！

雀儿说：我可没有那么大的本事，你知道纸糊的炕边靠不住！

米粮是南方人，听不懂雀儿的地方土话，问道：什么意思？

雀儿笑了，说：我是说我没那能力，怕耽搁了别人的事情。我自己的一大堆事情都没有处理好，帮别人处理家庭矛盾没有把握。

米粮说：你没问题，我都知道，你就不要谦虚了。

雀儿还要说，米粮挡住了，说：人已经出发了，估计很快就到了。

果然，雀儿放下电话，一壶水没烧开，就响起了敲门声。

菲菲进门了，雀儿却愣住了。她眼前的菲菲已经不是两三年前的可爱的小姑娘了，一身蓝衣服，一双手工做的布鞋，完全是一个农村小媳妇样子，本来就不高的个子显得更矮了，滋润的脸变得蜡黄，黑黝黝的头发变得干涩，只有两只眼睛还是那么黑亮黑亮的。

菲菲看雀儿的神情，就猜出自己的变化，于是问：雀儿，你是看我老了？

雀儿这才回过神来，忙说：没有，没有！

菲菲苦笑了一下，说：你没说真话。

雀儿说：真话，真话。

说着话，雀儿给菲菲倒了一杯水，又问菲菲吃饭了没有。

菲菲老实，说米粮已经请她吃过饭了。

雀儿问米粮怎么没有来。

菲菲说有人找米粮，要谈生意上的事情。

说心里话，雀儿对菲菲的印象一直是很好的，可是因为想写作，刚才米粮给她打电话时多少有些不乐意，现在看到菲菲这样子，心里就有些后悔了。

雀儿让菲菲到洗漱间去洗漱，自己从柜子里拿出被褥来，她打算一会儿自己睡沙发，让菲菲睡床上。

菲菲回来一看，就明白雀儿的意思了，于是坚决要求睡沙发，两个人推来让去，最后一起挤在了单人床上。还好，由于一个瘦小，一个身材苗条，都不占地方，睡在一起还有空间，于是两个人对视了一下都笑了。

菲菲像见了亲人一样，把自己这两年的遭遇细细地讲给了雀儿，讲得鼻涕一把泪一把。

雀儿听得也落了泪，她搞不清楚菲菲是在讲自己的亲身经历，还是在讲别人的故事。

菲菲出生在关中北部山区的一个小村子，因为家里贫寒，父母亲在她很小的时候就给她和别人家定了娃娃亲。菲菲初中毕业上了技工学校，毕业后在米粮的印刷厂打工，先是搞书籍装订，后来搞计算机文字录入。由于她心地善良，善于学习钻研，吃苦耐劳，表现得好，米粮很喜欢这个乡下的女孩子。菲菲也感觉到米粮对她的偏爱，工作就更加用心，这样菲菲很快就成了米粮公司的骨干人员。

好景不长，男方家让媒人催两个孩子结婚了。先是媒人找菲菲的爸爸，后来是菲菲的男朋友来西安找菲菲，再后来就是菲菲年迈多病的父亲亲自来催菲菲回家。菲菲是个乖孩子，懂事也听话，为了不让父母亲为难，咬牙含泪回到了老家。

回到家第五天，菲菲就结婚了。没有领结婚证，婚礼的规模还不小，亲戚朋友都到了。

举行婚礼的前一天，菲菲对爸爸和媒人说：结婚证还没领呢，没有结婚证结婚不合法。

爸爸说：结婚证是个啥？我跟你妈结婚时好像就没领过，不信，你问你翠翠姨。

翠翠姨姓崔，是菲菲的媒人，也是菲菲家的远房亲戚，按辈分菲菲叫她姨。翠翠姨四十多岁年纪，长得白白胖胖，大屁股，大胸脯，大眼睛，大脸盘，大嘴巴，上嘴唇有一颗黑痣，还有一对虎牙，穿戴比较讲究，总给人一种干净利索的印象。这人口才很好，能说会道，就是没文化。

翠翠姨说：咱这里结婚都不领证。认的是结婚吃酒席，亲戚朋友来把酒席吃了就对了，这是大事情。

菲菲很坚决地说：那不行！那这种婚姻法律上就不承认！

爸爸不耐烦了，脸一下就黑了，说：谁不承认？咱的事情叫他承认干啥？咱承认就行了！

翠翠姨拍了拍菲菲爸爸的肩膀，笑了，说：哥，你不要急，娃说得对，是该领个证，这，人家政府有要求呢！还是菲菲懂事，有本事，真是没白在省城里待。

说到这里，翠翠姨又回过头来对菲菲说：可是，这事情咱当时不是没想到么。再说，你在城里，路远，你跟你女婿遇不到一块儿么。

菲菲知道这能说会道的媒人在睁着眼睛说瞎话，就没有接话。

翠翠姨又说：你看这样行不行，咱们先结婚，把大事先办了，闲下了咱再去领结婚证。不就是个本本么，好办得很！

爸爸着急了，说：就这样定了，按你翠翠姨说的办！娃们家不懂事，我们走的路比你过的桥都多，啥不知道？女人关键是找个好婆家，过上好日子，其他的都不重要！

菲菲急得流出了眼泪，恨恨地说道：没文化！

爸爸瞪着眼睛说：没文化？文化有啥用？你妈认字不多，啥活儿干不了？快去！快去给你妈帮忙去！你妈还病着呢，忙得两天都没合眼了！

想到妈妈，菲菲眼泪就更多了。

爸爸一扭头，走了。

翠翠姨对菲菲说：我娃乖，听你爸的话，你妈、你爸为你们都不容易。咱女人这一辈子就这样子，人都说"嫁汉，嫁汉，穿衣吃饭"，就这样子，人都要过这一关，关键是要过上好日子。

菲菲虽然年纪小，但是早就懂得这些道理。她知道，再说也没有用了，因为他们那些长辈多年就是这么做的，一时半会儿是改变不了的。还有，时间也来不及了，人家办结婚证的人也不会专门在那里等着你去。一切，只能等结婚以后了。

菲菲知道，这些都是形式，关键是过日子。夜深人静的时候，菲菲不止一次想过这些，她尽量往好处想，也不断憧憬着未来的幸福和快乐。但是一切都不是菲菲想象的那样，这个看似不怎么强壮的男人脾气很坏，平时喜欢喝酒交朋友，后来又染上赌博的坏毛病。这些，菲菲的父母都不知道，菲菲更是不了解。刚结婚时，菲菲说还能听上两句，时间长了他不但不听还骂菲菲多管闲事儿。这样，你一言我一语，吵架就成了家常事儿。

最让菲菲不能接受的是房事，这男人经常晚上出去和朋友喝酒，回到家就深夜了，菲菲早已入睡了。可他根本不管这些，脸不洗，牙不刷，脱掉衣服就要干那事儿，而且模仿录像厅看的黄片，瞎胡整，菲菲不答应就不行。闹腾够了，他呼呼大睡了，菲菲一点儿睡意也没有了，就一个人躺在被窝里流眼泪。

菲菲怀孕不久的一个晚上，这样的事情又发生了。为了肚子里的孩子，菲菲坚持不让男人动自己，结果这个男人动了手，把菲菲拉到床下一阵乱打，直到满足了自己才松了手。就是这个晚上，菲菲的下身出血了，酒醒后的男人似乎意识到了自己的错误，急忙用村子里最先进的交通工具拖拉机把菲菲送到乡医院，大夫说是小产。

菲菲没有理男人，一个人回到了娘家。在娘家住了一个月，又是那个能说会道的翠翠姨拉着菲菲的男人上门来道歉，把菲菲接回了婆家。

从这以后，菲菲再也没有怀上孩子。男人说菲菲不想怀孩子，有意捣乱；婆婆说菲菲没有本事，整天指桑骂槐、指鸡骂狗。

菲菲不理他们，一天到晚很少说话，可是日子很难熬。

没有人的时候，菲菲也在想这件事情，想得多了，她也觉得自己是有什么问题了，于是乘远途汽车来西安一家大医院看过一次病。大夫给她做了检查，说是上次小产的影响，身体恢复不好，估计也有其他方面的原因。听了大夫的话，菲菲还有些伤心，仔细再想，觉得生不下孩子也好，因为这样的日子她实在是过不下去了。

走出医院，菲菲想了再想，忍不住给米粮打了电话。米粮很激动，很快就把菲菲接到了自己办公室，并让人给菲菲买了饭送到办公室吃。

　　说到这里，菲菲停住不说了。
　　雀儿问：你没给米粮老板说你的事情？
　　菲菲说：说了一些，没说完。
　　雀儿说：那你怎么不说完？
　　菲菲说：女人的那些事情咋说呢？
　　雀儿笑了，说：也是，那些事情不能说，米粮还没结婚呢！
　　菲菲也笑了。
　　雀儿问：那你说了，米粮就没说啥？
　　菲菲说：说了，米粮说他想到会是这样，但没想到这么严重。
　　雀儿问：是不是？
　　菲菲说：是的，他就是这样说的。
　　雀儿没再说话，菲菲又说：米粮说我错了，当初就不应该回去。我说没有办法。米粮叹气了，说性格决定命运。我就不说了，说啥都晚了。米粮说不晚，年轻着呢，知道了就赶快改，还来得及。我问怎么改。他说靠自己，要把命运掌握在自己手里。我再问他，他让我问我自己，再不清楚了问你！
　　雀儿听这话，翻了个身，问：他说让你来问我？
　　菲菲说：是的，他就是这样说的。
　　雀儿想了想，问：那他就没说他的意见？
　　菲菲说：他说过不下去了就早分手。还有，我结婚没领结婚证，这婚姻也不合法。对了，他还说，让我来这里继续工作，跟着你学习。
　　雀儿问：你觉得他说得对吗？
　　菲菲说：我想对着呢。
　　雀儿问：那你按他说的做了吗？
　　菲菲说：我试了，很难！

雀儿说：怎么难？你说具体。

菲菲说：我给我男人说了离婚的事情，他说我要提离婚他就砸断我的腿，让我一辈子不能出门。还说，要叫我娘家人一个也不能安生！

雀儿笑了一下，说：这么厉害！那你这一次是怎么来的？准备干什么？

菲菲说：又打了一架，你看我的胳膊，还有腿，都是伤。

雀儿开了灯，只见菲菲身上青一块紫一块，几乎没有好地方，眼泪就不由自主地流了下来。

雀儿叹了一口气，问菲菲：他把你都打成这样了，你还能忍吗？你也不想想这样下去是个啥日子，哪一天能到头呢？

菲菲也落泪了，说：我不是没有办法么！

雀儿摇了摇头，坚定地说：离婚！

菲菲说：他不离，我们也没有结婚证。

雀儿说：他不离？哪能都由着他？把你身上的伤拍成照片，那都是证据，告他！

菲菲说：那是我的身体，咋拍呢？叫人知道了难看不？

雀儿说：这时候了，还什么难看好看的，只要把官司打赢就行了！

菲菲问：到啥地方告状？找谁打官司呀？

雀儿说：先找妇联，不行了找法院，再不行还可以找报社呼吁……

菲菲想了想，说：雀儿，你行，你一来咱们这儿我就看你能干，人聪明，心眼儿也好。

雀儿说：菲菲，你不要夸我，其实我和你一样，咱们姊妹都是乡下人，一个命，应该互相照应。你这事情已经到了不解决不行的时候了，再拖就难了。再说，人一辈子能活多少天，这样做就是自己折磨自己，你说对不对？

菲菲说：这我都知道，就是缺办法么。米粮说你有办法，这不，就跑来麻烦你了。

雀儿说：我该说的都说了，你的事情，大主意还得你自己拿。

菲菲点了点头：我明白了。

雀儿说：我再说句闲话，你可不要见外。

菲菲说：你说，我听着呢。

雀儿说：米粮老板很关心你，他经常牵挂着你，你心里要有数。

菲菲犹豫了一下，不好意思地点了点头。

菲菲知道，有些话是不用说的，有些话是不能说的，因为事情都在变化中，有时候是说不准确的。她这几年不管生活多么困难，日子如何艰难，之所以能坚持下来，就是相信世界上还有好人，还有许许多多真正关心、帮助自己的人。这些人给过她关心和帮助，她也会用自己的实际行动去回报。她是这么想的，也是这么做的。这次来西安，就是这种力量的驱使，而米粮、雀儿的表现证明了菲菲判断的正确，也使她对自己今后的生活充满了信心。她知道前途永远是光明的，她也清楚，通向光明的前途总要经历许多坎坷。她再不愿意想那些复杂的事情，她需要冷静下来理一理自己的思绪。

窗户的玻璃出现了亮光，天就要亮了。

雀儿说：睡吧，再不睡天就亮了。

菲菲说：好。

四十六

菲菲睁开眼睛，已经是上午十点了，她发现雀儿在收拾屋子，就问为什么没去上班。

雀儿没有回答，却问菲菲睡好了没有。

菲菲不好意思地说：睡过头了，报话大楼的钟响我都没听见。

雀儿说：你还记着大钟表呢？

菲菲说：记着么，在我们老家时，我还时常想起它呢。

雀儿说：你好好睡，睡够了起来，咱们去庙后街吃肉丸糊辣汤。

菲菲说：谁给你说我爱吃肉丸糊辣汤的？

雀儿说：不告诉你，反正我知道。

菲菲说：你不告诉我，我也知道。

雀儿问：你说的是谁？

菲菲说：我也不告诉你！

雀儿笑了。

菲菲也笑了。

雀儿去倒垃圾，菲菲进了卫生间。

雀儿回来时，菲菲已洗漱完毕。

菲菲又问雀儿：你今天真不上班了？

雀儿说：那谁还哄你，我今天有事情呢。

菲菲问：啥事情嘛？还不想给人说。

雀儿说：啥事情？就是陪你上街、逛商场。

菲菲一高兴，眼睛更大更亮了，她有点儿不大相信地问道：真的？

雀儿说：那谁还哄你！

菲菲低下头摆弄自己的衣角，脸也红了。

雀儿说：这下高兴了？

菲菲说：我就是想去逛逛商场，可是要麻烦你，不好意思么。

雀儿说：今儿个不一样。

菲菲说：有啥不一样？

雀儿说：你好久不来西安，我陪陪你还不应该吗？

菲菲笑了笑，不说话了。

说着，笑着，雀儿和菲菲一前一后出了门，先到庙后街老金家吃了肉丸糊辣汤，然后就通过钟楼地下通道进了开元商城。

女人天性爱美，女孩子更爱逛商场，只要逛商场，不吃不喝都可以。

琳琅满目、五颜六色的商品，特别是衣服、首饰，永远都看不够。一楼，二楼，三楼，她们终于在服装楼层放慢了脚步。

雀儿说：你今儿个眼睛就睁大看，看好了，买一身漂亮的新衣服穿上，换个样子，叫大家看看咱菲菲的美！

菲菲脸红了，很果断地摇了摇头。

雀儿问：怎么，不想买？

菲菲又摇了摇头。

雀儿说：你不看你身上的这身行头，能在这西安城里穿不？整个影响城市形象，也把咱的美模样、美身材都糟蹋了……

菲菲说：咱现在的衣服咋就不能穿？凑合一段时间再说吧！

雀儿坚定地说：不行！我不同意！我要让我们漂亮的菲菲更好看！

菲菲说：雀儿，我求你了，要这样，咱们就不转商场了，回家吧！

雀儿佯装生气地说：我知道你手头紧张，不让你掏钱，行不行？

菲菲一怔，马上意识到了什么，急忙说：不行，不行，我不能花你的钱！

雀儿说：那要不是我的钱呢？

菲菲顿时严肃了，说：那就更不行了！

雀儿歪头看了看菲菲，开玩笑地问：真的？

菲菲眼皮抬都没抬，说：真的！

雀儿说：那这个任务我就完不成了。

菲菲说：雀儿，我知道你为我好，还有那谁，也是为我好，这些，我都领情了。但是，我不能花别人的钱，再说那事情，我也觉得不合适，不管怎么样我也结婚了，现在离婚手续也没办利落，我想事情麻烦着呢，人家没结过婚，条件又那么好，我咋想都不合适，还是不提这些为好。

雀儿明白菲菲说的"那谁""人家"指的是米粮，又看菲菲当了真，犹豫了一下，很快又换了笑脸，说：那我借钱给你，你发了工资后再还我，行吧？

菲菲犹豫了一下，点了点头。

雀儿一边翻看衣服一边说：这不就对了么！你看，这件浅灰色的外套配你的肤色、个头儿都好看得很。说着就拿过一件衣服放在菲菲身上比画。

菲菲面情软，抵不住雀儿这般热情，半推半就地穿了灰衣服到试衣镜前去看。

这时，雀儿眼睛忽然一亮，发现一对熟人进入自己的视线，一个是刘有成，另一个是婷婷，就在离她不远的一个柜台前选衣服。雀儿正在考虑要不要回避一下，刘有成已经看见了雀儿。

雀儿一直认为百灵负了刘有成，对不起刘有成，自己好像也欠了刘有成什么似的，此时也顾不得多想，就迎着刘有成的目光走了过去。

刘有成正要介绍婷婷给雀儿，没想到两个女孩子手已经拉在了一起。

刘有成惊异地问：你们认识？

婷婷笑了，反问道：你说我们能不认识吗？

刘有成一拍后脑勺，说：唉！忘了，忘了！这也好，我也不用给你们做介绍了。

雀儿笑着说：刘有成真可爱！

婷婷笑了，说：傻乎乎的吧？

雀儿说：傻人有傻福啊！

刘有成忙说：豆腐，豆腐！

婷婷说：说实话，人还是傻些好。

借说话的时间，雀儿仔细看了看婷婷，感觉这女孩子还是以前那样文静，那样端庄，那样让人喜欢，不同的是眼角好像有了浅浅的鱼尾纹。

菲菲早就试过衣服了，见雀儿和陌生人说话，就又去旁的柜台看衣服。雀儿想让菲菲过来，把她介绍给刘有成和婷婷，又觉得没有必要，于是和刘有成、婷婷说了一阵儿话就分手了。

从刘有成和婷婷的说话口气看，两个人无疑是恋人关系了。雀儿也为两个人高兴，她认为这两个人都不错，特别是人品，从这一点上看是很般配的。两个人上班时间逛商场，干什么呢？她分析不是买急用的东西就是采购结婚用的物品，也许还有热恋的因素。雀儿想着刘有成和婷婷的事情，不知不觉走到菲菲跟前。

雀儿对菲菲说：我刚才碰见熟人了。

菲菲说：那个男的看着面熟。

雀儿说：去过咱们单位，还差一点儿成了我们家亲戚！

菲菲说：怪不得呢！

雀儿说：那是我们百灵上大学时的男朋友，好好的就不谈了，吹了……雀儿总觉得有些遗憾。

菲菲说：那男的挺老实的，那女娃子长得好看，一看就是个读书人，那么文气的！

雀儿说：你的眼睛长得就是大，看人看得还真准！

菲菲长叹了一口气，说：你又笑话我了，我的眼睛大是大，就是不聚光啊，眼睛里没水！

雀儿呵呵一声笑了，说：谦虚！谦虚得很！咱们不说他们了，我看他俩的事情是成了，咱们买咱们的衣服吧，你看都几点了！

雀儿和刘有成、婷婷说话的时候，菲菲一直在想买衣服的事情，她明白雀儿是按米粮的意思办事情的，不管怎么讲，他们都是好意，何况雀儿不上班专门陪自己逛商场，还有下一步自己婚事的处理，还要大家帮忙，再坚持己见也不好。她想了想，决定按雀儿说的办，借雀儿的钱买衣服，发了工资就还账。

雀儿看菲菲同意买衣服了，非常高兴，又挑了几件自己认为好看的要菲菲试穿。

菲菲说：我从来没试穿过这么多衣服。

雀儿说：尽管试，尽管穿，反正试穿不要钱！

菲菲笑了，说：好，好，就按你说的办。

话是这么说，菲菲只试了三件衣服就定了，最后买的还是那件灰外套和一条蓝裤子。

雀儿替她付了款，她们又到卖鞋的柜台上买了一双最便宜也比较时尚的运动鞋。

回到宿舍，菲菲换了衣服和鞋，雀儿前后左右把菲菲看了一遍，嘴里就发出了啧啧啧的赞叹声。

菲菲不好意思了，问雀儿：怎么样？还可以吧？

雀儿说：何止可以，真是太美了，我都嫉妒死了！

菲菲说：你又哄我！

雀儿问：你想听真话还是听假话？

菲菲说：当然是真话。

雀儿说：我要是个男人，就一定娶你当媳妇。

菲菲说：那我现在就给你当媳妇，真的，我还真喜欢你！

雀儿看菲菲一本正经的样子，笑了说：傻瓜蛋！下一辈子吧！我现在娶了你，有人会恨死我的！

菲菲说：我不会说玩笑话，今天说一句吧，雀儿你这人确实好，可是有时候也很捣蛋！

雀儿眼睛一睁，又笑了，问：这就是你说的玩笑话？

菲菲眨了眨眼睛，点了点头。

雀儿的笑声更响亮了，说：好了好了，不说了！咱们赶快去吃饭。

菲菲问：我还不饿呢，怎么又吃饭？

雀儿说：麻酱凉皮，你吃不？

菲菲说：你一说凉皮我又饿了。

雀儿说：那快走吧，吃完饭咱们去律师事务所，人家在等咱们呢！

菲菲似有所悟，知道是自己的事情，忙问：你联系好律师了？

雀儿说：咱们不懂法律，我一个同学的姐姐是律师，咱们先去找她，咨询一下，然后再做决定，你看怎么样？

菲菲感动了，眼圈一下就红了，她看了雀儿好久，说：你真好，我听说了，我有贵人相助，你是我的贵人，我都听你的。

雀儿说：那可不敢，我只能帮些小忙，大主意还要你自己拿。

菲菲着急了，说：不行不行，我没文化，知道得太少，你一定要帮我！

雀儿说：好好好，咱们商量着来。其实我也强不了你多少，自己遇到事情也没主意。

菲菲说：你客气！

雀儿说：好了，不说了，咱们走吧。

雀儿和菲菲很快就到了这家律师事务所。雀儿同学的姐姐是位年轻的律师，比雀儿大不了多少，很热情。听了菲菲的诉说后，说自己还没经过这样的事情，因为在西安没领结婚证结婚的还没听说过，都是领了结婚证没有举行仪式的。这些人就是闹矛盾离了婚，大多数人还不知道。

雀儿、菲菲几乎同时问：那咋办？

律师说：菲菲虽然没有领结婚证，但是已经成为事实婚姻，这事情说好办也好办，说不好办也难办。好在没有生孩子，关键看两个当事人的态度。

雀儿和菲菲离开了律师事务所，一路上讨论的还是菲菲离婚的事情。说着说着，他们就走进了一家饭馆。

菲菲忽然意识到了什么，停住脚步问雀儿：怎么又吃饭啊？

雀儿指了指前面，说：你看，那是谁？

菲菲看见不远处的米粮，脸不自觉地就红了。

昨天晚上，米粮给雀儿打电话的时候就说今天晚上他请客，要雀儿参加。这些，雀儿没有告诉菲菲。

从米粮看菲菲高兴的样子，雀儿知道自己已经圆满地完成了米粮交给的任务。

雀儿故意向米粮挤了挤眼睛，问：老板，怎么样？今儿个咱们菲菲更漂亮了吧?

菲菲急忙用胳膊碰了碰雀儿。

米粮笑了笑,说:本来就漂亮嘛!

菲菲说:你俩都笑话我!

雀儿说:我说的可是真话。

米粮说:真话,真话。

雀儿和菲菲跟着米粮走进一个小包间,看见桌子上已经放了碗筷。不一会儿,服务员就端上了糖醋里脊、莲菜炒肉、八宝甜饭、干煸豆角几个菜和菠菜鸡蛋汤。

服务员说:还有一个鱼,正在做,一会儿就端上来。

这几个菜是米粮精心点的,特别是八宝甜饭,那是雀儿最爱吃的,米粮想雀儿爱吃的,菲菲一定也喜欢吃。米粮听人说,爱吃甜食的人心眼儿好,爱吃甜食的女孩子长得漂亮,心地也善良。

雀儿详细向米粮汇报了咨询律师的经过,并且讲了自己的看法,米粮一边听一边点头。

菲菲全神贯注地听着,几乎没动筷子。

米粮说:快吃快吃,咱们都吃,不要让菜凉了。

雀儿看菲菲还不动,就说:菲菲,你快吃,不吃饭也解决不了问题。

菲菲这才夹了一口菜。

米粮拿起公筷给雀儿、菲菲的盘子里夹了一些菜,然后自己就开始吃饭。

雀儿看了看米粮,然后对菲菲说:关键是你自己要拿定主意!这样,别人也好帮你。

一串晶莹的泪珠忽然流出了眼眶,菲菲哽咽着说:我早都死心了,可是……

雀儿看菲菲这样,顺手递给了她一沓餐巾纸,说:你不要急,咱们老板在这里,你怕啥?我是说,不要牛把车拉到半坡了你又犹豫,那车就滚到沟底了，前功尽弃了。你要早下决心，下大决心！

菲菲点了点头，说：我知道。

米粮说：先吃饭，先吃饭，吃了饭再说。这事情也不能太急，急了容易出错。

雀儿对米粮说：我的任务可是完成了。

米粮笑了笑，说：只能算告一段落，送佛到西天，帮人帮到底。你忘了？

雀儿也笑了，说：好，好，好，我这人心软，看菲菲这样，我也难受。

米粮说：菲菲，你还不感谢雀儿？

菲菲忙站起来给雀儿敬了一杯茶，然后又给米粮敬了一杯茶。

雀儿以最快的速度吃了一小碗米饭，说是有事情，然后就离开了。她要把时间留给米粮和菲菲，让他们说说心里话。

四十七

刘有成和婷婷在一家小饭馆吃了晚饭，就向附近一个公园走去，一边走一边说着话，步子迈得很慢。这几个月，他们几乎每天晚饭后都是这样度过的。

婷婷出生在一个普通家庭，爸爸是一家企业的工程师，妈妈在一家小单位当工人，爷爷、奶奶在乡下老家。在婷婷的记忆里，那个时候她好像就不知道什么叫困难。

婷婷上初中那年父亲去世了，上门给婷婷母亲提亲的人很多。有个条件很不错的人主动来找婷婷的母亲，母亲怕婷婷以后受委屈，婉言谢绝了，以后再也没提再婚的事儿。

婷婷上高中一年级的时候，母亲因单位破产下岗了，日子渐渐困难，母亲发黄的脸上又多了几分憔悴，原来乌黑的头发里也渐渐有了白丝。

一天晚上，婷婷小心翼翼地问妈妈：咱们家还有多少钱？

妈妈感到意外，因为婷婷从来不关心家里的事情。她没有回答婷婷却反问女儿：你关心这些做什么？

婷婷犹豫了一下，说：我担心咱家积攒的钱就要花完了。

妈妈明白女儿的意思了，看了看懂事的女儿，笑了。

婷婷问：妈妈你笑什么？

妈妈说：我高兴我的女儿长大了，有你这份心，妈妈再苦也高兴，不过这些事情你就不要管了。

婷婷说：那不行，我要你说实话。

妈妈摸了摸婷婷的头发，又拍了拍婷婷的肩膀：你的任务是好好学习，这些是妈妈的事情！

婷婷一歪头，噘起了嘴：还对我保密？

妈妈佯装生气：这死女子，连妈妈还信不过？说没事儿就没事儿，我不会哄你的！

婷婷笑了：不是，不是，我不是担心么！

妈妈说：你就安心学习吧，妈妈虽然下岗了，但是妈妈还可以找活干呀！你要知道，只要肯干活就不怕日子过不好！

婷婷说：我担心妈妈太累了，听我们同学说现在活儿都不好找。

妈妈说：好找，好找，只要你愿意干就好找。

婷婷看妈妈充满信心的样子，就再没说什么。她相信妈妈的为人，也相信妈妈的能力。

有一天黄昏，婷婷回家路过菜市场的时候，意外地发现妈妈在捡菜叶子，她一下愣住了，她不相信这是事实，可眼前的人分明就是自己的母亲。她不想惊动母亲，不想让母亲难堪，转身就进了一条小巷子里，可是她的心里非常难过。回到家，她发现饭桌上碗筷早已摆放好了，厨房案板上的蒜薹、土豆、苦瓜、葱花、蒜苗都切好了，还有准备做汤的两个鸡蛋也在一只碗里放着。婷婷扔掉书包，终于忍不住哭了起来，直到听到妈妈的开门声，才强忍住了泪水。

妈妈回到家，洗了手就开始炒菜，接着就把做好的饭菜放到了桌子上，这才喊婷婷出来吃饭。这一切，婷婷听得清清楚楚，可是没有回答，因为她的眼泪还在流。

妈妈推开门，看见女儿在流泪，很意外，就问发生了什么事情。

婷婷不说话。

妈妈摸了摸女儿的头，又看了看女儿的脸，知道不是患了什么病，猜想肯定是和老师或者同学闹了什么矛盾，就说：有啥事情了不得，哭成这样子了，先吃饭吧！

婷婷说：我不饿，你先吃吧。

妈妈生气了：你这孩子，饭一会儿就凉了，快吃！

婷婷不想让妈妈生气，就到卫生间洗了脸，可是饭吃到嘴里就是咽不下去。

妈妈意识到女儿有事情瞒着自己，放下了筷子，很严肃地问：你给我说，到底发生什么事儿了？

婷婷终于忍不住了，放声哭了起来。

妈妈厉声说道：你这孩子，都上高中了还不懂事儿，有啥事儿说啊！哭什么？哭能解决问题？

婷婷停住了哭，问妈妈：是不是咱家穷得非要去捡菜叶子？

妈妈愣了一下，很快就反应过来了，支吾着说：你都看见了？

婷婷没说话。

妈妈看了看女儿的脸，说：我是顺路，看见那菜叶子好好的，就拿回来给你姜姨家了。

姜姨是妈妈的同学和好朋友，对婷婷非常好，他们家住在一楼，养着鸡，妈妈常把家里菜叶子、菜根给那鸡吃。难道是误会妈妈了？

妈妈没有承认自己捡菜叶子，婷婷也不希望妈妈捡菜叶子，但是这件事情深深地印在了她的心里。她觉得家里饭菜越做越好，妈妈却好像在消瘦，而且好多次不等她回家就先吃饭了。她一直怀疑妈妈的生活质量，甚至怀疑妈妈是否按时吃饭或者根本就没有吃晚饭。可是，妈妈一直不承认。

婷婷考上大学了，学校离家比较远，学生们都住在学校里，可是她有时间就往家里跑，这里面有不习惯的原因，更多的还是不放心妈妈。妈妈每次都批评她，要她安心在学校待着，用心学习，不要把时间花在路上。时间一长，好像是习惯了，她回家少了，每天晚上就给妈妈打个电话问问好。一天，她发现高年级不少学生一下课就往校门口跑，赶乘公交车到市区，后来才知道这些同学是在社会上当家教，仔细询问，收入还不错。婷婷寻思着，要是自己也去当家教，就能增加收入，减轻妈妈的负担。可是教什么呢？数学、英语还是其他？她觉得自己的英语还不错，辅导个初中生还是有把握的，于是决定试一下。

这是一个星期六，她赶早到了小寨军区服务社门外，这里是一处家教交流点，这时候已经站了不少大学生，有的举着牌子，有的拿着一张纸，有的拿着一本书，上面写着"家教"两个字。婷婷这才明白，原来她的师兄、师姐就是这样守株待兔似的找"活儿"的。她什么也没带，就站在旁边看。有几个学生和找家教的家长经过讨价还价以后离开了，多数学生还睁着期待的眼睛看着来来往往的行人。婷婷没想到找家教也这么不容易，没多久，她觉得腿困了，腰酸了，肚子也有些饿了，正想离开时，一个戴着眼镜的中年人走到了她跟前。

中年人问婷婷是不是学生。

婷婷点了点头。

中年人问婷婷是不是找课带。

婷婷说是。

中年人问：能带什么课？

婷婷说：初中和高一、高二的数学、英语都可以。

中年人问：为什么高三不行？

婷婷说：不是不行，是把握不大。

中年人笑了，问：我看你像是第一次来？

婷婷感到奇怪，问：你看出来了？

中年人说：你手上啥也没拿，不说话也不问话，不是第一次还是什么？

婷婷笑了，说：我是来看看。

中年人问：那你打算当家教吗？

婷婷不假思索，脱口而出：想啊！

中年人说：我家是女孩儿，上小学六年级，英语、数学都需要家教，你看可以吗？

婷婷犹豫了一下，说：小学六年级，让我想想……

中年人说：小学比初中、高中好教啊，还用想？

婷婷说：当然不一样了，各是各的事儿。

中年人说：要不，先试试？

婷婷说：可以，不过，你让我再想想吧。

中年人看了看婷婷，说：好，那我就等等。

这样，婷婷和中年人互留了电话，也是从这时候开始，婷婷知道这戴眼镜的中年男人叫孙一飞。

婷婷不是教不了小学生，是她很长时间没有接触过小学生，对这些小学生已经很陌生了。还有小学数学课，这些她都需要请教一下师兄、师姐。还有那个孙一飞，她总觉得怪怪的，那么多举着招牌排队等候应聘的学生，怎么就看中了自己这个没有任何标志的生手呢？女孩子好像都敏感，不理解心中就有疑虑。

婷婷是走回家的，她不想坐公交车，要一个人好好想想。回到家已经下午三点多了，妈妈在床上躺着，婷婷望着妈妈没有血色的脸，忽然感到一阵紧张。妈妈说没有事儿，就是觉得胸闷、气短、浑身没有劲儿。

婷婷要妈妈到医院去看病。

妈妈却问她吃了没有。

婷婷这才记起自己中午没有吃饭，她匆匆走到厨房看了一遍，发现妈妈没做饭，妈妈肯定没有吃中午饭。婷婷问妈妈要吃什么，她去做或者上街去买。

妈妈说：不想吃，中午也没做饭。

婷婷哄妈妈说自己吃过了。

妈妈要婷婷休息，说她要再睡一会儿。

婷婷要妈妈起来去看病。

妈妈没理她。

婷婷说：你要是不听我的，我以后也不听你的！

妈妈苦笑了一下，说：傻孩子，我的身体我知道，不用你操心！

婷婷说：好妈妈，要听话，到医院让大夫看一下，咱们就放心了。

妈妈说：行，我听你的。可是今天太晚了，号都挂不上了，明天吧！

婷婷觉得妈妈说得有理，没再坚持，给妈妈倒了一杯水放在了床头柜上，就上街买菜做饭了。

晚饭后，婷婷先给妈妈说了做家教的事情，然后就去翻小学六年级的课本。还好，妈妈把她用过的课本、作业本都保留着，婷婷没费事儿就找到了数学和英语，大概翻了一下她心里就有了数，这些知识她都记得，而且很简单。

妈妈没有反对婷婷做家教，叮咛她一定要认真，千万不能误人子弟。

第二天早晨，她准备陪妈妈去看病，孙一飞打来电话，问今天能否试讲一下，说他的孩子要考试，急需家教辅导。妈妈听她通电话的内容，知道是家教的事情，就催婷婷快去，不要误了人家的事情。

婷婷不放心妈妈。

妈妈说：你姜姨今天没什么事情，一会儿让她陪着一起去医院。

婷婷想了想就同意了。

孙一飞住在高新开发区的一个小区里,这里的楼房都是小高层,看起来不是很显眼,院内却树木掩映、绿草茵茵、鲜花绽放,环境十分幽雅,还有周围停放的车辆,一看就知道是有钱人居住的地方。孙一飞住在三层,三室两厅两卫,面积有一百八十多平方米,看客厅的家具和摆设,婷婷猜想主人一定是比较讲究的。孙一飞迎婷婷进了他们家门,他的女儿正在弹钢琴,听见动静就从自己的房子出来了。孙一飞介绍说,他的妻子是大夫,今天值班,女儿叫孙皓月,就是眼前的这位小姑娘。孙皓月高挑个儿,比同龄的孩子要高一些,长得眉目清秀,十分可爱。

孙一飞对女儿说:这是婷婷老师,我请她来给你辅导英语和数学,你要好好学!

孙皓月看了看婷婷,回头对爸爸说:我说没有必要嘛,你非要请个家教来……

孙一飞脸一沉,嗔怪道:这孩子,没礼貌!人家婷婷老师上大学呢,家里还有事情,很忙,是我硬叫人家来的。

孙皓月是个聪明的孩子,看爸爸表情严肃马上变了态度,说:好吧,好吧,既然来了,那就欢迎!说着就伸出了手。

婷婷也伸出手,于是两个女孩子的手就握在了一起。

孙皓月忽然说:婷婷老师,你怎么这么漂亮?

婷婷没想到孙皓月会这么说,脸一下红了。

孙皓月笑了,又说:你脸一红就更好看了!

婷婷稳定了一下自己的情绪,说:还是你好看,你看你这个头儿多高,皮肤多白啊!

孙皓月呵呵笑了,说:那我就是白富美了!

孙一飞说:这孩子,没正形!

话说到这里,婷婷意识到应该谈正事儿了,就主动提出开始讲课。于是三个人各就各位,婷婷就开始了有生以来的第一次讲课。试讲赢得了孙一飞父女的认可,特别是孙一飞非常满意。临走时孙一飞把一千元钱给了婷婷。婷婷很少见这么多的钱，说太多，不愿接受。孙一飞说，这是规矩，一次两个课时，一个课时五十元，两个课时一百元，这一千元是预付金，只要女儿学习有进步，他还会奖励婷婷。婷婷看主人态度如此诚恳，就把钱收下了。

婷婷回到家时，妈妈已经从医院回来了，陪妈妈一起去看病的姜姨告诉婷婷，说妈妈患的是冠心病，需要住院治疗。

婷婷问为啥没有住院。

姜姨说，医院暂时没床位，婷婷的妈妈也不愿意住，大夫开了些药就回来了。

婷婷有点儿发慌，妈妈却笑着说：人老了，毛病就来了，谁没个小毛小病的，没事儿。

婷婷不懂，就问姜姨应该怎么办。

姜姨说：门诊的大夫说你妈的病还比较重，不行了还要搭支架。我有个熟人，人家也是个医生，我打电话问了，人家说你妈的病没有那么严重，根本就没有必要。现在一些医院为了多挣钱，搭支架给大夫提成，所以动不动大夫就动员心脏病人搭支架。

婷婷说：咱们还是要听医院大夫的话。

姜姨说：也是，看样子还要做进一步的观察和检查。这心脏病说重就重，说轻就轻，关键是控制住血压，其次是血脂、血糖，这三个指标控制好了问题就不大。

婷婷看了看检查的几项指标还都可以，就没再说什么。

姜姨走后，婷婷把孙一飞给的一千元钱给了妈妈。

妈妈问哪来这么多钱。

婷婷如实汇报。

妈妈说：既然拿了别人的钱，就要好好教人家的孩子。

婷婷借机把今天试讲情况给妈妈讲了，妈妈的脸上露出了满意的笑容。

星期一早晨，婷婷去学校的时候一再叮咛妈妈去看病，并且及时把情况告诉自己，妈妈点头后她才离开了。

这是一个下午，婷婷正在上课，姜姨打来电话，说妈妈住进了医院，大夫给做了心脏彩超，建议做双源心脏CT，必要时有可能给心脏搭支架或者做搭桥手术。

婷婷问：做没做造影？

姜姨说：大夫没有说。

婷婷听说病人搭支架先要做造影，做了造影才确定要不要搭支架。她给老师请了假，出校门后打出租车匆匆赶往医院。

瘦弱的妈妈在病床上躺着，手背上扎着针。从妈妈咬牙抽动的脸上，她看出妈妈是非常痛苦的。

姜姨把婷婷拉到病房外面，对婷婷说：医生要给妈妈的心脏做支架，医院要求交住院费十万元。

这是一个晴天霹雳，婷婷顿时蒙了，她不知道怎么办。

姜姨说，妈妈只有五万元的积蓄，她家可以借两万元，还差三万元。

婷婷急得流出了眼泪。

姜姨劝婷婷不要急，说以后医疗保险还可以报一部分，就是眼下拿不出这么多钱需要想办法。

这时候，妈妈喊婷婷。

姜姨叮咛婷婷不要和妈妈说这些，也不要哭，那样会加重妈妈病情。

妈妈对婷婷说：病不重，可以不做支架，打打针，消消炎，就好了。

婷婷没说话，妈妈说什么她都点头。

晚上，姜姨回家了，婷婷就坐在妈妈的床边。

输完了液体，妈妈要婷婷和她挤在一起睡，婷婷说不累，累了她就趴在床边睡。

这个夜晚，婷婷想得很多，最后想到了孙一飞的妻子，那个在医院上班的医生，她觉得应该找她问问妈妈的病情和治疗方案。第二天一大早，她先给孙一飞打了个电话，说了妈妈的病情。孙一飞一听就明白了，立即把妻子的电话号码告诉她，要她尽快联系，如有困难随时和他联系。

孙一飞的妻子是位内科医生，待人不很热情，但工作很认真。她仔细翻阅了婷婷妈妈的病历和检查结果，又询问了平时的情况，认为支架暂时可以不做，但是一定要住院观察治疗。

孙一飞夫妻的表现使婷婷十分感动，回到妈妈住的医院，她先找了孙一飞妻子的同学，通过这个同学找了妈妈的主治医生。主治医生比平时热情多了，同意住院治疗，在万不得已的情况下再考虑做心脏支架手术。

婷婷终于松了一口气，这时候妈妈唯一的妹妹从外地赶来了，有人照顾妈妈，她就赶到学校去上课，同时考虑辅导孙皓月的具体计划。孙一飞夫妇的帮忙，婷婷非常感激，她要用实际行动去报答，那就是辅导好他们女儿的功课。通过几次接触，婷婷发现孙皓月的智力不差，就是喜欢玩，爱看电视，爱玩手机，喜欢上网，功夫下得不够，许多课都似懂非懂。要解决这些问题，首先是要孙皓月收敛玩性，集中精力，一门心思地学习。婷婷决定，先和孙皓月交朋友，取得孙皓月的信任，然后实施自己的计划。

婷婷永远都记得那个雨夜，整座城市漆黑一团，像是扣了口大铁锅。

婷婷给孙皓月辅导完功课天已经晚了，大雨还在下，风也没有停。孙一飞对婷婷说：雨太大，要不，你今晚就住我们家吧！

孙皓月一听，高兴得直跳，连说：好好好，咱俩今晚睡一张床。

婷婷有点儿犹豫。

孙一飞说：没事儿，月月她妈妈今晚值班，你就睡大屋子吧。

孙一飞说的大屋子是他们夫妇住的卧室。

婷婷说：不用，不用，我还是回去吧。

孙一飞说：这么大的雨，你怎么走啊？我的车在单位也没开回来。

孙皓月也说：不行，不行，雨太大了，不行的！

婷婷始终搞不清当时是怎么搞的，稀里糊涂就住在了孙一飞的家里。她清楚地记得是反锁了屋门的，可不知道孙一飞是怎样开了门进了屋的，当她意识到有人压在她身上的时候，她想喊，可是嘴被人捂住了。一切都晚了，心痛掩盖了下身的疼。她没有喊，没有叫，她把所有的泪水咽在了自己的肚子里。

早晨，天还没有亮她就起来了，当她要往出走的时候，孙一飞拦住她跪在了地上，压着嗓门说：对不起，对不起！请你原谅我，是我一时糊涂，你要什么，我都给你！

婷婷看也没看他，只是要向外走。

孙一飞爬起来抱住了她，嘴里不住地说：求求你饶了我！求求你！

看着这个平时戴着眼镜、说话挺有水平的文化人忽然变成了这个样子，婷婷想吐、想哭、想喊，她只觉得心很乱，她不知道怎样处理这样的事情。

这时候，孙皓月的屋子有了响动，孙一飞急忙放开了婷婷，说：请你相信我，是我太爱你了，没有把握住，就惹你了。你先走吧，一会儿我和你联系。

出了孙一飞的家门，婷婷就把手机关了，她没有去上课，也没有去看妈妈，她沿着一条小路漫无边际地向前走着。她想到了死，而且想了几种死的方法，可是一想到病床上慈祥善良的妈妈，死的念头就消失了。她也想到了可憎的孙一飞、道貌岸然的孙一飞、披着人皮的孙一飞，她恨自己当时为什么不咬那家伙一口，她想到派出所去报案，可是很快又想到了妈妈，想到了自己的以后，这个念头就消失了。她不知道怎么办，只是想，想得脑袋都痛，痛得没了一丝主意。

吃中午饭的时候，她打开手机想问问妈妈的情况，可是还没等她拨电话，孙一飞的电话就进来了，她没有接，关了机。当她再一次开了手机时，第一个打进来的还是孙一飞，婷婷没说话，孙一飞的话却像开闸的水没完没了，其实意思只有一个，就是祈求她原谅，并且要见一下面。婷婷是个善良的孩子，从小性格柔弱，又没有什么社会经验，经不住孙一飞硬缠软磨，就答应在附近一个公园见面。

孙一飞提着一个小提包，说是自己这些年攒的"小金库"，约三万元，要婷婷收下，说是对婷婷的补偿，以后有了钱还会送给婷婷。

婷婷开始不收，孙一飞说不收他就给婷婷下跪，婷婷怕人看见不好，只好接了小提包。孙一飞看婷婷收了钱，说了几句安慰的话就匆匆走了。

事后婷婷才发现自己又错了，从那以后，孙一飞就没完没了地黏住了她。

妈妈做心脏搭桥手术的时候，不知孙一飞怎么知道了，又送给了她五万元。她不想要，但是家中没有钱交住院费，犹豫再三她还是收下了。这样她只能听任孙一飞摆布了。

孙一飞改变了婷婷，也改变了婷婷的命运，婷婷也觉得自己真的成了人们说的小三。

每想起这一段经历，婷婷的心都在发颤。她不想回忆，可是回忆常常在自己的梦里出现。

一天，孙一飞正抱着婷婷在家里缠绵，被回家取东西的孙一飞的妻子发现了。婷婷吓得浑身颤抖，低下头哀求女主人原谅自己。孙一飞的妻子看也没看婷婷，冲上去直接扇了孙一飞两巴掌，回过头才骂了婷婷：不要脸！

婷婷还想说话，孙一飞的妻子说：我是看你年纪小，你的母亲有病需要人照顾，你要是还不离开，你要是再和这不要脸的东西胡黏，我就把你脱光拉到派出所去，让你母亲来接你！

孙一飞妻子的话，句句像锥子刺着婷婷的心，她恨不得立即给地上挖个洞钻进去。

这以后一段时间，孙一飞没有找婷婷，只在电话里说过几次话，而且很短。婷婷知道是孙一飞在稳定她，怕她发生意外。婷婷问孙一飞情况时，孙一飞吞吞吐吐地告诉她，说他给妻子写了保证书，保证不再发生此类问题。他说，不这样做妻子就要把他告到单位领导那里，让他的处长也当不成！他要婷婷不要着急，他有机会就来找婷婷。婷婷这才知道孙一飞是一家单位的处级干部。这一段时间，婷婷很困惑，还有点儿失落，时不时会想起孙一飞来，她不知道自己是不是和孙一飞有了感情，偶尔还记起孙一飞对她的好来。和孙一飞相处的那一段时间，她发现孙一飞夫妻关系不是很好，主要是孙一飞的妻子一天到晚都忙在工作上，经常上夜班，很少过问孙一飞的事情。孙皓月的学习、生活也基本是孙一飞来管。孙一飞给她说过这些，当时她听了还挺同情孙一飞的，这也许是她后来渐渐接受孙一飞的一个原因。婷婷猜想孙一飞不离婚是为了保住自己的官帽，孙一飞的妻子则是为了孩子，所以他们就这样勉强维持着家庭关系。

一天，孙皓月打来电话。她很紧张，怕孙皓月骂她或者说不好听的话，没想到这小女孩是问她为什么不来他们家了。她慌忙说最近课程太紧张，时间不够用。

孙皓月说：我爸爸也是这么讲，可是我妈妈说怕你把我带坏了，所以不让你来了。

婷婷犹豫了一下，试探着问：那你相信吗？

孙皓月说：我怎么会相信呢？他们俩经常吵架，肯定是我妈着急了胡说的。

婷婷问：他们为啥老吵架呀？

孙皓月说：要我说，他们早都该离婚了，老吵架还过什么劲儿！

和孙皓月聊天的过程中，婷婷发现这小女孩还不知道父母吵架的主要原因，心中多少有了些安慰，于是问孙皓月考初中的情况。

孙皓月说没考上市里最好的重点学校，考上了一所还算可以的学校。

婷婷说是自己不好，耽误了孙皓月的学习。

孙皓月说是自个儿的事情，与婷婷没关系。婷婷再说对不起的时候，孙皓月又说自己父母不该辞退了婷婷,还经常吵架,影响了自己的学习。

婷婷不想继续说话了,她怕话多生出是非来,就推说有事情挂了电话。婷婷感谢孙一飞夫妇没有把大人的事情暴露给孩子,让自己在孩子的心里留下了一个美好的印象。

孙皓月再一次给婷婷打电话,是一个中午,孙皓月几乎是哭着说话的。她说,她爸爸好几天都没有回家了,她问妈妈,妈妈说爸爸是被检察院叫走了,可能是经济上出了什么问题。

婷婷一阵头皮发麻,半天不知道应该说什么,直到对面"喂喂喂"地呼叫时,她才喃喃地说:这么严重啊?

孙皓月说:我也不知道,问妈妈,妈妈什么也不说。

婷婷想了想,说:我这会儿有事儿,回头我打你电话。说完就挂了电话。过了一会儿,她又打电话给孙皓月,要她不要着急,说孙一飞是好人,估计不会出什么事情。

这个夜晚,婷婷几乎通宵未眠,她想得很多,想了孙一飞,又想自己,她甚至怀疑孙一飞给她的钱就是孙一飞贪污的公款。她想象检察院的人来找她,她会不会被叫去做证什么的。想到这里,她害怕得流出了眼泪,她不知道怎么办,不知道该找谁去说。第二天一天她都昏昏沉沉的,一看到警察就感到紧张。

时间一天天过去了,一点儿声息也没有。这一天,她终于大着胆子给孙皓月打了个电话,请孙皓月吃肯德基。孙皓月按时到了,而且主动对婷婷说,她爸爸一直没有回家,估计真出问题了,不但在公家干不成了,搞不好还要坐监狱。说着就抹眼泪。婷婷看皓月明显地消瘦了,心里隐隐感到疼痛。她不知道该怎么去劝这孩子,就问学习有什么困难,她知道自己能帮孙皓月的就是在学习上给些帮助。她也想问孩子要不要钱,可是话到嘴边没有说出去,她觉得"钱"这个字很脏,特别是这个时候她实在说不出口。

婷婷把孙皓月送到公交车站,告诉她不要着急,一定要把学习抓好,千万不能因为爸爸的事情影响了学习,如果可以的话,她每个星期天都给孙皓月辅导学习。

孙皓月看了看她,很感动地说:婷婷姐,你真好!

婷婷苦笑了一下,摇了摇头。

送走了孙皓月,婷婷不知怎么又想起了那个夜晚,那个令她刻骨铭心的夜晚。她盲目地奔走着,意外地在小路尽头碰见了两个人,一个是雀儿,一个是刘有成。雀儿是来找百灵的,没找到百灵就找了刘有成,两个人一边走一边说,最后就说到了百灵和刘有成的事情,说着说着就停住了脚步。

雀儿和刘有成看见了失魂落魄的婷婷,都感到意外,猜想一定是出了什么事情,可是婷婷什么也不说。

雀儿知道百灵、刘有成和婷婷是同学,自己仅仅和婷婷认识,不便多问,在场也不合适,就找了个借口离开了。雀儿走出不远,又喊刘有成过去。她觉得婷婷神情不对,特别是目光不对。人常说,眼睛是心灵的窗户,她感觉一定是发生了什么大事情,提醒刘有成一定要把婷婷送回家,绝不可大意。

刘有成不理解,问为什么。

雀儿说:直觉告诉我,婷婷可能有什么麻烦事儿,至于是什么事儿我肯定不知道。人家是女孩子,女孩子的事情会不会告诉你,就看你们关系怎么样,或者你在她心里位置怎么样。总之,我提醒你,一定要小心!

刘有成点了点头,没有再问。

雀儿一步三回头地走了,刘有成一边猜想着婷婷有可能发生的事情,一边陪着婷婷向前走,一直走到婷婷不愿走了,才坐在路旁一块大石头上。

停了一会儿,刘有成问婷婷:你要不要吃点儿什么?

婷婷目光呆滞地看着地上，摇了摇头。

刘有成说：那我去给你买瓶水？

婷婷说：不用。

刘有成没话说了。

婷婷忽然问刘有成：人死了会是什么样子？

刘有成心头一惊，这才理解了雀儿叮咛的话，有意说：人死了会很难看的。

婷婷又问：那我死了呢？

刘有成若无其事地说：你好好的，怎么会死呢？

婷婷坚持说：那要是死了呢？

刘有成斩钉截铁地说：不可能！你死了我都不答应，我会难过死的！

婷婷说：我死与你有什么关系呀？

刘有成很认真地说：你是我心目中的好人，最漂亮的人啊！

婷婷问：你说的是真话？

刘有成说：我啥时候骗过你？再说我也不相信，你好好的怎么会死呢？你要死了谁来管你母亲呢？

刘有成和婷婷是一个年级的同学，平时相处得很不错，相互间印象都很好。婷婷长叹了一口气，说：看来你还真是个老实人！你怎么就不问我为什么要死呢？

刘有成说：每个人做什么都有自己的道理和原因，人家要不愿意说，何必一定要问呢？

婷婷说：那我如果做错了事情，你不会不关心其中的原因吧？

刘有成说：世界上每个人都会有错，有错改了就好了。

婷婷说：有这么简单？

刘有成说：那还有什么复杂的？

婷婷像不认识似的看了看刘有成，忽然发现眼前的这个人和过去自己心中的刘有成完全是两个人。

这个晚上，他们两个人是走回去的，一路上说了许多话，都是与人生有关的。也是这个晚上，婷婷对她一直认为老实木讷的刘有成有了深刻的印象。也许有这些基础，当他们自觉或不自觉地走在一起的时候，一切都是自然的、顺利的。

雀儿在回家的路上，也这样想过：刘有成和婷婷挺好的嘛，为什么要找百灵呢？

四十八

周末，百灵打电话约了雀儿去逛街。

路上，百灵把自己和张勇谈朋友的事情说了。

雀儿想说什么，又把话收了回去。

百灵说：我知道，你一直认为我不该和刘有成分手，今天我实话告诉你，这事情有我不对的地方，这，我承认。但是我不能再错下去了，不能一错再错了，因为我压根儿就不喜欢刘有成，再这样下去对刘有成也不公平……

雀儿还是没有说话。

百灵说：这或许就是人们常说的命。什么叫命呢？我经常想，可是真的不知道，不知道做下的事情不能更改了，这或许就是命！

百灵的这句话雀儿觉得很新鲜，就抬头看了看百灵。百灵以为自己的话打动了雀儿，又说：我很爱张勇，这种感觉和对刘有成有本质的区别，我是真想跟张勇生活在一起，白头到老，过一辈子……

百灵和张勇的事儿，雀儿已经听小虫说了。她一直对这件事情有担心，现在听百灵这么一说，倒觉得百灵讲的是有些道理，特别是对张勇的真爱，她也有些理解了。

雀儿很平静地说：那就好。

话说得多了，百灵的脸一直红红的，白皙的脖颈上血管也更明显了，她看了看雀儿，很激动地说：我知道，你们都对我有看法！

雀儿淡淡一笑，说：咱们是姐妹，我也是为你操心呢。

百灵有点儿怨气地说：这些我知道，可是你们不了解我。

雀儿说：或许是吧。

百灵加重了语气说：不是或许，是真的不了解我！说着，就落了泪。

雀儿见百灵又激动了，就没再说话。

百灵又说：还有琪琪的事情……

雀儿听百灵说琪琪，就打断了百灵的话，说：你现在不用操心琪琪了，人家已决定留在国外生活了。

百灵问：你咋知道？

雀儿说：我听刘有成说的。

百灵又有些不高兴了，心里说刘有成真多事，嘴上却说：我估计也是刘有成。我不管她在什么地方，也不关心她回不回来，我是说她与我没关系！

听百灵这么说，雀儿又听不下去了，她正要反驳，手机响起来了，看屏幕显示，是张勇打来的。

挂了手机，雀儿问百灵：张勇说下午让大家聚一下，他要宣布个好消息，该不是你们俩的事情吧？

百灵红着脸笑了。

雀儿说：都这样了，你还这么个态度，不好吧！

百灵把头一扭，说：真讨厌！

雀儿说：我要祝贺你，但也要劝你，不要得了好处还怨东怨西、打狗骂鸡！

百灵不好意思地笑了，说：我不是正和你说呢么！

雀儿一语双关地说：我知道，咱俩是亲姐妹，你放心……

晚上，北大街一家酒店最大的包间里，二十多个人的大圆桌围坐着雀儿、金凤、百灵、猫眼、小虫等人，张勇的十多个朋友、同事也在其中。

张勇身着西装，系着领带，很认真地站起来，一字一句地对大家说：女士们，先生们，大家好！今天，是个好日子。今天，对我来说，是一个非常重要的日子。现在，我向各位郑重宣布，我向百灵小姐正式求婚！

刚才的嬉闹声瞬间消失了，包间里静得没有一丝儿声息，骤然间响起了雷鸣般的掌声。

百灵热泪盈眶，站起来倚在了张勇身上。

张勇搂着百灵，继续说：爱是相惜，爱是相守，爱是包容，爱是忠诚，爱是互相理解和支持……

说着，张勇把一束早已准备好的玫瑰花送给了百灵，郑重地说：请你接受我这一生的爱与承诺！我相信，我们会一生相守，共守真爱到白头！

百灵依偎在张勇怀中，幸福得浑身颤抖。

张勇拥着百灵对大家说：再过一段时间，我和百灵将举行婚礼，现在正式邀请各位，到时候我们把请帖正式给各位送去。

雀儿他们吃惊于这份爱的隆重，却不知道这爱也是在呵护百灵腹中的一个小生命，是那小生命加速了爱的进程！

山沟里真的飞出金凤凰了！

雀儿暗暗为百灵祈福，不知怎么的，又想起了刘有成，心里就泛起了一股难以名状的感觉。

琪琪
张勇

四十九

丁家坪的下午,阳光灿烂。

雀儿的爸爸在一堵废弃的屋墙下收拾杂物,忽然听见小虫在脚手架上喊他,他以为是叫他取什么东西,就说等一会儿。

小虫喊:叔——叔——你快出来——那地方不能待!

雀儿爸爸看都没看一眼,只顾干自己的活儿,嘴里还说:你干你的活去,咸吃萝卜淡操心!

不知为什么,雀儿的爸爸总是觉得这个从小没爹没娘、缺少教养的孩子不顺眼。

小虫一看不行,跳下脚手架,跑到了雀儿爸爸跟前说:叔,这是我二强哥让我告诉你的,这烂屋子的山墙在咱们浇砖的时候让水泡了,说不定什么时候就塌了。

雀儿爸爸看了看那堵墙壁,说:看你说得邪乎的,我咋看不出来这墙有啥不对的?好好的么!

小虫看了看眼前这个低头干活的老人,无可奈何地搓了搓手,说:叔呀,你可真是个犟老汉,没治了,唉!

雀儿爸爸也抬头看了看小虫,瞪了他一眼,没有说话。

小虫又爬上脚手架干活去了。

雀儿爸爸走到屋外的墙脚去了,他想在那儿撒尿,裤带还没解开,忽然听见有沙沙沙的掉土声。雀儿爸爸一看不好,身旁的墙真的斜了,雀儿爸爸喊了声"墙倒了——"撒腿就跑。就在这时,二强路过这里,刚好看到这一幕,他飞跑到雀儿爸爸身后,用尽全身力气拼命推了一把,雀儿爸爸脱离了危险,他却被一大块土砸到了腿。大家呼喊着跑了过来,发现雀儿爸爸只是在摔倒时擦破了脸，二强的左腿却不能动了。大家用拖拉机把二强送到县医院，包外伤，拍片子，经过几项简单的检查，大夫说，病人外伤不严重，没啥大事儿，可是左腿骨折了，需要住院治疗。

伤筋动骨需要休息一百天，二强躺在医院里不能动了，工地上的具体事情就交给了小虫。

小虫望着二强说：给雀儿姐打个电话吧？

二强说：算了，过几天再说吧。

小虫说：你不打，她爸爸肯定要打的。

二强垂头丧气地说：你看这节骨眼儿上掉链子了！

小虫愤愤地说：都怪那老汉，老倔头！比驴还犟！我叫他走，他就是不听，这下把你给弄伤了！

二强说：不要说了，他也是没想到啊。

小虫说：不说了，不说了，那是你老丈人么！

二强说：又胡说了，哪壶不开提哪壶！

小虫嘿嘿笑了，说：我说的都是真话呀！

二强说：真的，真的，真的……说着又咧了一下嘴。

小虫知道是二强的伤疼了。

当晚，小虫把二强受伤的消息告诉了雀儿，雀儿拿着手机半天没说话，第二天大清早就乘班车赶到了县医院。

雀儿的爸爸在二强的床前守着，看见雀儿就说：娃呀！这回多亏二强了，要不，你可真的见不上爸了！

小虫打过电话，雀儿知道爸爸是碰破了皮，没啥事儿，就向着二强问道：怎么样？

爸爸说：我没事，脸上破了点儿皮，是二强的腿伤了。

雀儿知道爸爸误会了，走到二强床边，望着二强裹着纱布的腿说：不好意思，让你受伤了。

爸爸这时才有所醒悟，看了看雀儿，又看了看二强，站起身出了病房。

二强看着雀儿笑了笑，说：不要紧，我不让小虫告诉你，本来就没有什么事儿。再说，都已经过去了。

雀儿看了看二强，没有说话，却流下了眼泪。

二强像哄孩子似的说：好了，好了，不要哭。

二强这么一说，雀儿的眼泪更多了。

二强说：刚才我还不疼，你一哭还真疼了，没想到你还真心疼我。

雀儿破涕为笑，说：看把你美的，说正经话，大夫说怎么处理你的腿？

二强说：再拍一次片子就打石膏。

雀儿又问：疼吧？

二强摇了摇头，说：有你在，再伤一条腿也不会疼的！

雀儿说：你看你个二杆子！这话也敢说？

二强笑了笑，说：这是真话。

雀儿说：谢谢你，我现在欠你的更多了。

二强说：你说这话就见外了，再说咱们还是乡党么！

雀儿说：这可是你说的！

二强忙说：说错了，说错了。

雀儿说：知道错了就好，问题是错了要改。

二强说：那要是没有错呢？

雀儿说：没有错就是圣人了。

二强说：圣人也有错啊！

雀儿说：你说谁呀？

二强说：孔老夫子嘛。

雀儿说：你又说错了吧？

二强说：孔子不是说，小人、女人难养吗？

雀儿忽然想起来了，就说：怪不得你看不起女人！

二强说：不敢，不敢，女人现在都是领导，谁要惹女人那谁就麻烦大了！

雀儿笑了一下，说：你还知道这个道理，说明你还不是很笨。

二强说：已经领教够了。

一对年轻人聊了一阵儿，两个人忽然感觉全身上下都轻松了。

世界上有许多事情说不明白，很难解决的矛盾，往往不是靠说，甚至不是调解，而是被忽然出现的事情或者瞬间发生的意外化解的。现在的雀儿和二强就是这样。

二强的腿伤在拍了片子后，发现是粉碎性骨折。大夫对二强说，县医院处理这样的骨伤还不是很有把握，让二强决定要不要继续在县医院治疗。

雀儿不等二强开口，就对大夫说马上转院，随即给米粮拨通了电话，希望借他的车把二强转到西安红会医院。与米粮联系好后，雀儿又打电话给刘有成，请刘有成想办法与红会医院联系住院，说很快就把二强送到西安。一切安排妥当，雀儿才回过头对二强说：刚才不知道你的伤势如何，说了一些不该说的话。

二强说：没事儿，说了这些话，我反倒觉得轻松了。我受的是硬伤，不要紧，好起来快得很。

雀儿给二强叮咛了几句要注意的话就离开了，出了医院门她立即给姐姐、弟弟打了电话，都是话到嘴边又咽下去了。她想向他们借钱，想到他们的经济能力，就又犹豫了。姐姐和弟弟已经知道二强受伤的消息，说是今天晚上就赶回老家去。

雀儿说不需要去了，二强很快就会到西安来治伤。

弟弟说他手上有五千元钱，到时候带来。

姐姐说他们家的存折上有些钱，她和姐夫商量了，可以拿出一万元来。

雀儿小时候常听爷爷讲：上阵靠的父子兵，打虎全靠亲弟兄。此时，她才有了真切体会。一万五千元确实不多，但是弟弟、姐姐能这样做已经做出最大努力了，雀儿感动得眼泪直往外流。

擦去了眼泪，雀儿又给几个要好的朋友打了电话，她想着住院的钱基本差不多了，才匆匆赶往长途汽车站。

五十

一切都很顺利，米粮亲自开着车来接二强，刘有成的中学同学在红会医院后勤上工作，一打电话就找上了床位，就等着雀儿、二强来医院住院。

二强认为自己年轻，只是墙上的土块砸了一下，不会那么严重，他不想到西安去看病，但是看雀儿这样认真，并在很短时间内安排得井井有条，就没再说什么。他给小虫打了电话，说的都是工程的质量和要注意的事情，说得很细，讲得很多。雀儿感到二强有点儿啰唆，但是二强的表现又让雀儿感动。

因为医院有熟人，二强的骨伤也不是很严重，所以一切都很顺利，先是拍片子，然后是正骨，接着就用石膏固定了。人常说"骨头连筋，十指连心"，二强第一次领教了什么叫疼，只是他没喊过一声疼，也没皱一下眉头，感动得大家都竖大拇指。

二强住院后，不断有人来看二强，金凤、雀儿的弟弟、雀儿的姐姐以及所有的亲戚朋友、同学、工友，凡是知道的都来了。六叔也带着几个村子里的乡党，提着鸡蛋和两只活鸡来了。二强的病房里放满了水果、食品，这也是雀儿没想到的，她没想到二强的威信这么高。

百灵来得比较晚，没有带水果，也没有带食品，而是捧着一束花，有康乃馨、百合花，还有几枝玫瑰花。她来的时候正好雀儿出去买东西，病房没有陪人。

二强刚躺下休息，听见病房外面有人询问他的名字，就又坐了起来。

听声音，二强知道是百灵来了，他不感到意外，因为他相信百灵知道他住院肯定是要来看他的。

看样子，百灵很着急，可是问了他的伤情以后面部的表情就平静了。

百灵说：看来伤不要紧，就是干不了活了。也好，借机会也休息休息。

二强说：伤倒是不要紧，问题是不是时候，工地上正紧火着呢，却出了这事情！

百灵说：这是谁也不愿意看到的啊！

二强说：是福不是祸，是祸躲不过。这一年多，总是不顺，唉……

百灵说：又讲迷信，是不是又到庙里去了？

二强想起了老家的那个寺庙，想起了老家人都知道的那个跛腿的老和尚，不由得笑了。

百灵也笑了。

二强发现百灵的笑还很美，只是有一种淡淡的不易发现的忧愁。二强对百灵是有些看法的，但是他理解百灵的一些做法和变化。说不清楚为什么，有时候他还觉得百灵挺可怜的，他不知道这是不是一种爱。

百灵给二强叮咛了几句应该注意的话，就从口袋里掏出一千元钱放到了二强的床头柜上。

二强急忙阻拦，百灵说：不要客气，再客气就生分了。我来时没有给你买东西，你想吃什么就让雀儿给你买吧。

二强听了这话笑了，不再推让，说：不好意思，那就谢谢了！

百灵走了不一会儿，雀儿回来了，二强告诉她说百灵来了。

雀儿说：不用说，我一看就知道。

二强问：为啥？

雀儿说：咱这圈圈里，哪一个人会送花？除了百灵还会有谁？

二强笑了，说：还留了一千块钱呢！

雀儿眉毛一拧，问：你收了？

二强说：我是不想要她的钱，她放下就走了，我也挡不住。

雀儿说：放下就放下，以后找机会再还人家，他们不是就要结婚了嘛。世界上的事就是这样，不拿别人的东西最好。

二强还要说什么，被雀儿挡住了，说：吃饭吧，我在饭馆买了一只鸡，汤汤水水都有，多吃，吃好，好得快。

二强说：谢谢！还是有病好，有病了能吃好东西，还有人服侍。

雀儿瞪了一眼二强，说：快打嘴！又胡说！

二强说：我说的是真话，小时候吃不上白馍馍，只有过年过节或者是有病时才能吃上。就是过生日，我妈也是给我下一把挂面，打一个荷包蛋……就那，香得很，现在还忘不掉！

雀儿说：你说的也是，那时候大家都穷，没吃的，现在好了，可是事情多了。唉！不说了，快吃饭！

在二强的记忆中，这一顿饭很香很香。雀儿只吃了两个鸡翅膀、两只鸡爪，剩下的都让他吃了。

五十一

那天和米粮、雀儿吃饭以后，菲菲不慌了、不乱了，烦躁的心渐渐平静下来了，她知道最终还是要自己去努力解决问题，就像上学的时候老师讲的"矛盾论"，关键是内因起作用。

时间不长，菲菲的爸爸就来找菲菲了。

爸爸一脸疲惫，比前些时候更黑更瘦了，说话时嗓子也哑哑的。

爸爸说，菲菲走后，菲菲的男人经常来他们家，向他们要菲菲。爸爸说，他也不知道菲菲去哪里了。那男人说，找不到菲菲就要菲菲的爸爸妈妈不得好过。听了这话，爸爸也生气了，就说：你不要吓唬我，我老了啥也不怕！不就是一条命么，谁怕谁！再说，我瞎好也是你爸，你是我女婿，我把女儿嫁给你，现在不见人了，你要负责任！好说还罢了，不好说我就去法院告你！你打我女儿、骂我女儿，把我女儿打跑了，我都知道，你也不要以为你厉害，就没有人管你了！爸爸没想到，这么一说还起了作用，那男人慢慢就不来了。

菲菲问：那现在呢？

爸爸说：这一阵子不见人影儿了。

菲菲说：那就好。

爸爸说：那碎狗日的不来了，你翠翠姨这几天可是天天到咱家来。

菲菲很烦这个胖女人，问：又是她！她来干啥？

爸爸说：她说你男人说来，不给人就要给钱。

菲菲着急了，说：你说啥？啥钱嘛，谁欠她的钱啊？

爸爸说：不是翠翠姨的钱，是你男人要钱，要给你的彩礼钱。

菲菲不耐烦地说：这话也说得出，真不要脸！

爸爸说：你翠翠姨说人家催得紧，没办法，她就来了。

菲菲说：我没有钱，随他的便！

爸爸说：人家说，没有钱就叫人回去。

菲菲问：叫谁回去？

爸爸低下头不说话了，取出了烟袋要抽烟。

菲菲看爸爸这年代了还抽旱烟，觉得爸爸也可怜，就带爸爸去吃饭。

爸爸说下汽车时在西郊汽车站吃了碗臊子面，现在还不饿。

菲菲就安排爸爸住下，自己去找雀儿。

雀儿听了，很高兴，说：这下有情况了！

菲菲不解地问：你说啥？

雀儿说：他只要钱就好办了！

菲菲还是不理解。

雀儿说：怕的是人家不和你离婚，舍不下你，要钱就好办了。

菲菲说：我咋觉得都一样，要钱，拿啥给呀？

雀儿说：瓜蛋儿呀，你还不懂啊？钱没有咱可以挣，人只有一个，你说哪个重要？

菲菲笑了。

雀儿说：咱们去找米粮，听听他的，或许还有好办法。

米粮听菲菲、雀儿说了经过，就谈了自己的看法，没想到和雀儿的意见绝对一致。

菲菲吃惊地看了看他们俩，问是不是早就商量好了的。

雀儿笑着说：就是的！这事情就你不清楚！

菲菲说：怪不得呢！

米粮和雀儿都笑了。

菲菲的老实单纯，使米粮更加怜爱，他轻声问菲菲：你和雀儿一直在一起，我咋会知道呢？你也不想一想！

菲菲说：我也觉得奇怪啊！

雀儿说：这就叫人在事中迷，当局者迷，旁观者清！

菲菲不好意思地笑了。

米粮说让菲菲爸爸先回去，通过翠翠姨搞清楚菲菲那男人的胃口到底有多大，说定一个具体数字也好商量。

菲菲说自己也想回老家看一下。

雀儿说菲菲这段时间最好不要露面，以防节外生枝。

米粮说雀儿的想法正确。

就这样，你一句，他一句，最后终于形成了一致意见。菲菲见自己的事情有眉目了，拧着的眉头也舒展了一些。

返回的路上，菲菲一直不说话。雀儿知道她又在想钱的事情，就劝她不要担心，车到山前必有路。

菲菲摇了摇头，长长地叹了一口气。

雀儿说：你可不敢老是这个样子，这样会伤身体的。

菲菲说：我知道，但是不由我么！

雀儿说：你刚才出去上洗手间的时候，米粮给我说了他来想办法。

菲菲说：那就更不行了，我不能欠他的钱！

雀儿问：为什么？

菲菲说：不为什么，我就是不能欠他的钱！

雀儿说：借呀！以后还他还不行吗？

菲菲坚定地摇了摇头，说：不行！

雀儿猜出了菲菲的意思，就没再说话。

米粮也为这件事情头痛。他知道菲菲的脾气，送钱给菲菲吧，她肯定不会要；借钱给她吧，事情就复杂了，说不好菲菲也不会借，重要的是以后许多事情都不好办，处理问题的难度就大了。可是，当下最要紧的是救菲菲出火坑，这比什么都重要，何况眼下就是机会，错过了可能就难办了。想到这里，米粮做出了果断决定：想尽一切办法帮菲菲，其他事情留到以后解决。

五十二

中午，阳光明媚，山水环抱着的丁家坪忽然响起了震耳欲聋的鞭炮声，静寂了很久的小山村欢腾了。

鞭炮声过后，是锣鼓和唢呐的奏鸣声，咚咚锵锵，呜呜哇哇，咚咚锵锵，呜呜哇哇……

接着就听人扯着嗓子喊：上梁了——

雀儿负责建设的印刷厂厂房是楼板房，今天封顶。楼板房不是土木结构的厦房，没有木梁，可是丁家坪人的习惯，他们把楼板房封顶也叫上梁。还有，丁家坪的人都认为上梁好听。上梁，要举行隆重的仪式。

上梁这天，亲戚朋友要带着礼物来祝贺，主人要请客人、帮忙的、干活的吃酒席，还要给工头发大红包，给小工们发小红包，以示谢意。如果是有钱人家，还要在村子里演电影或者搭台子唱秦腔，少则一场，多则三场。这些，雀儿都做了，就是没有演电影、唱戏。她想，盖房出了事情，还有，二强虽然出了医院，可是还拄着拐杖，她高兴不起来。不高兴就没兴趣，没兴趣就什么事情都没有热情。六叔在村子里逢人就说，雀儿要给大家唱大戏了，把城里最好的剧团都请下了。雀儿知道这是六叔要她出钱耍热闹，却不明说，她就故意装着没听见。村子里的人，包括爸爸也都希望她请城里的戏班子来村上演场戏，热闹热闹。雀儿说：过一段印刷厂正式开业，到那时候再说。雀儿这么一说，大家也就不再说话了。

雀儿原打算请村子里的乡党和工地上干活的吃顿饭算了，没想到一大早猫眼、金凤就来了，都说是来帮忙的，不是来做客的。

雀儿笑了，说：我还真没把你俩当客人看。也好，一会儿西安有人来就交给你们招呼了。

猫眼爽快地说：没问题。

雀儿说：那就这样定了？

金凤说：这事儿，小菜一碟儿。你快忙你的去吧！

十一点多，米粮、菲菲、刘有成、婷婷分乘两辆汽车来了，雀儿设计部的几个女孩子也跟着来了。猫眼和金凤正招呼他们往凳子上坐，百灵来了。

雀儿上前招呼百灵，悄悄问道：张勇呢？来不来？

百灵一脸不高兴地说：不知道。

雀儿问：你俩没联系？

百灵叹了一口气，想说什么又停住了。

这时，金凤走了过来，说：先坐下喝水，有话随后说，你看客人都来了。

百灵对雀儿说：我就是来看看，还有事要忙，这是一点儿心意，也知道帮不了你什么忙，给，拿上。

雀儿看是个红包，知道是什么意思，没客气就收下了。

金凤看了一眼百灵，说：回来了，也不回家看看你爸你妈？

百灵说：不了，有事情，来不及。说着扭头就走了。

雀儿赶上去送，百灵摇手说：回去吧，回去吧。

金凤拉住雀儿的手，说：算了算了，你没看见人不高兴么。再说她见了刘有成那几个也站不住脚，算了，让她回城里去吧！

雀儿说：各坐各的嘛，事情都过去了，还计较个啥嘛！

金凤说：你没看猫眼已经怀娃了，刘有成和婷婷交朋友了，听说她和张勇整天拧着，三天两头闹矛盾。你看，今天张勇又没来，你说百灵会是个啥心情？

雀儿怕金凤说出百灵小产的事情，急忙挡住了金凤的话，说：姐呀，你少说几句行不？你这人事情就多得很！

金凤眼睛一瞪，说：咋咧？不对？我说的哪个不是真事情？

雀儿满脸堆笑，说：好好好，你说得对，我知道，你先去给咱招呼一下，封顶的人马上都下来吃饭了，咱人手不够，我出去看一下马上就来。

金凤说：好，好，好，碎碎个事么，怕尿啥哩嘛！

金凤一回到自己的家乡，说的都是丁家坪的话。

雀儿赶上百灵送了一段路，两个人说的都是些咸淡话，没一句是有用的。百灵走了，雀儿望着百灵远去的背影，鼻子禁不住发酸，眼泪很快就流出来了。

百灵和张勇的婚礼向后推了，开始大家都不知道，后来才听说是百灵怀的孩子小产了。为这事两个人闹得很不愉快，到现在雀儿也没敢问。

这时，村头大槐树上的高音喇叭忽然响起了秦腔戏，雀儿听出是西安著名秦腔女演员王玉琴的有名唱段《三娘教子》。这么多秦腔戏，为什么偏要播放《三娘教子》？分明是对没有请剧团在村里演戏有意见么！

这些人真没意思！雀儿嘴里嘀咕着，心里忽然一阵烦乱，她第一次产生了不该在村子建印刷厂的懊悔。再一想，她又觉得自己也太小心眼儿，一点小事情都这样计较，以后又怎么和村里的人打交道？她一边走，一边想，眨眼间就走到了酒席的主桌前。雀儿端起酒壶挨个儿给六叔和村子里的干部们斟酒。

二强在这个桌子上陪酒，看雀儿的脸色不好，拄着拐杖就站了起来。

雀儿看了二强一眼，很关切地说：你腿不好，大夫不让你动，你可不敢乱动啊！我忙，你要照顾好自己。

六叔说：二强这小伙子，一个字，好！一会儿叫喝些酒，酒能活血，喝点儿好，高兴了就好得快啊！

雀儿说：六叔你是大功臣，你今儿个一定要喝好！我可是太感谢你了！

六叔说：不敢，不敢。以后，你六叔可是要沾你的光了！

雀儿说：六叔，你这话说得可不对，我们都是在你的大树下乘凉呢！

六叔没接话，却问：你看叔给你放的秦腔咋样？

雀儿说：好么，三娘教子么，我爸我妈把我没教育好么！

六叔听出了雀儿话里的意思，脸上的表情依然未改：你看你这娃想歪了，我是说你爸你妈把你教育得好，叫大家向你学习呢！

雀儿说：你是村领导，又是我六叔，以后我有啥不对了你就批评，不要客气啊！

六叔笑呵呵地说：咱是自家人，我知道，叔都知道。

二强担心雀儿话多了出问题，就说：六叔好，丁家坪就数你老人家有经验、有能力、有水平，咱村这些年的变化都是你六叔的功劳！您老德高望重啊！

六叔笑了笑，说：你这娃又哄叔哩！

雀儿说：真的，真的！村子里人都这么说。

听二强这么说，六叔更得意了：叔是没文化，要不早当大官了！

二强附和着说：就是！就是！

两个人正说得高兴，金凤过来喊雀儿过去给西安来的人敬酒。

二强赶紧说：你赶快去吧，这里有我呢。

雀儿挨个儿敬了一圈酒，慢慢走了出去。在外面，她静静地望着远处的崇山峻岭，长长地出了一口气，才觉得舒坦了一些。

秦岭，是华夏文明的龙脉，中国地理上最重要的南北分界线。秦岭面积广大，气势磅礴，蔚为壮观，被人们称为祖国的父亲山。在雀儿的心里，秦岭就是终南山，终南山就是丁家坪。她为自己出生在秦岭山区而骄傲，因为她爱的是丁家坪，丁家坪是秦岭的一部分。此时的丁家坪更是让人喜欢，天很高、很蓝，太阳很红、很亮，每一个角落都是鲜活的、生动的。村子上空弥漫着饭菜的香味儿，飘得很远、很远。

五十三

好事成双，雀儿在丁家坪的印刷厂厂房竣工不久，她创作的长篇小说《丁家坪纪事》第一稿也在一个明净的早晨收笔。

《丁家坪纪事》的篇幅不是很长，有十七八万字，雀儿从构思到写完第一稿用了不到一年时间。

雀儿从小生长在农村，见到的书不多，看的小说就更少了，在她的记忆里，真正读过的小说就是《创业史》《人生》《平凡的世界》《白鹿原》《浮躁》这么几部，这些书都是她向同学借的，她自己买的书只有一本《人生》。她读的小说全是陕西作家的作品，这些作家的书她都很喜欢，读得也非常认真，读的时候还为主人公掉过不少伤心的眼泪。上初中时，她用挖药材卖的钱在镇子上的书店里买了《人生》，回家的路上一边走一边看，下午挖猪草还带着。结果读了书忘记了挖猪草，直到天黑了的时候才着急了，妈妈看她提着半篮子草回家，非常生气，就罚她站在门外不许吃饭。姐姐偷了个馒头给雀儿,被妈妈发现了,妈妈非要姐姐拿来书给雀儿,让雀儿把书吃了。

还有,那次帮妈妈烧饭,雀儿只顾看书烧煳了饭,气得妈妈拿着烧火棍要打她。她一闪身跑到屋外,妈妈还在后面追。这样的事情多了,现在雀儿想起来觉得还挺有意思的。这些,雀儿至今都不后悔,她也理解妈妈当时的心情,她后悔的是自己读书太少,知道的东西太少,以致现在写作起来很吃力。

雀儿写小说也有周围人支持的原因。特别是她获奖以后,几位搞创作的朋友,还有米粮、张勇,就连金凤也跟着瞎哄哄,他们都劝雀儿写小说,说小说是文学的主体,写好了容易出名。还说雀儿具备了写长篇小说的条件,现在不写以后要后悔的。

雀儿心里没数,不说话,只摇头。

大家说多了,雀儿就说:不行,不行!

米粮说:谁都是从不会到会的,学习也得敢动手实践,文无定法,你想怎么写就怎么写,说不准就能写出个好小说来。

张勇说:写小说就是编故事,只要故事的情节吸引人就行了。

二强说:故事好编,你看那些电视剧,哪个不是编的?能把观众的眼泪哄出来就是好故事。

金凤说:咱不懂写东西,但是我肚子里故事还不少,想听了姐给你讲,你写进去一定能打动人!

雀儿的心终于动了,说:写小说,首先要有生活,我就知道丁家坪那些事……

米粮说:有丁家坪的事就够了,你就写丁家坪!一定会成功!

说到写丁家坪,大家都来了劲儿,意见达到了空前地一致:就写丁家坪!

写丁家坪!雀儿也是这么想的。她生在丁家坪,从小长在丁家坪,丁家坪的山山水水、一草一木,丁家坪的过去、现在,丁家坪的大人、孩子，丁家坪的鸡鸣狗叫……她太熟悉了！她闭上眼睛就想起丁家坪，晚上做梦也是丁家坪……

就写丁家坪！

想着容易，提起笔却难了，写了几个开头都撕掉扔进了废纸堆里。雀儿犹豫了，但是她的话已经说出去了，要是不写出来怎么给人说？雀儿不是遇到困难向后退的人，她知道只有咬紧牙关向前冲，才有可能实现自己的目标，达到自己的目的。

坚持就是胜利。雀儿又一次拿起了笔。没想到写完第一章后忽然顺了，也许是拥有的素材比较多，也许是第一次写小说没有约束，她竟然觉得自己的手太慢，总是把脑子里想的东西写不完。她清楚这不是文如泉涌，是自己话如泉涌，是想说的话太多了。她想，不管小说写得好不好，先把想的这些话写完再说。有这种思想做指导，她一有时间就坐下来写，几乎把所有可以利用的时间都用上了，有时候甚至饭不吃，觉也不睡。

雀儿觉得很累很累。掐指头一算，她已经好长时间没有睡一个囫囵觉了，盖厂房，二强受伤住院，给印刷厂购买、安装设备，还有写这部小说，不要说是人，就是一台机器也该维修一下了。那些个日子，也许是心里鼓足了劲儿，雀儿还能坚持，可是写完这部小说最后一个字，她的眼睛就不想睁了，她恨不得马上就躺在床上，睡上个三天三夜。可是她想起了许多事儿，许多急着要做的事情，就又走到窗户跟前打开了窗户。这时一阵清爽的风儿就跟着吹了进来，雀儿揉了揉干涩的眼睛，伸了伸腰，做了几个长长的深呼吸，疲惫的身体觉得灵活多了。

做完这些，雀儿去卫生间刷牙、洗脸。就在弯腰的那一瞬间，她忽然觉得头晕得厉害，于是放下手中的牙刷，扶着墙走到沙发边坐下了。这一坐雀儿的眼睛就睁不开了。

雀儿是被一阵急促的手机振铃声叫醒的，醒来后的雀儿依然觉得头痛，她皱着眉头抓起手机，手机却不响了。雀儿打开手机，发现打来的电话有几十个，还有不少信息，仔细看，有二强、米粮、张勇、刘有成、菲菲，还有几个客户，她抬头看了看墙上的挂钟，时间已经是下午四点多了，雀儿这才知道自己昏睡了八个小时。八个小时啊，那么多的电话竟然没有把她唤醒。雀儿苦笑着摇了摇头，先拨通了在丁家坪忙着的二强的电话。

二强很焦急，问她出了什么事情。

雀儿说：什么事情也没有，是睡着了。

二强说：开玩笑吧？打了那么多电话，怎么就一个也没听见呀？

雀儿说：我也不相信，可就是睡着了没听见。

二强说：太累了，太累了，那你就再睡一会儿吧。

雀儿说：你打了那么多电话，不会没有事情吧？

二强说：事情是有，等你睡好了再说吧。

雀儿说：我已经醒来了，都睡了八个小时了，再睡也睡不着了。

二强说：我们可能遇到麻烦了。

雀儿着急地说：什么事情你快说嘛！要急死人是不是？

二强说：就是在咱们这儿印东西的那个尤大，找不见人了！

雀儿说：他能跑到地球外面吗？

二强说：不是开玩笑，真的不见人了，手机关机，单位关门，咱们的人找了几天都找不见。

一听二强这么说，雀儿愣住了，停了一会儿才说：你们继续找，我也打听一下。

二强说：好，那你先休息，我一有消息就告诉你。另外，我明天要进城，咱们见了详细说。

二强还说了些关心的话，就挂了手机。

雀儿喝了一杯水，先给几个客户回了电话，然后一边点煤气灶烧开水，准备下包方便面压压饥，一边给米粮、菲菲、张勇他们回电话。米粮、菲菲打电话都是业务上的事情，雀儿顺便把自己小说脱稿的事情告诉了米粮，米粮很高兴，要求做《丁家坪纪事》的第一个读者。雀儿笑着答应了，她要求米粮必须认真看，毫不留情地提意见，最好能帮着修改一下。

米粮说没问题，只要自己能做的，一定尽力。

雀儿没有给米粮说尤大的事情，她觉得这个事情不是小事情，一句话两句话是说不清楚的。另外，二强他们还正在找尤大，或许事情还会有什么变化。

刘有成没有什么事情，问雀儿什么时候有空儿，他想说说自己的事情，让雀儿给参谋一下。刘有成和婷婷谈对象有一段时间了，就是结婚的事情决定不下来。雀儿清楚，这是刘有成性格上的优柔寡断造成的。雀儿当时就想说这话，话到嘴边又咽下去了，她知道这种话十句八句是说不清楚的，何况自己的精神、情绪都不在状态，就说改天约时间细说。

自然，雀儿也把自己写完小说的事情讲给了刘有成。刘有成建议她让张勇看看，提提意见，说张勇以前写过几个短篇小说，还在杂志上发表过。

雀儿打张勇电话的时候，电话占线，等张勇回过来电话时，雀儿的方便面已经煮好了。张勇说的也是无关紧要的事情，就在两个人要说再见时，雀儿说了要张勇帮她的小说提修改意见的事情，这一下电话放不下了。两个人通完电话，碗里的方便面已经黏在了一起，一点儿汤汁都没有了。雀儿犹豫了一下，把方便面倒回锅里，加了些水，又点燃了煤气灶。

物质和精神，到底哪个更重要，有时候还真说不清楚。雀儿这时候事情已经够多了，特别是那个尤大的事情，可是因为文学创作上的收获，竟然就平衡了她思想上的矛盾，缓解了情绪上的压力。

第二天中午，二强和小虫一起来到了雀儿单位。当二强说到那个客户尤大的名字时，小虫立即打断了他的话，非常着急地问：你说的那个人叫尤大？

二强说：是。

小虫又问：是陕北口音？

二强又说：是。

小虫双手一拍，说：好！咱们有办法了！

二强着急了，一巴掌就拍在了小虫后背上，很不耐烦地说：你能不能快点儿说？

雀儿瞪了二强一眼，说：着啥急呀？小虫，慢慢说。

小虫笑了，说：对不起。一句话，张勇认识这个人。对了，是张勇和尤大的老板很熟悉。

二强还是着急，催着问：张勇到底和谁熟悉？

小虫说：都熟悉，都熟悉。那尤大和牛老板是一回事儿，他们是一起的。

二强这才松了一口气，说：这不就对了么，看把你难受的。

小虫说：我不是也着急么。

大家都笑了。

事情紧急，雀儿立即给张勇打了电话，说是有急事儿。不大工夫，张勇就赶来了。

二强性子急，还没等张勇坐下就问张勇是不是认识尤大。

张勇不知道事情经过，也不知道尤大就是那个尤哥，瞪着眼睛半天没说话。

雀儿挡了二强的话，对张勇说：有个尤大，也就是你认识的那个尤哥，他在咱们这儿做了一单业务，有二十万。最近，这个尤大在陕北搞非法集资，被当地公安机关逮捕了。尤大找不到，其他经办人也不见了踪影，印的东西一直没人来取，在咱们仓库里压着呢。

张勇这才听出眉目，问：那后来呢？

雀儿说：听小虫说你认识这个尤哥，还有他的那个牛老板。

小虫赶紧补充说：就是上一次和咱们谈业务的牛老板和尤哥，也就是你喝醉了的那次。

张勇不好意思地笑了笑，说：这个尤大我认识，但是不熟悉，那一阵儿他跟着牛老板干，现在就不知道了。牛老板我熟一些，最近还有个业务，正在进行中。

雀儿眼珠一转，说：这就好，这就好。不管怎么讲，咱们总算找到门上了。

事情清楚了，几个人在一块儿一直商量到吃饭时间，又一起到街上吃了顿水盆羊肉，这才分手。

张勇回到单位，先处理了手头上的急事儿，然后和牛老板约了见面的时间。

牛老板只上过小学，刚考上初中，家里缺劳动力，他就回家了。这是牛老板给别人说的，实际上是牛老板不爱学习，一拿起书本就头痛，父亲看他不是个学习的料，也就任其自由发展了。牛老板文化程度低，但是脑子聪明，为人处世也灵活，朋友圈里很有些人气，开煤矿挣了钱以后，为村子修路、修自来水、建学校，办了不少好事情，还为社会公益事业捐了不少钱。这几年，牛老板和张勇业务上有些来往，他很佩服这个年轻的、有文化的国有企业领导，所以，时不时地还约张勇坐一坐。

这天，张勇请牛老板在一家茶社喝茶。

牛老板问：不喝酒了？

张勇说：这几天事儿多，改天兄弟陪你喝个大酒。

牛老板说：有甚大事情？不就是发展业务么，你们公家的事情多，还是我请你吧，咱们上酒馆？

张勇说：算了，老哥，改天吧！

张勇知道，要是在饭馆里那就一定要喝酒，两个人喝酒张勇就一定会喝多，因为牛老板的酒量太好了，这样什么事情也就谈不成了。

牛老板笑了笑说：好好好，这一次就听老弟的，下次老哥请你。

事说定了，话就进入了正题。

张勇刚讲了来龙去脉，牛老板就哈哈大笑起来：我还以为是什么大事情呢，不就二十万嘛！

张勇知道牛老板有钱，出手也大方，可是二十万不是小数字，牛老板口气这么大，还真把他唬住了。

牛老板看了看还在发怔的张勇，说：没尿事，不就是个钱么，好办！

张勇也看了看牛老板，说：就这么简单？

牛老板说：实话对你说吧，尤大跟我好些年了，虽然说现在不跟我干了，和我还闹了些矛盾，可是这几个钱不是个事儿啊！

张勇说：大家都知道牛哥是义气人，可是这事情与你没有关系，我意思是说，看你能不能找到他的家里人或者手下人，帮忙把这事情协调着处理了？

牛老板说：大家叫他尤大，其实这不是他的名字，他姓尤，在他家是老大，他家弟兄们四五个哩，和他来往的不多。这两年你知道，甚叫树倒猢狲散，你红火时有人围着你，给你抬轿呢、吹喇叭呢，你背霉了，你日脏了，不要说是人，鬼都会跑得远远的。

张勇笑了，没说话。

牛老板说：不信？不信你试试！

看牛老板认真了，张勇忙说：我信，我信。

牛老板说：信就好，就怕你不信！

张勇说：什么时候都有好人，都有不好的人，毛主席当年不是说过嘛，凡有人群的地方就有左中右……

牛老板说：这话我信，问题是现在不好的人多了，没良心的人多了，不知道瞎好的人多了，没有道德底线的人多了。这个多了就不好……

张勇一直认为眼前这个靠卖豆腐发家致富的农民企业家是个大老粗，此时忽然有了新的发现，他想起了人们平时常说的一句话：人不可貌相，海水不可斗量。历史在发展，社会在前进，人都在变化，有的变好了，有的可能变坏了，总之，都在变，不变是不可能的。由此，他想了很多。

和牛老板聊了一阵儿，张勇才弄明白了牛老板慷慨的原因：牛老板曾经答应给尤大一笔钱，算是他对尤大跟他多年的酬劳，大约有十万元，尤大离开他的时候，两个人闹了些不愉快，这笔钱也就没有给。牛老板说，先把这笔钱付给雀儿，然后再找尤大，让尤大把剩余部分账也清了。

张勇觉得这种处理办法不错，但是尤大不在，你找谁去说？

牛老板说：把他找来，我给他说！说着一拍桌子骂道：这灰货，真是长本事了，还干起骗人的勾当了！

张勇忙劝道：你不要生气，是找不见尤大人了，具体怎么回事还不清楚呢。

牛老板一愣，忙问道：你说甚？找不见尤大了？

张勇说：都找了好几天了，人不见，手机也不开。

牛老板问：真的？

张勇说：听说是犯事儿了。

一听尤大出了事儿又找不见人，牛老板说话的声音马上变小了，口气也没有刚才大了：那这，得想想，我得想想，这灰货！咋搞这事情了，就说这一阵子不见人影。

张勇看牛老板犯难，就说：不为难，不为难，我知道你是爽快人，办事够哥们儿！能帮着想点儿办法就很感谢了。

牛老板叹了一口气，说：君子一言，驷马难追。我说的话算数，其他的还得等见了尤大再说。你说是吧？

张勇说：是的，是的，就凭老哥这态度，我都要好好谢谢你。这事情我知道了，我和当事人商量一下，咱们再说。

牛老板说：也好，也好。

两人再没提这事儿，说了一会儿闲话就分手了。

送走了牛老板，张勇就到雀儿单位，把刚才见牛老板的全部经过说了。

雀儿犹豫了一会儿，笑了。

张勇问雀儿笑什么。

雀儿说：这牛老板挺有意思的。

张勇笑了笑，没说话。

雀儿说：谢谢你，还真让你为难了。

张勇说：谢啥呢！忙都没帮上，还谢呢！

雀儿说：总算是有些线索了嘛！

张勇说：看来事情复杂了，这尤大要真被关起来判了刑，咱们找到他，他没钱，这咋办？

雀儿有点儿懊恼地说：这能怪谁呢？自己认倒霉呗！

张勇说：我那里有点儿钱，明天取出来给你送来，你先运转着，不要打住手。

雀儿说：谢谢你！我再想想办法，要是不行，可真的就要伸手向你们借了。

张勇说：好，那就这样了。

五十四

张勇走后，雀儿立即把尤大的事情和刚才的这个消息告诉了米粮。米粮沉思了一会儿，说这个事情复杂，不能简单处理，要好好想一想，见面后详细说。

雀儿又把这个情况说给二强听。

二强没说话，笑了。

雀儿有点儿生气：都什么时候了，你不急，还笑？

二强说：这结果我早就料到了，做生意的能有几个好东西？

雀儿说：你注意哦，咱们也在做生意！

二强说：咱们不一样啊！

雀儿问：有啥不一样的？

二强说：咱们是农民。

雀儿紧逼着问：那他们就不是农民了吗？

二强说：咱们是公司，他们开的是店。

雀儿问：什么意思？

二强说：你看"店"这个字吧，客人来了老板先给你点头，然后弯下腰请你进。你注意，只要你进去他就撇你了，最后就把你占有了！

雀儿右手比画了一下"店"字，还真是这回事儿，就说：字是字，人是人，不要混为一谈！

二强说：咱们是好人啊！

雀儿笑了，说：你这话还能说过去，不过也牵强。

二强知道雀儿有这种得理不让人、爱认死理的时候，就借机下台地说：我不和你讨论好东西坏东西了，只希望你不要太着急，明天早晨我就来看你。

雀儿好像气还没有出似的：看我干啥？

二强笑了，说：找你有事情汇报，见了就知道了。你放心，面包会有的，困难是暂时的，一切都会过去的！

雀儿嗔怪道：就你能，看把你能的！说着就挂了电话。

二强了解雀儿的脾气，也没再打雀儿的电话。他已经想好了，要把自己的全部积蓄拿出来交给雀儿，让雀儿渡过难关，发展事业。

丁家坪印刷厂建好以后，雀儿和米粮一商量，就把这里的全部事情交给了二强，任命二强为厂长。二强又提名小虫为助理，设立了印刷车间、装订车间和班组机构。同时，在西安聘了一个技师，在丁家坪及附近村子雇了一批工人，请菲菲和那个技师来给大家讲课培训。这期间，米粮和雀儿一起来过两次，和大家一起座谈讨论，研究印刷厂的发展。

二强是个认真的人，工作踏实，肯吃苦，一天到晚都在印刷厂里，把各项工作搞得井井有条，米粮和雀儿都很满意。但是，他们并不知道，他们的厂长的心一直在城市里。二强认为西安天地大，钱好挣，发展快，就是因为和雀儿的事情，他一直没有提到西安的事儿。二强心里明白，这是米粮，特别是雀儿对自己的信任，还有一点，就是印刷厂暂时没有比二强更合适的人。能干的人不愿到山沟沟里来，想来的又拿不起这个活儿，所以，二强就是这样当上厂长的。二强想，只有把小虫带出来，带到小虫能够胜任这里的管理工作，然后把这里的事情都交给小虫，他就可以离开了。要做到这一步，他觉得比较难，却一直在努力着。

二强正想着印刷厂的事情，百灵打来电话，说有好事情给二强说。

二强笑了：我每天都想好事情呢，可是好事情就是不想我！

百灵说：今儿个好事情可真的来了！

二强说：我想铜盆大的白雨点点也该轮（淋）到我头上了！

百灵说：我没和你开玩笑！

二强说：那我先谢谢你了！

百灵认真地说：咱们不要说闲话了，就是上次你让我打听在电信局做线路工程的事情……

二强忽然想起来了，于是急不可待地问：啊？这事儿是不是有情况了？

百灵说：不是有情况，而是已经说好了！人家让你明天就去见一下。

二强很激动地说：谢谢！谢谢！你这可是给我帮大忙了，我一定请你吃鲍翅捞饭！

百灵说：我就不用了，鲍翅捞饭你还是请人家去吃吧！

其实，二强连鲍翅捞饭是啥样儿也没见过，他听人说好吃，就把那饭当作世界上最好吃的饭了。二强笑着对百灵说：我还是先请你！是你帮的忙，我就认你！

百灵说：你这人就知道开玩笑，干话多得很！我说正事儿呢！

二强感觉百灵有点儿不高兴了，忙收敛了笑容说：你说，你说，我听着呢。

百灵说：我先给你打个招呼，这活儿可真是体力活儿，比较重，听说办手续也比较麻烦。

二强说：活重咱不怕，还能有咱农村的活重么？

百灵说：差不多，听说是挖电缆沟、埋电缆，对时间、质量都有具体要求。

二强说：知道了，这活儿我见过。

百灵说：那就好，你记个电话，这个人是我同学的哥哥，明天你一到西安就跟这个人联系。

放下电话，二强又是喜又是愁。喜的是终于有了一个挣钱的机会，愁的是离开印刷厂谁来接替他。他知道雀儿正处在困难的时候，话说不好就会闹出矛盾来。

二强找到小虫，话到嘴边又咽下去了，他决定先不告诉小虫到电信局挖电缆沟的事情，他知道小虫在他和雀儿闹矛盾的时候，小虫第一个想到的一定是雀儿，他永远都是第二。他给小虫说，明天他要去城里，顺便交代了印刷厂几件急需做的事情。

小虫觉得他有话没说完，就问还有事情没有。

二强说：没有了，有了我会告诉你。

小虫说：我咋觉得你还有事情。

二强一摇手，说：没有，没有，我想问你一个事。

小虫说：啥事情你尽管问。

二强说：如果让你一个人管印刷厂，你行不？

小虫向后退了一步，眼睛直直地盯着二强：你要去哪里？

二强说：你急什么？你给我说，如果我不在的话，你能不能把这儿管好？

小虫问：你说印刷厂？

二强点了点头。

小虫想了想，说：你走几天还可以，时间长了不行！

二强眉毛一拧，脸也沉下了：你咋没信心？尿囊鬼！

小虫不好意思地说：你也太高看兄弟了，有你在我还凑合，你要不在，我可是啥也弄不成了。

二强又问：你不是每天都跟着我嘛，我怎么做你不都知道嘛！就那么做，要有解决不了的事情你就打电话给我说，行不行？

小虫说：行是行，就怕那些人不听我的。

二强说：我开会给他们说，让他们听你的！

小虫犹豫了一会儿，说：我和你不一样！

二强问：有啥不一样？

小虫说：你有文化、有经验，能说会道，也能镇住人，大家也服你，我差得太远了。

二强说：那是过去，要是过去我也不会给你说这些话。这两年你小子变化还不小，我相信这些活儿你努力一下还是可以干好的。

二强的话感动了小虫：那我就试试！

过了一会儿，小虫问：你要干啥去，这事情你和雀儿姐商量了没有？

二强这才想起不该多说了这些话，忙解释说：我是想考考你这些天有进步没有。

小虫问：你不会哄我吧？

二强说：不会！哥咋会哄你呢？

小虫说：我感觉你不会长时间在这里待，可是现在你不会离开。

二强问：为什么？

小虫说：你是干大事的，这里天地太小，放不下你。

二强问：那为什么现在不能离开？

小虫说：没有比你更合适的人接替。

二强扑哧一声笑了：你小子学会拍马屁了！

小虫忙说：不是不是，我说的是真话。

二强问：你还有啥真话，快说！

小虫很动情地说：二强哥，你干啥可要带着我啊！

二强说：兄弟，哥明白你的意思。

小虫有点儿难为情地说：那你要干啥可要告诉我，不要把我放到这儿不管了。

二强拍了拍小虫的肩膀说：你就把心放到肚子里面去，哥还离不得你呢！

小虫不好意思地笑了。

二强说：咱俩是开玩笑呢，你可不要把这些事情告诉雀儿啊！

小虫说：我知道。

小虫走后，二强就休息了，可是躺在床上翻来覆去睡不着。他决定把进城挖电缆沟的事情谈下来，交给一位关系很要好的中学同学帮着招呼上，等雀儿眼下的困难都解决了，再给雀儿和米粮谈让小虫负责印刷厂的事情。他又想到了百灵，想起了那天百灵醉酒在他房子里休息的夜晚，他感激百灵的帮助……不知什么时候睡着了。

第二天天刚亮，二强赶第一趟班车进了城。在雀儿单位办公室见到了雀儿，把二十万元的存款单和自己的身份证一起交给了雀儿。

雀儿一怔，问：什么意思？

二强说：这是二十万元，估计就能解决眼下的资金周转问题了。

雀儿认真地问：这是你的还是借别人的？

二强笑了笑，说：这是咱们的。

雀儿脸上还是没有笑容，问：这么说，是你的了？

二强装作很认真的样子，说：刚才是我的，现在是咱们的。

雀儿说：那不行，现在也是你的，你要愿意借，我就给你打借条。

二强脸上有点儿挂不住了，说：你不是开玩笑吧？

雀儿说：谁跟你开玩笑？

二强叹了一口气，摇了摇头，没再说话。

雀儿忽然意识到了什么，口气马上缓和了：我是说，现在还是把账算清好，以后再说以后吧。

二强有点儿不高兴地说：你说咋办就咋办，反正这些我就交给你了，你看着办吧，都行。

雀儿发现了二强的不快，说：还男子汉呢，小心眼儿！你不是还和人家有约嘛，快去，中午过来一起吃饭。

二强说：那，那事情咋办？

雀儿明白二强所指，就说：我和米粮商量一下，他是领导，大事情都要汇报的。

二强说：米粮人很聪明，你说话可要留点神……

雀儿笑了，向他挥了挥手，说：先去忙你的吧，回来再说。

说不出是什么原因，二强对米粮总有一些看法，雀儿有时候觉得二强是嫉妒，有时候又觉得有点儿醋味儿。开始时，雀儿总说二强不对，时间长了好像也习惯了。

二强理解雀儿这几天的困惑和忧愁，但接受不了雀儿的认真和固执，还担心雀儿和米粮这个南方人合作会吃亏。

雀儿心里明白，米粮确实精明，懂经营，会算账，但是米粮人品好，是值得信赖的，这是雀儿与米粮长时间合作得出的结论。这次出的尤大的事情，主要责任应该在雀儿自己，可是这种事情也是意外，所以雀儿只是和米粮在电话上说了几句，两个人没有见面，米粮到底是什么态度，她也不知道。她现在等的是米粮的电话，对两个人的谈话，她设想了两种结果，也做好了两种思想准备。

离开雀儿办公室，二强顺路去了百灵那里，给百灵送了些板栗和核桃，他知道百灵喜欢吃这些家乡的土特产。两个人在百灵单位大门外见了面，交换了东西就分手了。百灵给二强的是两瓶西凤酒和两条好猫烟，这是他们打电话的时候说好的，二强怕时间来不及就让百灵代买了。可是，二强在给百灵钱的时候，百灵说什么也不要，二强怕在百灵单位门口拉拉扯扯影响不好，只好作罢。

百灵同学的哥哥年纪不大，头顶上头发稀少，下巴上胡子却很稠密，人挺爽快，收了二强送的烟酒往办公桌下一塞，没说一句客气话。

二强从口袋里掏出烟让那人抽，那人接过烟让二强坐下，这才问二强喝不喝水。

二强说：不渴。

那人说：认识了就是兄弟，渴了自己倒。

二强说：老哥放心，我看咱兄弟俩有缘分、对脾气，绝对一路人。以后时间长了，你就知道兄弟的为人了。

那人说：我一看就对路，哥眼睛不大，却有水，不会看错人！还有那个百什么？

二强忙说：百灵。

那人说：对，百灵，是我弟的同学，来过我这儿，碎女子，灵醒得很，长得也漂亮……

二强不知道那人是什么意思，只是点头，没有说话。

那人讲完了这些话，才问二强的单位叫什么，有多少人，单位搞工程是几级资质……

听了这些话，二强一下傻眼了，他搞装修的时候听别人隐隐约约说过这些，但是具体是什么却都不知道。于是悄悄对那人说：哥呀，你慢慢说，让兄弟找个笔记下。

那人看了二强一眼，问：你是不是啥都没有？

二强忙摆手说：有，有，就是不全。你说说，我回去准备准备。

那人又看了二强一眼，说：没有了也不要紧，你要说实话！我给你说了，你得抓紧时间办，要是有啥困难就给我说，要快！再不行，你就先跟着别人干……

二强忙说：咱自己能干，老哥放心，自己干好！

那人说：看你是个灵醒人，知道就好，给人家干没意思，挣不下钱。

二强说：谢谢老哥，谢谢老哥，兄弟一定抓紧时间！

说完，二强就告辞了。那人也没挽留，只向二强摇了摇手，说：走吧，走吧。

二强出了电信局的大门，就给百灵打了电话，百灵要他在街上先转转，说她和她的同学联系一下，最好中午一起吃个饭，一块儿商量商量。

挂了电话，二强就给雀儿打了电话，说他事情没有办完，中午还要和人家吃饭，就不过去了。

雀儿觉得二强反常，就问是什么事情。

二强说现在有人不好说，等见面了详细说。

中午，二强和百灵在一家饭馆见了面，百灵的同学因为有急事没有来。百灵和同学通了很长时间电话，然后对二强说：话说得长，其实事情并不复杂，你先到工商局注册个公司，再回乡下找七八个精壮劳力，要靠得住的人，再到电信工程管理部门搞个资质，就行了。

二强说：注册公司、找人都没问题，就是那个资质不知道找谁。

百灵说：这个我同学说不要你管，他哥哥帮咱办。

二强笑了，说：那其他的就都好办了。

百灵笑了笑，说：没那么容易吧？还有雀儿那一摊子呢！

二强说：你不提醒，我还真忘了。他抬起头看了看百灵，又笑了。

百灵说：电信局的事情我帮你办，雀儿的事情我可管不了，你自己想办法吧！还有，电信局这事情，我希望你暂时不要给雀儿说我在帮你。

二强不解地问：为啥？

百灵说：这还用问，你想想上次……

二强似有醒悟地哦了一声。

百灵说：其实，我全都是为你们好，就怕不领情啊！

二强说：谢都谢不过来呢，还敢不领情？领情，领情！

百灵说：你说了不算！

二强耍赖说：你好！我一辈子都感谢你！

百灵摇了摇头，笑着说：就这样了，你快忙去吧，我也该上班了，再见！有事情咱们再联系。

二强说好。

二强到雀儿单位后，就把联系电信局挖电缆沟的事情讲给了雀儿，雀儿像不认识似的看了看二强，说：我知道咱们那个丁家坪放不下你！你也不会长期在我的手下干活，你是迟早要走这一步的，没想到会这么快！

二强急忙解释说：不是不是，咱们发展不是需要资金嘛，我是为咱们好。

雀儿说：不用不用，这在我预料之中，就是咱们结婚了你也会这样，男人么，要干大事情，我完全理解。可是，现在你还不能离开，等我找下合适的人，我马上让你走！

二强知道雀儿误会了，牛脾气又上来了，就说：你不要急，人家单位刚向上级打了报告，预算还没做呢！咱们现在什么也没有，八字还没见一撇呢，这些还谈不上。

雀儿看了看二强，说：我还以为你啥都弄好了呢。这也好，你准备你的，我也找我的人……

二强说：我都想好了。

雀儿问：想好了？你说是谁！

二强说：你看小虫怎么样？

雀儿说：小虫？小虫能行？

二强说：就是招呼个摊子么，我看可以，有大事情了，他给我打电话，我回去就行了。再不行，还有你呀！

雀儿停了一下，说：我想想。

二强看场面一时不好收拾，只能推说还有事情就离开了。他要静下来好好想一想，再与百灵商量商量，过了雀儿这一关。自从上次和雀儿闹矛盾以后，二强心里总是怯雀儿，怕雀儿不高兴，每次遇到矛盾都让着雀儿，可是越让越没有退路。他觉得自己被挤到了墙拐角，就剩下上墙了。

二强走后，雀儿陷入了沉思，她明白自己这几天很烦躁，说话、办事情都不在正常状态。二强早晨给她送来了钱，那些钱可能是二强的全部积蓄，她知道那是二强的一颗心。可是，刚才她给二强说了那么多不中听的话。虽然他们已经确定了恋爱关系，可是毕竟还不是夫妻呀，二强能理解她吗？

雀儿也在想二强的对和不对，她理解二强的一些想法和做法，又觉得二强不该这个时候离开印刷厂，因为她很需要二强的帮助。她隐隐约约感觉到二强的背后一定有什么人支持，不然，他哪有这些关系？

雀儿想给二强打电话说说自己的心里话，一时又不知道该从哪儿说起，心里很乱，按了二强的手机号码却没有拨出去。

五十五

雀儿把小说《丁家坪纪事》的手稿送给张勇，请张勇提修改意见。张勇因为太忙，一直没有顾上看，百灵发现了，抓起来翻着看，没想到这一看就放不下了。百灵几乎是一口气读完了全部书稿，激动得流下了许多眼泪，这时，张勇正好下班回来。

这一段时间，张勇和百灵说话比较少，看见百灵流泪，不知道出了什么事情，就问百灵怎么了。

百灵说：你看看雀儿写的书就知道了。

张勇问：雀儿的书？

百灵有点儿酸酸地说：就是雀儿让你提意见的那个书么。这么重要的事情，难道你忘了？

张勇不好意思地笑了：忘了，还真忘了！

百灵说：这就不对了，应人事小，误人事大！

张勇一边洗脸，一边说：错了，错了。

百灵说：我真不相信雀儿能写书，还写得这么好的！

张勇说：现在你相信了？

百灵认真地说：是不是她写的我不知道，可是这本书确实写得好。写的都是我们村子的人和事情，有过去，有现在，那书中的人物，一个个都活生生的，非常典型，看得我光想掉眼泪……

张勇看了一眼百灵，问：真的？

百灵看也没看他，说：真的么，谁还哄你呢。

张勇说：我听你刚才那话，好像怀疑这书不是雀儿写的？

百灵一激灵，忙说：我可没有这样说啊！

张勇说：我知道你认为雀儿没上过大学写不了书，我告诉你，能写书的人不一定都是高学历。不信你看看，写《母亲》的高尔基，写《钢铁是怎样炼成的》的奥斯特洛夫斯基，写《创业史》的柳青，写《保卫延安》的杜鹏程……

百灵说：我知道，还有写《半夜鸡叫》的高玉宝，写《狗又咬起来了》的崔八娃，他们几乎是文盲。

张勇扑哧一声笑了。

百灵问：你笑什么笑，难道我说得不对？

张勇说：我知道你想干什么。

百灵问：你说我想干什么？

张勇说：你想胡搅蛮缠！

百灵说：你才胡搅蛮缠呢！

张勇看了看百灵，马上转了话题问：这么说，这书还真把你感动了？

百灵说：何止是感动？你看看就知道了，里面好像还有你和我的影子。

张勇又问：是书写得好，还是把你、我写得好？还是把咱们写进书里写得好？

百灵有点儿不高兴地说：你自己看啊！这是人家雀儿让你看的，还等着你提意见呢！我这是咸吃萝卜淡操心！

张勇说：又来劲儿是不是？

百灵白了张勇一眼，没再说话。

吃了饭，张勇拿起《丁家坪纪事》，看了几页就放不下了。

这个晚上，张勇睡意全无。

第二天中午休息时，张勇又接着读《丁家坪纪事》。

晚上，张勇继续读这部小说。

这天中午，张勇借午休的时间去了趟西京出版社，张勇的表弟叫钱笑笑，就在这家出版社编辑部工作。

张勇很激动地对钱笑笑说：我给你推荐一部书，绝对好，你们出版社要是不出，我就让我北京的同学在北京出了，他们那牌子比你们的还硬！到时候你们可别后悔！

钱笑笑笑了，说：啥书呀？看把你激动的，你也得让我看看再说呀！

张勇也笑了，说：不好意思，不好意思，太激动了！不要笑哥啊！

钱笑笑问：作者是谁？哥你咋这么关心的？

张勇在钱笑笑的背上拍了一下，说：一个漂亮女子！还是个才女！

钱笑笑笑了，说：就说么，我哥能亲自来兄弟这里，一定是给要紧人办要紧事情！

张勇说：来劲儿了是不是？那是人家百灵她姨家的娃！

钱笑笑说：那就更重要了，兄弟一定好好表现，给我哥撑个面子！

半个月后的一天，钱笑笑打来电话，对张勇说：我们社主管领导初步同意出版《丁家坪纪事》了。

张勇忙说：谢谢！谢谢！

钱笑笑说：不要急呀！我还没说完呢！

张勇说：好好好，看这工作把我干的，越来越浮躁了！

钱笑笑说：能理解，官当大了都这样。

张勇又急了，说：瞎说啊，我可是你哥！

钱笑笑说：就因为你是我哥，我才提醒你。

张勇说：好好说，好好说，我不急了。

钱笑笑说：那你可要请我吃顿饭呀！

张勇说：没问题！

钱笑笑咳嗽了一下，说：那个雀儿也要参加。

张勇说：没问题！

钱笑笑说：你们百灵也要到场！

张勇说：是打仗呀是不是，要这么多人？

钱笑笑说：人多了热闹么！

张勇说：好，你说咋办就咋办！

钱笑笑说：实话对你说，百灵到不到都行，你那个小姨子雀儿可是一定要到的，我约的那位著名评论家已经答应给这部书写序了。还有，我们社长说，这部书很好，书出版后要搞一个首发式……

张勇觉得钱笑笑为此事出了大力，就建议雀儿打个电话感谢钱笑笑，同时约个时间大家一起坐坐，庆祝这件事情的成功。

雀儿放下张勇的电话，就给钱笑笑打了电话。

钱笑笑说了《丁家坪纪事》的审批情况后，又告诉了她两件具体事情：一是《丁家坪纪事》没有稿费；二要雀儿包销两千册书。

这些雀儿都没想到，一时不知道说什么好。稿费，雀儿没有想过，给不给都无所谓，可是要销售两千册书，她觉得困难太大了。

钱笑笑听雀儿没有表态，就解释说：现在出书成本太高，编辑费、设计费、校对费，还要给印刷厂交排版费、印刷费、装订费等，这些算下来，成本近十万。雀儿的《丁家坪纪事》写得还不错，有些卖点，又有钱笑笑这个熟人关系，出版社领导才同意让作者本人销售两千册书，而且给打三七折的，要是书全卖出去了，雀儿还能赚一些钱。

雀儿不懂这些，经钱笑笑这么一说她才明白了。事已至此，大家都是为了自己好，还能说什么呢？她强装笑颜，连说了几个谢谢。

雀儿心里算了个账，自己需要送人的书有一百本足够了，那一千九百册书卖给谁呢？她手头本来就紧张，借的钱还没有还完，这下又要借钱了！想到这些，刚才的高兴一下跑得无影无踪了，她忽然感到头痛得厉害。

五十六

这是一个明月高悬、微风轻拂的夜晚。米粮和雀儿就尤大的事情进行了一次认真的分析和商量，都认为目前最主要的问题是找尤大。可是，尤大找不见，怎么办呢？

雀儿讲了自己的看法，并且主动揽了责任。

米粮沉思了一会儿，说：按理，你是应该承担责任的，虽然这件事情是意外，我们没有盯住尤大，长时间不联系，这肯定是不对的。可是，事前你给我说过，我知道有这项业务，知道了的事情我也有责任。现在，事情出现了，要罚那就都得罚，这不是一个人的事情。

雀儿想了一下，说自己经办和主管的事情应该负主要责任。

米粮说：不行的话，咱们先放一下，到真的找不见尤大了再说。

雀儿说：从目前看，要找到尤大很困难，就是找到了，恐怕这项业务也泡汤了。尤大是个赖子，他不清账你能怎样？他没有钱清账你又能把他怎样？要是他真被抓了，那就更不好办了……

米粮点了点头，没说话。

雀儿略微停了一会儿，试探着说：我的意见是按二八比例算吧，我承担百分之八十，你承担百分之二十，你看这样行不行？

米粮摆了摆手，果断地说：不行！

雀儿的脸一下红了：那你的意见呢？

米粮吸了一口气，没说话。

雀儿说：我看现在就这样决定，年底再算账。要行，我就按这个决定把几个当事人也处理一下，让他们吸取教训，不然以后还会出大事情的。

米粮说：你让我再想想。

雀儿认为自己了解米粮的性格，猜测自己的建议与米粮的想法差距不会太大。如果把处理意见确定下来，她就要考虑几个当事人的处理问题，安排下一步的工作。没想到米粮却坚持两人对半承担损失责任，并要求雀儿再不要处理当事人，他认为这件事情说到底还是个意外，要说责任那都是领导的责任。

到底是谁的责任，雀儿心里最清楚，这段时间自己一直操心着写《丁家坪纪事》，现在想起来确实是影响了不少工作。她知道米粮这样做完全是让着自己，心里很是过意不去，就坚持自己的意见，并且又一次检讨了自己的不对之处。

米粮说：知道了就好，关键是以后怎么做。不说了，再说就没意思了。

雀儿忽然落了泪，哽咽着对米粮说：我会记住这个教训的！

米粮笑了，说：脆弱了吧，这可不像你丁雀儿啊！

雀儿说：这一阵子也太倒霉了！

米粮说：有损失，也有收获，你也应该看到好的一面。

雀儿说：这个学费可是交多了啊！

米粮说：好了好了，做生意可是要赚得起、赔得起，光能赢不能输的人也不是好汉子！

雀儿没再说话，米粮说了几个业务上的事情就离开了。

米粮是个精明人，平时的管理很精细，与人合作账算得就更细了，这一点圈内人都清楚，可是他和雀儿合作好像一直大度，有明显的让步。

这些,细心的人都看得出来。米粮自己也想过,他知道其中的原因有两个:一是雀儿这样的女孩子容易让人同情,男人们都乐于帮助这种女孩子,特别是雀儿遇到困难的时候;二是自己多少对雀儿有些偏爱,这种爱说不清楚属于哪一种,总是有一种特殊的感觉。米粮对自己的做法反思过,但是他没后悔过,这次也是一样。在此之前,米粮算过雀儿的账,建印刷厂基本是借款,二强住院花了些钱,现在这笔业务损失如果让她承担主要部分,那雀儿的负担就太重了!他想,一个优秀的女孩子,如果压力太大,也会有吃不消的时候。米粮不想看到这些,他相信雀儿的工作能力和偿还能力,他更相信雀儿的人品,他看好的是与雀儿合作的发展前景,所以就按自己的思路做了决定。

五十七

三个月后,《丁家坪纪事》出版了。为了扩大影响、创造商机,出版社在几家有影响的报纸和电台、电视台上都发了消息。

很快,出版社就举行了《丁家坪纪事》的首发式。

首发式原定在钟鼓楼广场举行,办手续时有关部门没有同意,于是就改在钟楼邮政大楼的大厅内举行。钟楼邮政大楼是西安的一座标志性建筑,在钟楼的东北角,地处市中心,建筑很宏伟,也很有气势。

这天,天气格外好,天很高很蓝,云很纯很白。刚过国庆节的西安鲜花烂漫,古老的钟楼周围花团锦簇,像是被花海拥抱着,阳光下更加光彩夺目。

邮政大楼的大厅铺了红地毯,地毯上站着省委宣传部和文联、作协的领导以及一些大学的教授、学者,不少新闻媒体的记者也来参加,在西安打工的各界文学青年亦不约而至。

二强、张勇、米粮、刘有成、小虫、百灵、金凤、猫眼、婷婷、菲菲、朵朵、梅梅早早就到了，他们想给雀儿帮忙，但是插不上手，就站在会场的角上聊天。雀儿向他们招了招手，来了个飞吻，这动作让大家感到很意外，瞬间又哗的一声笑了。

雀儿的老师杨教授、作家莫默、责任编辑钱笑笑和雀儿的文学朋友来了，一直关注着雀儿进步、成长并且给予直接帮助的人都来了，雀儿非常感动。杨教授已经退休了，心脏不大好，刚住完院回到家；莫默前不久当选为省职工作协的副主席；钱笑笑昨天被单位人事部门宣布为编辑部主任。雀儿和大家一一握手，脑子里想好的感谢词儿全没了，说的只是两个字：谢谢！

雀儿握着杨教授的手时，眼泪止不住流出来了，连谢谢也说不出来了。

杨教授很慈祥地笑了，拍了拍她的肩膀，悄声说：孩子，这么好的事情，应该笑才是！

开会的时间到了，雀儿匆忙擦掉眼泪，走到了工作人员为她指定的位置。

会议由西京出版社的总编辑主持，西京出版社社长致辞，作协的一位年轻的副主席讲话。这些领导肯定了《丁家坪纪事》的主题和艺术成就，表扬了雀儿的创作思想和精神。他们说，青年是中国的希望、陕西的希望；职工作家是一支强大的队伍，是全省文学创作的一支生力军；雀儿是年轻职工作家的代表，《丁家坪纪事》是职工作家优秀的代表作，形象地反映了新时期农村和城市的变化，反映了新一代年轻人的生活，表现了新一代年轻人的奋斗精神；愿《丁家坪纪事》飞向三秦大地，飞过黄河，飞向全国各地……

雀儿在答谢词中说：《丁家坪纪事》是这个时代的产物，正如这个伟大的时代成就了我们无数人一样。我们在这个和谐、奋进的环境里努力着、奋进着，无论伟大还是平凡，我们都在努力着，都在奉献着，都在为实现这个时代的梦而奋力前进着……

雀儿讲完话，大家报以热烈的掌声。

雀儿向面前的大家和身后的领导们分别鞠了九十度的躬，正要离开，二强捧着一束鲜花走了上来。雀儿稍微怔了一下就迎了上去，接过了鲜花，两个人轻轻地拥抱在一起，这时候会场又响起了热烈的掌声。

钟楼上空，一群鸽子凌空飞过，留下一阵悠扬的鸽哨声。

钟楼下，青春洋溢的一群青年人雀跃着，欢腾着。

五十八

这是个吉祥的日子，张勇和百灵在一家高档酒店举行了结婚仪式。来的客人很多，坐了三十多桌。婚礼很隆重，很热闹，主持人是电视台的一位主持人，口才好，很能煽情，说得百灵流了几次眼泪，不少宾客也落了泪。

百灵化了妆，更漂亮了，但眼睛明显肿着，有人说百灵昨天大哭了一场。这也正常，女孩子结婚时都会哭，在父母跟前生活了二十多年，一下子离开了，不习惯，感情割舍不下。知情的人都说，百灵心情不好，有心事，多少还有些担心。

百灵的事情只有自己知道，就在前天晚上，张勇洗澡的时候她无意中翻看了张勇的手机，发现有雀儿的信息。再翻又看到了琪琪的信息，这信息虽然只是简单的问候，但说明张勇和琪琪还有来往。她一时觉得脸上火烧似的，过了好一会儿才冷静了下来。她想问张勇又没有问，她知道问张勇的结果是什么。这样，百灵心里就绾了疙瘩，一种不祥的预感总在她脑海里萦绕。

张勇一身笔挺的西装，一条红色的领带，显得格外精神。但这一段时间张勇很累，工作、筹办婚礼累，两个人闹矛盾就更累。张勇说这是他有生以来最累、最无奈的日子，好在业务发展得还不错，上级领导几次在大会上表扬他们单位，传说张勇有可能调到区局担任副局长。

雀儿本来是要做伴娘的，因为丁家坪来的人多，特别是百灵的父母亲和主要亲戚，要接、要送、要招呼，雀儿人熟，就负责这一摊子事情，伴娘就由百灵的一位同学担当。可是，雀儿一时也没闲着，百灵的大小事情都要她参与，忙得她两个晚上都没睡好觉。

小虫参加了百灵和张勇的婚礼，早早就到婚礼现场帮雀儿招呼客人，跑得满头都是汗。

猫眼也来西安了，但是没有参加婚礼，她对小虫说没结婚怀孕不好看，就一个人去逛商场。婚礼结束后，小虫急忙去找猫眼，给猫眼讲了今天的所见所闻。猫眼听了婚礼现场的情况，很有些感慨，她知道自己不能和百灵比，但是和小虫的婚礼一定要举行，而且要在生孩子之前举行一个简单的婚礼。

小虫说：咱们的客人肯定少，办也是几桌饭，但是婚礼一定要隆重，还要放在西安城里办。

猫眼说：咱不能和人家比，吃饭穿衣要称家当！

小虫问：我们这儿的话你也知道？

猫眼说：知道么，就是说干事情要从实际出发么。

小虫说：那你没听说过这句话？

猫眼问：啥话？

小虫说：平时过日子要细发，招待客人时要富华！

猫眼说：没听过，但是你说的意思我明白。

小虫拍了拍胸膛，说：我是男人，是我娶媳妇，其他事情不说了，我都听你的，可是这一回我要说了算！

猫眼笑了，说：你看我这肚子。

小虫说：肚子怎么啦？那是我小虫的种，怕啥呢？

猫眼戳了一下小虫的额头，说：不知道羞！没文化！

小虫笑了，调皮地说：谁说我没有文化？没有文化咋把你骗到手的？

猫眼说：说你没文化，你还不服，你说的这些就是没文化！

小虫说：好好好。就算我没有文化，以后我好好学习，抓紧学习，教育咱娃娃，行吧？咱们结婚，先说结婚的事情。

猫眼看了看小虫，说：好，听你的，你说咋办就咋办吧！

小虫高兴了，说：还是俺媳妇好，这就对了么，我也得有个面子啊！

说完这些话，小虫忽然想起了一件事情，忙问：光顾说话呢，你吃饭了没有？

猫眼说：我要等你吃饭，早就饿晕了！

小虫忙说：对不起，对不起！那咱们快回家吧！

猫眼说：我还没见雀儿、金凤她们呢！

小虫说：嗨，你看我这忘性大记性小的，又犯错误了。走走走，咱们先去哪儿？

猫眼说：先去雀儿那儿，说不定金凤也在那儿呢。

两个人说着，就到了汽车站旁。路不远，乘公交车三站路，不一会儿就到了。

金凤没在，雀儿正在和菲菲说事情。猫眼和小虫没有停，打了个招呼就去金凤那里了。

雀儿让给金凤带个话，说晚上大家聚一下，她做东。

说来也凑巧，张勇和百灵结婚的这天，菲菲的事情也画了个句号。还是那个翠翠姨做中间人，菲菲和那个男人采用协议的方式分了手。

那男人很难缠，开始说什么也不同意，核心问题还是个"钱"字。最后还是雀儿出的主意，先找了个记者去采访，后又找了个律师去调解。律师就是雀儿同学的姐姐，记者是雀儿在报社工作的一个朋友，两个人都很有正义感，对菲菲十分同情。记者和律师先后见了那个男人，说那男人和菲菲的婚姻不合法，并且说那男人犯了虐待罪，要告到法庭上，说不定就要坐监狱。那男人虽然是个混混，却没见过这样的场面，心里一下慌了。

翠翠姨已经意识到这两个人的婚姻走到了尽头,也觉得那男人做得太过分了,再加上雀儿让菲菲给翠翠姨送了些烟酒,还答应给男方五万元钱。这女人觉得事情好办,说话自然也就偏向菲菲了。

那男人看事情发展对自己不利,又得了五万元钱,犹豫了一天就同意了。翠翠姨抓住机会让那男人在协议书上签了字,然后打电话给菲菲。菲菲连夜赶回老家拿了协议书,回到西安拿给雀儿看。

雀儿让菲菲打电话叫米粮来一起商量。

菲菲沉思了一会儿,说:还是咱们俩先说吧。

雀儿问:为什么?

菲菲说:我走了一路,也想了一路,我不能再麻烦米粮了,我要靠自己努力克服困难!

雀儿像不认识似的看了看菲菲,没有说话。

菲菲说:我欠了米粮那么多钱,所以,我现在什么也不能考虑,我只能拼命挣钱去还账。米粮是我的哥哥,起码是现在,我会永远感谢他和你。你放心,我会用我的行动报答你们的。

雀儿说:这是两码事儿!

菲菲说:不对,是一码事!

雀儿看菲菲态度坚决,知道一时说服不了菲菲,就说:那好,让我想想。

菲菲说:不好意思啊,反正我就是这样想的。当年,我爸爸为了钱,我还不懂事就给我定了娃娃亲。现在又是因为钱,我自己把我再嫁给人家……

雀儿忽然明白了菲菲的意思,说:那你就把那字签了,先把事情办零干,其他都好说。

菲菲说:我就是想问一下你,看还有什么手续没有,要没有,我签了字就用快件发回去了。

雀儿说：要是不急，你就等明天早上吧，现在人家都下班了。

菲菲说好，转过身很认真地给雀儿鞠了一躬就离去了。

雀儿想挡已经晚了。

菲菲走了以后，雀儿一刻也没停就去找米粮。

米粮听雀儿说了整个过程，笑了。

雀儿问：你笑什么？

米粮说：菲菲还真不简单，到底是经了这么些事情，长大了。

雀儿问：你这是什么意思啊？

米粮说：她说的这些话应该是我说，我还没说菲菲先说了。菲菲说得对！

雀儿问：怎么个对法？

米粮说：她借了我的钱，怎么好说和我的事情？你想想，如果这么做，别人会怎么看？这样，我是什么也不能说了……

雀儿问：为啥？

米粮说：你没有觉得有乘人之危的嫌疑吗？

雀儿啊地惊叫了一声，说：这么严重？

米粮忙说：开玩笑，开玩笑，何况菲菲也不是你啊！可能是事情把她经怕了。

雀儿无奈地说：那就是我把事情办坏了！早知是这样，那时候倒个手，从我这儿拿钱多好啊！

米粮说：这也许是命，也许是缘分，谁也不能怨！

雀儿说：我再去做菲菲的工作。

米粮说：不用了，菲菲这一段时间也累坏了，让她清静一下也好。

雀儿说：那你……

米粮说：我就做哥哥吧，哥哥好，我这一辈子没有妹妹。这也好，我保证当个好哥哥，把我这妹妹管好，她也太可怜了！

雀儿说：真的？

米粮点了点头。

雀儿明白米粮的心思，忽然间觉得米粮和菲菲都非常高尚，一时间真有些感动。雀儿说：我估计菲菲不会有其他想法，迟早都是你的人。可是，你年纪不小了，该解决个人的事儿了，这么好的事情，不能黄了，夜长梦多啊……

米粮说：该是谁的就是谁的，万事不可强求。不说我了，我问你，你和二强什么时候办事儿？

雀儿说：我也不知道！我妈、我爸一见我就催结婚。唉！不说了，一想这事情心里就烦！

米粮说：要抓紧，恋爱不能谈得太长，时间长了不好，该结婚了就结婚。

雀儿说：谢谢你，我们还是希望你早些办。

米粮说：我就这样了，反正年龄大了，迟早都一样。

雀儿说：你是我们的榜样，我一定要把你，还有你和菲菲的故事写进我的书里。

米粮笑了，眼睛又成了一条缝，说：好啊，那我就等着读你的新作！

五十九

菲菲是流着眼泪回到宿舍的，她知道自己说的话雀儿和米粮都不会高兴，但是她认为自己必须这样说这样做，不然她会后悔的，后半辈子的日子也过不安稳。她仔细算了一笔账，还五万块钱的账，除去自己的吃穿住，还有给父母的孝顺钱，需要三年的时间，如果自己再找一份工作，账还得可能就快一些。可是，能干什么呢？

菲菲想着想着就走到了离宿舍不远的地方。这是一个城中村，菲菲在这里租了一间不到十平方米的房子，厨房、卫生间和别人合用，条件不是很好，菲菲却很满意。不管怎么说，这小小的天地是属于自己的，有自己的天地就有了自由，有自由就有舒畅的心情。每天下班走进这间小屋子，菲菲就想跳，就会哼出从电脑上学来的流行歌，这是她在小屋以外的地方绝对不可能做的。

走进城中村，拐过一个弯，菲菲看见一群人，其中一个好像是金凤，她正想喊，金凤已经喊她的名字了。

走到跟前，菲菲认出了猫眼，却看着猫眼的肚子没敢说话。

金凤说：看啥呢？猫眼肚子里有孩子了，这个小伙子就是他爹！金凤说着拉过小虫给菲菲介绍。

菲菲对猫眼说：对不起，我不知道你结婚了。

猫眼大不咧咧地说：结婚倒是还没有，娃娃可是真怀上了。

菲菲不好意思了，说：这……

金凤说：这啥哩，补办个婚礼就行了么，到时候让娃娃给他爸他妈放炮，就不用请别人帮忙了！

听了这话，大家都放声笑了。

小虫说：不用了，我们马上就结婚了！

金凤问猫眼：真的？

猫眼说：我们家小虫是男子汉，说了算，你问人家吧！

小虫说：这事情就是我说了算，其他都听猫眼的。

金凤说：这就对了，还是小虫眼睛亮，会说话！

话说到这里，菲菲问道：你们来这里找人？

金凤说：是啊！

菲菲说：那我就不耽搁你们了，你们快去吧，天不早了。

金凤嘿嘿一笑，问道：难道你不欢迎我们？

菲菲不解地看了看金凤、猫眼和小虫，没说话。

金凤在菲菲肩膀上猛地拍了一下，说：我们是来看你的，瓜妹子！只知道你住这个村，不知道住哪一户，正打听呢，就看见你了。

菲菲这才恍然大悟，忙说：谢谢！谢谢！那快走吧，就在前头。

下午，金凤与雀儿通电话时，听雀儿说了菲菲的一些事情。雀儿要她暂时不要给别人讲，金凤性子急，路上忍不住就悄声问菲菲和米粮的事情怎么考虑。

菲菲不想提及这些，说自己最近几年事情太多，暂时不想考虑个人的事情。

金凤急了，抓住菲菲的胳膊摇着问：为啥？

菲菲说：不为啥，就是……

金凤说：不为啥，那这样做就不对！米粮对你那么好，他年龄又那么大了，你也就这么个样子，赶快领个证，办几桌酒席把事一办算了！

菲菲很为难地说：我是觉得不合适。

金凤说：你乡下的事情不是处理完了吗？

菲菲点了点头。

金凤说：那你还等什么？

菲菲看了看满脸通红的金凤，低下了头。

金凤说：难道你不明白米粮的心？难道你不明白我们大家的心？

菲菲的脸也急红了：明白，明白，我咋能不明白呢！

金凤说：明白那为什么还要这样？

菲菲说：我不是……

金凤说：不是什么？人要有心，要讲良心呢……

菲菲低头不说话了。

金凤还要说话，被猫眼挡住了，猫眼说：金凤姐，我问你，咱是来看人家的，还是来批评教育人家的？在人家门口说人家，还当着这么多人的面，你说合适不合适？

金凤有所醒悟地笑了，说：我这不是着急么！

猫眼说：皇上不急太监急，你急的是哪一门子的事呀！

金凤挥起拳头要打猫眼：你这死女子，再说，看我拧你的嘴！

猫眼向后一躲拉住菲菲的手,说:咱凤姐是好人、热心人,就是急,爱上火,她的话意思还是对的,咱们还是要听的。不听老人言,吃亏在眼前!

金凤说:你还知道?

猫眼说:知道,知道,早都知道!你说是不是,菲菲?

菲菲苦笑了一下,点了点头。

说着笑着,大家就进了菲菲的屋门。

猫眼悄悄在金凤的胳膊上捏了一下,示意金凤不要再说话。

金凤已经意识到自己刚才过于激动,说了过头的话,就不再说了。

大家在菲菲屋里坐下不一会儿,雀儿就给金凤打来电话,问晚上在什么地方,吃什么饭。

金凤说吃火锅,已经订下包间了,并且说他们现在在菲菲屋里。

雀儿要金凤不要走,说她马上就到。

大家的到来,使菲菲很受感动,她想拿出最好的东西招待大家,可是只有从家里带来的两袋核桃。这核桃她原打算送给米粮和雀儿,这时候只能拿出来招待大家了。

小虫一直插不上话,这时候有活干了,他到房东家借了个榔头,很快就砸了一堆核桃仁。

金凤把给菲菲带的苹果拿出来到水池去洗,菲菲跟了过去。

金凤说:菲菲,我说话声高,说的话可能有不对的,可我是真心为你好。

菲菲说:金凤姐,我知道你为我好,我就是现在有难处。

金凤说:有啥难处你给姐说么,姐给你帮忙!

菲菲说:我知道,这困难只能我自己来解决。

金凤说:在家靠父母,出门靠朋友。你可不要和姐见外哦,咱们既然是姊妹,就要互相照应!

菲菲说:我知道。

金凤说：我想开个养生堂，最近正在考察一家芊莹艾灸堂，听说他们的艾灸比较特别，用户反映效果很好。你要是不想干印刷那些活儿了，来我这儿干，姐给你开高工资。

菲菲感到意外，问：你改行了？

金凤说：是有这个打算，估计差不多。

菲菲说：我还是在这儿干吧，人熟业务也熟。

金凤说：就是，就是，我是说你如果有啥想法。

菲菲说：我现在什么想法也没有，就是干活儿。好好干活儿，好好挣钱还账，过自己的日子。

金凤说：那就好，那就好。

菲菲看着金凤，说：还要读点儿书，你看人家雀儿，就是书读得多。

金凤说：我不爱读书，我就喜欢干活儿。

正说着雀儿就来了，于是两个人的话都停下了。

雀儿问：我看你们俩刚才谝得美的，怎么不说了？

金凤说：作家来了，我们不敢谝了么。

说着大家都笑了。

晚饭是在一家火锅店吃的，吃饭的时候米粮和二强都来了，大家很高兴，猫眼还唱了几首陕北民歌，吸引得周围顾客和服务员都来听。

回家的路上，米粮有意和菲菲走一条路，雀儿明白米粮的意思，就和二强陪其他几位走了另一条路。

走了一段路，两个人都没说话。

米粮终于忍不住了，就告诉菲菲，说雀儿已经给他说了菲菲的意思。

菲菲仰起头，看了看米粮。

米粮说：你是个好姑娘，单纯、善良，我理解你。

菲菲说：那就谢谢你了。

米粮说：可是你也有不对的地方。

菲菲惊异地问：我？不对？

米粮说：那笔钱是我送你的，当时就说清楚了，不要你还！

菲菲说：我知道你说了，可是当时我就没答应。

米粮问：为什么？

菲菲说：不管是谁的钱，借了都是要还的。

米粮说：咱们立个字据，再叫个中间人做证明。

菲菲说：那也不行！我不能那样做，那样做了我的心一辈子也安宁不了！

米粮犹豫了一下，问：你真这么想？

菲菲毫不犹豫地回答：真的！千真万确！

米粮说：那以后我就是你的哥哥了？

菲菲说：你在我心里，早就是我的哥哥了，这些年我一直把你当哥哥看。真的，我很感谢你，一辈子都感谢你！

米粮看着菲菲认真的样子，终于发现这女子性格中也有倔强的一面。米粮又问：你就再没有什么想法了？

菲菲说：当然有啊！那就看有没有缘分了。比如说，我很快还完了账；再比如说，你还没找到合适的对象……

米粮沉思了一下，问：你说啊，怎么不说了？

菲菲说：可是，往前的路是黑的，世界上一切事情都在变，谁能保证得了呢？

米粮说：世界上的事物确实随时都在变化，可是什么事情都不是绝对的，不变的永远都变不了！比如我，肯定不会变，我敢保证！

菲菲感动了，说了一句"谢谢"，眼泪就流出来了。她明白米粮的意思，理解米粮的心。

米粮说：就这么点事儿，你怎么总说谢谢呢，搞得人都生分了。

菲菲说：小时候，我爷爷、爸爸都对我说，做人要有良心，要常记人的好处。

米粮说：我知道了。

菲菲说：你放心，我会把事情做好的，也会把工作做好的，我会把自己的一切都弄好的，再不会像过去那样过日子了！

米粮说：我相信，也能理解。

菲菲说：你以后就知道了。

米粮说：我现在已经知道了。

菲菲说：你不知道！

米粮笑了笑，说：也许吧。

街上的行人少了，汽车也少了，米粮和菲菲肩并肩走着，路灯照得两个人的衣服都在泛光。前面还有一段路，不长，就要拐弯了。

六十

二强终于办完了丁家坪电信施工队的注册手续，百灵同学的哥哥也帮着办好了公司的工程施工资质。

这天早晨，二强在一位电信通信线路技术人员的带领下进了工地，这位技术员和百灵同学的哥哥是哥们儿，给他指定了路线，交代了具体事项，还讲了些安全方面应该注意的问题就走了。

说施工工地有点儿牵强，实际上就是在一条公路旁边挖一道电缆沟，要挖的沟是顺着这条路走的，有力气的人都会干。麻烦的是这个路段很复杂，汽车、摩托车、三轮车、自行车、行人太多，安全确实是个问题，施工时既要考虑挖沟时的安全，还要考虑挖好后的安全，稍不小心就有可能出问题。基于这一点，二强在他的队伍里临时增加了两个年纪大、责任心强的人来招呼工地，其中一个就是他未来的老丈人，雀儿的爸爸。

二强招的人都是丁家坪一带的熟人，这些人也是亲戚套亲戚，这个把那个叫哥，那个把这个称弟；这个把那个叫叔，那个把这个叫舅。听起来像是一家人，仔细辨别却是仨的仨、俩的俩，关系很分明，好在大家都听二强的。二强最得意的也是这些，他不管是谁，只要听他的就行了。

  为保证工程进度和质量，二强让大家分段包干，他认为这种办法能调动大家的积极性，激发大家的劳动热情，也好管理。几天的工程进度和质量也证明二强的做法是正确的。二强没有想到的是，雀儿的爸爸和那些年龄大的人一着急，都跑去给他的亲戚帮忙挖电缆沟了，把自己该干的活儿却忘在了脑后。也就是这个时候，一位头发花白的老头儿不小心掉在刚挖好的电缆沟里，过路的人发现后，立即把那老头儿拉了上来。

  二强把那老头儿扶到一块空地上，拿来矿泉水让老头儿喝，老头儿又摇手又摇头。二强问老头儿家在哪里，家里人的电话号码是多少。老头儿指了指自己的嘴，支支吾吾说不清楚。围在旁边的不少过路人也纷纷议论，有人说应该先送医院检查一下，有人说不要紧，就那么浅个坑不会摔伤的。

  二强知道遇上麻烦了，心一慌也没主意，就喊来手下一个精干的小伙子，让把老人送到医院。这年轻人不熟悉西安，路也不知道怎么走。二强只好让他留下来招呼工地，又叫来雀儿爸爸和另一个人分别把守工地两头，招呼行人过路。两个老人自知惹下了祸，不敢胡跑了，他们站到了指定位置，认真履行职责。安排了这些事儿，二强又打电话给小虫，要小虫安排一下印刷厂的事情，赶快到西安来帮他处理事情。

  小虫说他现在就在西安，可是来不了。

  二强问他在干什么。

  小虫支支吾吾地说：猫眼出事了。

  二强问出了什么事儿。

  小虫说：好像是娃娃的事儿。

  二强头嗡一下大了，他挂了电话，就准备叫出租车。他知道只有把这老头儿送到医院才能搞清楚是怎么回事儿，万一有什么事情也好给公安部门，给这老头儿的家属一个交代。

就在这个时候,雀儿来了。

二强惊异地问:你怎么来了?

雀儿说:我昨天就想来,事情多没顾上,今天刚出门就接到小虫电话,说猫眼住院了,你的工地也出事了。我给金凤打了电话,让她去看猫眼,我就打的赶过来了。

二强长出了一口气,说:好,好!你来了就好。

雀儿问:你这是去哪里?

二强说:去医院看看。

雀儿问:这老人的家属联系上了没有?

二强指了指老头儿,说:没有,他好像不会说话。

雀儿说:你没看老人身上装什么联系方式没有?

二强说:没有。

雀儿把老头儿上下打量了一番,然后很利索地从老头儿的口袋里掏出了一张硬纸牌来,这纸牌上写有老人的姓名和联系电话。雀儿很快拨通了这个联系电话,回头对二强说:咱们等一下,老人的儿子一会儿就到。

这个老头儿叫冯志玉,有脑血栓后遗症,早上出门没回家,家里人正在着急找呢!

二强说:这下麻烦了!

雀儿悄声对二强说:不要急,你们挖的电缆沟就那么深,我看老人不是摔的事情,是他本身有病。我在这里照看他,你快去给十字路口的警察说一下,交警要是不管,你就找派出所报个案。咱们现在不能动,要等警察和老人的家属到了再说。

二强点了点头,正要走,雀儿又说:对了,你给我爸他们说一下,要保护好现场。还有,那几个目击证人在不在?最好把他们留住,不然,一会儿人来了咱们说不清楚。

二强不认识似的看了看雀儿,说:我可是服你了!你咋知道得这么多？这些我刚才都没有想到。

雀儿笑了，说：我哪来这本事，是刚才给金凤打电话时，金凤说的。她还说你没问题，叫我不要着急。

二强不好意思地笑了笑，说：这下我心里有底了！

二强走后，雀儿拍了拍冯志玉身上的尘土，用餐巾纸给老人擦了头上的汗，又给老人喂了几口水。老人看着雀儿忽然笑了，雀儿问他：你觉得哪儿不舒服？

冯志玉摇了摇头，说：好，好。

雀儿发现这老头儿能说一个字，还是个"好"字，估计问题不会太大，意思可能是说他好着呢，另外一种可能就是他对雀儿的做法是满意的。

时间不长，警察和冯志玉的儿子、儿媳妇都到了。冯志玉的儿子穿着朴素，戴着一副近视眼镜，儿媳妇穿戴时尚，脖子上挂着一条金项链，手上戴着一枚金戒指。两个人都满脸怒气，老远就质问二强是怎么回事儿。可是，当他们看了冯志玉以后情绪好像缓和了一些。冯志玉看见儿子，就流了眼泪，拉着儿子的手，不住地说：回，回。

有警察在场，有现场目击者证明，大家又一起看了现场，事情很快就弄清楚了。

警察有四十岁的样子，处理事情比较有经验，说：你们双方都有责任，冯志玉是没有走人行道，二强是工地现场安全标志不明显，冯志玉子女的责任是没有照看好老人。

冯志玉的儿子着急地问：我们有啥责任？这么说他们就没事儿了？

冯志玉的儿媳妇冲着警察说：你可不能稀泥抹光墙！他们不乱挖沟，老人咋能摔倒？

警察说：你们看老人不是好好的嘛！

冯志玉的儿媳妇说：这样处理就不对！我们坚决不同意！

警察看了看二强和雀儿，征求意见似的说：要不这样，你们双方一块儿送老人到医院拍个片子，要是胳膊腿什么的没摔伤，我看给老人点儿营养费就算了！

冯志玉的儿媳妇问：营养费？给多少营养费？

警察无奈地摇了摇头，说：这我就说不好了，我的意思就是表示个心意吧！

几个目击者都说警察处理得好。冯志玉也一直催儿子回。

冯志玉的儿子是老实人，没再说什么，冯志玉的儿媳妇却非要去医院拍片子检查。

二强、雀儿一商量，同意一起去医院给冯志玉检查，他们认为这样也好，避免以后再有什么麻烦。

警察写了一个处理意见，双方及目击者都签了字。

在医院拍片子做检查后，大夫说没有什么问题，具体结果到明天才能拿到。

回家的路上，雀儿接到小虫电话，说猫眼是先兆性流产，做了检查后医生建议做人流。

雀儿要二强留在工地不要动，明天抓紧时间把冯志玉的事情彻底处理了，以防夜长梦多、节外生枝。她明天早上要回丁家坪，印刷厂的切纸机出了问题，把一本书的封面全切斜了。

二强问：那西安的事情怎么办？

雀儿说：已经给米粮汇报了，具体事情都交代给菲菲去办。

二强再没说话。

六十一

早晨天还未亮,雀儿就到了长途客运站,她要赶第一班车回丁家坪去。

随着汽车的奔驰,雀儿的脑子一时也没有停下来,她要把这一段的事情理一理,所以想得很多。

汽车在快要到丁家坪的地方抛锚了,售票员说是汽车"开锅"了,要停一阵儿,给汽车换点儿水。雀儿看没有多少路就下了车,她想借机看看上中学时经常路过的一个叫龙树湾的村子。龙树湾是这一带比较大的村子,在一个山坳里,三面环山,一面临河,草木葱翠,绿树成荫,老人们都说这地方像一把龙椅,风水好,还说这村子出过好几个秀才和举人。村中央的祠堂至今还很完整,村后面的药王庙近几年香火很旺。

时值正午,阳光很好,周围的一切都放射着强烈的光。雀儿走到村头,远远就看见了那三棵古树,一棵皂角树,一棵槐树,一棵香椿树。这几棵树都有几百年的历史了,槐树的树干空了,皂角树有一枝已经枯死,香椿树的树皮也有一半脱落了。三棵树下是一片打麦场,挺大的,打麦场上横七斜八地放着碌碡、磨盘、碾子、石槽,还有好几个拴马桩,这些农具,城市小孩子不认识,农村许多人也早已忘记了怎样使用。触景生情,雀儿眼前很快浮现出小时候玩耍、干农活、上学的情景。

进了村,雀儿顺着一条小巷向村子里面走,发现家家户户的门都关着。中午时分,看不见人影儿,没有鸡鸣狗叫,天空里也没有做饭的炊烟,她觉得奇怪:难道这个村子的人都搬走了?她正要拍一户人家的大门,有一个中年女人提着一筐青菜迎面走了过来。

雀儿叫了声"姐"。

那女人慢悠悠地走到雀儿跟前。

女人有些奇怪：你叫我？

雀儿笑着点点头。

女人说：那我咋没见过你？

雀儿说：我见过你，前些年我上学从你家门口过，还喝过你家的水呢！

女人恍然大悟：你是丁家坪的女子？

雀儿说：是啊！

女人说：我眼睛笨，记性也不好，你这是？

雀儿说：我是回丁家坪，汽车坏了，路过咱村儿，看看。

女人叹了口气：看看也好，这地方快没有了！

雀儿觉得奇怪，急忙问道：咋的没有了？

女人说：你没看这里都没人了！

雀儿问：那人呢？

女人说：都搬到那边去了！

雀儿跟着那女人走到了村子的最高处，循着女人手指的方向，模模糊糊看见一片新建的房屋。女人说：就是那些新盖的房子。前些年，上边说要穷人下山，富人进镇，咱们村一些有钱人在山下的镇子上盖了房，一些有钱人没去，大多数人都没去，都不想下山！

为啥？雀儿不解地问。

女人说：咱这村好啊！有山有水，能种粮食的地也多，关键是人老几辈儿了，都住这里，咱的根就在这儿！习惯了！

雀儿点了点头，很赞成这个女人"根在这儿"的说法，问道：那为什么现在都搬走了？

女人说：不是没办法么！

雀儿问：为啥？

女人说：还能为啥？说是城里来了个有钱人，看上咱这地方了，说是搞开发，要在这里盖别野……

雀儿怔了一下，笑了：是别墅吧？

女人也笑了：对对，是别墅，是别墅，咱不认识那个字，还叫什么度假村……

雀儿问：那大家同意吗？

大家？大家意见算个屁啊！女人说完自己先笑了。这一次笑声比刚才大多了。笑完了又说：现在，大家说啥也没有用，村主任、镇长，当官的就把事情拿了！

雀儿问：那就没给大家开会征求个意见？

女人说：会是开了，那都是做样子呢！倒是给各家各户补助了些钱，让盖房子。

雀儿问：村子的人走完了？

女人说：没有，还有好几户呢。

雀儿问：这些人为啥没走？

女人说：原因多，有的没钱，有的嫌给的钱少，有的压根儿就不想搬。

说到这儿，雀儿忽然觉得不该耽搁了这位大姐的时间，忙道歉说不好意思，让那女人快回家做饭去。

那女人说：不急，没事情，闲得很！

雀儿说：到饭时了，不要叫家里人着急。

女人说男人进城务工去了，孩子们在镇上读书，周末才回来，她没有事情，是回村子挖菜的。山下地少了，不少村民在老屋的院子前后都种有蔬菜，他们几乎每天都回村子里来。

告别了那位大姐，雀儿就近看了几家未搬走的老人，问了他们各自的情况。这几户人几乎都是七八十岁的老人，儿子们多数进城务工去了，少数几个在镇子上做生意。有一户的两个老人都有病，男的脚腿不灵便，挂着一根木棍儿，女的在炕上躺着呻吟。雀儿看两个老人这个样子，很是同情，就问家里的情况。女的说，他们有个儿子，小两口都在城里做活儿，把一个小孙女在家里放着。

雀儿问：小孩儿呢？

女人说：上学去了。

雀儿又问：儿子和儿媳妇没回来看你？

男人忍不住挥了挥手，一脸无奈地说：别提了！别提了！

雀儿诧异地看了看男人，又看了看女人。

女人长叹了一声，说：唉，提不成了！我那儿子没本事，人家媳妇嫌挣不下钱，不跟了，跑了！把个碎女子也给我老两口撂下了！老人说着就用手抹眼泪。

听到这里，雀儿没再说话。她想了一下，从口袋里掏出二百元钱给那男人，男人坚决不要。女人却说：再不要撑硬郎子了，娃给你，你就拿上么。

雀儿说：不要客气，我是给娃娃的，给娃娃买些笔呀本子啥的。

男人用浑浊的目光看了看雀儿，双手作了一揖：你是个好娃！你会有好报的！

雀儿有些感动了，忙用手去挡。

男人感叹说：唉！这年月啊，好人不多了！

雀儿走出了龙树湾，回头再看这座即将消逝的古老村庄时，鼻头忍不住一阵发酸，回想过去的点点滴滴，她很想大哭一场。她不理解，这些年为什么到处圈地盖房子，好地圈完了圈山下的地，现在竟然就连山沟沟一点儿好地方也占领了！农民没地种了干什么？没有土地了、没有粮食了，人们吃什么？她小时候经常听爷爷讲，农民靠的就是一把土，没有这把土，农民靠什么生存啊？雀儿知道自己是生活在底层的人，小得就像是一粒尘埃，但是，她也是人啊！这些问题她不能不想。其实，雀儿想得更多的还是那些老人和孩子，她同情他们，但她也只能是同情，没有办法，她自己目前还没有从困境里走出来。

下午，雀儿处理了切纸机的故障，刚想坐下喝口水，二强来电话了，说冯志玉的儿媳妇非要一万元的营养费，否则就要求让冯志玉住院做全面检查，问雀儿怎么办。

　　雀儿有点儿生气地说：还能怎么办？遇到这些人，你能有什么办法？你就看着办吧！

　　二强稍微停了一下，说知道了，就挂了电话。

　　过了一会儿，二强又打来电话，说冯志玉的儿子和媳妇吵架了，冯的儿子骂媳妇太过分，现在他们降到了八千元。

　　雀儿很果断地说：要有手续，不要让这些人再来找事情！

　　二强忙回答：留字据了。

　　雀儿终于松了一口气，她知道这种事情是棘手的，处理不彻底就会有后患。

　　这些事情二强是完全可以处理好的，他跟雀儿商量，不断地向雀儿汇报，主要是尊重雀儿，想赢得雀儿对他的好感。这一点雀儿却没有想到。

　　晚上，雀儿和小虫通了电话，小虫说猫眼一切都好，让雀儿放心。

　　过了十多分钟，小虫打来电话，低声对雀儿说猫眼要回陕北看看，问雀儿怎么办。

　　雀儿觉得奇怪，怎么这些男人关键时候都没了主意，就没好气：这事情，你还问我？

　　小虫说：我觉得有点儿怪，她刚出事，身体还没恢复，还有……

　　雀儿问：还有什么？

　　小虫说：她很着急，好像有什么事儿……

　　雀儿问：好像什么？你怎么说话吞吞吐吐的！

　　小虫说：这事情很麻烦，反正，我说不准，不知道咋办！

　　雀儿真生气了，问：你，今儿个咋的了？

　　小虫停了一会儿说：猫眼这阵子老发脾气，一天到晚总说烦死了、烦死了……

雀儿问：就这些？

小虫说：她成天说穷日子没法过、穷地方没法待，是不是她的心跑了？

雀儿愣了一下，又回过神来了：不要胡说！

小虫不说话了。

雀儿意识到自己的着急，忙缓和了口气：人家这么长时间没回老家，又遇到这事情，想回老家也是正常的，是不是？再说，你也没有理由不让人家回去，是不是？

小虫点了点头：雀儿姐，我知道了。

雀儿说：遇事要动脑子，要多问几个为什么，知道不？你快收拾一下，跟着一块儿去吧。

小虫说：猫眼不让我去，再说，我也不知道她现在在什么地方。

雀儿眉头又是一拧，问：那你说咋办？

小虫说：我不知道。

雀儿说：你再联系一下猫眼，最好一块儿去陕北，好好照顾人家，路上你再做做工作。

小虫说：那我再试试。

雀儿忽然有一种直觉：这个猫眼，是因为印刷厂离不开小虫而生气呢，还是过不了没有钱的日子？或者还有其他什么事情？雀儿陷入了沉思。

六十二

二强在百灵的帮助下，做了几个大些的工程，挣了一笔钱，又按百灵的要求，建立了内部管理制度，对工程环境管理也做了具体规定。另外招了三个民办大学毕业生做综合管理、财务管理和工程管理，取代了丁家坪几个年龄大的人。开始矛盾很大，二强为此还和他们吵了几架，又是百灵出主意，很快就处理了这些事情。其实很简单，就是分别给了这几个人两瓶酒、两条烟和二百块钱，乡下人要求不高，见钱眼开，就啥事儿也没有了。可是这些，二强当时就没想到。百灵有文化，心眼儿活，办法多，二强几次遇到困难，都是在她的指导下解决的。几个民办大学毕业生，也是她出主意招的，而且负责了整个面试、考试和答辩提问。这些问题的处理，使二强越来越佩服百灵的能力和水平。

这段时间，还有一个让二强心动的人，就是几个新招的大学生中一个叫何眉的姑娘，很像老家县剧团唱秦腔的一个演员，长得很洋气。何眉长得漂亮不说，心眼儿也活泛，一双大眼睛好像能把人的心思看透似的。她第一次在二强办公室见面时，刚坐下就发现二强茶杯里没了水，于是主动上前倒水，发现二强要抽烟，她急忙取了打火机给二强点烟，动作娴熟麻利，大方有度，好像这地方她来过多次似的。二强想把何眉放在综合上当秘书，百灵说这女子心眼儿太活，长得有些媚，还是先观察一下再说。

二强问：媚是什么意思？

百灵盯住二强看了一眼，表情严肃地说：就是容易勾引男人的意思！

二强脸红了，指了指自己的鼻子：你说我？她也会？

百灵说：你以为你是谁，男人哪一个不爱美女啊！

二强说：什么男人不男人，反正我不会！

百灵笑了笑：但愿吧！

其实，二强心里很清楚，几次他的眼睛与何眉眼睛相遇，心就怦怦地跳，他不知道这是不是媚的作用，反正感觉很强烈，有些勾魂摄魄的劲儿。

可是，不管怎么讲，二强还是采纳了百灵的意见，没让何眉当秘书搞综合，而是让她当了出纳员。实际上是把猫叫了咪，小小一个公司，就那么几个人，分工哪有多么细，管理人员都兼职，二强每天都和何眉打交道。

　　百灵也算是过来人,这两个人眉来眼去的样儿她很快就发现了。开始她一句话也没说,因为她猜想会有这种结果,她希望的也是这种效果,让发展、成长太顺利的雀儿也受点儿磨难,但是她不希望太过,到一定程度就收手,她认为她有掌握这件事情的能力。可是没想到事情发展太快,二强走到哪里都带着何眉,而何眉对二强照顾得真是体贴入微,端茶杯,拿提包,整天在二强身边飞来飞去,明眼人都看得出。有人让百灵转告二强,注意一下。二强笑了:咱又不做亏心事情,管他半夜谁敲门去!

　　百灵说:你还嘴硬?有人说那女子都坐到你的腿上去了。

　　二强不说话了。

　　百灵又劝道:差不多就行了,再说,那么多人,你敢保证没人把这事情说出去?要是让雀儿知道了,叫你吃不了兜着走!

　　二强看了看百灵,不好意思地笑了。

　　你记着,雀儿可是我妹子!

　　百灵这一说不要紧,可是提醒了二强:还不是你给招的人?

　　百灵气哼哼地说:你这没良心的!我还不是为你好?好了,我以后不管你的事情了,你也不要找我了!

　　二强看百灵生气就着急了:我说了句玩笑话么,你当啥真呢!

　　百灵说:这样的话我可承受不了,要让雀儿知道了,还以为我拿你的事情呢!再说,我给你招人是干活哩,又不是给你找女朋友,是不是?自己做得不对还要怪别人!

　　有一段时间了,准确地讲,就是雀儿出书以后,百灵觉得雀儿好像走路都不一样了,作家嘛,牛得很!这也是百灵最想不通的事情,她从小就比雀儿强,长得好、学习好,这是亲戚朋友公认的,她一考就考了个本科,雀儿考了两年大学,年年落榜。高中生竟然还能写书?还搞得风生水起的,雀儿也不认识自己了。百灵认为全是张勇、米粮、钱笑笑这些男人煽惑的，吹啊，捧啊！不然哪有这些事儿？也许就因为这些，百灵渐渐看雀儿不顺眼了，说话时也流露出一些情绪来，在雀儿和二强的关系上也说了些姐姐不该说的话。可是，百灵聪明，她说话、做事都很周密，一般人看不出来，看出来的也抓不住把柄。

二强看了百灵一眼：是，是我不对，我承认，以后坚决改正。

百灵说：改不改我不管你了，话我可是都说了，以后不要怨我！

二强说：感谢都感谢不过来呢，还敢怨？

百灵说：我想也应该是。说完，又说了说工程上的事情就要告辞。

二强急忙从桌子抽屉里取出一个厚厚的信封给百灵。

百灵敏感地用手一推，问：这是干啥呢？

二强说：这是电信局给的工程款，他们分两次付，这是第一次，你一份，工程验收后决算时再给第二次。

百灵又推了推说：我就算了，我又没干活儿。

二强说：这话可不敢说，你是功臣，没有你啥事也弄不成！这两万元，你先去买几件好衣服，后面给的比这多，你放心，绝对亏不了你。吃水不忘挖井人！谁忘了谁是孙子！我心里明白得很，没有你就没有我的今天……

二强还要说，被百灵挡住了：好了好了，我收下，我收下就是了。

百灵把信封往自己的小坤包里一装就走了。

望着百灵的背影，二强长出了一口气，然后点着了一支烟。他开始想近一段时间发生的事情，越想越觉得时间过得快，事情变化大：张勇帮雀儿做了几件事情，百灵帮他搞了电信工程；百灵和张勇的矛盾越来越大，他和雀儿的矛盾越来越多；事业发展越来越好，日子越过越复杂……越想越佩服百灵，与百灵相比，雀儿自命清高，既固执迂腐，又难相处，不就是写了几篇文章，老是不把我二强放在眼里，他觉得太悬殊。还有，都什么年代了，人家一谈对象就睡在一起了，二强想抱住雀儿亲亲都不给机会……他又想起了何眉，虽说这女子有些毛病，但是确实有能力，关键时刻拿得出手。那天和电信局管工程的两个人喝酒，就是何眉能说会道的小甜嘴把人家撂倒了，喝得她自己也醉了，竟然坐在二强的大腿上。想到这里，二强不由得笑了。百灵的话，二强还是听到心里去了，他认为那一年有机会与百灵发生关系，他都能管住自己，对何眉也应该没问题。可是想到这里的时候，他又觉得不对，因为何眉和百灵不一样啊！

六十三

猫眼和小虫分手后，开始还有电话往来，随着时间的推移，电话越来越少了，还都是小虫给猫眼打电话，最近干脆电话都打不通了，回答小虫的都是话务员的声音，不是关机就是不在服务区。这天，猫眼主动给他打来电话，小虫很高兴。可是，猫眼说她决定去南方发展，是给小虫打个招呼。

小虫一惊，感到事情麻烦了，于是试探着说：你先回来，咱们见面说。

猫眼冷冷地说：不用了，我飞机票都买好了，就走！

小虫灵机一动，说：那我到机场送你！

猫眼说：不用！我已经在机场了，飞机马上就起飞了！

小虫这时才听出猫眼身后的嘈杂声，他的头顶有响炸雷的感觉，没想到猫眼变化会这么快。

猫眼说：没有时间了，我只能说你是个好人，可是你太穷了！谢谢你这一段时间对我的好，以后我有钱了一定还你。

小虫说：啥事嘛，咱们就不能商量商量？

猫眼冷笑了一下：商量？商量啥呀？

小虫问：那咱们的事情呢？

猫眼犹豫了一下：看缘分吧！

这时，听对面有人喊猫眼快走，那声音很像尤大。小虫忽然意识到了什么，骂了句：尤大！我日你妈！再拨电话时，对方已经关机了。从这个电话以后，小虫再也没打通猫眼的电话。

小虫独自想了一会儿，就往二强住的地方跑去，他想找二强讨主意，解决自己的问题。

小虫一路小跑到了二强住处，看见屋里亮着灯，就上前去拍门。

二强在屋子里很警惕地问：谁？

小虫回答说：我，小虫。

二强问：这么晚了，有啥事？

小虫说：急事。

二强又问：明天说不行？

小虫说：你把门开开，我有急事给你说。

二强停了一下，说：我现在有个事情，你先去转一会儿，我打你电话你再来。

小虫想了一下，问：那要多长时间？

二强不耐烦地说：你先转去！我打你电话你来就行了，咋这么啰唆的？

小虫答应了二强的话，但是没有走，他觉得二强有些奇怪，为啥人在不开门，非要让我转一转才来找？他断定二强有鬼，就在屋门外一个隐蔽的地方藏了起来。

约莫过了二十分钟，二强的屋门开了一条缝儿，二强先出来左右看了看又进去了。不一会儿一个苗苗条条的女人出了门，回头又抬手说了声"拜拜"就走了。

借着灯光，小虫认出了那个女人，就是二强公司的出纳何眉。何眉长得白白净净、亭亭玉立，像是五月盛开的荷花，惹人喜欢，就是说话、做事都比较夸张，平时还喜欢抹个口红、画画眉毛，戴些假首饰什么的。

小虫看何眉面带笑容，穿着高跟鞋一摇一摆地消失在夜色里，他很快猜测了几种何眉和二强在一起的情形：谈工作？算账？说事情？他认为都像又都不像，一是因为天太晚了，二是一男一女就两个人，三是重要事情也不会是他俩商量呀！难道是那种事儿？小虫眼睛往大一睁，不敢往下想了，这时手机响了，屏幕上显示的是二强。小虫接了电话，又在周围转了十多分钟才进了二强的屋。

　　二强很热情，给小虫倒了一杯茶水，又甩给他一支好猫烟，然后问有什么事儿，咋这么急。

　　小虫说了猫眼的事情。

　　二强说：我早就说猫眼不是咱笼子里的鸟，咱的笼子里装不下，你就听雀儿的，好好好！现在咋样？

　　小虫说：这是我的事儿，不怪雀儿姐，再说这事情结果还不知道呢！

　　二强说：糊涂！瓜尻！啥时候了？人都跑得没影儿了，还做梦呢！大白天做梦，瓜不瓜？对，说城里人的话，傻不傻？

　　小虫看着手叉在腰里转圈圈、指着他教训的二强，忽然想到了电视剧里的一个领袖人物，就说：强哥，你这会儿的势好得很！

　　二强瞪了小虫一眼：你说啥？

　　小虫说：你这时候很像个大人物，如果留上大背头，穿上中山装，再把衬衣往裤子里一掖……

　　二强掐灭了烟头，使劲儿地往烟灰缸里一按，骂小虫道：滚！看你这尻势，还糟蹋你哥哩！没看啥事情、啥时候了，还开玩笑？你不着急？

　　小虫脚往地上一跺：我是来求你帮忙的！你先说咋办，行不行？以后想咋教训我就咋教训我，行不行？我都要急死了！

　　二强说：你去找雀儿吧，雀儿办法多，你也听她的。

　　小虫心里想：你还好意思说，你和何眉刚才干啥呢？你咋不想雀儿呢？这会雀儿雀儿的……

　　二强看小虫不说话，还以为小虫听他的话要离开这里找雀儿去了，没想到小虫忽然冒了一句：我刚才看见小何了！

二强一愣，忽然意识到了什么：你见小何了？哪个小何？在哪里呀？

小虫看二强不自然的脸，慢悠悠地说：哪个？哪个你还不知道？刚才，在路上，我看她高兴得直跳。

二强扑哧一声笑了：啥事情高兴的，还跳哩？那你俩没说话？

小虫没好气：我看何眉很高兴，像是有什么喜事，没敢打搅。

二强听出了小虫话里的味道，态度缓和了，又故装不知：那你没问她高兴啥哩？

小虫没说话。

二强又说：还能干啥？谈工作呗！你说能干啥？

小虫明白二强在打马虎眼儿，也知道自己没抓住什么证据，看见何眉从二强屋子里出来又不能说，于是也变了口气，说：你看你们一个个一天多高兴的，就我难受，有事情了你当哥的也不管！

二强听这话，暗暗松了一口气，拍了拍小虫的肩膀：你这话就不对了，哥一天忙得勾鞋都来不及拾帽子，一天到晚团团转，还指望你帮忙呢，你不帮还有意见？

小虫说：你知道雀儿姐那儿没人手，再说我真是遇到难题了。

二强说：那哥也给你说，我对这事情没经验，你去找金凤、雀儿，她们和猫眼是好朋友，会有办法的。这你要理解哟！

小虫看二强真的不想帮忙，就准备离开。二强挡住他，随手拿了两条蓝好猫烟给他，又说：男子汉大丈夫，凡事要想开，天下好女人多的是，关键是你自己要有本事，要有钱，不然到手的凤凰也会飞的！

小虫望着满屋的烟雾发愣。

二强用胳膊碰了小虫一下：咋？嫌不好？

小虫拿着烟走了，头也没回。他想给雀儿打电话，号码都按了，可是没拨出去，因为太晚了。

送走了小虫，二强就陷入了沉思，担心小虫会给雀儿打报告，又觉得不可能。一是小虫自己的火已经着到脚面上了，顾不得别人的事情，他首先想把猫眼找回来；二是他和何眉的事情小虫没看见，"捉贼捉赃，捉奸拿双"啊；三是平时小虫和他也称兄道弟的，再说他对小虫也不薄；四是这事情多大啊！谁敢随便胡说？又一想，不对！小虫是谁啊？从小没爹没娘，天不管地不收，监狱也蹲过，他又怕过谁呀？雀儿真心待他，他对雀儿那么忠，说不准他已经打电话给雀儿了。想到这里二强心里又乱了。

六十四

小虫迷迷糊糊睡了一夜，第二天一大早爬起来就去找雀儿。雀儿眼睛红红的，一脸疲惫。

小虫叫了声雀儿姐。

雀儿没吭声。

小虫又叫了一声，雀儿才抬起头来，把小虫上下打量了一番，冷冷地问道：你这两天干啥去了？

小虫看雀儿，意识到一定是出了什么事情，但他心里没底儿。

雀儿声音比刚才大了：我问你呢！

小虫说：有事情，我就是来找你说的。

雀儿说：装订上出事了，你知道不！

小虫摇了摇头：不知道。

雀儿说：我想你也不知道，两天不见人，你知道啥！

小虫喃喃地说：咋了？是啥事？

雀儿用力在桌子拍了一下，说：这一次事情出大了！

小虫说：雀儿姐，啥事呀？

雀儿叹了一口气：装订了三千册书，全错了，要不是菲菲去厂子办事情发现得早，那五千册书就全废了！

小虫一惊,"啊"了一声,问:有这事儿?

雀儿说:那我还是没事儿找事儿编的?

小虫一下紧张了,双手一搓:这可咋办呀?

雀儿脸又是一沉,问小虫:你到底去哪儿了?

小虫没有回答雀儿的话,说:雀儿姐,我错了,你骂我吧!

雀儿说:骂你有什么用,书都废了,重新印刷再装订吧!

小虫说:这要赔多少钱呀?

雀儿厉声说:我问你话呢!你这两天到底干啥去了?有事情你也不给我招呼一声。

小虫说:我走时给大毛打招呼了,让他操个心,这家伙——唉!怪我,是我错了,雀儿姐你打我、骂我吧!

雀儿没再说话,眼睛却死死地盯着他。

小虫明白雀儿的意思,低下了头:猫眼走了,去南方了。

雀儿问:好好的,她去南方干啥?

小虫说:有一阵子了,她不理我,我打电话她也不接……

雀儿问:她不是在陕北吗?

小虫说:她说她在陕北,鬼知道她在啥地方!

雀儿问:那你怎么知道她去南方了?

小虫说:我这几天很乱,右眼直跳,我奶说左眼跳财右眼跳灾,我猜事情不好。前天早上进城找金凤打听猫眼,金凤说她们好长时间没有联系了,不知道。昨天我忽然接到电话,是猫眼从飞机场打来的,说她马上去南方,就是给我说一下,我听见电话那边有人叫她,声音很像尤大……

雀儿着急了,挡了小虫的话:尤大?是不是骗咱们的那个尤大?

小虫说:就是,就是牛老板那个手下。

雀儿沉思了一下:他俩在一起?

小虫说:就是么,要是她真和尤大在一起,你说能有什么好事情!

雀儿说:我看你们以前挺好的,怎么说变就变了呢?

小虫说：我也这样想，才来找你想办法的。不过我给你说实话，好只是开始那一阵儿，后来慢慢就不行了……

雀儿问：那为啥？

小虫说：猫眼老嫌我穷，没有钱，说买车买房不知要等到猴年马月，没希望，所以才说要回陕北看看。我猜就是借口。

雀儿听了，不知道问小虫还是问自己：那可咋办呀？

小虫说：我不知道咋办，当时就想找你，怕你忙，我去找了二强……

雀儿问：二强咋说？

小虫说：他说你办法多，和猫眼熟，又关心我，让我找你。

雀儿停了一下，问小虫：那他在干啥呢？

小虫欲言又止。

雀儿说：我问你话呢！

小虫说：他，他忙着和人说话呢。

雀儿问：和谁？

小虫说：他们同事。

雀儿问：是不是又是那个何秘书？

小虫知道雀儿说的是何眉，没承认，说：不是，不是，是他另外一个同事。

雀儿说：小虫，你不会哄人就别哄，你一张口我就知道哪句话是真哪句话是假！

小虫说：都是真话。

雀儿说：鬼信！

小虫不说话了。

雀儿说：今天你不找我，我也会找你。本来要好好骂你一顿，可听说猫眼走了，骂我是不骂了，可是账要给你记上，以后咱们再算！

小虫点了点头，还是没有说话。

雀儿说：你也不要装可怜，我说到做到。搞企业得赏罚分明，不然这工作、这日子都没法过了。你看，这一阵子咱们出了多少事情，烦不烦？损失有多大？小虫，你想想，不要光想自己，也设身处地为大家想想，谁不难？谁容易？我想一会儿就回丁家坪，昨天菲菲已经做了安排，今天再看看效果，把问题处理彻底！

小虫问：那我呢？

雀儿说：你也一起去，路上咱们说猫眼的事情，再说她已经坐飞机走了，你撑她也撑不上，就是撑上人，撑不上心有啥用？你不要急，着急上火不顶用，你说是不是？

小虫觉得雀儿说得有理，就答应了。

六十五

小虫找雀儿的同时，二强给百灵打了电话，问百灵有没有时间见一下，百灵说她要去医院做个检查。

二强听说百灵又怀孕了，估计是正常的妊娠检查，就在电话上把昨晚上发生的事情简单讲了一遍。

百灵稍停了一会儿，说：看来你们是生米做成熟饭啦？

二强没有吭声。

百灵感到心中有一口气吐出来了，她知道这些将给雀儿带来什么，嘴上却说：你们这些男人啊，真没出息！毅力呢？意志呢？男子汉的气节呢？我看你咋收拾摊子，咋交代啊？

二强有些无奈地说：唉！这事情……

百灵心里想：你雀儿不是能行吗？又写文章又出书，还搞什么首发式，张狂得不知天高地厚，就你能行，都戴绿帽子了还不知道呢！

二强看对方没说话，以为是百灵生气了，就"喂喂"了两声。

百灵冷静了一下，把情绪调整到了正常状态，说：你做的事情不知道咋办，那为什么要做呢？当时咋不想这些呢？

二强说：不是没有办法么。

百灵说：就这点出息？还有谁知道这事情？

二强说：没人知道，就是小虫去了，他拍门了，我没开。

百灵一激灵：又是小虫！

二强说：是小虫，他不知道，他走了我才开门的。

百灵说：那你找我干啥？说你本事大？

二强说：和你商量么，你看给她些钱让她走行不行？

百灵一怔，她没想到二强会这样做。

二强又说：我心里没底，不知道现在女娃娃咋想的。你给我拿个主意。

百灵说：人家心在自己肚子长着，我咋知道？

二强说：你们都是女人么，能想到一块儿。

百灵说：百人百性，一个人一种想法，你就没想过，那何眉啥都不要，就要你人咋办？

二强停了一下，说：不会吧？

百灵说：咋不会？能和你上床就说明她爱你，要和你结婚过日子，那正常得很！你不要把问题想简单了，现在女孩子都很聪明，不好哄，不要想着说几句好听话、花几个钱就把事情摆平了！

二强没了话，过了一会儿才问：那你说咋办？

百灵说：我看这事情着急不得，要慢慢来，冷处理，先摸清小何咋想的再说。知己知彼，百战不殆，知道不？

二强说：我心里毛得很，昨天晚上一夜都没睡着。

百灵没想到二强胆子这么小，猜想这小子是第一次干那事情，忍不住偷偷笑了。

对方似乎听到了笑声，问：你笑我？

百灵急忙止住了，说：我笑什么，我是替你感到羞愧！

二强说：你替我打听一下行不？

百灵问：你说啥？

二强说：我的意思是你找何眉谈谈，先听听她的口气。

百灵不假思索地反问道：你认为合适不？人家要问我咋知道的，谁告诉我的，我怎么回答？

百灵的话像连珠炮一样一发一发地打了过来，二强又不说话了。

百灵说：冷静！冷静！现在最需要的就是冷静！

二强问：你说具体点儿好吧？

百灵这次真笑了：你真不知道假不知道？

二强说：真的不知道。

百灵说：把何眉稳住，把你自己也稳住，先看看情况，过几天再说。对了，不能和你说了，护士叫号叫到我了，再见！

放下电话，二强刚走出办公室，迎面就碰上了何眉，何眉笑着招呼他：早上好。

二强轻轻说了声"早上好"，继续往前走。

何眉挡住了他，问他去哪里。

二强说没吃早点。

何眉说她也没吃早点，要和二强一起去。

二强说上班时间都过了，要何眉不要去，何眉不依。

二强反身进了办公室，何眉也跟着进来了。二强要倒杯水喝，何眉趁机从后面抱住了二强的腰。二强的头嗡一下大了，他急忙拉开何眉的手，关上办公室门，然后对何眉说：大白天，不要这样。

何眉撒娇地说：人家想你嘛！

二强忽然想起了百灵的话，无奈地摇了摇头。

何眉说：怎么？你不相信，我真的昨夜兴奋得通宵未眠，满脑子都是你！

二强怕有人来，忙说：信，信，信！

何眉娇媚地一笑，又想过来抱二强。

二强忙说：咱还有工作呢，你快去买两个腊汁肉夹馍，吃了，快干活。

何眉说：那你要答应晚上和我一起看电影。

二强眉头一皱，很无奈地说：行。

何眉说了声"OK"，就燕子似的飞出了屋子。

六十六

雀儿遇到了前所未有的困难，先是遭到尤大欺骗，印的东西堆了一库房没人要，接着裁纸刀未调试好，裁废了书的封面，还裁伤了一位工人的手指，现在装订书又出了错。尤大的问题是自己忙写作、谨慎不够所致，后两件事情全出在管理上，究其原因，还是因为二强离开印刷厂去搞电信工程，小虫文化程度低，综合能力差，管理缺少经验，这才接连出了问题。她感谢二强关键时候拿出自己全部积蓄救急，又觉得二强不该离开印刷厂，导致造成了损失，在这个问题上，她很矛盾，心里总有一种不舒服的感觉。

上次，她和小虫一起回丁家坪印刷厂，是想了解猫眼的情况，帮小虫理顺思路，顺便也了解一下尤大的下落，另一个目的就是稳定小虫的情绪，把印刷厂的摊子撑起来。结果说了一路效果还不是十分明显，好在菲菲处理问题及时，安排得认真细致，虽然造成了损失，生产还照常进行着。雀儿看小虫的情绪一时难以稳定，就给米粮打了电话，希望能派一个有经验的男同事帮她一阵子。米粮说菲菲完全可以胜任，让菲菲直接上手，雀儿说怕菲菲走了影响米粮的事情。米粮说有他自己在，还有几个骨干，不存在什么问题。

实际上，雀儿考虑印刷厂女工多，来男同事管理会更好一些，米粮这么说了她也不好再说什么。

和米粮通话以后，印刷厂的事情就算是解决了，可是她仍然不放心小虫的事情，就又和小虫通了电话。

小虫坚持要请几天假，去南方找猫眼。

雀儿说：天要下雨鸟要飞，人心跑了你能找回来吗？

小虫说：我就要她一句话，只要她说清楚为什么。

雀儿问：有意思吗？

小虫说：当然有啊，我就不信她变成这样子了。

雀儿说：那你知道她在啥地方吗？

小虫说：广州、深圳、东莞就这几个地方，听人说了就这几个地方好挣钱。

雀儿忽然想到红、黄两个字，心里咯噔了一下，她没再往下想，她也不想往下想，就耐着性子给小虫讲了许多道理。

小虫相信雀儿，虽然心里不很乐意，最后还是按雀儿的意见做了。

小虫留在了丁家坪印刷厂，雀儿让他协助菲菲工作。他知道自己现在心烦意乱，情绪不好，主不了事，表示愿意配合菲菲，保证服从安排，当好下手，搞好配合，不出乱子。

时间过去了许多天，一切又恢复了平静。

这天早晨，雀儿的爸爸阴沉着脸来找雀儿，说要回丁家坪，回去了就不来了。

雀儿感到意外，问爸爸是什么原因。

爸爸低着头不说话。

雀儿知道爸爸的脾气，肯定是看不惯二强的做法，或者是听了别人什么话，就给爸爸倒了杯水，又给爸爸拿出昨天买的新鞋让试穿。

爸爸没有动，嘴唇鼓动了半会儿才说：二强招了个碎女子，像是狐狸精托生的，把个工程队闹得乱哄哄的……

雀儿心里明白了，但是没有表露出来，她对爸爸说：你年龄大了，吃好穿好就行了，能干咱就干，不想干了就不干了，不要生气哦！

爸爸说：我倒是不想生气，可不生气不由人么。现在说啥的都有，我一直都看二强是个好娃，可能是喝迷魂汤了，看不下去了……

雀儿说：看不下去就不看嘛！

爸爸说：我也这么想，眼不见为净，走了清净，可是不放心么！

雀儿问：有啥不放心的？

爸爸说：昨天晚上我去解手，听人家都议论哩！

雀儿说：有啥好议论的，一天不说些是非话就活不下去了？这些人真是的，没意思！

爸爸说：说啥的都有，还有人说二强和那女子谈恋爱了！

雀儿一惊，问爸爸道：你看二强会不会和那女子谈恋爱？

爸爸说：我倒是不想相信，可人家说得真真的，这两年人变化快，谁知道二强这狗日的会不会变心？

雀儿感到心脏有一种被针刺的感觉，一侧身就坐在椅子上了。

爸爸见状忙说：我也听人说的，人聚一堆就咬耳根子，谁人背后不说谁啊！这年头，连皇上都敢说呢，还不要说平民百姓。我觉得二强不会变吧，世上的陈世美也不能太多了吧！

雀儿冷静了一下，对爸爸说：或许吧，不过，他变了也不要紧，咱再找个比他好的！

爸爸的脸一下变了色，训斥道：胡说！你也没看你都多大了？早结婚了也不用操这心了！

爸爸又开始埋怨雀儿不听话了。雀儿有点儿想流泪，但是她忍住了，她不想让老人看到她伤心。于是，轻轻叫了声爸，说：你不用操心，没事的，你先去我姐那儿住两天，真想回去了我送你。

爸爸叹了一口气：本不打算给你说这些，又怕你蒙在鼓里吃大亏，说了我又后悔……

雀儿说：后悔啥呢？对自己娃娃么，咋说都是对的。

爸爸说：雀儿，爸知道你一直做事稳当，这是大事情，千万不要着急上火办瞎了。我看二强心眼儿还不坏，这些年对咱也不错，我就是怕他上了人的当。

雀儿送走了爸爸，忽然想起小虫那天晚上说的关于二强的事情，她断定小虫一定是知道些什么，仔细想了一会儿就给小虫打通了电话。雀儿单刀直入，开口就问二强和何眉的事情。

小虫开始不说，架不住雀儿软硬兼施，很快就说了真话。雀儿心想：那么晚了，一男一女在一个屋子里关门闭窗地待着，别人拍门还不开。女孩子那么疯张，二强的神色又那么慌乱。这一切说明了什么呢？能有好事吗？事情是明摆着的了，但是没有证据。雀儿又一想，就是有了人证物证又能怎么样呢？雀儿不想相信这件事情是真的，但是事实又不能不让她去想。雀儿陷入了痛苦的思索中。

六十七

雀儿找到二强，二强开始有些慌乱，但很快就镇静下来了。他否定了人们对他的说法，保证自己与何眉是正常关系。

二强知道男女之事从来是"捉奸拿双"，没有事实谁也没办法。二强还知道，只要自己不承认，那一切都还有回旋余地。所以，他这时候就是要做到"贼无赃硬似钢"。

雀儿虽然是个眼睛里容不得沙子的人，这几年听的男男女女的事情多了。思想上多少也有了一些变化。这时候，二强如果承认自己有注意不到或者不合适的地方，并表示改正，或许雀儿还会原谅他，可是他矢口否认，认为自己一点儿错也没有，这使雀儿非常反感，反而产生了许多想法。她断定二强和何眉的事情是真的，这不是从小虫和爸爸提供的情况里分析出来的，而是从二强躲躲闪闪的目光里看出来的。她了解二强，虽然这几年二强变化比较大，总的说还是个老实人，老实人说不了假话，说了就会被人发现。可是，二强性格中还有倔强的一面，他要是做了错事坚决不承认，你又有什么办法呢？雀儿想到这里，苦笑了一下说：那就是我听错了，对不起啊！

二强搓着手不好意思地笑了笑，没有说话。雀儿发现他的额头上渗出了一层密密的汗珠。

雀儿又说：我来就是要听你的真话，你说了可不要反悔！咱们都忙，再见！

二强看雀儿不慌不忙、不热不凉的样子，弄不清雀儿心里到底怎么想。雀儿走了他才发现自己满头是汗，他猜想一定是刚才特别紧张的原因，于是心里责备自己没出息，刚才说了些什么他也记不清楚了。

第二天，雀儿让人提了一个提包来找二强，包里装了二十多万元，是雀儿还给他的。说着，那人就拨通了雀儿电话，让二强接。

二强问雀儿：你不是手头紧张吗？再说这钱我当时就说不要了啊！

雀儿说：欠账还账，欠钱还钱，自古到今，天经地义！你清点一下，利息也在里面。不过，要麻烦你打个收条，例行个手续。

二强有点急了，问：你这是？

雀儿很干脆地说：没有啥，还账么！

还二十万现金意味着什么，二强心里自然清楚，他知道事情弄大了，一时竟没了主意。他平时是对雀儿有一些意见和看法，有时候甚至很大，可真的要和雀儿分手，心里还真舍不得。

二强回过神的时候，雀儿已经挂机了，再拨就没人接了。

没了主意，二强就想起了百灵，于是拨了百灵的手机。百灵关机，他又打电话给张勇。张勇接了电话，说这会儿太忙，过一会儿回电话给二强。

二强听电话背景很杂，像是在医院里，猜想一定是百灵生孩子了，就打的去了医院。

事情果如二强所料，张勇告诉他百灵难产，躺在病床上，医生们正研究做手术，说孩子、大人只能保一个，而且也不能保证大人以后还能生产，要求家属尽快做决定。

二强是外人不能发表意见，时间紧急，张勇也来不及和百灵的娘家人联系，就在医院的手术单上签了字。

百灵上了手术台，张勇的表情非常痛苦，在楼道里的座椅上低头坐着，一句话也不说。

二强看帮不上忙，就离开了。

回家的路上，二强满脑子还是他和何眉的事情，他知道这个事情不处理自己就无法安静下来，思来想去，决定用钱结束他和何眉之间的关系。何眉如果答应了，这事情就算处理了，然后他再去找雀儿做工作，恢复原有的关系。他认为这样比较保险，谁也不伤害，特别是给雀儿能说清楚，雀儿也有可能原谅自己。

晚上，二强约何眉在一家茶社见面，信息发出去不到十分钟，何眉就出现在了他的面前，好像就在附近等着他似的。

二强原准备很严肃地和何眉谈一次话，见了何眉不知为什么脸却板不起来了，他很婉转地对何眉说了终止他们关系的意思。

何眉马上收敛了笑容，问他为什么。

二强说：我有女朋友。

何眉说：我还以为是我什么地方没做好，让你不高兴了。

二强说：那倒没有，我是说我有女朋友，这样下去不好，对大家都不好。

何眉好看的脸蛋一下拉长了：你女朋友是你女朋友，我是我，这是两码事儿。再说，女朋友又不是老婆，结了婚还离婚呢！我才不管你的女朋友呢！我不管！说着，头就扭到了一边。

二强说：你看你，不讲理了吧！

何眉声音更高了，几乎是喊着说：谁不讲理？谁不讲理了？人家不就是爱你么,有啥错?说着就呜呜地哭起来了。

旁边的人都向这边看了,二强怕造成不好的影响,忙说:有话好好说嘛,你哭啥呢?让别人看见了笑话呢。

何眉说:我不管!谁爱笑谁笑去!说完又呜呜地哭了。

二强没办法,就端起茶杯让何眉喝水,何眉挥手一挡,茶杯掉到了地上。何眉看也不看,趴在桌子上继续哭,服务员过来收拾打碎了的茶杯,二强就匆忙结了账,拉起何眉的胳膊往外走。

何眉借势依偎在二强身上,撒娇地说:我就是不离开你,谁也别想从我手里抢走你,除非我死了!

就这样,二强和何眉又进了二强的办公室。走进办公室,何眉不哭也不闹了,发疯似的抱住二强,在二强的脸上一阵猛亲,亲着亲着手也开始在二强身上乱摸。二强开始还用手遮挡,后来也不自觉地和何眉抱在了一起。接下来,过去的一幕就又发生了……

等二强清醒过来的时候,他彻底像个泄了气的皮球,浑身上下一点儿劲儿也没有了。

何眉走后,二强接到了金凤的电话。

金凤态度很不好,开口就问他和何眉到底是咋回事儿。

二强一时不知道应该如何回答金凤。金凤是他的嫂子,金凤和雀儿的关系又情同姐妹,还有金凤那急脾气,因为这些,二强平时对金凤很尊重,多少还有一点儿怕。

金凤着急了,喂喂喂地喊。

二强有点儿丧气地说:我也不知道咋给你说。

金凤说:你说真话,我要听你说真话!

二强原打算否认与何眉的关系,现在才发现事情并不是他想象的那样简单,还有刚刚发生的事情,他知道纸里终究包不住火,心里一急就破罐子破摔了。于是对金凤说:你听的那些风言风语都是真的。

金凤心头一震,声音提高了两倍:你再说一遍!

二强没有吭声。

金凤生气地从牙缝里挤出了几个字：你脑子进水了！

金凤放下电话就赶到了二强住处。二强正低头抽烟，见金凤来了忙起身倒水。

金凤挡住了二强，要他把与何眉的事情前后经过讲一遍，她想听听到底是怎么回事儿。

二强讲事情的经过，检查了自己的不对之处，也讲了对雀儿的一些看法。讲着讲着竟落了泪，以至于哽咽着说不下去了。

男儿有泪不轻弹。金凤有点儿感动了，她本来是要骂二强的，但是听了二强的诉说，倒有些同情二强了。她埋怨二强没出息，那么好的女朋友不好好相处，被一个烂碎女子拉下水。过去，她发现二强和雀儿之间有不和谐的地方，后来二强为建印刷厂受了伤，又感觉两个人关系好了，以后再没注意，现在想起来两个人真有性格的差异，还有雀儿在谈恋爱中的传统保守，做事情认真，对事业的追求过于执着。是不是这些错综复杂的因素造成这么一个令人心痛的结果，她说不清楚。她感到事情太复杂了，到底怎么处理，她也觉得无从下手。到底是谁不对呢？金凤一会儿觉得二强不对，一会儿又觉得二强和雀儿都有责任。

说完了话，金凤问二强现在准备怎么办。

二强说自己也不知道。

金凤说：你把事情都弄得这么大了，还不知道咋办？

二强有点儿不大情愿地说：你骂也骂了，说也说了，你现在说我应该咋办呢？

金凤说：你让我想想。

二强说：我就是觉得对不起雀儿。

金凤说：我也知道你舍不下雀儿，可你知道雀儿的脾气，她要是知道你和那女子真有关系，你们俩的事情还能成吗？

二强点着一支烟，狠狠吸了一口，没再说话。

六十八

雀儿打发人给二强送完钱后，就关了手机，关了门窗，自己一个人坐在办公室里没再出门。

夜已经很深了，她还是一个人那么坐着，想着这些天发生的事情，回忆着自己和二强认识以来的全部过程、每一件事情、一些重要的细节。这些都很普通，也很平凡，没有小说和电视剧里的那些惊心动魄，也没有别的恋人那种卿卿我我，虽然闹过几次矛盾，过去了也就过去了，也没有留下什么痕迹。有一段时间，雀儿问自己，和二强的这种关系到底是不是谈恋爱？自己和二强到底是不是恋人？她觉得开始真不像，她认为自己真正对二强有感觉是二强建印刷厂受伤以后，她才真正把二强放在了心上，开始关心二强和二强的事情，但是，她对二强没有那种强烈的爱，一段时间不见面也没有那种刻骨的相思。但是，她心里有二强，二强是她的男朋友，这一点她从来没产生过怀疑。

雀儿反思过自己，她忙工作、忙写作，为创作小说也忙了一阵子应酬，小说出版后又忙了一阵子社会活动，是冷淡过二强，忽视过二强，有一阵子还疏远过二强，可是，她对二强的心一直没有变。二强为什么说变就变了呢？雀儿觉得自己没有对不起二强的地方，二强怎么能做这样的事情呢？雀儿做梦也没想到二强会这么做，这也可能就是她不能原谅二强的主要原因。

她知道二强对她有意见，但是她不能同意在未领结婚证之前就发生男女那些事情。她认为那是一道底线，也是一个原则，不管社会如何进步、如何开放，也不管别人怎么去做，每个人都应该有自己的做人准则和生活方式，还有人与人之间的尊重。

但是，人非草木，孰能无情。雀儿也不是木头人，那次与二强见面，二强抱住她亲了好一阵子，亲着亲着就动了手，雀儿也心慌口干得难受，关键时刻还是一把推开了二强。事后她也想，要是二强再坚持那么几秒钟，她最后的防线可能也就被突破了。那次，二强又生气了，一脸不高兴地去了卫生间，出来后就闷着头抽烟。当时，雀儿看着二强的猴急相觉得好笑，现在想起来还是伤了二强的自尊心。

这些，只有雀儿自己明白，二强哪里知道呢！世界上经常发生这些阴差阳错的故事，不然怎么会出差错呢？他爱你的时候你不爱他，你爱他的时候他又有了新爱。唉！这或许就是命，就是缘分吧！总之，雀儿觉得她和二强的缘分是到头了。

雀儿心里很难过，难过得流干了眼泪，蒙着被子睡了一天一夜。她要用睡觉这种办法从心底里结束和二强的关系，把自己在二强身上的心收回来，以一种新的姿态投入到工作和生活中去。

雀儿的最爱是写作，她也喜欢工作。她知道工作是为了生存，是为了活着；写作呢，是她精神生活的必需，只有写作她才感到快乐，才感到生活的充实，才感到活着有意义。

这个晚上就这样过去了。早晨，雀儿一打开手机，就接到了刘有成的电话。

刘有成很兴奋地告诉她，说有一家小印刷厂要倒闭，问雀儿有没有收购的想法。

收购印刷厂？雀儿发木的大脑一下被刘有成激活了，她要刘有成把具体情况说一说。

刘有成说，他是昨天下午得到的信息，信息肯定准确，具体情况也知道一些。

雀儿说：你先说说，我听听。

刘有成说：这家印刷厂叫利民印刷厂，不大，有五六亩地的面积，二三十个职工，其中十多个职工已经退休或者接近退休年龄。这些年一直亏损，上级主管部门决定让其倒闭，退休和快退休的人由街道办事处交社会相关部门，接收单位只安排七八个人的工作就行了。

雀儿问这七八个人的情况。

刘有成说：很清楚，听说留下的人年龄都不大，男女都有，好像女的多。

雀儿一听有五六亩地，留下的人不多而且年龄不大，还都做过印刷活儿，觉得应该是个很好的事情，特别是几亩地的地方，现在到哪儿找去！她叫刘有成再详细了解一下情况，她先向米粮汇报。

雀儿找到了米粮，米粮也觉得是件好事儿，当即叫雀儿给刘有成打电话，亲自询问那家印刷厂的情况。刘有成知道的就那么多，和雀儿说的都一样。米粮听了以后还不满意，要刘有成抓紧时间把情况再搞细一些，比如印刷厂的上级主管单位是谁家，印刷厂面积到底有多大，职工人数是多少，多少人可以退休，多少人可以提前退休，多少人需要安置，印刷厂有没有土地证，还有什么资产，等等。米粮一口气提了十多个问题。

雀儿认为收购一个倒闭的小印刷厂，问题不会那么复杂，哪有这么多的事情。

米粮说：天上不会掉馅饼，世界上没有白吃的午餐，人们都在想好事情，可是好事情有多少呢？一个人一辈子能遇到多少？所以，越是好事情，越是要留神。

雀儿觉得米粮说得有道理，没再说话。

米粮说：现在社会上许多厂子在倒闭，这些厂子的资产、资金都好处理，最难处理的还是人，人事难办！就说这家印刷厂吧，不要看只有七八个人需要安置，这些人愿意到咱们这小单位来吗？来了你怎么安置他们？他们想一个月领多少工资？咱们能发给他们多少工资？特别是他们多少年来一直吃大锅饭，咱们不是大锅饭怎么办？

这些事情，雀儿没经过，自然也没有想过，听米粮说她才意识到了。

雀儿问米粮怎么办。

米粮说：现在社会上有一种办法叫买断工龄，就是按每个人参加工作的时间算，一年给多少，定个标准，合计是多少，一次性结算，以后就谁不找谁了。这些人要是处理出去了，咱们的负担一下就轻了。

雀儿看了看米粮，问：你是不想要这些人？

米粮毫不犹豫地点了点头。

雀儿想了想，说：这办法好是好，我咋觉得要是这样做了不合适，这些人要是不同意咋办？

米粮说：为什么？

雀儿说：他们没有工作了呀！以后的日子咋过？

米粮说：那这咱们就管不着了。

雀儿不满意地说：咱们把人家单位收购了，要为人家负责呀！

米粮看了看雀儿，呵呵呵地笑了。

雀儿也愣了：你笑啥呢？

米粮说：我笑你呀，年轻、善良！管人家那么多，我们还解放全人类呢！咱们有能力吗？

雀儿认真了，说：那你就不对了！咱不能只为自己，不为人家着想啊！

米粮了解雀儿的性格，也觉得雀儿说得有些道理，于是就变了口气：咱们不是在想嘛，说不准他们还同意买断工龄呢！

雀儿坚定地摇了摇头说：我看不一定！

米粮说：买断工龄也不是个小事情，咱们还要认真算账，闹不好还做不起呢！你看这七八个人吧，一年要给他们多少，算下来也不是个小数字，得几十万、上百万吧！咱们账上现在有多少现金？一共要花多少钱？咱们要贷多少款啊？

雀儿想了想，还真是这么回事儿，于是说：咱们再困难，也要把这些因素考虑进去，我总觉得这些人挺不容易的！

米粮沉思了一下,说:这些我都知道,但是想多了事情就难做了,这样吧,你再把情况往清楚里摸一摸,我再仔细算算咱们的账,让刘有成带咱们看看这厂子,最后决定好不好?

雀儿点了点头,忽然觉得晕得厉害。

米粮好像发现了,忙问雀儿怎么了。

雀儿说没事儿,有点儿头晕。

米粮说:你一来,我就发现你脸色不好,是不是还有什么事情?

雀儿说:没啥事儿,是昨晚没睡好,本来早上想多睡会儿,觉得这个印刷厂的信息很重要,就赶过来了。

米粮说:要注意休息,写作只能是业余爱好,不敢天天熬夜,那对身体不好。

雀儿掩饰地说:没有,没有。

米粮说:我离开家的时间长,经的事情多,看问题比你们复杂,实际上不一定每件事情都这么复杂,可是我觉得想复杂些还是有好处。

雀儿说:你说得很具体,你刚才说的这些我从来都没想过,你说了,我才明白了。只是那些人的安置问题还是要认真考虑。

米粮说:八字还没见一撇呢,我也是想多了。

雀儿说:我看这事情问题不大,早想也没错。

米粮说:我是个悲观主义者,遇事总爱往坏处想。另外,现在社会太复杂了,人太复杂了,我们再简单就要吃亏的。

雀儿点着头,心里想,还是米粮聪明,自己怎么就没想这么多呢?她知道这仅仅是开始,要真正把那家印刷厂收购了,事情还会有许多。

刘有成说的这家利民印刷厂确实要倒闭,许多人都看上了这块地方,他们不是要办印刷厂,而是想要这块地,可是都因为没有办法安置员工而放弃了。刘有成的工作单位在这一带,平时和街道办事处有些往来,他的叔叔和这家街道办事处的主任很熟悉,了解信息的渠道就多了。还有,利民印刷厂的职工为工资福利经常找上级反映,街道办事处也着急处理这件事情，所以，这家印刷厂的改革速度就加快了。

第二天是个星期天，米粮和雀儿在刘有成的引导下实地察看了利民印刷厂。印刷厂在一个住宅小区隔壁，紧靠马路，通过破铁门的门缝向里面看，有一排两层的小楼房，院子里有几丛冬青。这样的环境，不仔细看真看不出是一家单位。

星期天好像没人值班，门关着进不去。他们正准备绕到小区里面找个高地看看，一个个头不高的女人来了，她把他们端详了半天，问道：你们找谁？

刘有成说：想印点儿东西，来看看。

女人叹了一口气，说：厂子都倒闭喽！不接活了！

雀儿把这头发花白的女人叫了声姨，问：您是这厂子的？

女人看了看雀儿，说：现在是，马上就退休了。

雀儿问：您才多大年纪啊，怎么就退休啊？

女人说：五十了，老啦！

雀儿又问：今天星期天，你还来上班啊？

女人说：厂子要倒闭，早都不干活了，我是值班看门的。

雀儿问女人贵姓。

女人说姓佟。

雀儿问：佟师傅啊，厂子好好的，咋就倒闭了呢？

佟师傅说：过去还真不错，这几年不行了，工资几个月都没发了，上面已经通知我们说要倒闭了，等着人家来买呢！

雀儿问厂子过去都能印什么。

佟师傅说：过去小活儿都能印，现在还可以印账册什么的，可是没人干活了。你们还是另找印刷厂吧，不敢把你们的事情耽搁了！

雀儿说：我们想看看你们的印刷设备。

佟师傅看了看雀儿，说：没啥看的，都是老古董了，不过还能用。说着，就开了大门。

印刷厂确实没有什么设备，能印的也就是账册表单、小学生用的本子这些东西。

他们在佟师傅的带领下，把印刷厂看了一遍就准备走了。佟师傅忽然好像明白了什么，问道：哎！你们该不是要收购我们厂子吧？

米粮说：没有，没有，我们是想印东西的，来看看。

佟师傅说：想收购也好，这厂子过去真不错，这两年没人管了，烂包了。唉，真真是可惜了！

他们看得出来，这位印刷厂的老职工对厂子是有很深的感情的，于是没再说什么，就挥手告别了。

经刘有成介绍，米粮和雀儿很快就和印刷厂的负责人接了头，紧接着又和街道办事处的领导进行了协商。事情虽然没有米粮想象的那么复杂，但是员工安置确实是个问题，那几个年轻人文化程度不高，技术水平也一般，要求却很多，意见也有分歧。街道办事处的领导要求一定要做好这些人的稳定工作，不能出任何问题，说稳定压倒一切。

米粮想先把印刷厂买过来，然后再解决人的问题，与雀儿商量时，雀儿还是觉得不合适。米粮讲了自己的想法，讲了先买厂后解决人的问题的好处，并且保证不让这些下岗职工吃亏，雀儿才同意了米粮的意见。

街道办事处的领导坚决不同意，他们要求必须把人的问题解决好，而且要拿出方案来。

米粮和雀儿商量后，提出了两个方案：一是欢迎能留下的这些人继续在印刷厂工作，厂子根据他们的具体情况给予合适的安排；二是如果有人不想继续干，可以按年计算买断工龄，标准参考社会价格，用人民币结束劳动关系，以后谁不找谁。同时就两个方案的实施提出了具体意见。

街道办事处领导终于同意了他们的方案，但是要求米粮和雀儿最好把大家都留下，因为工作不好找，这些人文化程度低，工作技能又单一，他们担心这些人找不到工作了又来找街道办事处的麻烦。

雀儿和米粮都说，可以先公布方案征求意见，意见一致了再执行，街道办事处的领导说这个办法好。

方案比较切合实际，一公布就有人愿意买断工龄。经协商三个人同意买断工龄，五个人愿意留下，事情就这样有了结果。

米粮把印刷厂的日常事务工作全部交给了雀儿，他自己集中精力处理利民印刷厂的收购交接工作。

雀儿没说一句客气话就接了工作。

这几天，米粮多次和雀儿、菲菲等人在一起商量印务公司的发展问题，并且就公司的长期规划进行了探讨。他们要用好用活利民印刷厂和留下的这五个人，同时对公司的用工制度、薪酬制度进行大的改革，把利民印刷厂这个地方很好地修建，最终把公司的办公室、设备都搬过来。同时再给丁家坪印刷厂增加两台大型设备，把设计、印刷和装订提高到一个新的水平。

米粮还有想法暂时没有对大家说，那就是要成立公司董事会和监事会，由他担任公司的董事长，雀儿任总经理兼印刷厂厂长，菲菲任总经理助理兼设计部经理。他酝酿了好久的文学杂志，条件基本具备，不久将出试刊号，他要拿出一部分精力从事这方面的工作。

六十九

夜里，雀儿做了一个梦，梦见丁家坪下了一场前所未有的鹅毛大雪，整个山村都被掩埋了。她住的小屋子门窗都被雪封住了，她用手扒呀扒呀，怎么也扒不开。她喊呀喊呀，也没人应，她急得直哭……

雀儿醒来了，再也睡不着了，白天的事情就一个个在她的脑海里翻腾。天刚亮，她起床刚打开手机，就接到姐姐的电话。

姐姐泣不成声地告诉她，爸爸病了，救护车已经送到中心医院了，要她赶快过去。

雀儿一惊，忙问具体情况。

姐姐说：你快来！迟了恐怕就跟不上了！

雀儿匆匆擦了一把脸，牙也顾不上刷，出门挡了辆出租车直奔医院而去。

爸爸躺在医院的抢救室里，护士不让家属进去，姐姐、姐夫，还有姐夫的一个朋友都在外面站着。

姐姐告诉雀儿，说爸爸到他家这几天，一直不怎么说话，晚上也不好好睡觉，操心的都是雀儿和二强的事情，还有二强的那个工地。昨天晚上，爸爸忽然提出要回丁家坪，姐姐和姐夫都劝他过几天回去。爸爸不同意，说今天一大早就回，凌晨起来上卫生间时忽然摔倒了。

雀儿急切地问：到底是啥病？

姐夫说：大夫说是脑溢血，心脏也有问题。

正说着，弟弟和弟媳妇急匆匆地来了，一见面就问：咋了？咋了？

姐姐正要说话，一个穿白大褂的大夫出来，问谁是家属。

姐姐忙说：我们姊妹几个都在。

大夫问：你们谁主事？

姐姐和弟弟几乎同时看了看雀儿，雀儿明白是什么意思，往前走了一步，说：我！

大夫问雀儿：你是他女儿？

雀儿点了点头。

大夫说：你爸的病不好，要马上做手术！你们准备五万块钱，尽快办住院手续！

大夫说着就要走。

雀儿挡住大夫问：那怎么办手续？

大夫说：你跟我来，我马上给你开单子。

借开单子的时间，雀儿问了爸爸的病情。

大夫摇了摇头，说：脑部出血严重，不做手术不行，做了手术很难说是什么结果，弄不好要偏瘫。

雀儿脑袋轰一下大了，泪水忍不住就流了下来。她掏出餐巾纸擦了眼泪，走到姐姐和弟弟他们跟前，简单说了情况后，要弟弟和姐姐守在这里不动，大夫有什么事儿，积极配合，她回去想办法拿钱。

听雀儿这么一说，姐姐和姐夫、弟弟和弟媳妇都咬耳朵了，很快都有了结果。

姐姐说他们手头上有五千块钱，让姐夫回家去拿。

弟媳妇说，他们出一万，马上回家拿。

一算账，还差三万五千块钱，哥哥不在家，雀儿知道这些就要自己拿了。这些年，虽然挣了不少钱，可是截至目前她个人账户还是赤字。这个赤字，一直压着她，也一直推动着她，使她不敢懈怠、不敢懒惰，使她更加勤奋努力。她不怨姐姐和弟弟，姐姐和姐夫很辛苦，一年的收入只够养家糊口，结余寥寥无几。弟弟的日子好，但是弟弟不当家，这次弟媳妇能主动拿出一万元，已经很不错了。

雀儿想着爸爸住院费的事儿，不知不觉就到了单位，她没犹豫，径直走进了米粮的办公室。她知道，这个时候，唯一能给她帮忙的只有米粮。

雀儿的想法是正确的，米粮听雀儿说了爸爸住院的情况，当即让出纳从银行取五万元现金给雀儿。

雀儿说：三万五千块钱就够了。

米粮说：多拿一些没有错，要不够不是还要跑路嘛！

雀儿想了想，也是，就写了借条给出纳，并保证年底还款。

米粮笑雀儿办事太认真，安慰雀儿不要着急，并让人给雀儿买了早点吃。

雀儿吃不下，又不想负了米粮的一片好心，硬吃了几口就又放下了。

米粮收拾了办公桌上的东西，对雀儿说：走吧，我也去看看老人家！

雀儿推让了一下，就一起出了单位。

雀儿没住过医院，也没给谁办过住院手续，对医院的一切都是陌生的。米粮带着她排队办手续，一个窗口又一个窗口，一道手续又一道手续，雀儿深切地体会到住院看病的艰难，也从另一个侧面看到了米粮的稳健和老练。刚进城的那几年，米粮在雀儿的眼里很像是个农村的老财主，笑眯眯的脸，说话慢悠悠的，办事不慌不忙，还喜欢算小账。她和金凤经常背地里学米粮说南方普通话。后来，米粮在她心里的形象慢慢就改变了：有经济头脑、懂经营、会管理、业务熟、会算账。再后来，她发现了米粮的善良、心软、善解人意、会体贴人、乐于助人的优点，特别是对和菲菲关系的处理，使雀儿非常感动。有一段时间，他总是把二强拿来和米粮比，越比越觉得二强差，越比越觉得米粮优秀。这些事情，只有她知道，她也从来没有给谁说过，包括和她最要好的金凤。她认为，米粮唯一的不足是年龄大。有时候，她也想米粮要年轻点儿多好啊！可是，世界上哪里有十全十美的事儿呢？她心里明白，和二强的事情很快能转过弯来，在一定意义上讲，是自己心底里不爱二强，或者说，二强不是自己理想的伴侣。另一个原因，就是米粮在她的心灵深处也占据着一些位置。她搞不清，自己对米粮是因为习惯还是另一种原因，总觉得有米粮心里就踏实，有米粮就有依靠。她不知道这到底是不是爱。

办完事情，米粮要走了，把一个装有人民币的信封给了雀儿，说：这是咱们单位的一点儿心意，你不要拒绝，我没有给老人买东西，等老人做了手术后，你们给老人买些营养品。

雀儿还要推让，见金凤和几个人到了，就收下了。

爸爸的手术是第二天早晨做的，比较成功，就是半边身子一时还动不了。大夫说需要住一个月医院，出院后不但要继续用药，还要做理疗、按摩帮助恢复。

在深圳打工的哥哥回来了，雀儿兄妹几个在一起商量如何照顾爸爸。哥哥说自己回来得少，对父母尽孝心不够，要求值全班，大家没同意。

最后决定哥哥值夜班，其他人轮流值白班。

哥哥在深圳一家外资工厂打工，按说这几年也应该积攒些钱，可是深圳消费水平高，又和一个四川姑娘谈朋友，还打算年底结婚，日子比较紧张。一天，趁没人时，哥哥悄悄对雀儿说了这些情况，并说这次回来得太急，手头只有八千元钱，只能给雀儿留五千元钱，等他回深圳后再汇一万元钱给雀儿。

雀儿看哥哥为难的样子，说钱暂时够用了，到年底还借款时再说。

哥哥不好意思地笑了一下，把掏出来的五千块钱又装回了口袋。

一天下午，金凤来医院，给雀儿姐姐了两万元钱，说是二强给的，让姐姐和哥哥给老人用，不要让雀儿知道。姐姐憋了三天没忍住，还是给雀儿讲了。雀儿很生气，坚决要姐姐退回去。

姐姐还想坚持，雀儿说：你不想想咱爸是咋病的！不生那气，能脑出血吗？

姐姐脸红了，喃喃地说：其实，人家也是好心。

雀儿了解姐姐，更懂得姐姐此时的想法，就说：姐，你再想想，这钱咱说啥都不能要！咱现在和人家没有任何关系，不要叫人家看不起咱！

姐姐没再说话。

为此事，金凤专门找雀儿讲理，说此事与雀儿无关，是二强对老人的一点儿心意。两个人红了脸，最后金凤还是没拗过雀儿。

尾　声

又一个春天来到了。

上午，艳阳高照，春光明媚，空气中弥漫着花儿的芳香。

秦岭山中，丁家坪中心小学像过节日一样热闹，校长办公室门前的土台子上挂着一条醒目的横幅，上面写着：丁雀儿女士赠书仪式。两边的标语一条写着"情系乡里为村为民风格高",另一条上面写着"母校学生捐款赠书赤子心"。教室的墙上贴着大红标语,院子的树上也挂了许多彩色气球。

学生们穿着漂亮的校服,排着整齐的队伍,敲着队鼓,吹着队号,站在学校大门口迎接客人们的到来。

站在孩子们前面的是镇上的书记、镇长、主管文化教育的副镇长、教育专干、妇联主任、团委书记和村子里的全体干部,六叔跑前跑后给领导们发烟,脸上的皱纹里都是笑。

乡亲们在不远的山坡上站着张望,那里面有雀儿的爸爸、妈妈、叔叔、伯伯、婶婶、姐姐、妹妹、哥哥、弟弟。他们或者有血缘,或者什么关系也没有,但是,他们都想看看这村子里历史上从来没有过的新鲜事儿,看看那个吃这里粮、喝这里水、从小在这里长大的山村女子是怎么变成作家的。

雀儿很感动。爸爸早早就到了,虽然他身体有所恢复,可是双手还拄着棍,走路一瘸一拐,非常艰难。母亲紧跟其后,那神情好像随时做好上前搀扶的准备。看着眼前这些,雀儿心里很难受。

二强一直想参与这件事情,经过再三思考最终还是没有回来。他的"丁家坪电信施工队"现已改名为"丁家坪通信服务公司",他和何眉已经结婚,并生下一个女孩。

百灵没有回来,让雀儿代表她在赠书仪式上,把她收藏的二百本书捐给母校。

米粮也没有来,他老家的叔叔去世了,经营的一家企业没人管,他回去帮忙料理去了,把印务公司一摊子事儿全交给了雀儿。

金凤、菲菲、刘有成、婷婷、梅梅、朵朵都来了,他们凑钱买了小学生用的书包和文具盒,有一百多套,昨天晚上就送来了。

小虫没有回来,他去南方找猫眼,一直没有消息。

钱笑笑来了,这时候就站在距大家不远的地方欣赏这里的山水,他是第一次到丁家坪，是张勇建议邀请来的。张勇希望雀儿和钱笑笑交朋友，雀儿说她暂时不考虑个人问题，和钱笑笑只能是一般朋友。

六叔悄悄走到雀儿跟前，竖起大拇指：女子，你可是给咱们村脸上贴金了！咱们村啥时候这样红火过？行啊！

雀儿笑着低下头，有点不好意思：谢谢六叔夸奖！

六叔看着雀儿的眼睛：六叔给你说话呢……

雀儿不知道六叔要说什么，便说：叔，您说，我听着呢。

你的事情现在弄大了，还认识这么多人，好得很啊！人脉好啊！

不是大家支持，我能做个啥嘛！

六叔很期待地看了看雀儿，很认真地说：过上一阵子，你给咱组织捐些钱，或者找省上、县上的领导争取些政策，把咱村的路修了，咋样？

雀儿这才听出六叔的意思，很茫然地望着这位农村基层老干部。

六叔又笑了：我就知道你会答应的，你现在是名人啊！村子的事么，靠的就是你们，呵呵，呵呵……

这时，主持人喊开会了，六叔和雀儿的话也就结束了。

会议的气氛很热烈。

周围的山岭依然清秀，村前的小河还在悠悠地流淌，红色的太阳照得丁家坪的山水放射着灿烂的光芒……

2014 年 9 月 18 日一稿

2014 年 12 月 22 日二稿

2015 年 8 月 26 日三稿

后　记

　　写完《雀儿》第一稿，是 2014 年秋天。天气慢慢转凉，树上的叶子开始渐渐变黄，我的心情也随着这部作品的完成而像这 9 月的天空一样风清气爽。

　　这是我的第一部长篇小说。2013 年年底退休时打算干些别的事情，经不住同事劝，也有些素材在脑海里翻腾，就动了写长篇的念头。提笔之后却后悔了，因为身体的不适和单位的返聘使我一时难以静下心来。我从事业余文学创作数十年，从来没有这样难过，这个时候尝到了文学创作的"苦头"，也深深地理解了"年龄不饶人"的真实含义。于是，我变键盘输入为稿纸手写，最后干脆请一小同事帮忙，我站着说，她坐着打，然后我再坐在电脑前顺字句、改稿子。总算写完了第一稿，呵，长出了一口气，像完成了一次重要考试。我把草稿送给几个朋友看，他们说写得还不错，只是把大小人物都写成了好人，怕不对吧？我说我的书中没有坏人，因为我看生活中的人都是好人。他们说好人也会干坏事、犯错误。我仔细一想，觉得他们说得对，从头到尾又修改了一遍，加了一万多字。

　　2014 年国庆节前夕，我怀着忐忑不安的心情把稿子分别送给了著名评论家李星和畅广元老师，想听听他们的意见。畅广元老师 10 月 11 日下午约我，就《雀儿》及其修改谈了近两个小时，提出了一些具体的意见和建议。李星老师在国庆节休息时间仔细阅读了《雀儿》草稿，并且写了《城市化背景下一代农民儿女的人生和命运》的评论文章。10 月 12 日上午，在陕西省社科院见到李星老师，当他把评论稿给我的时候，我发现他正感冒着。两位师长对我和《雀儿》的关心和重视，令我感动。

　　稿子涉及印务行业，其业务我不熟悉，就送稿子给西安商标印刷厂厂长韩效祖先生请教。韩效祖先生是企业家，文笔也很好，近年又主编了一本《艺文志》。第三天早晨，我刚起床就接到他的电话，说稿子读完了，写得不错，并提出了三条修改意见。

听取几位老师的意见后，我决定对《雀儿》做进一步修改，因为对一些想法把握不准，又分别把稿子送给陕西省社科院文学研究所研究员刘宁、助理研究员韩红艳和太白文艺出版社责任编辑申亚妮征求意见。这三位年轻评论家、编辑都很认真，读完稿子后写了书面意见，一些意见很具体、很直接，有些还比较尖锐，我深受启发，感觉自己立即修改的准备不够充分，就暂时放下了。

2015年年初，事情很多，先后三次去新疆参加"边疆邮路万里行"的采访、写作，回到西安已经是6月底了。省作协创联部的同志打电话催稿，这才又拿起了笔。一段时间的沉淀，改起来还比较顺手，不到两个月就收笔了。

我把第三稿送给李星老师以及刘宁、韩红艳、申亚妮、韩效祖等征求意见。李星老师阅读稿子后，很快发信息给我，并对他的评论文章做了大的修改。那几天，西安热浪滚滚，气温极高，李老师在高温下伏案工作，其精神实在令人敬佩，我一想起来就感动。

李星老师的信息是这样写的：

养俊：

盛夏酷暑再读大作，主要情节和人物关系虽无变化，但经过对细节的推敲和添加、打磨，却更加真实、自然和饱满，虽不能说处处出彩，但却无一处不妥帖，显示出你严谨周到的文字功力。雀儿的优秀更在于字里行间投射着你独特的生命和人生体验，如将西安的钟楼与故乡的老槐树并列，并将自己的人格和价值观真诚地呈现于作品人物的表现和评价中，在一部虚构作品中，这是不容易的，许多作者都难以达到。主人公雀儿真诚地奋斗了，在精神和物质方面都收获了许多，但她和菲菲、小虫等友还远未成功，负债累累，婚姻爱情失败，还受着乡村权势的倾轧，百灵的算计，尤大的欺骗。结尾很好，很好！为你的成功转型和跨越而高兴，并衷心祝贺！

李星
2015 年 7 月 31 日

其他各位不但提出了修改意见，还写了评论文章。在此基础上，我对稿子又进行了一些改动，也就是大家现在看到的这个版本。

我知道，虽然我做了很大努力，《雀儿》还有许多缺憾，这可能就是我自己克服不了的，或者是无法逾越的了，只能让各位尊敬的读者去批评了。

许多年以来，我写诗歌、写散文诗、写报告文学、写散文，也写过电视剧本和短篇小说，出过十多部作品集。写长篇小说虽说是第一次，但却是我多年的梦，完成了一件事情，心情是轻松的。

感谢陕西省委宣传部、陕西省作协把《雀儿》列为重点文艺创作资助项目，感谢各级领导以及相关部门的关心、支持！

感谢书画家张辉昌先生为《雀儿》绘制插画，感谢责任编辑申亚妮、卢虹竹的辛勤劳动！

感谢所有关注、关心、帮助我的老师和朋友！

2015 年 9 月 3 日